TRADED

Legami Di Sangue

A.K. ROSE

ATLAS ROSE

Traduzione a cura di: Laura Papale

TW: questo libro è un dark romance con temi piuttosto oscuri. All'interno troverete scene esplicite con dubbio consenso, smut, situazioni proibite e taboo, una storia d'amore bollente e una trama che tratta temi di mafia, inclusa la violenza.

Capitolo Uno

LONDON

LE GOMME STRIDETTERO SULL'ASFALTO MENTRE PRENDEVO la curva di traverso, diretto verso casa. Colt tremava sul sedile posteriore, pallido e terrorizzato, mentre Carven era una statua accanto a me, lo sguardo fisso davanti a sé, le dita strette intorno alla pistola.

Non vedevo altro che quel contratto nell'appartamento di King. Quello in cui Vivienne era stata venduta alle mie spalle... a Macoy Daniels.

FORZA!

Strinsi con foga il volante.

«È mio,» avvertii, gli occhi fissi sulla strada davanti a me. «È chiaro? Macoy Daniels è mio.»

Spinsi più forte il piede sull'acceleratore, la nostra casa già visibile in lontananza. La portiera posteriore dell'auto si spalancò non appena premetti il piede sul freno, spegnendo la macchina. Ma mio figlio era già fuori, il fratello alle sue spalle.

Il fumo del gas impregnò l'aria del garage mentre parcheggiavo e scendevo dalla macchina. I nostri passi rimbombarono all'interno, attenuati soltanto dal rumore incessante nel mio petto mentre correvo in casa. C'erano corpi inermi in giardino. Guardai gli occhi ancora spalancati delle guardie senza vita, le guardie a cui avevo affidato la nostra protezione, prima di fissare gli occhi sulla porta aperta dell'ingresso, le orecchie tese verso il rumore di passi sulle scale.

Sangue... Il sangue era tutto ciò che vedevo mentre correvo per casa, oltre l'ingresso. Sangue rosso vivo sulle piastrelle bianche. Seguii quella spaventosa scia, fino a trovare Guild a faccia in giù sul pavimento.

«Vivienne!» ruggì Carven. «*Vivienne!*»

«Ehi!» Scattai e caddi in ginocchio, stringendo il mio più vecchio amico tra le braccia. «Sono qui. *Guild, sono qui...*»

Respiri corti e spezzati mi giunsero alle orecchie mentre guardavo i suoi occhi, spalancati e brillanti. Ma era ancora vivo. *Era ancora vivo.* Dio...

Di sopra, sentii una ad una le porte sbattere mentre i due fratelli andavano di stanza in stanza, passando dal loro piano al mio prima di tornare da me con una furia senza eguali.

«*Provato... portarla... seminterrato...*» sussurrò Guild mentre Colt si fermava di scatto di fronte a me.

Portò lo sguardo verso la cucina, poi scattò, con il gemello dietro di lui.

«Dove?» ringhiò Carven, gli occhi pieni di terrore. «*Dove?*»

«*L'hanno presa...*» riuscì a dire Guild, poi tossì, spargendo sangue sul mio braccio.

Il gelo m'invase il petto. «L'hanno presa? Chi?»

«*L'Ordine,*» sussurrò lui, il viso ora grigio. «*Ti ho... deluso.*»

Feci una smorfia, portando una mano in tasca. «Non hai deluso proprio nessuno, Guild.» Controllai il sangue sulla sua ferita al fianco mentre sbloccavo il telefono, prendendo il numero dell'unica persona che in questo momento avrebbe potuto aiutarmi...

Direttore di Medicina d'Emergenza, Dott. Lucas DeLuca.

«DeLuca,» rispose immediatamente lui, la voce calma mentre in sottofondo si scatenava l'inferno.

C'era gente che urlava. Macchine che rombavano. Ma a me non importava di nulla di tutto questo. Non me ne fregava un cazzo di niente, se non di ciò che era mio.

«DeLuca, sono l'uomo che ti ha risparmiato la vita,» dissi mentre fissavo Guild chiudere lentamente gli occhi. «Ora è arrivato il momento di ripagare il tuo debito.»

DeLuca restò in silenzio per un attimo dall'altro capo del telefono, poi parlò con attenzione. «Immagino di non avere alcuna scelta, giusto?»

«No,» risposi. «Non ne hai.» Poi gli diedi l'indirizzo di casa mia.

«Arrivo tra mezz'ora,» disse.

Strinsi la mascella mentre guardavo i figli tornare dal seminterrato con vestiti, armi e diverse cianfrusaglie che ci sarebbero servite all'interno di un borsone.

«Tieni duro, cazzo,» ringhiai mentre afferravo il fucile che Carven spinse verso di me.

«Vai,» mi disse Guild, scuotendo il capo. «*Salvala...*»

Gli poggiai con attenzione la testa sul pavimento, afferrai l'arma e mi alzai da terra. Non volevo andarmene. Ma misi gli abiti che i figli mi avevano portato mentre lo guardavo, poi mi voltai e m'incamminai verso la porta.

Non mi fermai, non mi guardai indietro, mi forzai a muovermi e poi a correre. La macchina era ancora accesa.

«Il localizzatore, Colt.» Scivolai dietro il volante e misi subito in moto. «*Trovala.*»

Il mio cuore stava battendo troppo forte. Avrei potuto giurare che quel suono dentro la mia testa stesse urlando il suo nome. Aspettai a malapena che i ragazzi fossero saliti in macchina prima di mettere in moto e partire, piantando il piede sull'acceleratore e sferzando con forza, diretto nuovamente verso la città.

Mi tornò tutto in mente, allora.

La caccia.

La violenza.

Io ero stato addestrato per questo...

Ero nato per questo...

Svoltai, diretto verso casa di Daniels. Il fucile aveva la canna puntata con forza sul pavimento della macchina mentre Colt digitava velocemente sul suo cellulare e poi aspettava.

«Ce l'hai?» scattai dopo un po', spostando il mio sguardo dalla strada a lui. Colt sbuffò e allargò la visuale della mappa. Persino dalla mia postazione potevo vedere il puntino rosso lampeggiare. Ritornai a guardare la strada, spingendoci contro le luci della città.

Colt era silenzioso. *Troppo silenzioso.* «Allora?» ringhiai. *«Che cazzo c'è che non va?»*

«È andato.»

La rabbia per un attimo mi offuscò la vista. «Che cosa vuol dire che *è andato?»*

«Che il puntino è sparito all'improvviso, cazzo.»

Allungai la mano per afferrare il telefono dalle sue mani. Il puntino rosso che fino a qualche secondo prima stava lampeggiando adesso non c'era più, lasciando al suo posto solo una mappa scura e vuota.

«Deve essere andata in crash l'app,» ringhiò Colt a denti stretti.

«No,» risposi io con tono gelido. «Sono interferenze.»

Il contratto bruciava dentro la mia testa.

Diritto permanente di possesso/uso.

Diritto permanente...

Diritto permanente.

Hale l'aveva venduta.

L'aveva venduta, cazzo!

Strinsi il volante con tutta la forza che avevo in corpo, così forte che le mie nocche diventarono bianche.

Vivienne doveva essere terrorizzata. Ferita. Sicuramente selvaggia. Conoscevo la mia gattina forse più di quanto lei conoscesse sé stessa, e sapevo che avrebbe combattuto con tutto ciò che aveva... e loro le avrebbero fatto ancora più male, per questo.

Le cose che quel pezzo di merda le farà, a causa mia...

«Non può essere crashata l'app,» disse Carven, afferrando il telefono e chiudendo l'applicazione prima di riaprirla. «Ma non può essere neanche un'interferenza. L'unico modo per bloccare la ricezione di un localizzatore è chiuderlo dentro una scatola di metallo.»

Tenni gli occhi fissi sulla strada, senza guardarla davvero, perché nella mia testa non vedevo altro che tutte le cose vili che quei pezzi di merda sarebbero stati in grado di fare a qualcuno di così puro come Vivienne.

«Esatto.»

Capitolo Due

BOOM!

Lo sportello di metallo mi sbatté in faccia, rinchiudendomi all'interno. «*No! NO!*» Mi spinsi avanti, sbattendo la testa contro la barriera di metallo così forte da perdere la vista per un istante.

Non riuscivo a respirare... *Non riuscivo a respirare... Non riuscivo—*

Thump! Mi mancò il fiato mentre il rumore risuonava nelle mie orecchie.

«Smetti di agitarti così e forse riuscirai ad arrivare a destinazione viva,» sibilò Daniels, sbuffando divertito.

«Ti prego... *Basta!*» Chiusi gli occhi, aggrappandomi stretta a quella briciola che restava della mia sanità. «Fammi uscire, solo — *Fammi uscire da qui!*»

Ma non c'era via di uscita.

Neanche un barlume di luce.

Neanche un po' d'aria fresca.

Solo uno spazio chiuso e soffocante.

I miei respiri corti sbatterono contro la gabbia di metallo e mi tornarono in faccia, riscaldandomi.

«Trenta minuti, Vivienne. Penso proprio che tu possa sopportare trenta minuti. Del resto, sei sopravvissuta a molto peggio.»

Sei sopravvissuta a molto peggio.

Molto... peggio.

La mia mente era in subbuglio, le urla che sentivo crescere dentro di me si facevano sempre più assordanti. *Morirò, qui dentro. Morirò—*

No!

La voce fredda e gutturale di Carven mi invase la mente.

No, non morirai.

Perché sei una figlia.

Comincia a comportarti come tale.

I miei respiri si fecero più profondi, allora, abbastanza da calmare il caos dentro la mia testa per un attimo. Venni sbattuta da un lato all'altro con forza, sentendo il dolore spingersi dietro i miei occhi mentre la scatola di metallo si spostava da un lato all'altro con il movimento della macchina.

«Solo finché non riusciamo a toglierglielo di dosso,» sentii la voce nauseante di Ashwood arrivarmi alle orecchie ovattata.

Sentivo il cuoio capelluto bruciare ancora dalla presa ferrea che aveva avuto su di me, e la mia guancia ancora pulsava di dolore, ricordandomi del suo pugno improvviso quando avevo provato a scappare. Ma erano le parole di Macoy Daniels che mi tenevano in una morsa dolorosa. Riuscivo ancora a sentire la presa fredda del bastardo contro la mia gola mentre mi spingeva la faccia contro il sedile della sua limousine.

Venni spinta di lato un'altra volta, solo che questa volta ebbi il tempo di portare le mani avanti contro le pareti, attutendo il colpo. Fece comunque male. *Tutto lì faceva male.*

«Muoviti.» Sentii la voce di Daniels mentre continuavo ad essere sballottolata da un lato all'altro, poi scivolai in alto prima di fermarmi.

Mi stavano... buttando dentro un dirupo?

Mi avrebbero lasciata a soffocare sottoterra?

Verrai a casa con me...

Sentii quelle parole rimbombarmi nella testa, quelle che Macoy mi aveva detto mentre ci portava da qualche parte, mentre mi costringeva ad entrare dentro questo... *questo inferno.*

BANG! Sentii lo sportello di una macchina chiudersi con forza prima che qualcuno accendesse il motore. Urlai mentre cominciavamo a muoverci, spingendo la mano contro lo sportello di metallo sigillato. Il calore del mio respiro mi colpì in viso, proprio dove Daniels mi aveva colpito.

Mi divertirò un sacco con il tuo corpo. Quelle parole nauseanti erano tutto ciò che riuscivo a sentire nella mia testa, ancora e ancora, come un tormento. *London non ti vorrà più, per quanto avrò finito con te.*

London.

London...

«Dove sei quando ho bisogno di te?» sussurrai.

La macchina prese velocità, spingendomi con forza contro la parete di metallo.

«Pensa,» mi dissi. «Pensa, andiamo— Pensa!»

Avevo bisogno di trovare un modo per uscire da qui. Per salvarmi da questa situazione, qualsiasi situazione fosse.

Sentii lacrime calde scivolare sulle mie guance, bruciando a contatto con la ferita. Avevo bisogno di un piano. Solo una possibilità — mi liberai con forza delle lacrime e abbassai la testa, spingendo la fronte contro il metallo freddo — solo una possibilità per uscire da qui e scappare.

E andare dove? Fu la voce di London, nella mia testa, a chiederlo. *Dove scapperai, Vivienne?*

«Da te, stronzo,» sussurrai, forzando fuori le parole a denti stretti. «Tornerò da te.»

Non avevo la minima idea di quanto tempo avessi passato chiusa lì dentro quando sentii la macchina allentare la corsa e virare. Avrebbero potuto essere minuti, ma anche ore. A me sembrava un'eternità. Strinsi gli occhi, cercando di riprendermi, mentre l'auto si fermava. Poi riaprii gli occhi. Sentii gli sportelli aprirsi.

«Devi sbrigarti a tirarlo fuori prima che recuperino il segnale,» mormorò Daniels.

«Non preoccuparti,» rispose qualcuno. «Non avranno il tempo di rivederlo.»

«Bene,» rispose il pezzo di merda mentre io venivo spinta in avanti. «È silenziosa... Sarà più semplice ora che l'abbiamo spezzata.»

Ora che l'abbiamo spezzata...

Ora che...

Qualcuno aprì lo sportello di metallo, e i miei occhi vennero accecati immediatamente. Li sbattei con forza per scacciare via i puntini che si erano formati sulle pupille al contatto con la luce.

«Eccoti qui,» disse Daniels, portando il suo viso orrendo proprio all'altezza dei miei occhi. «Carina e silenziosa, non è vero?»

Combatti, gattina, sentii Carven implorarmi nella testa.

Non era lui il figlio che volevo sentire nella mia testa, però. Non mi dava conforto. Non c'era dolcezza nelle sue parole. Eppure, era lì.

Tirati fuori da qui!

Sussultai quando gli uomini di Daniels si allungarono per prendermi dalle braccia, tirandomi su. La mia testa scattò in avanti. L'aria fredda della notte mi bagnò il corpo nudo. I pantaloncini del pigiama e la camicetta di raso che avevo addosso salirono, scoprendomi, mentre venivo tirata fuori dalla scatola di metallo.

«Portala dentro. Voglio *quella cosa* fuori dal suo corpo e poi la voglio trovare nuda nel mio studio, tutto entro un'ora al massimo.»

Ora che l'abbiamo spezzata...

Sei stata spezzata, gattina? La voce di Carven ringhiò dentro la mia testa mentre mi portavano via.

Quegli occhi blu bruciarono davanti ai miei. Pieni di odio. Pieni di potere. Un mostro, in qualsiasi altro momento.

Ma il mio mostro personale, adesso.

Solo che lui non era qui.

Alzai la testa un attimo prima che i miei piedi toccassero terra. Invece di cadere, portai le ginocchia al petto e poi calciai con tutta la forza che avevo. La guardia venne colpita dritta in petto, cadendo per terra.

Non mi fermai, non mi guardai intorno. Non vedevo altro che oscurità di fronte a me, e alberi. Presi a correre.

«Prendetela!» ruggì Daniels da dietro di me.

Respirai aria ghiacciata, che però sapeva di libertà, per me. Ne volevo ancora... *Ne volevo di più.* Gli alberi si facevano sempre più alti e vicini mentre continuavo a correre verso di loro, verso la strada... verso London. Sentii il terriccio muoversi alle mie spalle, segno che qualcuno mi stava seguendo. Non mi guardai indietro, lasciai solo andare un urlo di rabbia che mi diede la forza di continuare a correre.

Sentivo le piante dei piedi bruciare, il petto in fiamme, mentre correvo con tutte le mie forze verso la strada.

«Col cazzo che te ne vai,» sentii qualcuno ringhiare dietro di me.

Venni colpita e spinta in avanti, contro il terreno. Sentii un dolore lancinante scoppiarmi dietro la testa mentre qualcuno mi afferrava per i capelli e mi voltava. Ma io non avevo ancora finito di lottare. Per niente.

Rilasciai un urlo e presi a sganciare pugni, colpendo qualsiasi cosa riuscissi a toccare. Spinsi le unghie contro il viso dello stronzo che mi aveva afferrato, il mio grido intrappolato in gola mentre continuavo a lottare.

«*Basta!*» ringhiò lui, molto simile a London.

Ma London non era brutale... London non era cattivo.

Non così.

Il suo pugno fu improvviso. Mi colpì la guancia senza che me ne rendessi conto, facendo scattare la mia testa all'indietro. Stordita, cercai di riprendermi, ma il mio mondo si stava facendo sempre più scuro, ancora più scuro, ogni secondo che passava.

«No...» gracchiai. «No!»

Mi colpì di nuovo, stavolta sulla bocca. *Crack!* Sentii il sangue scoppiare sulla lingua. Il bruciore all'angolo delle mie labbra non fu niente quando sentii un altro pugno arrivare.

Crack!

La mia testa scattò indietro, sbattendo contro il terreno con un tonfo. Vidi un'ombra salire su di me mentre il mio assalitore mi guardava dall'alto.

«Ho provato ad avvertirti, puttana,» ringhiò lui mentre mi afferrava per i capelli, tirando con forza.

Il dolore scoppiò immediatamente dalla mia testa, uscendo dalle labbra. Cercai di afferrare la sua mano, ma non riuscii a fare niente se non scalciare, il mio mondo ormai sfocato.

Sentii altri correre verso di me. Due guardie, i loro volti sfocati dalle mie lacrime.

«Tenetela ferma,» ordinò una di loro.

Sentii qualcosa pizzicarmi il braccio. Una sensazione che avevo sentito troppe altre volte per non sapere esattamente cosa fosse. Abbassai lo sguardo e vidi la siringa tra le dita del mio rapitore, mentre cercavo di aggrapparmi all'unica cosa che contava: il ricordo di London e dei ragazzi. Mi avrebbero presa, ora. Mi avrebbero riportata all'Ordine.

Aspettai che arrivasse l'oscurità. Aspettai di sentirmi stordita. Solo che, qualsiasi cosa mi avessero iniettato, non mi stava facendo perdere i sensi. Invece, sentii la testa girare mentre mi prendevano dalle braccia e dalle gambe, riportandomi indietro, verso la gabbia metallica.

«Portatela dentro, cazzo!» ruggì Daniels.

Sentii le labbra curvarsi. Il dolore era incredibile, più forte di qualsiasi altra cosa avessi mai provato, eppure, dalle mie labbra uscì fuori una risata. Non riuscii a fermarmi, non ci sarei riuscita neanche volendo — *e il problema era che non volevo.*

«Ho rovinato *il tuo piano perfetto?*» Risi, guardando i suoi occhi riempirsi d'ira.

Daniels si avvicinò, afferrandomi per la mascella. Smisi di ridere all'istante.

«Mi divertirò tantissimo questa notte, Vivienne. È un peccato che tu non potrai dire lo stesso.»

«Fai quel che cazzo ti pare, rifiuto umano,» sputai.

Daniels strinse con forza la presa sul mio viso, facendomi vedere le stelle. Non gli diedi la soddisfazione di vedermi sussultare di dolore, però. No, mantenni il suo sguardo, anche se in quel momento, per me, il bastardo aveva tre occhi invece che due.

Il mondo prese a ondeggiare mentre mi conducevano lungo un vialetto e verso delle porte aperte. *Sembrava familiare.* Provai a pensare. A ricordare. *Alberi... Vialetto lungo... Una casa imponente...* Qualcosa a che vedere con un fuoco? Ma la mia testa era in subbuglio, facendosi troppo confusa proprio quando pensai di aver finalmente trovato la risposta.

I pesanti tonfi di stivali riecheggiarono nella notte mentre venivo portata di peso oltre l'ingresso della casa. Il corridoio sembrava essere infinito.

«Non vedo l'ora che London mi trovi,» gracchiai. «O Colt, o Carven. Li conoscete, loro, vero?» Ridacchiai alle immagini sanguinolente che immediatamente riempirono la mia mente. «Li chiamano *figli.*»

Lo stronzo che mi teneva per le gambe alzò lo sguardo verso gli altri. «Non me ne frega un cazzo di chi sono.»

«Non *chi* sono, pezzo di merda. *Cosa sono.*» Lo fissai con forza, assicurandomi di imprimergli nella mente questo ricordo.

«Verranno,» sussurrai, sorridendo come una pazza. «E vi faranno a pezzi.»

«*Chiudi quella fogna!*» urlò quello che mi teneva dalle braccia mentre mi scortavano dentro quello che sembrava un enorme salone.

La mia vista si fece sfocata, ma riuscii a vedere le fila immensa di libri sopra gli scaffali lungo la parete.

«Non capisco proprio... Perché tutti i pezzi di merda senza spina dorsale si considerano tanto intelligenti?» La domanda mi scappò dalle labbra senza il mio permesso, e in quel momento, io non avevo alcun filtro.

Gli stronzi mi gettarono sul divano di pelle grugnendo per lo sforzo. Lo colpii con forza. Il dolore vibrò sul mio corpo come rulli di tamburi mentre gli stronzi si facevano da parte.

«Fate venire il dottore,» ordinò Daniels.

Con la coda dell'occhio lo vidi entrare nel mio campo visivo, gli occhi su di me.

«Mi stai guardando con delusione,» sibilai. «Mi chiedo se tu abbia pensato che mi avresti presa e io semplicemente non avrei provato a combattere?» Mi misi a sedere lentamente. «Forse non ci sei abituato... Non è vero, Daniels? *Non sei abituato alle donne che non eseguono i tuoi ordini a bacchetta.*»

Vidi quegli occhi senza anima luccicare.

Gettai uno sguardo verso la sua patetica armata di uomini che usciva dalla stanza. «Ti piacciono sottomesse e silenziose, non è vero? Ti piacciono drogate, così non possono ribellarsi quando fai loro le cose più degradanti che ti passano per la mente, non è così?» Riportai lo sguardo su di lui. «Oppure ti piacciono così perché, in questo modo, non possono notare quanto *piccolo e imbarazzante* sia il tuo cazzo?» Abbassai lo sguardo. «Scommetto che è così piccolo che non si sente nemmeno. *Così piccolo—*»

«Chiudi quella cazzo di bocca.»

«Mh, ho toccato un tasto dolente, vero?» sussurrai, riportando lo sguardo sui suoi occhi. Riuscivo a malapena a vederlo con un solo occhio aperto.

Daniels si fece avanti, e io combattei con tutte le mie forze contro i brividi di paura che sentivo dentro. Non gli avrei dato la soddisfazione di vedermi così. *Non mi sarei fatta sconfiggere da nessuno.*

«Lo sai, tu mi ricordi qualcuno...» sussurrai, fissando i suoi occhi, sforzandomi di parlare nonostante la bocca mi facesse un male cane. «Mi ricordi un verme,» dissi allora, mentre lui si sporgeva verso di me. «Un verme viscido, freddo e strisciante. Ecco quello che—»

Slap!

Volai di lato, colpendo il divano con forza. Il dolore mi tolse il respiro, era terrificante.

«Non hai *il permesso* di parlarmi così, ti è chiaro?» sibilò lui mentre torreggiava su di me. «Ti posseggo, adesso, puttana da quattro soldi. Lo capisci? Posso colpirti. Posso farti del male. Posso fare qualsiasi cosa io voglia con te. Posso scoparti io stesso, oppure posso darti in pasto ad altri. Che ne pensi, eh? Potrei divertirmi, me ne sto seduto a guardarti venire stuprata ancora e ancora e ancora. Nella figa. Nel culo. Scommetto che quella bocca può prenderne un bel po', di cazzi, non è vero? Magari ti costringerò a leccare qualche figa, già che ci sono. Conosco un po' di ragazze a cui piace.» Si spinse più vicino. «Che ne pensi, io ti tengo la testa ferma sulla figa di qualcuno mentre i miei uomini ti scopano tutti insieme, eh?»

Il disgusto mi strinse lo stomaco con forza, una morsa così dolorosa che mi tolse il respiro.

«Per me non conti *niente*, lo capisci?» sibilò, gli occhi vuoti. «Ho ottenuto tutto quello che volevo quando ti ho portata via da lui.»

Il terrore mi avvolse, allora, facendomi tremare le braccia e il corpo. Cercai di frenare le lacrime, ma sembravano vivere di vita propria, ormai.

«Ah, ora va meglio.»

Mi si strinse la gola a quelle parole. Non sapevo cosa facesse più male, se la sua mano o la soddisfazione che provava nel vedermi sottomettermi in silenzio. La rabbia che mi aveva tenuto in vita fino a qualche secondo fa adesso si stava ghiacciando, lasciandomi inerme.

«Non costringermi a rovinare quel bel faccino.» Daniels mi afferrò dalla mascella, portando il mio sguardo su di lui. «Perché lo farò. Ti picchierò fino a renderti irriconoscibile, e poi manderò la foto della tua nuova faccia allo stronzo a cui sembri esserti affezionata così tanto. E allora vedremo, se ti vorrà ancora.»

I miei respiri si fecero pesanti, agonizzanti. Lo odiavo così tanto, quei suoi occhi vuoti e quella mascella troppo spigolosa. Odiavo il grigio nei suoi capelli e la mano che mi stringeva con forza. Ma quello che odiavo più di ogni altra cosa era il suo potere... e il modo in cui lo stava utilizzando.

«Finalmente,» disse quando la porta venne aperta, facendo entrare qualcun altro nella stanza. Daniels si raddrizzò, lasciando andare il mio viso. «Toglile questo localizzatore di dosso.»

Mi sentii invadere dal freddo e dal dolore quando spostai lo sguardo verso l'uomo che stava entrando dentro la stanza. Venni invasa da una sensazione di déjà-vu, ma invece dell'uomo di mezza età che stava camminando verso di me, vidi un ragazzino. Un giovane idiota che a malapena avrebbe saputo riconoscere il mio capezzolo dal mio clitoride. Quel ragazzino avrebbe potuto guardarmi e vedere una persona in difficoltà, bisognosa di aiuto.

Ma lui... Lui no. Quest'uomo no. Quest'uomo camminò lungo la stanza, poggiando la sua valigetta nera sul tavolino vicino al divano prima di togliersi la giacca. «Dovrai tenerla ferma.»

Daniels fece un cenno verso gli uomini alla porta. «Non sarà un problema.»

Mi spinsi quanto più possibile sul divano, mentre sentivo la paura togliermi il respiro. «No... No, no, no—»

Daniels si limitò a guardarmi. «Prendetela.»

Vennero a prendermi, tutti e tre, e non ci fu assolutamente nulla che potessi fare per fermarli. Cercai di scansarmi, cercai di lottare, di scappare via. Ma mi furono addosso in un attimo, afferrandomi con forza. La droga mi rendeva troppo lenta.

«Qui sopra,» ordinò il dottore.

Lo vidi con la coda dell'occhio, non era altro che una macchia vicino alla scrivania. Strinsi la mascella con forza, combattendo anche se era inutile.

Vuoi fare la vittima? Le parole fredde di Carven scacciarono via il mio terrore. *Allora continua a fare la vittima. Tu sei un prodotto che loro hanno creato, però... una figlia*

Mi feci pesante contro di loro mentre continuavano a tirarmi da tutte le parti, facendomi vedere le stelle per il dolore.

«Sulla scrivania. Tenetela ferma.»

Sbattei contro la superficie di legno. Mani mi tennero stretta, spingendomi i polsi e le caviglie sulla scrivania.

«La camicetta,» istruì il dottore.

La mia camicia venne strappata. Urlai, cercando di scansarmi mentre loro la tiravano via. Non era perché ero improvvisamente nuda di fronte ai loro occhi. Era perché era stato London a comprarmi quel pigiama...

«*Ridatemela!*» ruggii. «Ridatemela, *adesso!*»

Gettarono via l'indumento. La mia testa scattò di lato, i miei occhi fissi sulla camicetta color pesca, o ciò che ne restava ormai, sul pavimento. Una guardia si mosse al mio fianco, e fissai inerme il suo stivale schiacciarla come se non contasse niente.

«*Era mia!*» urlai mentre mani si spingevano sul mio seno.

«Qui c'è una vecchia incisione,» disse il dottore.

Arrivò il dolore, allora... *lancinante.* Urlai con tutte le mie forze, con tutta l'aria che avevo nei polmoni, così forte che la mia bocca si riempì di sangue. Dita sconosciute mi strinsero con forza, e le sentii fin dentro il petto.

«Eccolo,» sibilò il dottore, lasciandomi improvvisamente andare. Vidi le sue dita coperte di sangue, e la stanza si fece improvvisamente scura.

«No.» Daniels mi diede uno schiaffo sulla guancia, scacciando via l'oscurità. «Vuoi rompere il cazzo con la tua parlantina? Allora resterai sveglia a sopportare il dolore.»

Poi si voltò e fece un cenno con la testa... e quella vista mi riempì di paura fino al midollo.

Mani afferrarono improvvisamente l'orlo dei miei pantaloncini, spingendoli giù. Urlai con forza, scalciando e colpendo.

«Ho provato ad avvertirti,» sibilò Daniels mentre le sue dita si stringevano sulla fibbia della cintura. «Sei tu che hai scelto la via più dura... Allora, così sia.»

Capitolo Tre

LONDON

Tradimento. Lo sentivo nell'aria, ancor prima di arrivare. Il puzzo rancido e nauseante mi scivolò dentro la gola mentre deglutivo. I miei passi erano silenziosi, ma il mio cuore ruggiva. Carven era al mio fianco da un lato, Colt dall'altro mentre percorrevamo il lungo viale, diretti verso la mansione enorme alla fine della strada.

Il localizzatore era tornato in vita ormai da dieci minuti...

Solo per un istante.

Ma era bastato, non ci serviva altro.

Guardai Carven e feci un cenno d'assenso, rilasciando mio figlio come un cane da caccia. Carven mi rivolse un sorriso raggelante e scattò in avanti, lasciando me e Colt indietro mentre ci avvicinavamo al SUV parcheggiato di fronte alla casa. Mi guardai intorno mentre Carven spariva dalla vista, poi guardai all'interno della macchina...

Quasi persi l'equilibrio quando notai l'enorme scatola di metallo in cui l'avevano rinchiusa. Non era grande abbastanza da poter contenere molto, figuriamoci una persona. Eppure, l'avevano spinta lì dentro, chiudendola, intrappolandola dentro una gabbia di metallo, soffocandola. *Dio...* Dio, quello che aveva dovuto sopportare...

Strinsi con forza i denti mentre sentivo l'odio infuocarmi dall'interno.

Non fui l'unico a provare dolore alla vista di quella scatola.

Guardai Colt mentre lui voltava lo sguardo, quegli occhi blu scuro ora neri di rabbia mentre alzava lo sguardo verso il movimento dietro di noi.

Carven tornò da dietro l'angolo, il volto macchiato di sangue e un coltello tra le dita, gocciolante. M'immobilizzai, gli occhi fissi sui due bulbi oculari che pendevano dalla sua mano. Incontrai il suo sguardo, inarcando un sopracciglio.

«Un po' eccessivo, forse?»

Non era rabbia, quella che lessi nei suoi occhi... era *vendetta*. «Le ha messo gli occhi addosso, o sbaglio?»

Dio.

Questa non era una missione qualunque, per noi.

No, questa era una faccenda personale...

Alzai una mano e feci cenno verso la porta prima di riprendere a camminare. Ma prima ancora di poter dare alcun segnale, Colt si stava già muovendo, marciando in avanti. Li avevo addestrati ad attaccare e obbedire. Strinsi i denti mentre correvo verso il figlio. In quel momento sembrava essersi stancato di seguire gli ordini, soprattutto perché c'era Vivienne di mezzo.

Il movimento scacciò via il sorriso dalle labbra di Carven mentre guardava suo fratello sparire oltre le grandi porte di legno.

«Stupido,» sibilò prima di scattare verso di lui.

Eravamo a qualche passo di distanza, ma anche questi erano già troppi, soprattutto quando tre guardie uscirono fuori da quello che sembrava un grande salone e verso l'ingresso, proprio di fronte a lui.

«Carven,» dissi, ma non ne avevo bisogno. Li avevano addestrati ad essere silenziosi, selvaggi terrificanti — ed era esattamente ciò che erano mentre si muovevano per il mondo in assoluto silenzio.

Carven alzò il coltello, facendolo roteare in aria prima di stringere le dita intorno all'elsa e spingere la lama sul petto di una delle guardie.

Alzai la mia arma, trovando Colt mentre scattavo in avanti, prendendo la mira verso il terzo pezzo di merda.

Pfft!

Il silenziatore attutì il rumore del colpo, muovendo nient'altro che aria mentre la pallottola finiva su di lui. Il bastardo cadde a terra sul posto. Il sangue che prese a sgorgare dal buco nella sua testa non fu nulla in confronto alla sorte che toccò allo stronzo di cui si stava occupando Carven, però. Mio figlio tirò via la lama e poi afferrò la guarda e la sbatté contro il muro.

C'era sangue ovunque, a scivolare fuori dal petto della guardia e poi dalla sua gola quando Carven alzò l'arma.

Ma, all'improvviso, un urlo raggelante riempì la casa.

«*È mia!*»

M'immobilizzai.

Ci immobilizzammo tutti.

Vivienne...

Il bastardo che Carven stava tenendo fermo contro la parete sussultò, poi scattò in avanti, gli occhi iniettati di sangue mentre cercava di salvarsi la vita. Ma Carven non lo stava guardando più, ormai. A malapena registrò la sua presenza mentre, con uno scatto del polso, gli conficcava la lama nello stomaco. La spinse in alto, due volte, e un suono terrificante riempì l'ingresso prima che riportasse il suo sguardo gelato sull'uomo.

«Non sopravviverai a quello che hai fatto... *Nessuno di voi lo farà.*»

Il sangue schizzò fuori dalla ferita mentre Carven continuava a salire, fermandosi solo una volta raggiunte le scapole. Poi si allontanò, lasciando il corpo della guardia cadere per terra con un tonfo. Il figlio salì sul suo corpo mentre Colt scattava in avanti, e io li seguii, diretti tutti insieme verso la fonte dell'urlo.

«*No!*» urlò Vivienne dalla stanza alla fine del corridoio.

Quel suono ruppe qualcosa dentro il mio petto.

Ma per quanto fu brutale per me, Colt sembrò esserne ferito ancora di più. Il figlio non si fermò mentre correvamo verso la stanza, verso le porte che attutivano le sue urla. Non rallentò il passo mentre correva verso la porta e ci si scagliava contro con la spalla, rompendone i cardini.

Crack! La porta tremò e si aprì, sbattendo contro il muro mentre entravamo dentro la stanza.

Otto uomini... Controllai la stanza, cercando armi, trovando punti giusti per poter uccidere.

Otto uomini... E solo tre di noi.

Colt si mosse verso destra quando entrammo, nascondendosi dietro un divano di pelle nera. Il figlio non parlò. Non fece alcun rumore. Lasciò che fosse il suo pugno a urlare per lui. I suoi colpi furono brutali, diretti verso il volto della guardia di fronte a sé ancora e ancora, fino a quando riuscii a sentire un rumore disgustoso.

Il corpo cadde per terra prima che Colt facesse un altro passo avanti, il petto ad alzarsi e abbassarsi con il suo fiato corto.

Ma la mia attenzione non era su di lui... era sugli altri.

I sei uomini riuniti intorno a una scrivania alla fine della stanza.

Vidi del movimento in mezzo a loro.

Braccia snelle.

Gambe lunghe.

Intente a scalciare.

Vivienne...

Colt lanciò un pugno sul viso di un altro uomo, facendolo cadere per terra.

Alzai la pistola mentre Carven giocava con la sua arma un'altra volta prima di conficcarla sul petto di una guardia che si era girata verso di noi. In un attimo, la stanza si riempì di violenza. Qualsiasi altro suono venne spazzato via.

Non c'era nient'altro.

Niente se non la rabbia violenta che stavamo spargendo.

Una rabbia che loro stessi avevano creato nel momento in cui l'avevano portata via da noi.

Alzai la pistola e presi la mira, i riflessi pronti mentre premevo il grilletto, facendone fuori uno, due, *tre* prima di avanzare. Non sentivo altro che vuoto dentro di me mentre mi avvicinavo al bastardo in piedi di fronte alla scrivania... posizionato tra le sue cosce.

Daniels era un uomo morto...

Al diavolo le conseguenze.

Aveva i pantaloni aperti, la cerniera già completamente abbassata. Ma erano le sue mani intorno alle cosce di Vivienne che mi fecero venire il voltastomaco... *Perché stava toccando qualcosa che non gli apparteneva.*

Thump! Thump! THUMP!

Colt emise un ruggito. *Crunch!* Sollevò lo sguardo, concentrandosi sulla scena che si stava svolgendo alla scrivania prima di colpire. Vivienne emise un ruggito quasi di guerra prima di prendere a scalciare nuovamente, con movimenti frenetici. Io stavo già avanzando, cercando con tutte le mie forze di mandare giù il doloroso pungiglione d'ira che sentivo all'altezza della gola. Non c'era altro che rabbia cieca quando alzai lo sguardo e la vidi. Allora... mi bloccai.

Cazzo.

Il suo volto era un fottuto disastro. Una guancia era ormai diventata rosso fuoco, scurita da un livido dall'aspetto doloroso che non avevo dubbi domani avrebbe fatto ancora più male di quanto dovesse già fare in quel momento. Le labbra erano insanguinate e spaccate. Ma ancora non era nulla in confronto a ciò che vidi nei suoi occhi: uno era gravemente gonfio, e la sua pupilla era oscurata da uno sguardo vuoto. L'altro occhio, invece, era così pesto da non poter neanche restare aperto.

Vivienne scivolò giù dalla scrivania, pronta a scappare. Ma Colt le fu addosso, afferrandola prima che potesse rovinare per terra.

Poi, finalmente, fu tra le sue braccia.

Al sicuro.

Riportai lo sguardo sul pezzo di merda che l'aveva ridotta in quello stato e alzai la pistola. La piccola luce rossa del mio mirino trovò il centro della sua fronte in un attimo. Dentro la mia testa riuscivo già a vedere l'esplosione, lo schizzo cremisi che sarebbe volato dappertutto se solo avessi premuto il grilletto...

«No!» ruggì Daniels, sollevando le mani per coprirsi il volto, cadendo in ginocchio. «Aspetta... *Aspetta!* Hai bisogno di me— *Hai bisogno di me, cazzo!*»

Feci un passo avanti, oltrepassando l'ondata di violenza intorno a me.

Le urla riempivano l'aria mentre Carven gettava a terra un uomo al mio fianco, brandendo in aria la sua lama. Non l'avevo mai visto così infuocato mentre colpiva, ancora e ancora.

Non l'avevo mai visto così... terrificante. Nemmeno in tutte le volte che aveva combattuto per me. Ma ora... Ora era consumato dalla sete di sangue e di vendetta, e una volta finito con il suo lavoro, rivolse quello sguardo a lei.

A Vivienne.

Con la coda dell'occhio la vidi sussultare mentre io avanzavo, senza fiato.

Non dissi una parola, perché non c'era nulla da dire.

«Non sai quello che so io!» urlò il viscido figlio di puttana per terra mentre gli premevo la canna della pistola dritta in fronte. *«Io... Io... Io posso aiutarti!»*

Con la coda dell'occhio notai Colt togliersi il giubbotto e la maglietta, per dare quest'ultima a Vivienne, coprendola meglio che potesse.

«Non c'è nulla che tu possa dire che ti risparmierà dalla tua sorte,» gli dissi freddo. Ma nella mia testa, c'era una vocina che sussurrava. *E se...*

«Hai bisogno di me,» blaterò il bastardo, gli occhi pieni di lacrime mentre li passava da me ai figli. Scosse la testa, come se avesse finalmente realizzato cosa Vivienne fosse per noi, poi abbassò lo sguardo, facendosi ancora più piccolo.

«Non sapevo—»

Riuscì a malapena a completare quella parola prima che Vivienne si allontanasse dalla stretta di Colt. La maglietta svolazzò per il movimento mentre lei alzava il braccio e colpiva Daniels in faccia con forza, con uno schiaffo.

«Bastardo!» Lo colpì, ancora e ancora, Daniels ancora coperto dalle sue stesse mani. «Fottuto... *bastardo!»*

Feci un passo indietro, lasciandola sfogarsi come meglio credeva.

«Non lo sapevo...» mormorò lo stronzo per terra.

Vivienne si fermò, allora, i respiri corti e un'aria così feroce mentre torreggiava su di lui. Non importava in che condizioni fosse il suo viso, quanto stanca e sconfitta probabilmente si sentisse all'interno, in quel momento... era una fottuta guerriera.

«Non lo sapevi?» disse, le parole vuote, strane.

Io mi scansai da lei, abbassai la pistola e premetti il grilletto. Il proiettile trovò immediatamente il suo posto sulla mano di Daniels.

Le sue urla riecheggiarono nell'aria mentre si afferrava il polso, fissando il buco. La sua pelle divenne immediatamente grigia dal dolore, gli occhi spalancati e iniettati di sangue mentre io mi avvicinavo a lui lentamente, incontrando il suo sguardo.

«Ora lo sai,» gli dissi allora. «Ora capisci quanto siamo disposti a spingerci oltre pur di proteggerla.»

Daniels spostò lo sguardo da Vivienne a me. Sulle sue guance pallide e malaticce si stavano formando gocce di sangue.

«Non hai idea di cosa ha in mente,» balbettò. «Ma io sì. Posso aiutarti. Posso dirti tutto...»

Scossi la testa, finché Vivienne si voltò a guardarmi. Non vedevo altro che quel volto tumefatto, quegli occhi così gonfi da non poter neanche stare aperti a dovere, le ciocche insanguinate dei suoi capelli.

«Gattina,» dissi piano, porgendole la pistola.

Vivienne capì immediatamente.

Anche se torturata e terrorizzata, sapeva cosa le stavo dicendo. *L'ultima scelta spetta a te.*

Allungò una mano tremante, e allora notai tre unghie rotte e sanguinanti. L'immagine di quella scatola di metallo dentro il SUV mi riempì la mente, e capii subito che doveva essersele rotte cercando di aprirla.

Vivienne impugnò la pistola e si voltò.

«No...» disse Daniels, gli occhi spalancati mentre la guardava. «No!»

Vivienne sollevò l'arma, afferrò la canna e, con un urlo selvaggio, colpì il lato della testa di Daniels con l'elsa. Daniels cadde di lato mentre Colt si avvicinava, osservando la donna che aveva appena colpito il viscido stronzo che l'aveva aggredita.

Il figlio di puttana non aveva perso i sensi, purtroppo. Stordito, lo guardai ondeggiare sulle ginocchia, portando la mano ferita sul pavimento.

«Non l'hai steso, piccola,» le feci notare. «Vuoi provare un'altra volta?»

Vivienne mi guardò attraverso la minima fessura aperta che era il suo occhio, pensandoci per un attimo prima di annuire. Poi si voltò nuovamente verso Daniels.

«Aspetta!» disse quello mentre io sentivo il mio telefono squillare dentro la tasca.

Vivienne lo colpì di nuovo senza aspettare oltre, questa volta più forte. Allora Daniels si accasciò per terra con forza, tramortito, mentre io afferravo il telefono.

Daniels non si muoveva più, ma sapevo che era ancora vivo. E di questo aveva solo Vivienne da ringraziare. Non le tolsi gli occhi di dosso mentre lei si voltava a guardarmi.

«Se davvero sa qualcosa su Hale, allora potremmo aver bisogno di lui.»

Le feci un piccolo sorriso prima di guardare lo schermo del telefono, notando chi mi stava chiamando. Ringhiai, poi risposi. «Sarà meglio per te che sia una cosa importante.»

«Abbiamo un problema,» disse Mickie. «Non avrei chiamato, davvero, ma... il posto è un disastro.»

«Che vuol dire, *un disastro?*»

«È suonato l'allarme di emergenza e ha allagato l'intera ala est. Abbiamo dovuto chiuderla del tutto, e questo ha significato... spostare i corpi. Devi venire qui, capo. *E in fretta.*»

«Cazzo!» ululai, fissando Daniels con la mente in subbuglio. Non poteva essere una coincidenza, il disastro al magazzino proprio la stessa notte in cui avevano cercato di rapire Vivienne. Non era una coincidenza, e questo lo sapevo.

«Arrivo il prima possibile.»

«Prima di qualsiasi altra cosa, London—»

Strinsi la mascella, tirando fuori le parole a denti stretti. «Non farmi incazzare più di quanto non lo sia già, Mickie. Non stasera, okay?»

Dall'altro capo del telefono sentii silenzio per qualche secondo. «Ricevuto, capo.»

«Bene. Tieni tutto sotto controllo fino al mio arrivo.» Con *tutto* intendevo in realtà *tutti*. L'ala est del magazzino non ospitava solo Jack Castlemaine, ma anche Dominic Petrov, uno degli addetti alla sicurezza di Killion. La sua presenza mi era stata utile non solo per installare le telecamere che avevo utilizzato per spiare il pezzo di merda, ma anche per assicurarmi la sicurezza di Ryth.

Posi fine alla chiamata e mi voltai verso la massa di cadaveri.

«Riportate Vivienne alla casa sicura,» ordinai, guardando lei. «Non perdetela di vista neanche un attimo, chiaro?» dissi, guardando Colt, poi Carven. Ma sapevo che non avevo davvero bisogno di parole.

Eppure, anche se sanguinante e ferita, fu Vivienne a rispondermi. Nei suoi occhi non vidi altro che quel solito fuoco di sfida.

«Non credi che ormai io abbia dimostrato la mia lealtà?»

Mi sentii trafiggere il petto. «La lealtà qui non c'entra.»

Vivienne mantenne il mio sguardo. Capii immediatamente che non ci sarebbe stato modo di convincerla a fare altro. Nella mia mente varai tutte le varie situazioni che avrebbero potuto incorrere nel momento in cui si sarebbe ritrovata faccia a faccia con Jack Castlemaine. Annuii comunque.

«Se insisti.»

«Insisto, sì.»

Non potei fare a meno di sorridere di fronte alla sua testardaggine, nonostante tutto. Poi guardai il suo corpo, la maglietta che a malapena la copriva.

«Colt, trovale qualcosa da mettere. Carven,» dissi poi, rivolgendomi all'altro figlio. «Metti a soqquadro questo posto. Voglio qualsiasi informazione abbia tra le mani questo stupratore del cazzo.»

Carven fece un cenno e poi guardò Viv. Tra loro passò qualcosa, parole silenziose che sembrarono bruciare nell'aria. Colt si mise in mezzo solo per raggiungere il fratello, e insieme uscirono dalla stanza. Il salone divenne più silenzioso, l'aria più tesa, quando restammo da soli.

«Vivienne...»

Lei scosse la testa. «Non farlo,» disse, voltando lo sguardo su di me. «Non ho bisogno di parole, London, ho bisogno di fatti. Ho bisogno che tu ponga fine a questa cazzo di situazione, una volta per tutte.»

Sentii il cuore battere più forte dentro il petto, la disperazione a stringermi la gola. «Lo farò. Promesso.»

Vivienne annuì e poi si voltò, guardando i cadaveri disseminati per la stanza. «Bene. Perché non c'è posto in questo mondo per uomini come loro. Non più.»

Quella verità era tutto ciò che mi teneva sveglio ogni notte.

Quello che mi spingeva ad andare avanti nella vita. Il motivo per cui ero pronto a fare di tutto pur di proteggere chi amavo.

Sentii dei passi risuonare all'ingresso. Riconobbi immediatamente l'andatura di Colt, anche se, questa sera, il figlio sembrava molto più agitato di quanto fosse mai stato prima. Rientrò nella stanza con della lingerie rossa tra le dita.

«Non sono riuscito a trovare altro...» disse piano, la voce piena di disgusto per ciò che aveva portato.

Vivienne fissò per un attimo la lingerie e poi allungò la mano lentamente, prendendola.

«Preferisco camminare nuda sotto il gelo della notte piuttosto che mettere qualcosa di rosso che appartiene a lui.»

Colt distolse lo sguardo e lo portò su Daniels, ancora accasciato sul pavimento. «In questa casa non c'è altro.»

Vivienne annuì. «Beh. Se io non ho pantaloni, credo non servano neanche a lui.» Fissò con aria assente il punto in cui la cerniera di Daniels era ancora aperta, proprio sotto lo stomaco. «Pensandoci bene, non gli serve neanche il cazzo.»

Mi lanciò un'occhiata.

«Che fine ha fatto Carven?» disse poi, e notai un sorrisetto incurvarle le labbra per un attimo prima che venisse scacciato via da una smorfia di dolore.

Capitolo Quattro

LONDON

«Mh, no, sai cosa?» sussurrò tra sé e sé mentre fissava Daniels. «Non importa. Non vorrei che toccandolo Carven si prendesse qualche infezione.»

Il modo in cui vidi i suoi occhi oscurarsi non fece altro che accrescere la rabbia dentro di me.

Le domande affollarono la mia mente. L'aveva toccata? Quel lurido verme del cazzo l'aveva... l'aveva *violentata*? Ero arrivato troppo tardi? La maglietta di Colt era lunga abbastanza da coprirle le cosce, eppure io riuscivo a vederle chiaramente nella mia testa, con le mani di Daniels addosso. Tornai a tremare, inghiottito dal bisogno di ucciderlo in quel preciso istante, prima che Carven rientrasse nella stanza.

«Mettetelo in macchina prima che si svegli di nuovo,» ringhiai. «Lo portiamo al magazzino.»

«Non preoccuparti,» disse Carven, piegandosi e caricandosi il verme sulle spalle. «Resterà incosciente per un bel po'.»

Di nuovo quello sguardo, quel luccichio tormentato negli occhi di Carven quando incontrò lo sguardo di Vivienne un'altra volta. Poi si voltò.

Chiusi gli occhi per un attimo e cercai di riprendere possesso dei miei pensieri. Quello non era il momento giusto per analizzare tutta l'ampia gamma di emozioni che avevo visto passare tra i due.

Mi avvicinai a Vivienne e le portai un braccio sulla spalla, conducendola fuori dal salone.

«Non guardare,» la avvertii, ma avrei dovuto sapere di aver fatto uno sbaglio. Dire a Vivienne di non fare qualcosa significava arrendersi all'idea che avrebbe fatto tutto il contrario. Naturalmente tenne gli occhi aperti, bloccandosi a guardare le viscere, ormai sparse per terra, del pezzo di merda che Carven aveva sventrato prima di entrare in salone.

Mi aspettavo lacrime.

Urla.

Qualcosa.

Ma la mia gattina non fece nulla di tutto questo. Si limitò a distogliere lo sguardo da quella scena raccapricciante per continuare a camminare. Ogni singolo passo che fece fu straziante. Doveva essere doloroso; lo vedevo dal modo in cui il suo corpo s'irrigidiva ad ogni passo zoppicante.

Non mi sarei messo in mezzo, però. Sapevo che, più di tutto, quello di cui aveva bisogno al momento era sentire di avere ancora la sua dignità. Non sarebbe uscita da quella casa in nessun altro modo se non da sola, reggendosi sui suoi piedi.

Carven era di fronte a noi, il corpo addormentato di Daniels sulle spalle.

Smack!

La testa dello stronzo sbatté contro la cornice della porta di ingresso mentre Carven usciva dalla casa.

Dei fari mi accecarono improvvisamente, ma non ebbi alcun timore; riconobbi il suono familiare del motore della Mercedes mentre Colt si fermava proprio di fronte a noi, lasciando il motore acceso e aprendo il bagagliaio dalla macchina prima di scendere.

«Vado al magazzino,» dissi loro mentre afferravo la giacca che avevo lasciato sui sedili posteriori. «Chiamate un'impresa di pulizia, quando avete finito. Questa casa deve essere immacolata... e completamente svuotata di qualsiasi cosa importante, prima dell'alba.»

Carven annuì, lasciando cadere Daniels nel bagagliaio con un tonfo dal suono doloroso.

Guardai il corpo ancora privo di sensi, poi sollevai lo sguardo su mio figlio.

«Ci serve vivo, sai.»

«E sta ancora respirando infatti, no?» mi rispose lui prima di chiudere il portellone del bagagliaio con forza.

Avvolsi la mia giacca intorno a Vivienne, scortandola verso il lato del passeggero, facendola scivolare all'interno con attenzione.

«Vi chiamo quando avremo finito.» Odiavo lasciarli da soli, soprattutto in queste situazioni. La nostra piccola finestra di opportunità stava per chiudersi, stavamo per perdere tutto. Da un momento all'altro, Hale avrebbe scoperto che la situazione era degenerata... e allora sarebbe stata la fine di ogni sotterfugio.

La verità sarebbe venuta a galla.

Io e lui contro, finalmente alla luce del sole.

E sarebbe stato uno scontro brutale.

Odiai il modo in cui Vivienne sussultò nel momento stesso in cui si sedette. Ma lei non gliene diede peso, e invece alzò quell'occhio gonfio verso di me.

«Aspetta, Guild...»

Odiai la sensazione di dolore che sentii immediatamente al petto. «È vivo. Beh... Lo era quando l'ho lasciato. C'è un medico che si sta prendendo cura di lui.»

«Bene,» annuì lei lentamente, mettendosi la cintura di sicurezza. «Bene.»

Chiusi lo sportello della macchina e i miei pensieri tornarono immediatamente a Hale.

Non ero mai stato un suo alleato. Per tutti questi anni, ero stato un fottuto serpente, sempre intorno a lui nella speranza di trovare il suo nido, il suo covo. Il posto in cui si nascondeva insieme a tutti i suoi amici malati e senza spina dorsale.

Ora, sembrava che quell'occasione per me non sarebbe più arrivata, non dall'interno comunque.

Non più.

Salii e misi la marcia, facendo inversione e tornando lungo il viale. Vivienne guardò per tutto il tempo lo specchietto laterale. Non avevo bisogno di controllare per sapere che probabilmente Colt era fermo lì a guardarci mentre ci allontanavamo.

«Con me sei al sicuro,» le dissi piano, incontrando il suo sguardo. «Ho bisogno che tu lo sappia.»

«Lo so,» disse lei con voce vuota. «Non ho paura, London. Ad avercene dovrebbe essere chiunque abbia intenzione di mettersi tra di noi.»

Noi... Lei, io, e i figli.

Feci un piccolo cenno, riportando lo sguardo sulla strada mentre guidavo. Il viaggio fu tranquillo, silenzioso. Troppo silenzioso, in realtà.

Di tanto in tanto mi voltai a guardarla, odiando più di quanto avessi mai fatto in qualsiasi altro momento il fatto che non fossi mai stato bravo nel dare conforto. Io proteggevo, cacciavo, *uccidevo* per chi amavo, ma quando arrivava l'alba, quando arrivava il momento in cui l'essere umano bramava qualcosa di più importante e profondo del sesso... Io, lì, mi ero sempre sentito carente.

Toccala, idiota. Almeno quello.

Deglutii a fatica, dividendo la mia attenzione tra la strada e lei. Con la coda dell'occhio la vidi afferrare i lembi della mia giacca e stringerli intorno al corpo. Con forza, fino in fondo, quasi come avesse bisogno che quella giacca diventasse per lei una seconda pelle.

Ci misi venti minuti in più ad arrivare al magazzino.

E ne odiai ogni singolo secondo quasi quanto sapevo, in fondo, di averne avuto bisogno.

Maledissi immediatamente la vista di tutte quelle luci che squarciavano il buio della strada. Vidi dei fari lampeggiare in lontananza. Mi fermai al bivio, vedendo il magazzino non troppo lontano, restando fermo mentre guardavo l'auto oltrepassarmi. La giovane donna al volante non si voltò mai verso di me. Mantenne l'attenzione sulla strada di fronte a sé.

Riportai l'attenzione sulla strada, aspettando che la berlina andasse via del tutto prima di accostarmi ai cancelli del magazzino. Ci volle solo un attimo prima che si aprissero e io li oltrepassassi.

Thump!

Il rumore proveniva dal bagagliaio. Inarcai le sopracciglia quando lo sentii di nuovo.

«Beh, almeno è ancora vivo,» dissi allora. «Per ora.»

Uscii dalla macchina una volta spento il motore, lasciando che Vivienne mi seguisse. L'aria gelida mi arrivò sulla pelle anche oltre il giubbotto. Potevo solo immaginare quanto fosse congelata lei. Ma se lo era non disse una parola.

Alle mie spalle arrivò il rumore dei passi mentre io mi avvicinavo al bagagliaio, fermandomi di fronte lo sportello mentre Mickie arrivava da me.

«Tira fuori questo pezzo di merda,» dissi una volta che Mickie mi fu a fianco. Poi mi diressi verso Vivienne. «Portalo nel magazzino.»

Un urlo soffocato provenne dall'interno. Un suono patetico adatto all'uomo patetico che lo aveva prodotto. Tenni Vivienne stretta a me mentre oltrepassavo con lei le porte d'ingresso al magazzino.

«Ah, ecco com'è questo posto, allora,» disse lei. «Bello. Credo.»

Scossi la testa, arricciando le labbra, ma fu più una smorfia che un sorriso. «Sempre pronta a scherzare.»

«*Toglimi le mani di dosso!*» sentii urlare Daniels alle mie spalle.

Due guardie armate si diressero verso di noi dal corridoio, entrambe completamente zuppe e chiaramente incazzate. Una di loro si asciugò la fronte con il dorso della mano imprecando ad alta voce, mentre l'altra alzava lo sguardo su di me.

«Signore,» disse, facendo un cenno con la testa. Nei suoi occhi vidi il panico quando notò Vivienne al mio fianco.

«Danni?» chiesi.

Lui non rispose, troppo impegnato a fissarla.

«*Ehi!*» abbaiai allora, facendolo indietreggiare con forza mentre incontrava nuovamente il mio sguardo. «Hai intenzione di darmi una risposta oppure no?»

«Sissignore,» balbettò. «L'ala est è completamente rovinata. Abbiamo dovuto spostare gli... gli oggetti nell'ala ovest.»

Tolsi il braccio dalle spalle di Vivienne e feci un passo avanti, nella testa il ricordo di quella berlina nera che ci aveva oltrepassato poco prima.

«Jack Castlemaine?»

«Al sicuro. Bagnato fradicio, ma al sicuro,» disse, lanciando un'altra occhiata a Vivienne.

«Portami da lui.»

La guardia annuì. Mi voltai, allora, incontrando lo sguardo di Vivienne.

«Pronta?»

Lei annuì, l'aspetto così dannatamente innocente sotto tutti quei lividi.

«*Fottiti, St. James!*» sputò Daniels alle nostre spalle. «Vaffanculo!»

Sollevai la mano, toccando con delicatezza la pelle gonfia della sua guancia. «Lo ucciderò per quello che ti ha fatto. Prima o poi, morirà urlando. Voglio che tu lo sappia.»

«*Fottuto pezzo di merda!*»

«A me sembra che stia già urlando,» disse lei, mantenendo il mio sguardo.

Le sorrisi. «Queste non sono le urla di cui parlo io, bimba.»

Mickie spinse in avanti il viscido pezzo di merda, facendolo inciampare. Mi voltai, seguendoli lungo il corridoio che conteneva tutti i miei sporchi segreti... alcuni più sporchi di altri.

I nostri passi continuarono ad echeggiare nel corridoio, fino a quando con un tonfo sordo Daniels cadde per terra.

«*Cazzo!*» urlò, guardando la mia guardia con rabbia. «Stai cercando di uccidermi?»

«La morte per te è una fine troppo gentile,» gli risposi io ringhiando. «Credimi, Daniels, quello che ho in mente per te non è niente di veloce. Per quando avrò finito con te non spererai di essere morto; spererai di non essere mai neanche nato.»

Lo vidi irrigidirsi e ringhiare sottovoce mentre si voltava verso di me, guardando alle mie spalle.

«Occhi a me, figlio di puttana,» abbaiai. «Non la guarderai. Mai più.»

Le hanno messo gli occhi addosso, o sbaglio?

Le parole di Carven mi tornarono in mente, insieme ai bulbi oculari che avevano tenuto in mano quando le aveva pronunciate.

Non sopravviveranno a quello che hanno fatto.

Daniels trasalì, poi si voltò di nuovo mentre i nostri passi echeggiavano nelle pozzanghere che riempivano il pavimento. Andammo avanti, verso l'ala ovest. Quella più piccola, occupata principalmente da corpi ancora caldi e da stanze piene di tutte le mie armi. Tutto quello che non mi azzardavo mai a lasciare a casa.

Ma qualsiasi cosa io avessi, non era nulla in confronto a ciò che aveva King.

Quel pezzo di merda aveva tutto quanto.

Tutto quello che volevo anche io.

E adesso io avevo tutto di lui.

«Qui.» Mickie si fermò di fronte alla porta numero W312, che dava verso la parte più grande del magazzino riservato agli alloggi.

Aprì la porta, lasciandomi lì a fissare l'oscurità fino a quando qualcosa si mosse da essa.

«Che cazzo succede?» disse Daniels, guardandomi.

«C'è qualcuno che vive qui... per il momento,» risposi io, mentre Jack Castlemaine entrava finalmente in scena.

Aveva i capelli ancora bagnati, i vestiti asciutti che si stava ancora sistemando addosso.

Fissò Daniels mentre Mickie lo spingeva con forza dentro la stanza.

«London?»

«È una situazione temporanea,» gli dissi. «Dobbiamo capire prima che cosa cazzo ha fatto scattare l'impianto d'irrigazione.»

«Jack?» sussurrò Vivienne, e sentii il cuore scattare in gola quando la sentii oltrepassarmi.

Jack spalancò gli occhi quando la vide, e, per un attimo, vidi qualcosa guizzare dentro essi. Qualcosa di disperato. Qualcosa che lui spinse giù quando si voltò, dopo aver fissato con attenzione il suo volto tumefatto.

«Sei stato tu?» chiese, fissando Daniels con forza.

«Vaffanculo, Castlemaine,» sputò lui. «Facciamola finita,» disse poi, guardando me. «Tu vuoi la puttana, e io invece voglio vivere. Quindi, portami quel dannato contratto e te la rendo.» Inciampò sui suoi stessi piedi instabili mentre cercava di raddrizzarsi. «La sua figa non è mai stata abbastanza per quello che l'ho pagata.»

Cercai con tutte le mie forze di tenere a freno la mia rabbia, ma non ci fu verso. Esplose dentro di me, e con un ruggito mi lanciai su di lui, spostando Castlemaine di lato. Daniels emise un urlo strozzato e inciampò indietro, ma era troppo tardi. Lo afferrai per la maglietta, scagliandomi contro di lui, sferrandogli un pugno in faccia forte abbastanza da fargli scattare la testa indietro con uno schiocco nauseante.

Stordito, lo vidi allargare gli occhi. Ma era ancora vivo.

Inspirai con forza. «Chiudi quella cazzo di bocca quando pensi di parlare di lei, lurido pezzo di merda. Altrimenti te la cucio io con le mie stesse mani. *Ti è chiaro?*»

Grumi di sangue lasciarono la sua bocca mentre lui prendeva a tossire, in preda al dolore. Lo lasciai andare, facendolo cadere per terra di faccia come un verme. Perché questo era, in fondo. Un viscido verme. Uno che volevo tantissimo schiacciare sotto i piedi, per sempre.

«Ho parlato con Ryth,» sentii mormorare Vivienne.

Presi un bel respiro mentre mi voltavo, guardandola avvicinarsi al padre di Ryth.

«Sta bene.»

Jack annuì lentamente, senza mai distogliere lo sguardo dal suo viso. «Ma tu? Tu stai bene?» le chiese dolcemente.

Vivienne mi guardò, allora. Non distolse lo sguardo mentre rispondeva. «Sto bene adesso.»

Bip.

Il suono provenne dalle mie spalle. Mi voltai di scatto, sentendo la rabbia minacciare di esplodere un'altra volta. Poi afferrai immediatamente il braccio di Daniels prima che potesse prendere il telefono che stava squillando nella sua tasca.

Il nome che lessi sullo schermo mi raggelò il sangue nelle vene.

Hale.

«Mickie...» dissi piano. «Assicurati che il verme resti in silenzio.»

«Con grandissimo piacere,» rispose lui, attraversando la stanza, spingendo il palmo contro la bocca di Daniels mentre io azionavo la chiamata senza parlare.

«Come sta la puttanella di London?» ridacchiò Hale dentro il mio orecchio. «Spero che tu non abbia già completamente rovinato quella figa... Ho intenzione di prendermela comoda, con lei, domani, dopo la nostra festa. Cazzo, scommetto che è una che urla. Non vedo l'ora di scoprirlo.»

M'irrigidii all'istante.

Incapace di pensare.

Incapace di muovermi.

Ingoiai semplicemente tutte le parole che mi stava dicendo all'orecchio, convinto fossi Daniels, imprimendo ognuna di esse dentro la mia anima.

La risatina divertita dall'altro capo del telefono andò scemando lentamente, lasciando il posto soltanto al silenzio.

Quel tipo di silenzio pericoloso di per sé.

Freddo.

Gelido, anzi.

Poi, a bassa voce, sentii un tremore.

«London?» sussurrò Hale.

Abbassai il telefono, e chiusi la telefonata.

Capitolo Cinque

CARVEN

Feci una smorfia mentre distoglievo lo sguardo dalla scatola di metallo. La squadra di pulizia sarebbe arrivata tra trenta minuti almeno, il che significava che avevamo tutto il tempo per ripulire questa casa da qualsiasi cosa potesse servirci e andare via.

«Sei pronto?»

Portai lo sguardo verso Colt, fermo a guardare i corpi ammassati nel salotto. Non disse una parola. Era troppo impegnato a guardare gli uomini morti intorno alla scrivania. Sapevo cosa stava immaginando. Sapevo quanto gli facesse male.

«Colt.»

Mio fratello alzò la testa verso di me. Aveva gli occhi iniettati di sangue, pieni di rabbia. Rabbia e un bisogno inestinguibile di vendetta.

«Sono morti.»

«Lo sono davvero?» chiese. Non aggiunse altro.

Lo sono davvero?

Distolsi lo sguardo, portandolo sul volto del pezzo di merda di fronte a me. Sollevai il piede, sferrandogli un calcio dritto in faccia. La sua testa scattò all'indietro con uno scricchiolio assordante, e lì rimase. Il sangue prese a scivolare sul pavimento, ma non c'era traccia di vita nel suo corpo.

Poi iniziammo a mettere a soqquadro tutto quanto, proprio come voleva London.

Mi avvicinai alla scrivania, fissando il tappetino verde che si era quasi staccato dalla superficie.

Avevano cercato di violentarla...

Fissai la stoffa, il legno, poi lasciai cadere la mano e afferrai la pistola, svuotando il caricatore su di essa. La pistola bruciava tra le mie dita mentre il puzzo acuto della polvere da sparo mi invadeva le narici. Premetti il grilletto fino a quando il caricatore rimase vuoto.

I fori di proiettile puntellarono completamente il legno.

Quel dannato tappetino adesso era distrutto.

«Ecco!» ringhiai, voltandomi verso mio fratello con il viso in fiamme. «Ora va meglio?»

I miei respiri erano duri, dolorosi. Incontrai il suo sguardo fino a quando non ce la feci più, e spostai gli occhi. Avrei voluto continuare ad urlare contro di lui per placare il bisogno di vendetta che sentivo dentro, ma sapevo che non sarebbe stato comunque abbastanza.

Pensavo di sentirmi così perché era lei, la donna che mio fratello e London bramavano... Ma non era compassione, quella che bruciava dentro il mio petto. Era altro. Era un'emozione che non riuscivo a scacciare via. Perché mi sentivo proprio come loro. Debole, bisognoso... *come loro.*

Il mio volto era in fiamme mentre fissavo la scrivania, ora rovinata.

«L'avevano presa, Carven. Cazzo, l'avevano presa. L'avevano presa, ed è *nostra.*»

Dio...

Non gli risposi mentre andavo verso i cassetti, mettendo completamente a soqquadro tutto quanto.

Cassetto dopo cassetto.

Libreria dopo libreria.

Decimai ogni maledetta stanza dentro la casa.

Ma non trovai nulla.

Non c'era nulla da nessuna parte.

Niente...

La pelle d'oca mi invase le braccia. I miei sensi si fecero più acuti, affinati, come una lama.

Inclinai la testa, restando in ascolto.

«Che c'è?»

Sprofondai nel passato oscuro che mi aspettava sempre dentro la testa. Il terrore che avevamo passato tutti questi anni a lasciarci alle spalle riecheggiò, fondendosi al presente. Era una sensazione alla quale ero fin troppo abituato. La provavo ogni giorno. L'avevo provata anche ieri sera, quando avevo guidato fino alle rovine di quello che una volta era stato l'orfanotrofio.

La sensazione che mi diceva che un altro di noi era alle nostre calcagna.

Cercai con tutte le mie forze di ricordare, per filo e per segno, tutto quello che era accaduto ieri sera.

Vai a caccia da solo? Le mie parole riecheggiarono nella mia testa.

No, aveva risposto quella voce dietro di me. Allora mi ero girato, senza incontrare il suo sguardo. Se l'avessi fatto, mi chiedevo ora, sarei ancora stato qui? Non ne ero così sicuro.

Stai cercando qualcuno in particolare? avevo chiesto al figlio.

Una figlia. Claire Murdoch, mi aveva risposto. *Se la trovi... stalle alla larga. È chiaro?*

E così avevo fatto. Mi ero tenuto alla larga così tanto che non avevo neanche posto domande. Eppure, adesso la stavo pensando.

Mi voltai e mi diressi verso la porta dello studio, lasciandomi Colt alle spalle.

«Che c'è?» ringhiò lui.

«Niente,» risposi.

Ma non era niente. Non era affatto niente. Mi lasciai alle spalle la carneficina e uscii dalla casa, dove i segni delle ruote della Mercedes di London che aveva sgommato via da qui poco prima erano ancora freschi. L'aria gelida di dicembre mi colpì il viso mentre prendevo un grosso respiro.

Sentivo ancora il leggero puzzo della polvere da sparo nell'aria, e mi guardai intorno, scrutando la facciata della casa. Non eravamo poi così lontani dalla casa di quella puttana.

La casa che avevamo cercato di radere al suolo.

Era ovvio. Nessuno di quegli stronzi stava mai troppo lontano l'uno dall'altro.

Ma io non ero uscito per lei... Ero uscito per *loro*.

I figli.

Quelli che sapevo mi stavano guardando, in questo momento.

Attesi che qualcuno, che qualcosa, si muovesse dall'ombra. Che qualcuno mi dicesse cosa cazzo volessero. Ma non vidi nessun movimento, nessuna voce arrivò dal buio. C'era solo la nuvoletta prodotta a intermittenza dal mio respiro pesante.

Restai lì per un po' prima di tornare indietro, dentro casa, dove Colt era intento a distruggere una delle camere da letto al piano di sopra.

Ma non era una semplice camera da letto... No, era stata chiaramente progettata per essere l'inferno personale di qualche sfortunata donna finita tra le loro mani.

Il suo calcio incontrò il bordo del letto, rompendolo completamente. Colt non disse una parola, non urlò, non emise un fiato mentre lasciava la sua rabbia muoversi al suo posto. Il suo piede spinse contro le catene che erano state agganciate ai bordi del letto, per tenere ferma la vittima con il corpo completamente divaricato ed esposto, poi afferrò con le mani la testata del letto, la sollevò e la scaraventò dall'altro lato della stanza, facendola andare in frantumi.

Mi fermai sulla soglia, fissandolo, aspettando che incrociasse il mio sguardo.

«Trovato niente?» chiesi.

Colt scosse la testa, la preoccupazione ad aggrottargli la fronte prima di riportare lo sguardo verso la stanza rovinata.

«Allora andiamo,» mormorai, fissando la distruzione di fronte a me insieme a lui. «Al resto ci penseranno quelli delle pulizie.»

Colt si allontanò dalla testata del letto, avvicinandosi a me. Non vedevo l'ora di andarmene via da questo posto, di cancellare il sudiciume che avevamo visto questa notte dalla mia pelle, dalla mia testa, anche se sapevo sarebbe stato inutile. La merda che avevamo fatto e visto sarebbe rimasta per sempre marchiata nella mia anima, impressa per sempre nella mia memoria.

Non come lei, però...

Non come questa... figlia.

Sentii qualcosa stringersi nel mio petto mentre uscivo di casa con mio fratello. Sapevo che si fosse innamorato della ragazza. Al solo pensiero di lei mi sentii le guance più calde. Nessuno l'avrebbe più toccata, dissi a me stesso. Non fin quando saremmo stati vivi entrambi.

All'ingresso vedemmo due coppie di fari dirette verso di noi. Guardai il furgone e un'Explorer nera fermarsi all'ingresso. Quattro uomini scesero lentamente dal primo veicolo. Il conducente si voltò a guardarci mentre gli altri facevano il giro verso il portabagagli.

«Questo è per voi,» disse, facendo cenno verso il furgone dal quale era sceso.

Insieme agli altri andò verso la casa, e io mi diressi verso il furgone in silenzio, salendo sul lato del guidatore e aspettando che Colt salisse a bordo al mio fianco. Avrei mandato un messaggio ad una squadra per farli venire a prendere, dopo. Una volta sistemati i cadaveri, ovviamente.

«Voglio esserci, quando torna a casa,» disse Colt piano, lanciandomi un'occhiata. «Ho bisogno di vederla.»

La disperazione nel suo tono era evidente. Avrei dovuto aspettarmelo. Il modo in cui aveva lottato per salvarla... non l'avevo mai visto così, prima. Avevo il cuore in gola mentre guidavo attraverso la città, diretto verso casa, perché la verità era che... non era più lui l'unico ad aver perso la testa. Era successo a tutti noi, e io non avevo la più pallida idea di come avrei dovuto affrontare la situazione.

Presi il telefono, digitando il numero velocemente e ascoltando la chiamata partire, in attesa di risposta.

«Sono io,» dissi quando la sentii aprire dall'altro lato. «La squadra è pronta?»

Sentii il tonfo degli stivali in sottofondo prima che Hunter rispondesse. «Dal lato nostro è tutto pronto. Ho una squadra di sei uomini in casa, e quattro in attesa. Se dovessero decidere di attaccare, non sarà la loro notte fortunata.»

Annuii. «Bene. Torniamo presto.»

Il resto del viaggio trascorse in silenzio.

Sapevamo entrambi, sia io che Colt, che tipo di guerra fosse alle porte. Era una guerra per cui ci preparavamo da tutta la vita, dal momento in cui London aveva varcato le soglie di un inferno per bambini e aveva fatto un patto con il diavolo per tirarci fuori dalle fiamme.

In qualsiasi altro momento, sarei stato pronto ad accogliere questa guerra a braccia aperte. Mi sarei ritrovato persino a desiderarla.

Ma in questo momento...

Sbuffai, controllando nello specchietto retrovisore che non ci fosse nessuno dietro di noi.

Adesso, dentro di me, sentivo qualcosa di diverso. Era cambiato qualcosa. C'era una chiarezza, dentro di me, che prima non c'era mai stata. La consapevolezza che adesso avrei potuto perdere tutto...

Gli occhi di Vivienne infestarono la mia mente, e io persi un battito immediatamente. Cercai di scacciarli via dai miei pensieri mentre accostavo sul vialetto di casa, fermandomi. Colt mi lanciò un'occhiata.

Non disse una parola. Ma quello sguardo fu abbastanza.

«Tornerò più tardi,» mormorai, spostando lo sguardo sui mercenari armati in giro per la casa.

Colt scese dall'auto e si chiuse lo sportello alle spalle, con più forza del solito. Era arrabbiato, certamente. Era giusto che lo fosse. Dio, anche io ero arrabbiato con me stesso.

E nonostante questo, feci retromarcia e schiacciai poi sull'acceleratore, diretto verso il magazzino.

Quando arrivai, il mio umore non era cambiato. Era forse peggiorato. Parcheggiai il furgone di fronte l'ingresso e inviai un messaggio con l'indirizzo alla squadra di pulizia. Il veicolo sarebbe sparito prima dell'alba, insieme ai corpi e a tutto il sangue che ci eravamo lasciati alle spalle.

Superai l'ingresso codificato ed entrai. Auto, armi, fila e fila di informazioni e una dannata cella frigorifera mi diedero il benvenuto. Lanciai un'occhiata verso la stanza, poi mi voltai e accesi le luci.

Venni invaso da brividi gelidi, gli stessi brividi che avevo sentito all'orfanotrofio per anni, gli stessi che mi avevano colpito questa sera. Mi voltai e scrutai lo spazio, ma trovai ogni cosa al proprio posto. Eppure... c'era qualcosa. Qualcosa che mi sembrava strana.

Feci un passo avanti, sentendo i sensi in allerta mentre cercavo di capire cosa ci fosse che non andava.

Non riuscivo a capirlo. Non riuscivo a vederlo. Non riuscivo—

Di riflesso mi inginocchiai, portando immediatamente una mano alla lama che portavo nella cintura. Nel momento in cui lo feci, però, lo vidi... un coltello.

Un coltello conficcato nel muro.

Non ce l'avevo messo io.

Non avevo dubbi che non fossi stato io, a metterlo.

Ma non era lì da solo.

Era stato messo lì per tenere fissato al muro un biglietto.

Afferrai il manico del coltello e liberai il biglietto. Non era mio, il coltello, né di Colt. Il cartoncino bianco cadde sulla panca vicina al muro, con un piccolo strappo sul centro. Sul lato c'era il nome di un bar. Afferrai il bordo e voltai il cartoncino, trovando una scritta.

Vogliamo la figlia.

Figli.

Vogliamo la figlia... *Vogliamo la figlia?*

Quella stessa rabbia agghiacciante che mi aveva preso questa sera mi avvolse un'altra volta mentre stringevo il cartoncino tra le mani e fissavo l'indirizzo.

Ora capivo cosa fosse quella sensazione fredda dentro di me. Quella sensazione che avevo sentito alla bocca dello stomaco la scorsa notte, quella che sentivo dentro anche adesso.

Ora lo sapevo.

Era paura.

Capitolo Sei

VIVIENNE

LONDON SI FECE silenzioso e pallido di fronte a me mentre abbassava il telefono.

«Cosa?» sussurrai piano, sollevando lo sguardo.

«*London?*» sentii pronunciare il suo nome dall'altro capo del telefono.

Ma London non rispose. Non parlò. Si limitò a chiudere la telefonata, gli occhi scuri fissi su Daniels. Non avevo mai visto uno sguardo così... *pericoloso*. Daniels dovette sentirne la forza addosso, perché fece un lento passo indietro, addentrandosi nell'oscurità.

«Tenetelo d'occhio costantemente,» disse London lentamente, il tono privo di emozioni. «Non torcetegli un capello. Chiaro?»

«Sissignore,» mormorò la guardia alle sue spalle.

London fece un cenno con il capo. «Bene. Perché solo io posso far urlare questo figlio di puttana, fino a quando implorerà per la sua vita. Se qualcuno dovesse fare qualcosa, qualsiasi cosa per impedirmelo, lo sventrerò sul posto.» Lanciò un'occhiata a Jack. «Jack, ti riporteremo nella tua stanza non appena avremo ripulito il casino dall'altra parte e risolto il problema.»

Jack mantenne uno sguardo di pietra, non mi tolse gli occhi di dosso neanche mentre rispondeva, «Nessun problema. Fa' con comodo.»

Mi leccai le labbra, trasalendo. Avevo la testa in fiamme, dolorante, ma non era nulla in confronto al dolore che sentivo all'occhio.

«Dovresti farti controllare,» disse Jack dolcemente, la voce piena di preoccupazione.

Sollevai lo sguardo, guardandolo attraverso la stretta fessura del mio occhio. «Sì, forse,» risposi mentre London si voltava, guardando Jack, poi me... e trasaliva.

«Andiamo,» disse, facendo un cenno con la testa prima di poggiare la mano sulla mia bassa schiena.

Lanciai un'altra occhiata a Jack, fermandomi per un secondo. Un fremito mi attraversò il corpo, rubandomi il respiro. Era forse il fatto che Jack fosse l'ultima cosa che mi restava di Ryth, a tenermi ancorata sul posto? Oppure qualcos'altro... un altro tipo di dolore?

«Vivienne,» mi esortò London, la sua mano forte sulla mia schiena.

Non ebbi il tempo di esprimere a parole il caos che sentivo dentro la mia testa. Lasciai che London mi guidasse verso l'uscita, lanciando un ultimo sguardo alle mie spalle all'uomo che continuava a guardarmi con attenzione fino a quando la guardia non chiuse la porta, frapponendosi tra noi.

«Andiamo a casa?» chiesi, i passi veloci a seguire quelli di London.

«No.»

Aggrottai la fronte. *No?* «Dove andiamo, allora?» chiesi mentre ripercorrevamo il lungo corridoio che portava all'ingresso del magazzino.

«Andiamo a vedere un maledetto dottore.»

Non disse più nulla, neanche per dare ordini. Niente.

Mi allontanai con uno scatto da lui solo quando fummo fuori dalle porte.

«Ehi!»

Ma London continuò a camminare, il tonfo pesante dei suoi passi a riempirmi le orecchie, echeggiando nella notte silenziosa.

«Ehi!» urlai. London si fermò, bloccandosi di fronte a me. Sentii la rabbia bruciare mentre avanzavo con forza. «Non farlo... Non con me, non ora.»

London si girò a guardarmi, gli occhi pieni di fuoco. «*Cosa* non devo fare, Vivienne?»

«Tenermi fuori!» Lo aggirai fino a quando non ebbe altra scelta se non quella di rivolgermi la sua totale attenzione. «Non puoi tenermi fuori, London. Non puoi restartene chiuso qui dentro da solo,» gli dissi, puntellando la sua fronte con l'indice, così forte da mandare la sua testa indietro.

Dubitavo con tutte le mie forze che qualcuno lo avesse mai colpito in questo modo. Ma c'era una prima volta per tutto.

La sua fronte si aggrottò sotto il mio dito mentre guardavo le sue labbra arricciarsi, poi lui spingere la sua rabbia via con forza. Ma solo perché ero io, giusto? Aspettai comunque che la sua rabbia venisse fuori, che mi trascinasse con forza verso l'auto senza neanche parlare, senza rispondermi.

Non fece nessuna delle due cose.

Si limitò a guardarmi negli occhi prima di chiedere con cautela, «Cosa vuoi che ti dice, Vivienne?»

«Oh, non lo so,» ringhiai io, sentendo la mia rabbia farsi avanti, ingigantita dal dolore che sentivo alle labbra. «Che ne dici di, *come stai?* Pensi di poter fare almeno questo? Dio santo, London! Potresti almeno dimostrarmi che t'importa, un po', solo un po'?»

Vidi il suo nervo all'angolo dell'occhio guizzare. Era un freddo, calcolatore, figlio di—

«Pensi che non m'importi di come sei stata ridotta?» disse piano, facendo un passo avanti, un altro ancora, fino a quando mi ritrovai inchiodata sulla macchina. «Pensi che guardarti in faccia non mi faccia venire voglia di distruggere il mondo intero?»

Persi il respiro, e il cuore mi saltò in gola, battendo forte, forte, forte. Non era questo che—

London si chinò, quei pozzi senza fondo che aveva al posto degli occhi a guardarmi fin dentro l'anima.

Il suo tono, quando parlò di nuovo, fu basso, roco e implacabile.

«Credi che vorrei fare altro oltre girarmi, tornare lì dentro e sparare a quel figlio di puttana, dritto in faccia?» Vidi i suoi occhi riempirsi di dolore. «Lo voglio così tanto che non riesco a pensare ad altro. Lo voglio così tanto che sento di star perdendo la testa, in questo momento. Voglio farlo a pezzi. Voglio fare a pezzi tutto il mondo da quando ho scoperto che ti stavano portando via da me. Se potessi, in questo momento darei fuoco a tutto quanto, a tutti quanti, fino a quando non restiamo solo noi. Io, te... e i figli.»

Cercai di inghiottire il groppo che mi si era formato in gola, ma non voleva andare via.

«Quando mi chiedi se m'importa, la risposta è *sì*, Vivienne. Mi importa. Molto. M'importa... *troppo*.»

Troppo?

Il mio corpo venne invaso da brividi e tremori. London... aveva appena detto ciò che credevo avesse detto?

«Quindi adesso saliremo in macchina e andremo via da qui, perché se restiamo qui per un secondo in più, torno indietro e lo ammazzo. Torno indietro e mantengo la promessa che ho fatto prima. Inizierò con Daniels, e poi passerò a tutti gli altri, e non mi fermerò. Nessuno di noi si fermerà. Non ci sarà fine a questa carneficina. Lo capisci, vero? Anche adesso è tutto andato. Nel momento stesso in cui ti ho ripresa, è finito tutto. Abbiamo perso l'opportunità di trovare tutti gli altri. Tutti gli uomini dietro l'Ordine. Tutte le figlie lì fuori. Quelle senza qualcuno a proteggerle. Quelle che non conoscono altro che terrore, disperazione e solitudine. Se c'è anche solo una minima possibilità di trovarle, la mantengo restando qui invece di andare a far fuori il primo pezzo di merda che ho preso in custodia. È solo questo che mi da la forza di non dare fuoco a tutto il mondo, proprio adesso. Solo per te.»

Il mio cuore sembrava intenzionato a scoppiare dentro il mio petto.

«Quindi... ora lo sai,» mormorò, gli occhi fissi nei miei.

«Ora lo so,» non potei fare altro che ripetere.

Una parte di me sentiva il bisogno di ribellarsi a tutta quella violenza, a quell'ossessione che aveva appena ammesso di sentire per me. Ma l'altra parte di me, quella che fino a un'ora prima aveva sentito il *bisogno* di esattamente quell'ossessione, si sentiva inebriata. Soddisfatta.

«Pronta ad andare?» chiese, e la domanda suonava quasi strana sulle sue labbra. Non avevo dubbi che London non chiedesse mai nulla a nessuno, ma a me... a me lo stava chiedendo.

Il mio petto si strinse di fronte all'emozione che provai, e annuii in fretta. «Sì.»

«Bene.» Mi aggirò, dirigendosi verso lo sportello del passeggero per aprirlo. «Allora sali, così andiamo via da questo posto.»

Seguii i suoi ordini, scivolando lentamente sul sedile e aspettando che si chinasse e mi mettesse la cintura. Quando lo fece, venni invasa da una sensazione oscura, un bisogno che non avevo mai sentito prima, non così. Inspirai il suo profumo, lasciando che prendesse ogni singolo centimetro del mio corpo. Mi chiesi se ciò che Daniels mi aveva fatto mi avesse cambiata irreparabilmente, per sempre? Se il solo pensiero di essere toccata, adesso, anche se da London, Colt e Carven, fosse stato troppo? Mi avrebbero lasciata andare, allora? Avrebbero trovato qualcun altro con cui rimpiazzarmi? Mi avrebbero riportata all'Ordine?

Chiusi gli occhi, sentendo la paura stringermi la gola, bloccandomi il respiro.

Venni riportata indietro dal rumore della cintura che andava al suo posto, e London che diceva, «Vivienne.»

Il suo tono profondo e gutturale mi fece tremare mentre aprivo gli occhi e incontravo il suo sguardo.

«Sì?» chiesi, sentendo il dolore bruciare nel petto.

«Sei mia, gattina. Sei mia e di nessun altro. Non dimenticarlo mai.»

E così si allontanò, lasciandomi a desiderare di sentire un'altra volta quelle labbra sulle mie mentre chiudeva lo sportello. Lo osservai dirigersi verso il posto del guidatore, mettersi al volante. Mise in moto in un attimo, e altrettanto velocemente uscimmo dal perimetro del magazzino. London prese il telefono dalla tasca e compose un numero, e la chiamata prese a suonare dagli altoparlanti della macchina.

«Sei vivo. Una delusione,» disse la voce dall'altro capo del telefono. Persi il respiro di fronte quelle parole, e guardai London con la coda dell'occhio.

«Dove ti trovi?» ringhiò London.

«Perché vuoi saperlo? Non farti venire in mente di venire a portare altri casini alla mia porta.»

Guardai le dita di London stringersi intorno al volante.

«Dammi un indirizzo, dottore,» disse a denti stretti, gli occhi fissi sulla strada di fronte a sé. «Non farmelo ripetere due volte.»

«*Bene,*» sibilò il morto vivente a sua volta. Perché, se così non era in quel momento, non avevo dubbi che quest'uomo sarebbe morto a breve per il modo in cui si stava rivolgendo a London. Nessuno gli parlava così, questo era quello che avevo imparato. «Ti mando un messaggio,» mormorò poi, mentre in sottofondo si levavano urla agonizzati.

Mi focalizzai su quel suono, realizzando che... era Guild. *Era Guild.*

Guardai London mentre lui chiudeva la telefonata, poi il suo telefono squillò con l'arrivo di un messaggio.

London premette sullo schermo e il display della macchina mostrò una mappa. Finii contro lo schienale del sedile quando London spinse il piede con forza sull'acceleratore, attraversando le strade della città seguendo le indicazioni sullo schermo.

«Restami vicino.» Voltai il capo per guardarlo. «Non mi fido di nessuno che non sia... beh, noi,» mi spiegò. «Non stasera.»

Feci un piccolo cenno d'assenso mentre lui entrava nel vialetto di una piccola casa fatta di mattoni rossi. La vidi a malapena, così lontana. L'altro mio occhio stava per chiudersi insieme a quello che ormai avevo smesso di provare ad aprire, e oltre al dolore adesso si era aggiunto anche il mal di testa.

London accostò e scese dall'auto, prendendosi il suo tempo per venire ad aprirmi la portiera.

«Andiamo verso il retro,» mi disse, osservando la strada prima di guardare di nuovo me. «Prendi la mia mano.»

Lo feci velocemente, intrecciando le dita con le sue come se fosse la cosa più normale del mondo, come l'avessimo fatto altre mille volte. Una vampata di gelosia mi prese all'improvviso quando mi chiesi con quante altre donne lo aveva fatto? Di quante altre amanti si era preso cura, in passato?

I miei passi si fermarono di scatto, allontanandomi da lui. Non volevo... Non volevo pensare che una volta fosse stata anche lei. Quella... Ophelia.

Chiunque altro, ma non lei.

Tutti, ma non lei...

«Cosa succede?»

Il panico dentro il mio petto rese il ringhio di London ancora più profondo, più pauroso. Lo sentii girarsi verso di me. Il mio cuore stava battendo così forte da fare male.

Per quanto ci stessi provando, ero incapace di liberarmi di quella sensazione di agonia agghiacciante. Mi accasciai su me stessa, incapace di respirare, mentre lacrime dense scivolavano sulle mie guance.

Dalle mie labbra partì un urlo.

Crudele.

Pungente.

Come se qualcuno fosse finalmente riuscito a stringere gli artigli intorno al mio cuore e avesse strappato via, con forza, con violenza, il cuore dal mio petto.

«Tu— Tu e *lei*...» blaterai, come un'adolescente innamorata e pazza. Alzai lo sguardo. «Tu... e lei.»

I suoi occhi vennero riempiti di dolore e tormento, un assaggio del dolore che stavo provando anche io.

«È tutto nel passato.» London lasciò andare la mia mano per cingermi il viso con entrambe le sue, alzando il mio volto delicatamente verso l'alto. «Mi senti, Vivienne? Tutto ciò che è stato prima di questa notte... non esiste più. Ci siamo solo noi, ora. Solo io e te.»

Cercai di stringermi a quelle parole.

Di sentirle, ascoltarle, farle mie.

Di mandarle giù.

Ma non riuscivo a lasciare andare il dolore, neanche per quanto facesse male.

Prima che potessi rovinare per terra London mi prese tra le braccia, portandomi verso l'uscio della porta di casa. Il suo pugno colpì con forza la superficie della porta, e dall'altro capo sentii passi pesanti correre verso di noi.

La porta venne aperta con uno strattone violento. A malapena scorsi la sagoma scura e sfocata dalle mie lacrime che si stagliò di fronte a noi. London entrò all'interno senza aspettare un invito.

«Dio santo,» mormorò lo sconosciuto. «Venite, di qua.»

London non disse una parola, e io feci altrettanto. Si limitò a seguire l'uomo verso una camera vicina alla porta sul retro prima di farmi accomodare su un tavolo di acciaio.

«Cosa cazzo le è successo?» abbaiò l'uomo con uno scatto.

Una luce intensa mi accecò all'improvviso. Emisi un gemito e provai a scansarmi, nascondendo le lacrime che mi stavano rigando le guance.

«Sei un fottuto bastardo, St. James, eh?» ringhiò, spegnendo la luce. «Calma, calma, adesso. Non ti farò niente. Sono un dottore,» disse poi a me.

«Sì, lo avevo immaginato...» gli risposi io, alzando il capo lentamente, cercando di guardarlo dall'occhio che ancora non si era chiuso del tutto. «E questa non è opera di London, smettila di fare lo stronzo.»

Il dottore sembrò restare di sasso prima di raddrizzarsi lentamente, gli occhi fissi su di me per tutto il tempo. «Okay. Vuoi dirmi che cosa è successo?»

«Se ti dico che sono inciampata mi credi?» chiesi, guardando le sue labbra appiattirsi immediatamente, la mascella stringersi. «Okay, suppongo di no,» mormorai allora velocemente. «Manteniamoci sul fatto che non è stato London, okay? Mi ha salvato dagli stronzi responsabili di quello che stai guardando.»

Per un attimo pensai che non mi avrebbe creduto. Poi, però, prese un profondo respiro e il suo tono si fece più morbido.

«Okay. Che ne dici di sdraiarti, allora, e lasciare che ti controlli?»

Il mio corpo tremava, scosso da brividi che mi facevano digrignare i denti, ma feci un cenno e strinsi le mani intorno al bordo del tavolo. Il dottore mi aiutò a distendermi lentamente. La giacca di London si sollevò dal mio corpo, rivelando la maglietta di Colt che ancora avevo addosso.

Il dottore mi guardò e si bloccò appena un secondo prima di voltarsi a prendere lo stetoscopio. «Lasciaci un po' di privacy,» disse a London.

«No,» rispose lui, costringendo il dottore a incontrare il suo sguardo. London portò i suoi su di me, e non vidi altro, al loro interno, che lealtà e dolore. E una disperazione pericolosa che mi fece venire i brividi.

«Non lo stavo chiedendo,» specificò il dottore. «E poi, puoi andare a trovare il tuo amico, nel frattempo.»

«Guild?» dissi io, voltandomi verso il corridoio.

«Non preoccuparti per lui,» mi disse il dottore. «Concentrati su di te, ora, piuttosto. Andrà London a controllare Guild. Dio solo sa che nottata infernale avete avuto, tutti e due...»

«Puoi dirlo forte...» mormorai a bassa voce, leccandomi le labbra e sentendole bruciare un'altra volta.

Il telefono di London vibrò dentro la sua tasca, e per qualche motivo, io seppi dentro di me che era uno dei gemelli.

«Vai,» gli dissi. «Starò bene.»

London non voleva andarsene, questo lo sapevo bene. Lo sapevo dal cipiglio ostinato che gli aggrottava la fronte.

Ma quando un sibilo basso arrivò dal corridoio, e Guild chiamò, «London...» io non potei fare a meno di guardarlo con insistenza.

«Va',» dissi di nuovo. «Starò bene, lo prometto.»

London uscì dalla stanza a malincuore, ma non senza prima rivolgere uno sguardo al dottore che disse più di mille parole... e promise infinita violenza se qualcosa fosse andato storto.

«Sembra che tu ti sia fatto un nuovo amico,» dissi piano, muovendomi con cautela sul tavolo.

«Ne sono contentissimo,» disse lui senza entusiasmo, poi si mise al lavoro, accendendo una luce proprio di fronte al mio occhio ancora aperto e forzando l'altro con due dita per fare lo stesso. Sibilai al dolore immediato che sentii.

«Non sembra essersi rotto nulla, ma c'è un'emorragia grave.»

«Ne sono contentissima,» risposi io, ripetendo le sue stesse parole.

Il dottore non si tirò indietro, non si fermò. Iniziò dall'alto, trovando ogni singola ferita sul mio cuoio capelluto prima di andare avanti, fermandosi sui lividi sulle mie braccia prima di chiedere, «Ho il permesso di alzare la maglietta?»

Annuii lentamente. Le sue dita non toccarono mai la mia pelle mentre alzava su la maglia dal bordo, la sua attenzione fissa solo sulle mie ferite. Aspettai che la repulsione all'idea di essere toccata arrivasse, ma da parte del dottore non sentii nient'altro che rispetto. Mi toccò solo sulle ferite, constatandone i danni. Girai il capo quando arrivò sul mio stomaco, sondando il mio ventre, irrigidendomi immediatamente quando trovò il punto in cui faceva più male.

«Devo chiedertelo, e mi dispiace,» disse piano, e il suo tono mi costrinse a guardarlo. «Sei stata violentata?»

Il cuore mi saltò in gola, soffocando il rumore di passi che si avvicinava a noi. Ma trattenni il suo sguardo mentre scuotevo il capo lentamente.

Non riuscii a capire se mi aveva creduto. Non ebbi la possibilità di scoprirlo con più tempo insieme a lui. Il dottore riportò la maglietta al suo posto, coprendomi meglio che poteva quando London rientrò nella stanza. Quegli occhi scuri non si lasciarono sfuggire nulla, si fissarono immediatamente sulla mano del dottore che passava dalla mia schiena alla mia coscia, poi di nuovo su, aiutandomi a rialzarmi.

«Quando potrà andare via Guild?» chiese London, il tono minaccioso.

«Con una ferita da arma da fuoco come quella? Almeno fra una settimana. Ha bisogno di cure mediche, London.»

«Deve tornare al lavoro,» rispose lui, portando lo sguardo su di me. «Puoi darle qualcosa per il dolore?» chiese poi.

Il dottore non sembrò gradire molto la domanda. «Direi. Chiaro.»

Si avviò verso una vetrina in fondo alla stanza, rovistando all'interno prima di estrarre una fiala. London non distolse lo sguardo da me neanche una volta. Non c'era dolcezza nei suoi occhi, né un minimo di imbarazzo. Solo uno sguardo feroce che portò poi sul dottore, guardandolo mentre mi porgeva delle pillole bianche.

«Queste ti aiuteranno con il dolore. Potrebbero causarti sonnolenza, per un po', ma dormire è ciò che ti serve, in questo momento. Sempre che tu sia al sicuro...» disse, ma l'ultima parte era chiaramente rivolta a London, non esattamente a me.

«Vivienne,» disse London con cautela. «Che ne dici di aspettare fuori mentre io parlo con il dottore?»

«Che ne dici se invece resto?» gli risposi io, conscia del fatto che, se fossi uscita, solo uno dei due sarebbe rimasto vivo. E quel qualcuno non sarebbe stato il dottore.

«Va tutto bene,» rispose quest'ultimo, mantenendo lo sguardo di London mentre io mi alzavo dal tavolo, riportando i piedi sul pavimento.

Li lasciai alle loro cazzate mentre uscivo con le pillole strette in pugno. Non cercai qualcosa da bere. Mi diressi verso il corridoio e la porta di un'altra stanza... trovando all'interno l'uomo che aveva rischiato di perdere la sua vita pur di salvare la mia.

Guild lanciò uno sguardo verso di me quando entrai. I suoi occhi si spalancarono per un attimo, guardandomi con angoscia.

«Gesù, Viv...» disse, spingendosi in alto e ringhiando di dolore subito dopo.

Aveva il petto e il braccio fasciati da bende bianche. Le fissai, poi guardai lui.

«Starai bene, Guild?»

«Meglio di te sicuro,» disse lui, togliendo gli elettrodi che aveva sul petto per mettersi a sedere. «Dio, ti hanno conciato male.» Mi afferrò delicatamente dal mento, fissando le mie ferite.

«È meglio di quel che sembra,» borbottai.

«Ne dubito fortemente,» rispose lui, lasciandomi andare. Poi, la preoccupazione nei suoi occhi venne meno, rimpiazzata dalla sete di vendetta. «Sono morti?» chiese.

«Tutti. Tranne uno.»

Guild aggrottò la fronte. «Chi manca all'appello?»

«Daniels.»

Guild imprecò e cercò di alzarsi. «Dove cazzo si trova?»

Gli portai immediatamente una mano sul petto per tenerlo fermo. «Calmati, Daniels è... nel magazzino di London.»

Guild smise di lottare, allora, guardando il mio occhio gonfio. «Lo sta tenendo in vita?»

Annuii. «Ha bisogno di lui. Per ora.»

«No, non ne ha. Lo uccido io stesso, cazzo.»

«Col cazzo che lo farai,» disse London entrando nella stanza. Mi guardò prima di riportare gli occhi su Guild. «Bene, sei quasi in piedi. Possiamo tornare a casa, allora.»

Dio, che bastardo insensibile. Così fottutamente freddo, nonostante tutto.

Eppure, mi tese la mano. «Vivienne.»

Scossi la testa, ma sapevo fosse inutile andargli contro. Era inutile andare contro entrambi. Guild mi seguì con lo sguardo mentre London mi prendeva dal braccio e mi conduceva verso la porta di casa.

«Un attimo!» disse il dottore dietro di noi. La sua espressione era dura, i suoi occhi fissi su London. «Non puoi farlo, London.»

Lo guardai da oltre le spalle mentre London mi portava fuori, senza fermarsi.

«Pensa alle complicazioni!»

«Lo sto facendo,» ringhiò London mentre mi aiutava a salire in macchina.

Guild entrò sui sedili posteriori, grugnendo per il dolore.

Ma fu lo sguardo che il dottore ci stava rivolgendo che mi strinse la gola mentre London si metteva al volante. Perché non stava più guardando London... stava guardando me.

«Che complicazioni?» chiesi mentre London metteva in moto e prendeva a guidare. «*London...*» dissi, voltandomi a guardarlo con rabbia. «Di che complicazioni sta parlando?»

Capitolo Sette

CARVEN

SCRISSI UN MESSAGGIO:

Novità sulla situazione?

Poi lo inviai.

Non distolsi lo sguardo, non feci altro se non guardare lo schermo mentre aspettavo. La risposta arrivò in fretta.

London: *Sì. Stiamo tornando a casa.*

Io: *Ci vediamo più tardi. Io devo prima occuparmi di una cosa.*

Aspettai che lo schermo diventasse nero prima di muovermi, alzando lo sguardo verso il vicolo buio in questa squallida zona della città. Il biglietto da visita era stretto tra le mie dita. Non avevo bisogno di rileggerlo, perché avevo le parole incise nella mia mente.

Vogliamo la figlia.

Strinsi la mascella, aprii lo sportello e scesi dell'auto. Non me ne fregava un cazzo di cosa volessero. Ero venuto qui solo per dare una risposta... da figlio a figlio. Chiusi lo sportello e l'auto alle mie spalle prima di incamminarmi verso l'indirizzo che avevo trovato sul biglietto. Sembrava un conservificio che da tempo non era più in uso. Ora, probabilmente, ci organizzavano rave illegali dai quali la polizia si teneva alla larga.

Mi diressi lungo il vicolo, fino a una porta di metallo. Con la coda dell'occhio vidi un tizio ben piazzato scivolare fuori da una Mustang nera.

«Cerchi qualcosa?» mi chiese.

«Sì.» Alzai il biglietto per mostrarglielo. «Ti dice qualcosa?»

Il tizio a malapena guardò la mia mano prima di dirigersi verso la porta, aprendola. Sentii i cardini stridere mentre la porta si apriva, e immediatamente venni invaso dalla musica alta all'interno.

«Buona fortuna,» mormorò mentre io entravo, lasciando che la porta si chiudesse da sola alle mie spalle.

Non avevo bisogno della sua fortuna. Avevo bisogno di una doccia, e almeno otto ore di sonno. Scrutai il magazzino poco illuminato e pieno di gente che se la spassava, trovando un DJ in piedi su un podio poco lontano da me che agitava la mano come un idiota mentre faceva partire una canzone heavy metal.

Mantenni l'attenzione su chi avevo intorno, mentre quella stessa sensazione di panico faceva di nuovo capolino dentro di me. Portai gli occhi su di lui, notando l'espressione stordita sul suo viso, troppo persa in ciò che stava facendo.

Pensa.

Il mio cuore stava battendo troppo forte, facendo scattare in alto la mia frustrazione. *Cazzo.*

Non riuscivo a gestire questa situazione, non dopo la notte di merda che avevo passato. Avevo le dita ancora insanguinate, la testa ancora piena del bisogno di vendetta.

Finché tutto intorno a me divenne silenzio.

Si spense tutto.

E io entrai in modalità caccia.

L'istinto prese il sopravvento, azzerando tutto il resto. Non m'importò più del rave, della musica. Non me ne fregò più niente se non di quella fame dentro di me, quella che mi implorava di fare a pezzi qualcuno, di sventrare ogni figlio di puttana avessi accanto. Smisi di camminare, fissando un punto dritto di fronte a me mentre mi lasciavo sprofondare nell'oscurità.

Io non ero come loro. Non ero come nessuno di loro. Ero stato rotto e poi ricostruito... e ora ero diverso. Non solo un cacciatore... un assassino. Una fottuta macchina da guerra, fredda, vuota, distaccata. Mio fratello e London erano le uniche persone in questo mondo in grado di farmi ancora sentire umano, anche solo per un attimo. Ma in questo momento mi serviva lasciarmi andare a quella parte di me che sapeva come liberarsi di ogni tipo di emozione. E a quella freddezza io mi ci strinsi con forza... Quella parte crudele della mia natura che ora stava prendendo il sopravvento, lasciandomi a scrutare la gente intorno a me come fossero prede e io il loro cacciatore.

Ma non erano *loro* il mio obiettivo, non esattamente. Loro erano troppo diversi da me. No, io cercavo qualcuno che mi assomigliava. Un figlio, proprio come me. Continuai a camminare, perché sapevo che non l'avrei trovato qui, non tra tutti gli idioti troppo impegnati a divertirsi, sudare e dimenticare tutto il resto.

Mi diressi verso il retro del magazzino, dove l'oscurità mi richiamava.

Nascosta.

Silenziosa.

Sapevo che lo avrei trovato lì.

Del resto, era lì che io sarei stato.

Sprofondai nell'oscurità di fronte a me. I miei passi si fecero più silenziosi, le spalle più inarcate, i miei occhi bassi. Non tenni conto del DJ che si girava a guardarmi per dirmi di non andare oltre, tanto non avrebbe smesso di fare ciò che stava facendo.

Arrivai sul retro, e un altro buttafuori si materializzò dal nulla. Mi fermai di fronte a lui e alzai le braccia, lasciando che mi perquisisse. Una volta soddisfatto annuì e aprì una porta alle sue spalle.

Me la chiusi dietro di me una volta entrato, trovando una camera poco illuminata con un bancone improvvisato a bar che riempiva la maggior parte dello spazio. Nel momento stesso in cui entrai sentii la sua presenza, fredda e riservata, gli occhi fissi su di me come laser.

Il suo sguardo attento mi tagliò la strada. Silas Ares era seduto ad un piccolo tavolo rotondo al centro della stanza, e stava guardando qualcuno all'angolo prima di voltarsi verso di me.

Non eravamo amici. Non eravamo alleati. Non eravamo nulla, eppure lui fece un cenno con la testa in segno di saluto quando mi vide. Io ricambiai, notando subito dopo un movimento con la coda dell'occhio, e Nathaniel Wolf fare la sua apparizione.

Lanciò un'occhiata fulminante a Silas prima di ridacchiare.

Silas si fece scuro di rabbia in volto. Si alzò, afferrò la bottiglia di scotch sul suo tavolo e mi passò davanti, dando una forte spallata a Wolf.

Mi allontanai. Tra loro non scorreva buon sangue, ma non era affar mio. Non avevo intenzione di ritrovarmi incastrato nei loro casini. Avevo già abbastanza problemi con la mia famiglia.

I miei pensieri tornarono a lei... al motivo di tutto questo.

London non avrebbe mai dovuto portarla a casa nostra.

Non avrebbe mai dovuto...

Carven! Il suo grido invase la mia mente mentre mi avviavo verso il bancone. *Carven!*

Sentii il cuore battere più forte mentre prendevo il portafoglio, tiravo fuori una banconota da venti dollari e la lasciavo sul bancone, facendo un cenno allo stronzo dietro il bancone che serviva da bere.

Non avevo bisogno di bere, non realmente, ero qui per un altro motivo. Ma accettai comunque il drink.

Mi voltai e scrutai tra le ombre, trovando volti familiari all'interno della stanza. C'era Lazarus Rossi, con una splendida rossa al seguito. Mi guardò per un attimo prima di passare oltre, senza mostrare alcun tipo di interesse per la mia presenza. Tornare a ripensare alla gattina, al modo in cui aveva provato a proteggere mio fratello dentro quel camerino al centro commerciale, quando eravamo stati attaccati...

Era lei la causa di tutto.

La causa di ogni problema, di ogni mia palpitazione.

Afferrai il bicchiere e mi scolai lo scotch velocemente mentre guardavo uno stronzo alzarsi dal fondo della stanza. I miei sensi andarono immediatamente in allerta. Mi venne la pelle d'oca mentre lo guardavo dirigersi lentamente verso di me.

Avevo il cuore a battermi dritto nelle orecchie mentre lui faceva scivolare il bicchiere ormai vuoto sul bancone e si sedeva al mio fianco, senza guardarmi, uno stuzzicadenti tra i denti.

«Carven,» disse con cautela, e io sentii il panico stringermi il petto.

Scrutai il suo volto, cercando di trovarvi un qualcosa di famigliare, ma non c'era. Lui era più vecchio... più grande di noi, la mascella troppo dura, lo stesso sguardo distaccato e freddo che accomunava anche noi. Ma il suo... era diverso.

«La figlia,» disse con calma e disinvoltura mentre il barista prendeva il suo bicchiere vuoto. «La voglio.»

Strinsi la mascella, guardandolo, non rispondendo fino a quando non incontrò il mio sguardo.

«Non puoi averla,» risposi.

Nella mia mente vedevo Colt scoparla. Mio fratello era troppo coinvolto. Troppo... coinvolto. Questo fu l'unico motivo per cui mi alzai dal posto che avevo preso e mi ritrovai faccia a faccia con il figlio di puttana.

Lo stronzo si avvicinò al mio orecchio. «Posso, se è ciò che voglio. Lei non ti appartiene.»

Il cuore minacciò di scoppiare dentro il mio petto alle sue parole, quella sete di sangue più forte di quanto l'avessi mai sentita. «E a chi dovrebbe appartenere, allora? A te?»

«È una figlia, o sbaglio?» disse lui. «Appartengono *tutte* a me.»

Si raddrizzò, allora, incontrando il mio sguardo freddo.

«Dovrai passare sul mio cadavere.»

Lo stronzo fece un passo indietro, facendo un piccolo cenno d'assenso. «Sul tuo corpo o attraverso, non m'importa. In un modo o nell'altro, la figlia sarà mia.»

Sentii il freddo attraversarmi. Avrei voluto pugnalare quel figlio di puttana seduta stante. Ancora, ancora e ancora, fino a quando di lui non sarebbe rimasto più nulla, ma nel momento in cui feci un minimo cenno in avanti, vidi un altro uomo spuntare dalle ombre all'angolo.

Lo stronzo di fronte a me si allontanò, avvicinandosi all'uomo nell'ombra, e insieme camminarono verso la porta. Poi, un altro si mosse al mio fianco, spingendosi via dal muro. Non lo avevo neanche visto.

Il suo sguardo vacuo si poggiò sul mio prima che anche lui seguisse i due oltre la porta.

Quella paura agghiacciante che stavo cominciando a provare troppo spesso mi tolse il respiro.

Non ce n'era uno solo alla ricerca di Vivienne... erano in tre.

Tre freddi, calcolatori, dannati assassini.

Sul tuo corpo o attraverso, non importa.

Eravamo nei guai. Guai grossi. Se avessimo perso di nuovo Vivienne, London e Colt non sarebbero stati più gli stessi. Una fitta mi oltrepassò il petto— neanche io sarei stato più lo stesso.

Con la mascella tesa mi mossi verso la porta anche io.

«Carven,» disse qualcuno. «Ehi!»

Ma non mi fermai. Non rallentai il passo. Aprii di scatto la porta e mi tuffai nell'orda di gente festante del rave, alla disperata ricerca dei tre uomini che volevano prendersi ciò che apparteneva a noi.

Capitolo Otto

VIVIENNE

La parte laterale del viso ancora mi bruciava, mandando fitte di dolore anche alla testa, così forti da farmi credere quasi che, prima della fine della serata, si sarebbe spaccata in due una volta per tutte. Portai una mano sulla guancia mentre Guild e London litigavano. Le loro urla non mi stavano per niente aiutando.

Da un momento all'altro, London avrebbe perso la testa. E non sarebbe stato un bello spettacolo.

«Non puoi dire sul serio,» mormorò Guild dietro di me, mentre London si avviava verso la casa in cui vivevamo.

Il mio cuore stava battendo troppo forte.

«La stai davvero riportando in questa casa? Per l'amor del Cielo, London, non è sicuro qui!»

London mi lanciò un'occhiata. Vidi il movimento con la coda dell'occhio, ma non riuscii a ricambiare lo sguardo. Rimasi congelata sul posto, una mano sulla maniglia dello sportello e un'altra sul bordo del sedile.

«Non scappo da nessuno, io,» disse London, rallentando mentre entrava sul vialetto di casa. «Non da loro, né da *nessuno*. Se scappi significa che sei morto, e lo sai anche tu.»

Non disse altro mentre spegneva il motore della macchina. Poi uscì dalla macchina.

«Non *scappi?*» ringhiò Guild mentre seguiva London fuori dalla macchina. «Non scappi, cazzo?»

Boom!

Chiuse lo sportello con un tonfo incredibile che mi costrinse a stringermi la testa tra le mani per attutire il dolore in qualche modo. London aprì il mio sportello e mi tese la mano. «È quello che ho detto,» disse, gli occhi fissi sui miei. «Io resto e combatto. Non scappo.»

Strinsi la sua mano, facendomi aiutare da lui ad uscire dalla macchina. Capivo cosa volesse dire. Sapevo dicesse sul serio. Lo vedevo in quello sguardo scuro e pericoloso. Sarebbe andato in guerra seduta stante, per questo... per me.

Sentii il desiderio stringermi lo stomaco con forza. Se London St. James era stato pericoloso, prima... ora era una fottuta bomba a orologeria.

«Guardati intorno, London, cazzo! Non hai neanche una porta d'ingresso!»

London non rispose. Il suo sguardo restò ancorato a me mentre io camminavo verso la casa. Nel momento in cui mi avvicinai all'ingresso venni invasa dai ricordi, e il terrore mi strinse la gola. I miei passi divennero incerti, il mio respiro corto. Non vedevo altro che la porta aperta e sfondata, il sangue che colava sul sentiero di cemento che stavo percorrendo, fino ai gradini.

Non vedevo altro che morte, di fronte a me.

«Non può restare qui, London. Lo sai,» incalzò Guild, arrivando alle mie spalle.

Mi costrinsi a camminare nonostante tutto. Avevo superato peggio di questo, ricordai a me stessa... *Molto, molto peggio.*

Deglutii a fatica e superai le macchie cremisi che vedevo di fronte a miei occhi mentre sentivo London perdere finalmente la pazienza.

«Il rifugio non viene controllato da troppo tempo, non posso essere certo che sia sicuro. Dove cazzo pensi che dovremmo andare se non qui? Al Four Seasons, Guild?»

Le mie dita tremarono mentre allungavo la mano per afferrare il pomello della porta d'ingresso e facevo un passo dentro.

Quando entrai, non fu il corpo di Guild ricoperto di sangue sul pavimento dell'ingresso a invadere i miei occhi, ma Colt. Colt che scendeva le scale con due borsoni in spalla pieni di... vestiti.

Li lasciò cadere per terra con un tonfo, accanto ad altri due già pieni allo stesso modo, prima di incontrare il mio sguardo.

Il mio corpo prese a tremare immediatamente, quando lo guardai. Sentii le lacrime pizzicarmi gli occhi.

«Che cazzo sono tutti questi borsoni?» ringhiò London alle mie spalle.

Li guardai anche io, poi ritrovai gli occhi di Colt, pieni di calma rassegnazione.

«Le sue cose, pare,» disse Guild. «Almeno qualcuno qui sembra preoccuparsi della sua sicurezza.»

Con la coda dell'occhio vidi London scoccargli uno sguardo glaciale. «Chiudi quella cazzo di bocca, Guild. Non ti sparo solo perché sei già ferito, ma non mettere alla prova la mia pazienza.»

Feci un lento passo avanti, trovando degli indumenti rosa e neri fare capolino da una delle due borse lasciata lievemente aperta. «Questi sono tutti miei.»

Colt annuì lentamente. Quegli occhi blu penetranti restarono fissi sul mio viso mentre parlavo di nuovo.

«Le tue cose non ci sono.»

Lo vidi aggrottare la fronte prima di scuotere lentamente la testa, come se non ci avesse neanche pensato, a lui.

«Hai fatto tutto questo per me?» sussurrai.

Sentii la disperazione irradiare dal suo corpo quando Colt si avvicinò a me e allungò una mano per sfiorarmi il viso. Il minimo tocco delle sue dita sul mio volto mi fece sibilare di dolore, e odiai sentirlo allontanarsi per non farmi del male. Ma Colt non andò poi davvero da nessuna parte. Al contrario, mi prese per mano e, lanciando un'occhiata a London, mi portò su per le scale lentamente.

Salimmo al piano superiore con lentezza, la mia mano stretta sul passamano con forza, ogni passo un dolore. Mi costrinsi a muovermi fino a quando non arrivammo al pianerottolo. Quando vidi la porta aperta della mia camera da letto, mi bloccai. Ore. Non erano passate nient'altro che ore dall'ultima volta che ero stata lì dentro, rannicchiata sul mio letto, cercando di fare del mio meglio per riprendermi dopo l'attacco che avevamo subito al centro commerciale.

Fu in quel momento che la tensione, la paura, il dolore, il tormento... finalmente mi presero.

Con un gemito ferito mi sentii cedere, ma le mie ginocchia non toccarono mai terra. Colt mi afferrò prima che potessi cadere, prendendomi e stringendomi contro il suo petto forte e caldo. Girai il viso, premendo il mio dolore contro il suo corpo. Le sue braccia si strinsero intorno alla mia vita mentre io stringevo le mie intorno al suo corpo, e, lentamente, Colt mi portò nella mia stanza. Non mi lasciò andare.

Mi aggrappai a lui con forza, come fosse la mia scialuppa di salvataggio in questo mare di terrore in cui vivevo da tutta la vita.

«Vivienne.»

Tremante, non potei fare altro che continuare a perdermi nel terrore dentro la mia testa.

«*Vivienne.*»

Il suo tono profondo mi fece alzare la testa. Aprii l'unico occhio ancora lievemente funzionante e trovai il volto di Colt, sfocato dalle mie stesse lacrime.

Quei suoi occhi blu si strinsero ai miei. «Non succederà.»

«C-cosa?» chiesi piano, tirando fuori le parole dal macigno che si era posizionato sulla mia gola.

«Non ci perderemo mai.»

Mi sentii congelare, il cuore che batteva troppo forte nel mio petto mentre la mia mente cercava di elaborare le sue parole.

«Potranno provare a spezzarci...» Il suo pollice accarezzò il dorso della mia mano lentamente, girandola verso di sé. «Ci proveranno, sicuramente.» Quel tocco delicato sfiorò il taglio sul mio palmo, quello che mi ero procurata mentre brandivo quel pezzo di specchio rotto come un'arma. «Ma anche i pezzi rotti sanno come fare male.»

Il mio corpo prese a tremare con forza.

«Sanno fare un male cane, piccola,» disse, riportando i suoi occhi su di me. «Tagliano in profondità, soprattutto quando decidiamo di affilarli prima.»

Cosa stava cercando di dirmi? Non riuscivo a capirlo. Persa nei miei stessi brividi, cercai di capire il senso delle sue parole. Colt voltò lo sguardo verso il mio letto, verso i vestiti accuratamente preparati lì. Vestiti destinati a... me.

Perché stavamo andando via... come aveva suggerito Guild.

Stavamo lasciando questa casa. E non saremmo più tornati.

«D-dove...» sussurrai, sentendo le parole bruciare. I miei pezzi rotti tagliavano, sì. Erano affilati come lame e facevano male, come aveva detto Colt. Ma stavano facendo a pezzi *me*. «Dove stiamo andando?»

Colt scrollò le spalle lentamente, arricciando le labbra piene. «London ha detto Four Seasons. Non ti piace?»

Ridacchiai, ma il suono non sembrò per niente divertito. Eppure... Sentii i miei pezzi infranti farsi da parte, i loro angoli smussarsi, farsi meno affilati. Li sentii liberarmi dalla mia paura, e mi costrinsi a salire di nuovo su, in superficie.

Presi un profondo respiro, ingoiando l'aria nuova che avevo intorno a me, capendo finalmente cosa Colt aveva cercato di dirmi.

Avevano provato a distruggermi.

I pezzi affilati, che facevano ancora male... potevano essere i miei.

Potevano, ma non lo erano.

Perché non ci erano riusciti, non era forse vero?

Avevano provato a distruggermi, ma non ci erano riusciti. Perché io ero ancora qui. Ero qui, cazzo, proprio qui, a fissare quegli occhi che volevano solo me. Occhi pieni di luce, occhi che mi stavano aiutando a restare a galla. Non stavo più annegando. Venni stretta con forza dal suo amore, e sentii il mio cuore battere di nuovo, pieno di vita.

Lo sentii sbocciare dentro me come un fiore quando Colt si sporse verso di me e, delicatamente, *così delicatamente*, mi baciò. Chiusi gli occhi quando sentii il calore delle sue labbra addosso, e, sotto l'amore, sentii il bisogno bruciare come lava dentro le mie vene. Mi sporsi in avanti, stringendo le braccia intorno al suo collo, spingendomi contro di lui fino a farmi male.

Non m'importava più. Accolsi il dolore completamente.

Colt non mi toccò. Non avvolse le sue braccia possenti intorno al mio corpo, per tirarmi più vicina a sé. Mi lasciò prendere ciò che volevo, lasciandomi portare le dita tra i suoi capelli. Il bisogno che sentivo di lui si fece sempre più pressante, sempre più forte. Approfondii il bacio, e Colt mi diede tutto ciò di cui avevo bisogno senza mai toccarmi davvero.

Mi spostai da lui lentamente, trovandolo con le labbra ancora aperte e arrossate dal nostro bacio, gli occhi accesi di bisogno. Restammo a guardarci per un po', senza dire una parola, poi io tornai a guardare i vestiti sul mio letto.

«Four Seasons, hai detto?»

Nel momento in cui lo dissi, capii che era proprio ciò di cui avevo bisogno. Non ero mai stata in un hotel di lusso, non avevo mai attraversato un foyer pieno di gente importante che si gira a guardarti anche se non ti conosce. Non avevo mai avuto nulla, nella mia vita. Non avevo mai sperimentato altro se non il controllo di uomini sconosciuti su di me, sulla mia vita, sul mio corpo.

Mi tornò in mente un film che avevo sempre amato. Un film che era molto più vecchio di me. Mentre fissavo i vestiti sul letto, mi venne in mente la protagonista. Finsi di essere io, di avere io un Richard Gere intento a corteggiarmi con abiti bellissimi e una vita tutta nuova, solo per me. Finsi di essere io la donna la cui vita era improvvisamente piena di nuove possibilità.

Avevo le unghie spezzate. Il corpo martoriato e tremante.

Ma questo era adesso.

Non doveva essere così per sempre.

Non sarebbe stato così per sempre.

Non mi sarei lasciata schiacciare dal dolore.

Mi liberai della giacca di London, che feci cadere per terra. La maglietta di Colt andò via subito dopo. Sentii il seno bruciare di dolore nel momento in cui l'aria fredda mi colpì il corpo, ma non restai lì a pensarci. Afferrai l'intimo, i jeans neri e il maglione blu scuro a collo alto. Poi misi gli stivali, li allacciai, e quando mi raddrizzai mi sentivo meglio.

Colt sapeva sempre ciò di cui avevo bisogno, anche quando forse non lo sapevo neanche io.

«Grazie,» sussurrai, tendendo un attimo le orecchie verso il piano di sotto, dove London e Guild stavano chiaramente ancora litigando. «Grazie di avermi salvato... *di nuovo.*»

Colt annuì lentamente, e poi sorrise.

Quel sorriso per me fu tutto. Mi diede la forza di stringermi alla Vivienne più forte dentro di me e andare giù. Uscii dalla camera da letto e tornai al piano di sotto, trovando Guild e London impegnati a litigare, una gara senza alcun vincitore apparente.

Appena fui all'ingresso, London si girò a guardarmi.

«Il Four Seasons,» dissi, costringendo la mia voce a non tremare. «Andiamo lì.»

London non rispose. Si limitò a guardarmi, poi annuì lentamente. «Guild. Voglio quanti più uomini possibili appostati lì. Li voglio vicini, e per *vicini* intendo anche fuori dalla porta della stanza,» disse, guardando il suo mercenario.

Guild annuì. «Sarete protetti, London. Hai la mia parola. Farò portare tutte le vostre cose al rifugio dopo averlo controllato.»

«Grazie,» rispose London con cautela, poi portò una mano sulla mia schiena. «Vivienne,» disse, esortandomi a camminare.

I nostri passi risuonarono nella notte mentre c'incamminavamo un'altra volta verso la macchina. London aprì lo sportello per me e aspettò che entrassi, ma prima di farlo io sollevai lo sguardo verso il suo... e portai una mano sul suo petto.

Era così dannatamente inamovibile... Sapevo che questa situazione non gli piaceva.

Eppure lo stava facendo comunque, per me.

Scivolai dentro la macchina in silenzio, aspettando che chiudesse lo sportello al mio fianco.

Colt entrò dietro in silenzio mentre anche London lo seguiva, scivolando dietro il volante e accendendo subito la macchina. Con i miei due protettori accanto, ci allontanammo dal posto che, anche solo per un attimo, anche solo per poco, avevo pensato di poter chiamare casa.

Era ancora buio quando entrammo in città. London tenne gli occhi divisi tra la strada e lo specchietto retrovisore per tutto il tempo, mentre io guardavo le luci dei lampioni e dei bar ancora aperti mentre sfrecciavamo oltre esse.

Colt aveva una pistola tra le mani. Non avevo bisogno di guardarlo, per saperlo. Non avrebbe abbassato la guardia, perché non potevamo più fidarci della notte.

Non ancora. Forse mai più.

London svoltò dentro il vialetto del Four Seasons e accostò all'entrata.

«Stammi sempre vicino, Vivienne,» mi disse prima di uscire dalla macchina.

Diedi un'occhiata all'atrio scintillante visibile dalle porte di vetro dell'ingresso, e mi sentii stringere il cuore.

Quando London aprì il mio sportello, io restai inchiodata al mio posto.

«Io non...» Incontrai il suo sguardo, scuotendo il capo mentre mi portavo una mano sul viso. «Non posso... Non posso entrare in un posto come questo, così.»

London mi guardò negli occhi per un tempo che sembrò infinito, un'espressione che non riuscii a decifrare nel suo volto. Poi si sporse verso di me, e aprì il vano portaoggetti della macchina, tirandone fuori un paio di occhiali da sole.

«Metti questi.»

Guardai gli occhiali tra le sue dita. «Non attirerò solo di più l'attenzione, così?»

«Se chiunque troveremo lì dentro tiene al proprio lavoro e alla propria vita... no, non lo farai.»

Capitolo Nove

VIVIENNE

I FARI DELLA MACCHINA SI ALLONTANARONO MENTRE IO guardavo una Berlina nera fermarsi dietro di noi. London si aggiustò la giacca e lanciò un'occhiata verso la macchina, poi poggiò una mano sulla mia schiena.

«Va tutto bene. Sono con noi.»

Certo che lo erano...

Deglutii, cercando di respirare, annuendo. Eravamo protetti... eravamo protetti. *Ma lo eravamo stati anche prima, e questo non li aveva di certo fermati, non era forse vero?* Con la mano di London sulla mia schiena ci avviammo verso l'entrata.

No, non li aveva fermati, prima.

Potevo solo sperare che Guild avesse ragione, che l'Ordine non venisse a cercarci, almeno non qui, non quando eravamo allo scoperto in questo modo. Il portabagagli della Berlina si chiuse con un tonfo. Al suono sobbalzai immediatamente, sentendo ancora il rumore della scatola di metallo dentro la quale ero stata rinchiusa che si chiudeva sopra la mia testa. Colt mi fu dietro tutto il tempo mentre entravamo, gli occhiali da sole sui miei occhi a rendere il luogo un po' meno luminoso.

Cercai di tenere sotto controllo il panico che sentivo dentro mentre il receptionist dietro il bancone sollevava lo sguardo verso di noi e sorrideva. Il suo sorriso, però, si spense all'istante quando ci vide assortiti in questo modo. Mantenne comunque la sua compostezza, rivolgendosi a London, che fece scorrere verso di lui una carta di credito. Scorsi il nome scritto sulla carta; non era quello di London.

«Qualsiasi cosa abbiate a disposizione in questo momento.»

«Signore...» rispose il receptionist, annuendo piano, guardandomi un'altra volta prima di spostare gli occhi sul computer. «Mi dia un attimo per controllare, è abbastanza improvviso come arrivo.»

«Ne sono consapevole.»

Il receptionist dovette accorgersi del tono tagliente di London. «Ma certo, signore, mi scusi. Abbiamo soltanto una camera libera. La Suite Exclusive.»

«La prendiamo.»

«Costa cinquemila dollari a notte,» continuò il receptionist. London non disse nulla, si limitò a fissare il pover'uomo mentre quello impallidiva pian piano sotto i nostri occhi, e prese la carta di credito. «Farò salire qualcuno con le vostre valigie.»

«Non sarà necessario,» mormorò London. «Ci pensiamo noi. Ci dia solo la chiave.»

Il ragazzo si affrettò a prendere la chiave magnetica, inserendo velocemente nel sistema i dati di London mentre la passava.

Lanciai un'occhiata alle mie spalle, trovando Colt dietro di me ad osservare il mondo fuori dalle porte di vetro prima di voltarsi verso di me.

«Ecco a voi,» mormorò il receptionist, consegnandoci due chiavi magnetiche. «Godetevi il vostro soggiorno al Four Seasons. Se avete bisogno di qualcosa—»

«Te lo faremo sapere,» concluse London per lui, riportando una mano sulla mia schiena. «Vivienne.»

Lasciai che mi guidasse verso l'ascensore, non sentendo per niente l'atmosfera di *Pretty Woman* intorno a me. Mi sembrava piuttosto di essere finita nell'universo di *The Bodyguard*. Le porte dell'ascensore si chiusero davanti ai nostri occhi, scacciando via le luci imponenti dell'atrio, e il panico mi strinse nuovamente la gola fino a quando Colt mi sfiorò il braccio con il suo.

Il movimento fu lieve, sottile. Insieme alla mano sicura di London sulla mia schiena, il significato era chiaro. Con loro ero al sicuro. Ero protetta. Ma questo non mi fece pensare ad altro che... a Carven. Dov'era? Perché non era con noi?

Le porte dell'ascensore si aprirono con uno scatto secco. Colt si allontanò da me e uscì per primo, in una mano il borsone con i miei vestiti, e nell'altra la pistola che non avevo neanche notato avesse ripreso.

London aspettò un attimo prima di seguirlo fuori. Sicuramente l'Ordine non avrebbe avuto questa audacia... Ma non appena il pensiero si formò nella mia testa, seppi che era una bugia. Certo che l'avrebbero avuta, invece... Perché erano disperati.

Colt si voltò e incontrò gli occhi di London, poi fece un cenno. Ci incamminammo lungo il corridoio e fino ad un'entrata a doppi battenti bianca. London passò la carta magnetica sullo scanner e attraversò la soglia, portandomi con sé. Tolsi gli occhiali da sole, fermandomi proprio sull'entrata.

«Oh, mio Dio.»

«Dio non ha nulla a che vedere con questo,» sussurrò London, superandomi e dirigendosi verso le finestre. «Quello che vedi ha a che fare con il denaro. Soldi e potere, tutto qui.»

Soldi e potere. Ecco cosa stavo guardando, in quel momento. La porta si chiuse alle mie spalle, e mi voltai per rivolgere un sorriso a Colt.

«È bellissima.»

Lui ricambiò il sorriso e mi fece cenno verso un'altra coppia di porte alla fine dell'ampio soggiorno. L'euforia mi strinse il petto mentre mi affrettavo verso di loro, trasalendo silenziosamente per il dolore su tutto il mio corpo.

«Il letto matrimoniale è mio!» dichiarai.

London si allontanò dalle finestre e dalla vista della città scintillante oltre esse mentre io zoppicavo lentamente verso le porte, attraversandole. Colt rimase fuori a guardarmi, sorridendo mentre io mi godevo la vista dell'enorme letto matrimoniale che mi ritrovai di fronte.

Per un attimo mi sentii diversa, mi sentii *lei*.

L'altra Vivienne. Quella che avrei voluto tantissimo essere.

Non quella che ero.

Mi feci avanti, stringendomi il fianco prima di fare una capriola e lasciarmi cadere sul letto enorme con un tonfo. Mi sentii quasi entrare in paradiso. Atterrai sul morbido cuscino e sprofondai lentamente. Colt poggiò la borsa con i miei vestiti ai piedi del letto e mi guardò dall'alto mentre, da fuori, sentivo London ringhiare.

Era arrabbiato.

Esigente.

Crudele.

Ma non gli permisi di rovinarmi l'umore, non ancora... non qui. Mi stiracchiai il più possibile prima che il dolore me lo impedisse, poi mi spinsi a sedere e mi bloccai quando notai il bagno che si intravvedeva dalle porte lievemente schiuse. Anche al buio, era chiaramente imponente e magnifico.

Scivolai giù dal letto e camminai verso le porte, premendo l'interruttore per accendere le luci. Erano... perfette. Soffuse e basse, a illuminare pietra scura e una vasca da bagno grande quanto il Grand Canyon. Entrai e mi fermai proprio accanto al bordo, cercando di ricordare un momento in cui avessi visto qualcosa di più bello di questo.

«Voglio questa vasca, nella mia vita,» dichiarai alla fine, sapendo di avere Colt dietro. «Ne ho bisogno, lo sento.»

Con un cenno, Colt si avvicinò a me e azionò l'acqua, che prese a sgorgare come una cascata dai rubinetti. Le luci divennero ancora più soffuse, facendo sembrare la vasca una piscina privata. Mi tolsi le scarpe, sfilandomi lentamente il maglione subito dopo, lasciandolo cadere vicino alla vasca.

Colt restò a guardarmi attentamente mentre London continuava a sibilare dall'altra stanza. Cercai di ignorarlo, sfibbiandomi i pantaloni, ma poi mi fermai. «Il reggiseno... Io—» sospirai. «Non riesco a toglierlo.»

Colt si avvicinò. Le sue mani delicate lavorarono sui ganci del reggiseno, togliendolo, facendolo scivolare lentamente e con delicatezza via dal mio corpo. Le sue labbra seguirono il percorso delle spalline sulle mie braccia, e al contatto chiusi immediatamente gli occhi, lasciandomi trasportare dalla sensazione e dal rumore dell'acqua che riempiva la vasca davanti a me. Mi ci aggrappai con tutta me stessa.

Il mio reggiseno cadde a terra, e le dita di Colt si poggiarono sui miei fianchi. Restò in silenzio per tutto il tempo, e se non fosse stato per il movimento delle mie mutandine che scivolavano giù dalle mie gambe, forse non avrei neanche saputo di averlo accanto.

Aprii gli occhi, voltandomi a guardarlo.

«Okay, Ares. Se vuoi incontrarmi, allora così sia,» sentii London sibilare fuori dalla camera da letto. «Sapevi che c'era la possibilità che un giorno accadesse tutto questo. Ti ho già detto che non sono qui per scegliere da che parte stare. D'accordo... Ho detto, *d'accordo*.»

La brillantezza del momento venne meno.

Il calore si fece un po' più freddo.

Ma mi liberai delle mutandine, sollevando un piede e immergendo solo un dito dentro l'acqua per testarne la temperatura prima di lasciarmi andare completamente all'interno. Lasciai andare un gemito di sollievo mentre l'acqua calda colpiva il mio corpo con dolcezza, e chiusi gli occhi, poggiando il collo sul poggiatesta sagomato.

«Oh, Dio,» sussurrai. «Ucciderei per poter fare questo ogni giorno.»

«Mh,» disse London. Era così vicino che dovetti aprire gli occhi. Me lo ritrovai in piedi a torreggiare su di me, intento a guardarmi. «Posso solo sperare che, dopo la fine di questa settimana, ci ritroveremo ad uccidere per cose stupide come queste.»

Se fosse stato qualcun altro, avrei potuto prendere le sue parole come uno scherzo. Ma non c'era divertimento nel tono della sua voce, né nei suoi occhi, e dopo la notte che avevamo appena passato... uccidere per un bagno sembrava davvero una cosa incredibilmente stupida. Mantenni il suo sguardo mentre lasciavo che l'acqua calda inghiottisse completamente il mio corpo, fasciandomi i seni, inturgidendo i miei capezzoli.

I suoi occhi scattarono immediatamente a loro, e io persi il respiro.

Guardai il suo petto alzarsi e abbassarsi lentamente, quasi come stesse cercando con tutte le sue forze di mantenere il controllo.

«Vivienne...» mi chiamò piano, alzando lentamente gli occhi per incontrare di nuovo il mio sguardo. «Dimmi... Quando ti hanno preso... Prima che arrivassimo... Hanno... Ti hanno...»

Distolsi lo sguardo, coprendomi con le braccia. «No,» risposi, la voce fredda, senza alcuna emozione. Sembravo tale e quale a lui. «Non ci sono arrivati. Ma prima che entraste voi... era quello che avevano intenzione di fare.»

Vidi il suo petto abbassarsi in un sospiro. «Bene. È una cosa positiva.»

«Dici?» risposi semplicemente io, guardandolo mentre lui mi dava le spalle e usciva dal bagno.

Restai sdraiata dentro l'acqua fino a quando perse tutto il suo calore, restando ad occhi aperti a fissare la stanza perdere il suo splendore secondo dopo secondo, e nella mia testa, tutto ciò che mi ritrovai a voler fare era dimenticare questa notte completamente, dall'inizio alla fine. Volevo soltanto che giungesse al termine. Volevo soltanto—

Le lacrime tornarono a scorrere sulle mie guance, allora.

Mi premetti le dita contro gli occhi gonfi mentre nella mia testa sentivo le parole di Colt un'altra volta. *Potranno provare a spezzarci. Ma anche i pezzi rotti sanno come fare male.*

Forse non erano riusciti a spezzarmi del tutto, ma questo non significava che facesse meno male. Presi una salvietta dal marmo vicino alla vasca e la passai sulla mia pelle, guardando il sangue ormai rappreso scivolare via dal mio corpo, lasciando la mia pelle arrossata ma priva di sangue. Quando uscii, le mie lacrime si erano fuse all'acqua della vasca, e mi sentivo così stanca da non voler far altro che chiudere gli occhi e dormire per sempre.

Mi strinsi l'accappatoio spesso e morbido intorno al corpo e salii sul grande letto completamente da sola, senza rivestirmi. Le luci del soggiorno erano spente. Sentii il rumore di bicchieri tintinnare. Sapevo che era lì, seduto su una delle poltrone in quel soggiorno lussuoso, probabilmente a sorseggiare un drink incredibilmente costoso, perso nei suoi pensieri, intento a tramare.

Sempre pronto a tramare.

I miei occhi si chiusero senza che potessi fermarli nel momento in cui poggiai la testa sul cuscino.

Espirai, inspirai, espirai, inspirai... e mi lasciai andare.

LASCIATEMI ANDARE! *NO!*

Scattai a sedere con un sussulto, il cuore che batteva all'impazzata e un urlo intrappolato in fondo alla gola. Non vedevo altro che buio. Buio freddo, e vuoto. Con il battito del mio cuore a rimbombare nelle orecchie sollevai la mano, e, con dita tremanti, mi aspettai di sentire intorno a me nient'altro che metallo freddo.

Ma non c'era.

Non c'era nulla.

Nulla...

Ero sola.

Il mio corpo prese a tremare mentre dentro di me saliva il dolore, forte e impetuoso, un misto tra panico e agonia. Fino a quando non lo vidi, lì, in fondo al letto. Le spalle ampie, la testa inclinata, gli occhi rivolti verso il soggiorno.

Colt.

Con il corpo tremante e la paura stretta intorno al petto come un macigno, scivolai sul bordo del letto per poterlo guardare. Vidi l'acciaio della pistola brillare sotto la luce della luna che filtrava dalle finestre nella stanza, e quando sollevò gli occhi su di me, il buio li fece sembrare quasi neri.

«Colt...» respirai. «Io...»

Colt lasciò andare la pistola dal grembo e si alzò, avvicinandosi a me senza fare rumore. Mi lanciai in avanti, affondando il viso sul suo petto. Le sue braccia forti mi avvolsero dalla vita, stringendomi senza farmi del male.

Non parlammo.

Non avevamo bisogno di parole, in fondo.

Sollevai il capo per guardarlo, facendo scorrere le mani sul suo collo per portare la sua bocca sulla mia. Ignorai il dolore sulle labbra per godermi quel momento, finché nella mia testa tornò il ricordo della scatola di metallo, del rumore che aveva prodotto quando l'avevano chiusa con me all'interno. Il panico mi strinse il petto in una morsa dolorosa, e mi costrinse a scansarmi abbastanza da poter dire, «Colt, ho bisogno— Ho bisogno di te.»

Le sue braccia mi lasciarono un attimo per potermi tirare su e portarmi nuovamente sulle lenzuola stropicciate. Quando indietreggiai, l'accappatoio si aprì lentamente sul mio corpo, lasciandomi nuda sotto il suo sguardo.

«Non hanno—» cominciai, ma mi si strinse la gola.

Colt alzò lo sguardo sui miei occhi, in attesa.

«Non hanno—» riprovai, di nuovo senza riuscire a finire.

Scosse la testa. «Comunque non avrebbe avuto importanza,» sussurrò. «Niente potrebbe mai cancellare il fatto che mi appartieni,» disse. I brividi scivolarono sul mio corpo mentre lui si abbassava, baciando tra i miei seni prima di salire su. «Sei mia. Tutta mia.»

Gli strinsi le braccia intorno, chiudendo gli occhi, concentrandomi sulla sensazione delle sue labbra addosso. Le sue mani scivolarono sul mio corpo, avvolgendomi, dandomi calore, ricordandomi che qui, con lui, ero al sicuro. Con il mio protettore silenzioso, non poteva succedermi nulla. Una volta che questa consapevolezza si fece sempre più forte dentro di me, sentii le mie mura di protezione crollare dall'interno, lasciando solo lui.

Lui... e questo.

Noi.

Sollevò la testa, alzandosi per torreggiare su di me. Guardò la pistola ai piedi del letto, poi il soggiorno silenzioso, e si allungò per avvicinare l'arma mentre con l'altra mano si liberava della maglietta.

Lo fissai, facendo scorrere le dita sui muscoli duri del suo stomaco, toccando le sue cicatrici. Lo sentii irrigidirsi sotto il mio tocco, e mi fermai. Le mie dita aleggiarono sui segni argentati che segnavano la sua pelle.

«Mio,» gli dissi, portando le mani sulla sua schiena e poi giù, giù, fino al sedere, attraverso i jeans. «Tutto mio.»

Il dolore ci unì nel suo abbraccio.

Baciai le sue cicatrici, prendendomi tutto il tempo necessario per sentirlo, completamente, mentre gli slacciavo i pantaloni. Colt chiuse gli occhi, abbassando la testa, lasciandosi andare a me quando lo strinsi attraverso i boxer. Nonostante tutto quello che avevo passato, lo desideravo... ancora, ancora. *Li* desideravo, forse più di quanto avessi mai fatto prima.

I ricordi tornarono a riempirmi la testa. Ma questa volta non c'era il terrore che avevo provato dentro una scatola chiusa. I ricordi avevano lui come protagonista. Il modo in cui si era lanciato sulla scrivania verso di me. Il modo in cui aveva picchiato un uomo a mani nude, fino alla morte.

Gli strinsi l'erezione attraverso i boxer, alzando lo sguardo per guardarlo. Così silenzioso, sempre così silenzioso. Lo vidi aprire le labbra, e il suo respiro spezzato aleggiò nell'aria tra di noi.

«Gattina...» sussurrò.

Parlò... Il mio protettore silenzioso parlò, soltanto per me.

Lo liberai dalla mia presa per permettergli di scendere dal letto e spogliarsi. Lo guardai mentre si liberava degli stivali, poi dei jeans, restando completamente nudo di fronte ai miei occhi, le cosce forti e grosse, l'addome duro e un petto perfetto per poterci dormire sopra per sempre.

Ma dormire era l'ultima cosa alla quale stavo pensando, in quel momento. Colt si avvicinò, salendo nuovamente sul letto, spingendomi verso di sé. Dormire doveva essere l'ultima cosa a cui stava pensando anche lui.

Abbassò la testa, e la sua bocca trovò il mio seno. Portai le mie mani sui suoi capelli, chiudendo gli occhi, lasciandomi andare al bisogno che sentivo di lui... di questo. Volevo essere toccata. Volevo annegare in lui, in tutti loro. Volevo lasciarmi andare alle loro attenzioni e alle loro carezze, perché mi aiutassero a spingere i ricordi tremendi di questa notte lontano, via dalla mia mente.

Colt scivolò su per baciarmi sulle labbra, reclamandomi con dolcezza. La sua mano mi spinse indietro.

«Lascia che mi prenda cura di te,» mormorò, il tono roco.

Annuii lentamente, tremando sotto il suo tocco e la sua voce. Alzai lo sguardo, e per un attimo di fronte ai miei occhi vidi Daniels. Strinsi la mascella, costringendo l'immagine ad andare via, e mi concentrai solo su Colt.

Improvvisamente, un suono dolce e basso si levò nell'aria.

Abbassai lo sguardo, trovando Colt a canticchiare sommessamente mentre mi accarezzava la coscia e abbassava la testa, pronto a baciare il mio basso ventre.

«Che fai?» sussurrai, lanciando un'occhiata verso il soggiorno oscurato. «Sveglierai London.»

«Non lo farò,» mi rispose, smettendo di canticchiare solo per un attimo. «London non è qui.»

Non è qui?

Colt tornò a fare ciò che stava facendo, divaricandomi le cosce con le mani. Quel suono continuò ad attirare la mia attenzione, tenendomi ancorata al presente, a lui, scacciando via il terrore dentro la mia testa. Forse questo era il motivo per cui lo stava facendo, dopotutto. Il mio cuore si calmò mentre alzavo nuovamente gli occhi al soffitto.

«Ti preoccupi troppo, sai,» disse Colt, sfiorando le mie pieghe con un dito. «Pensi che non faremmo di tutto per proteggerti?»

Lo guardai, il cuore a battere forte.

«Proteggerti e vendicarti. È tutto ciò che ci spinge ad andare avanti, ora, gattina,» mi disse, baciando tra le mie pieghe. «Per noi non c'è altro che questo, ormai. Solo te.»

Solo me.

Colt mi sollevò una gamba e leccò tra le mie pieghe. Lasciai andare un gemito, portando le dita tra i suoi capelli folti e morbidi. Continuò a leccare e stuzzicare la mia entrata con le dita, facendomi fremere.

La sua lingua salì su, danzando intorno al mio clitoride, ancora e ancora. Questa non era la prima volta che lo facevamo, e lui si stava facendo sempre più bravo. Mi morsi il labbro dolorante, sentendolo bruciare, trattenendo il dolore dentro di me. Questo non era il momento giusto per lasciarlo andare.

Sollevai la testa, osservando il suo dito scivolare tra le mie pieghe, seguendo la scia che la sua lingua aveva lasciato. Le sue mani scivolarono sotto le mie ginocchia per sollevarle, spingendomi contro di sé, verso la sua bocca. I suoi occhi blu restarono fissi suoi miei mentre prendeva il mio clitoride tra le labbra e leccava.

Gli piaceva, guardarmi, fissarmi in quel momento. Chiusi gli occhi e portai la testa indietro, lasciandomi andare alla sensazione, abbandonandomi a lui, alla fame, al desiderio che sentivo per lui... all'amore. Sentivo il mio orgasmo pulsare nelle vene, aumentando ad ogni suo tocco.

Poi Colt si alzò, posizionandosi su di me, e sentii la sua punta sulla mia entrata.

Ecco quello che volevo.

Dimenticare che esistesse qualsiasi altra cosa, insieme a lui.

Quando spinse, penetrandomi, tutto il resto scomparve.

«Mia,» gemette mentre si spingeva indietro e poi tornava dentro con lentezza, alimentando il mio fuoco lentamente. «Tutta mia.»

Le sue parole rimbombarono dentro il mio cuore mentre continuava a scoparmi. Sentivo il cuore in fiamme, nonostante il dolore che imperversava in tutto il mio corpo. Ma questo momento era solo nostro. Niente poteva toccarci, qui. Né il dolore, né la paura, né l'Ordine. Mi persi nel nostro amore, rispondendo, «Mio... e io tua. Tutta tua.»

Colt continuò a fare l'amore con me, sempre più forte, e io mi tenni stretta a lui. Le mie mani scivolarono sui muscoli duri delle sue braccia, che si flettevano sotto le mie dita mentre si teneva in piedi sopra di me per non schiacciarmi con il suo peso. Persino con il volto tutto tumefatto e contorto dalla violenza che mi era stata inflitta, Colt non smise mai di fissarmi, neanche per un attimo. Non smise mai di guardarmi come fossi la donna più bella che avesse mai visto.

Non avevo bisogno di fingere di essere all'interno di un film per sentirmi bella, realizzai in quel momento.

Non avevo bisogno di nessun Richard Gere.

Avevo tutto ciò che mi serviva, proprio qui.

Con lui.

Con loro.

Colt abbassò il capo per baciarmi, poi si tirò fuori da me e scivolò nuovamente giù. Sollevai la testa, preoccupata.

«Perché ti sei— Io sto—» Ma smisi di parlare quando sentii le sue labbra nuovamente tra le mie pieghe, succhiando con forza sul mio clitoride mentre le sue dita prendevano il posto del suo cazzo. «Oh, Dio.»

Allargai le gambe, il corpo tremante per un motivo completamente diverso, adesso. Senza neanche rendermene conto l'orgasmo mi prese, e mi ritrovai a gridare mentre mi lasciavo andare contro la sua bocca.

Con un ringhio possente Colt si alzò su di me, le labbra scintillanti del mio stesso rilascio, e mi penetrò un'altra volta. Emisi un gemito, tirandolo verso di me per baciarlo ancora. La stanza si riempì di nient'altro che il rumore di pelle contro pelle mentre Colt mi scopava con forza, venendo senza riserve dopo un po', lasciandosi andare con un ringhio gutturale.

Sentii il suo calore avvolgermi. Avevo il respiro corto quando Colt incontrò il mio sguardo, allontanandosi di qualche centimetro. Si mise a sedere su di me, guardandomi con quegli occhi blu profondi, con un'espressione che lentamente mi fece preoccupare.

«Va tutto bene?»

«Io penso—» iniziò, sedendosi sul letto al mio fianco prima di continuare. «Penso che io potrei... amarti.»

Il mio cuore perse un battito... e poi cominciò a tuonare dentro il mio petto.

«Dici sul serio?» sussurrai.

Colt annuì una sola volta, poi si passò una mano tra i capelli. «È... è un problema?»

Deglutii con forza mentre sentivo il cuore scoppiare dentro il petto. Velocemente presi a scuotere il capo, sentendo le lacrime pizzicare i miei occhi.

«No. Non è affatto un problema.»

Con un altro cenno, il mio protettore silenzioso scivolò giù dal letto, afferrò i suoi vestiti e se li rimise. In un attimo si trasformò di fronte ai miei occhi, passando da amante a protettore ancora una volta.

Afferrò la pistola dal letto, si rimise gli stivali e poi si raddrizzò, guardandomi.

E allora lo vidi.

Lo vidi davvero.

L'amore nei suoi occhi.

E mi resi conto che era sempre stato lì.

«Dormi, piccola,» mormorò allora, sedendosi. «Ti proteggo io.»

Capitolo Dieci

VIVIENNE

Il mio stomaco borbottò, un brontolio basso e lento che mi riportò fuori dall'oscurità. Aprii un occhio, notando la tenue luce del sole filtrare dalle tende oscuranti. Per un attimo non vidi altro che quello; la luce, e con essa la speranza. Finché una fitta acuta alla guancia mi fece trasalire, e in un attimo, tutto il terrore che avevo sentito nelle precedenti ventiquattr'ore tornò a galla con forza.

Il centro commerciale.

L'attacco nei camerini.

Il rapimento...

Chiusi gli occhi, rabbrividendo. Mi si strinse la gola, e deglutii con forza. Il rumore della scatola di metallo che si chiudeva sulla mia testa mi rimbombò nella mente. Trascinai le gambe in alto, stringendole contro il mio petto mentre il ricordo delle loro mani che mi toccavano si faceva sempre più forte, sempre più intenso.

Il mio stomaco brontolò un'altra volta, e riaprii gli occhi quando sentii l'odore del cibo farsi strada verso le mie narici.

Mi alzai a sedere, guardando con l'occhio mezzo buono la porta della camera da letto lievemente aperta. Portai l'attenzione sul bordo del letto, dove sapevo Colt era rimasto per tutta la notte, a guardarmi e a proteggermi. Ma ora non c'era.

Controllai la stanza; non c'era da nessuna parte.

Mi liberai delle coperte e scivolai giù dal letto, recuperando l'accappatoio da dove Colt lo aveva lasciato cadere per terra. Il silenzio dentro la suite era assordante, così profondo che il battito del mio cuore prese a rombare dentro le mie orecchie con forza.

Mi avevano lasciata?

Mi avevano...

Lo avevano ucciso?

Mi fermai sulla soglia della camera da letto, guardando verso il salotto, notando London seduto sul divano. Aveva le gambe incrociate e un braccio appoggiato con disinvoltura sopra il bracciolo. Quegli occhi scuri e impassibili scattarono immediatamente su di me quando mi videro arrivare.

Lentamente, fece cenno verso un carrello fermo accanto al bancone della cucina. «Ho pensato che avresti avuto fame una volta sveglia, quindi mi sono preso la libertà di ordinare da mangiare.»

«Te ne prendi sempre,» borbottai io mentre guardavo il cibo. Lo vidi sorridere con la coda dell'occhio. Lo ignorai mentre mi avvicinavo al carrello, guardandomi intorno, notando la camera completamente vuota.

«I ragazzi dove sono?»

«Occupati.»

Il modo in cui lo disse mi fece rizzare i peli sulla nuca.

«Immagino,» mormorai. Occupati a uccidere, senz'altro.

Ero così affamata che l'odore della pancetta quasi mi fece gemere. Mi avvicinai con cautela al bancone e sollevai il coperchio prima di prendere il piatto all'interno, poi mi rivolsi a lui.

«Tu non mangi?»

Le labbra di London si arricciarono agli angoli. «Ho mangiato ore fa, Vivienne. Il cibo è per te.»

Afferrai la forchetta e presi a mangiare, sedendomi sul divano di fronte a lui nel frattempo. L'accappatoio si aprì quando mi sedetti, mostrando le mie cosce nude e i miei seni. Non mi preoccupai di coprirmi; aveva comunque visto tutto. Aveva *toccato* tutto, assaggiato, baciato tutto. Vidi il desiderio bruciare nei suoi occhi, e seppi che non aveva nulla a che fare con il piatto pieno di cibo che tenevo in grembo.

Mi voleva. Anche se malconcia e con il volto rovinato, lui comunque mi voleva. Voleva riportarmi nel suo seminterrato, e scoparmi con quella sua macchina. Ma ora quella macchina non era più davvero necessaria, non era forse vero? Non c'era più alcun contratto che gli impedisse di prendermi in qualsiasi modo volesse.

London St. James era la persona a cui appartenevo, adesso.

Insieme ai fratelli.

I suoi occhi scivolarono sui miei seni scoperti, sulle mie cosce nude, sulla cavigliera di diamanti che mi aveva regalato.

Presi un altro pezzo di pancetta, godendo della sua attenzione tanto quanto stessi godendo del cibo che stavo ingerendo.

«Allora... qual è il piano, adesso?»

«Oltre trovare tutti quelli che mi hanno tradito e farli a pezzi, intendi?»

Deglutii con forza, la pancetta ora troppo secca tra i miei denti. Poi annuii. «Sì, a parte quello.»

«Beh, il piano è quello di proteggere te e i figli nell'unico modo che conosco.»

Non dovetti pensarci molto prima di capire. «King?»

London annuì lentamente, mentre i suoi occhi tornavano ai miei seni. «King.»

Mi spostai sul divano, aprendo le gambe. «Pensi ancora che lui sia l'unico modo per porre fine a tutto questo?»

London restò in silenzio mentre io finivo di mangiare. Poi si alzò dal divano lentamente, muovendosi con una grazia che mi fece sentire per qualche motivo insignificante. Di fronte a London St. James io non ero altro che insignificante. Lo erano tutti.

London rappresentava un enigma, una bolla di oscurità e potere forse troppo grandi per una persona. Si avvicinò di un singolo passo, torreggiando su di me.

Solo per un attimo, mi chiesi cosa nascondesse dietro quegli occhi scuri intenti a fissarmi. Per un attimo soltanto, mi chiesi se avrei mai avuto il privilegio di toccare la sua anima nello stesso modo in cui, forse anche inconsciamente, lui toccava la mia. London allungò una mano, sfiorandomi la mascella con delicatezza.

«Sai che tutto quello che faccio, lo faccio per proteggerti. Vero?»

Persi il respiro, il cuore a battere più forte.

Guardai dentro i suoi occhi, il suo viso, senza trovare alcuna traccia di sorriso o dolcezza. Le sue parole non erano state dette per darmi gioia o conforto. Erano piene di minaccia, per terrorizzare i suoi nemici... forse per terrorizzare anche me.

Mantenne il mio sguardo quando disse, «Vero?»

Deglutii, bagnandomi le labbra con la lingua. «Sì, *daddy*.»

Con un lento cenno del capo, London guardò il mio piatto. «Quando avrai finito di mangiare, va' a fare una doccia e preparati. Ce ne andiamo.»

«Andiamo?» ripetei, guardandolo mentre si voltava e si aggiustava la giacca, diretto verso la porta. «Dove?»

London non mi rispose. Mi lasciò con nient'altro che il tonfo morbido dei suoi passi sul tappeto, poi il rumore della porta che si apriva e chiudeva. Mi alzai e lo seguii, lasciando il piatto sul bancone. Sentii voci in corridoio prima che la porta si chiudesse, lasciandomi fuori da qualsiasi cosa stessero complottando.

Sentii la rabbia stringermi il petto, ma si estinse immediatamente nel momento in cui sentii il fantasma delle sue dita toccarmi la mascella, poco prima. Sapevo cosa stava complottando, del resto.

Sai che tutto quello che faccio, lo faccio per proteggerti. Vero?

Quelle parole mi perseguitarono per tutto il tempo mentre mi allontanavo dalla porta e tornavo a guardare il piatto ancora pieno di cibo. La fame era ancora lì, ma stavolta era nauseante. Quando sentii una fitta al basso ventre, non potei fare a meno di grugnire.

«Fantastico,» ringhiai. «Come se tutto il resto non fosse già abbastanza. Ci mancavano solo le mestruazioni.»

Sentii una fitta colpirmi alla guancia con forza, aggiungendosi a tutto il resto. Avrei avuto le mestruazioni... rinchiusa con tre uomini che mi facevano perdere la testa, e senza ciò che mi serviva. Scrutai la stanza, trovando una bellissima scrivania in legno con un telefono sopra.

Mi sistemai l'accappatoio intorno al corpo e attraversai la stanza, afferrando la cornetta e chiamando il numero della reception. Quando risposero parlai velocemente, dando istruzioni riguardo ciò che mi serviva e come avrebbero dovuto portare su la roba, prima di riattaccare. Ora che la conversazione imbarazzante con una persona sconosciuta era giunta al termine, sentivo il bisogno di fare un'altra cosa. Con il corpo rigido mi diressi verso la porta della camera da letto, sentendo qualcuno entrare.

«Stiamo camminando in un territorio troppo pericoloso,» sentii dire a London, scuotendo la testa mentre io aprivo la porta. «L'ultima cosa di cui abbiamo bisogno è far arrabbiare Dante, quindi ascoltiamo cos'ha da dire prima di—»

Carven portò lo sguardo su di me, e io vidi solo in quel momento il sangue ancora fresco sul suo viso.

«Ti serve qualcosa, *figlia?*»

Mi fissarono tutti. Colt, London... e Carven. Specialmente Carven.

Sentivo il viso pulsare sotto i loro sguardi, il basso ventre dolorante e la rabbia ora sempre più forte dentro di me. Ma mi costrinsi a non lasciarla andare troppo facilmente.

«Sta arrivando qualcosa per me, dal piano di sotto. Ho bisogno che li lasciate entrare.»

«Qualcosa?» ringhiò Carven, guardandomi con rabbia. «Che cazzo ti starebbe arrivando?»

Dio, c'era sangue dappertutto, sul suo volto, sulla sua maglietta, sul suo collo. Restai a fissare quel casino macabro prima di distogliere lo sguardo.

«Temo non siano affari tuoi, alla fine dei conti.»

«Non sono—» Carven provò a scattare verso di me, ma Colt lo fermò con una semplice mano sul braccio, scuotendo il capo quando suo fratello si girò a guardarlo.

Vederlo arrabbiato con me per qualche motivo mi fece sentire meglio. «Fa' *il bravo figlio* e assicurati di far entrare quello che mi arriva, okay?»

Carven emise un ringhio e si liberò dalla presa di Colt, avvicinandosi a me. Quegli occhi blu ghiaccio mi inchiodarono sul posto. «Sarà meglio che tu ne valga la pena, alla fine di tutto questo,» ringhiò. «Perché se il caro paparino non ti vuole, praticamente siamo tutti morti. Lo capisci, vero?»

Sentii le pareti del mio mondo stringersi intorno a me, così tanto da togliermi il respiro. La rabbia nel suo tono, l'odio che lessi nei suoi occhi... mi fecero male. Non c'era traccia di dolcezza o amore, in lui, e mi ritrovai a chiedermi perché diavolo me ne aspettassi alcuna da Carven.

«London... di cosa sta parlando?»

Mi voltai verso l'unico uomo che mi aveva mai detto di chiamarlo in qualche modo che assomigliasse a "papà", e incontrai il suo sguardo.

«Niente,» ringhiò London, lanciando un'occhiataccia a Carven. «Non sta parlando di niente.»

Sentii una fitta di dolore squarciarmi il petto, ricordando che... certo che mi aspettavo qualcosa di diverso. In fondo, era stata di Carven la voce che avevo sentito nella mia testa durante i momenti più brutti, quella che mi aveva dato la forza di continuare a lottare. Sentii le lacrime pizzicarmi gli occhi quando vidi London scuotere il capo.

«Carven... basta così.»

Non distolsi lo sguardo. Mi limitai ad annuire lentamente, sentendo il suo odio stringermi la gola, farmi più male di quanto avessi preventivato.

«No, va bene così. Ha ragione, in fondo. So qual è il mio ruolo in questa faccenda,» dissi.

Vidi i suoi occhi blu spalancarsi lievemente, fissarmi con forza, notando ogni minimo sussulto, ogni movimento del mio corpo. Strinsi i denti mentre indietreggiavo verso la camera da letto, chiudendomi la porta alle spalle con quanta più disinvoltura possibile. Ma nel momento in cui fui libera dal suo sguardo, scoppiai a piangere. Lacrime calde scivolarono sul mio viso, e io le scacciai via con forza, maledicendo il mal di pancia che sentivo, e non soltanto per il dolore. Odiavo essere emotiva. Odiavo ancora di più esserlo intorno a questi tre stronzi. Strinsi la mascella ed entrai nella camera da letto, togliendomi l'accappatoio prima di entrare in doccia e azionare il getto dell'acqua.

Un singhiozzò scappò via dalle mie labbra, bruciando come un marchio. Mi toccai il seno, il taglio di lato, e quando ritrassi le mani, vennero via insanguinate. Dio, faceva male... Faceva troppo male.

Mi lasciai andare sotto il getto dell'acqua, permettendole di lavare via tutto il dolore che sentivo, fuori e dentro. Sentii del rumore provenire dal soggiorno, e immediatamente mi assicurai di avere il volto nascosto nel caso in cui qualcuno avesse deciso di entrare nel bagno, mettendomi al lavoro per pulirmi per bene.

Una volta fuori dalla doccia, mi sentii meglio. Il viso faceva ancora male, ma riuscivo ad aprire gli occhi un po' di più, oggi, abbastanza da poter vedere meglio.

Evitai comunque lo specchio per quanto più tempo possibile, ma quando alla fine dovetti controllarmi, alzai lo sguardo lentamente verso di esso.

Quando trovai il mio riflesso, sentii il mondo fermarsi di colpo.

«Gesù...» sussurrai, alzando le mani sul mio viso, tastando delicatamente il livido viola sulla guancia.

L'occhio che aveva subito il trattamento peggiore era iniettato di sangue, e il mio labbro inferiore era un casino. Sembrava che fossi finita in un incidente d'auto. Se qualcuno avesse chiesto, questa sarebbe certamente stata la risposta migliore, perché la verità era troppo terribile per poter essere vera. Eppure, lo era.

Mi asciugai i capelli lentamente, applicando quel poco di trucco che potei indossare prima di tornare in camera. Trovai i vestiti disposti ordinatamente sul bordo del letto, come sempre.

Gettai un'occhiata verso il soggiorno, ma era vuoto, adesso.

Misi addosso gli abiti che lui aveva scelto per me, pantaloni neri e stretti e un maglione a collo lungo color beige, poi misi il giubbotto nero che mi aveva lasciato. Gli stivali che trovai accanto al letto erano bellissimi. Li indossai velocemente, poi mi alzai e camminai verso il corridoio, sentendo le fitte al basso ventre farsi sempre più forti.

Il dolore mi tolse il respiro. Strinsi la mascella, stringendomi su me stessa per un attimo prima di entrare in salotto, trovando un pacchetto di plastica sul bancone. Quando mi avvicinai e lo afferrai, trovai un'estremità strappata, il contenuto del pacco esposto.

«Figlio di puttana,» ringhiai, alzando lo sguardo, quasi certa di ritrovarmi Carven e la sua impazienza davanti agli occhi. «Non c'è privacy qui dentro.»

Se voleva mettermi alla prova, allora così sarebbe stato. Avrei reso questa settimana un inferno, per lui. Tornai al bagno, misi l'assorbente e poi riposi tutto quanto dentro la mia borsa. Con loro non ci sarebbe mai stata privacy, neanche quando si trattava del mio ciclo.

La porta della suite si aprì quando uscii dalla camera da letto, e immediatamente sentii tonfi pesanti dirigersi verso di me. London si materializzò di fronte ai miei occhi, e immediatamente controllò il mio corpo, i miei vestiti, poi il mio viso. Quando vide la mia borsa, lanciò uno sguardo sul bancone, trovandolo vuoto.

«Vedo che hai trovato il tuo pacco.»

Mi sentii andare a fuoco le guance. Bene, lo sapevano proprio *tutti*.

«Sì,» risposi a denti stretti. «Puoi dire a Carven—»

«Non te l'ha portato Carven,» mi bloccò lui.

«Sei stato tu?»

Ma certo che era stato lui. Perché non avrebbe dovuto essere stato lui, del resto? London St. James sapeva tutto, di me, più di quanto sapessi io stessa. Perché mai non avrebbe dovuto sapere delle mie funzioni corporee?

Che fossero maledetti gli uomini e le loro manie di protagonismo e di potere. Non volevano altro che rendermi debole, farmi a pezzi. Toccarmi in qualsiasi modo e da qualsiasi parte per assicurarsi che non ci fossero più segreti tra di noi.

Li odiavo, eppure allo stesso tempo li desideravo.

London mi guardò negli occhi. «Pronta?»

«Sì,» risposi troppo velocemente. «*Grazie.*»

London annuì, e poi Colt entrò nella stanza e, sorridendomi lievemente, si avvicinò a me per prendere le mie cose e portarle con sé oltre la porta.

«Vivienne,» disse London, tenendomi la mano.

La guardai per un po' prima di passare oltre senza prenderla, con la testa bassa e le spalle ricurve, dritta verso il corridoio. Aprii la porta con uno strattone, aspettandomi ancora una volta di ritrovarmi faccia a faccia con l'odio smisurato che Carven provava per me e che si portava addosso come un'armatura.

Ma Carven, ancora una volta, non c'era. Vidi solo Colt più avanti, diretto verso l'ascensore, e London alle mie spalle.

«Testa alta, Vivienne,» disse London all'improvviso mentre io seguivo Colt in corridoio.

Lo guardai. I suoi passi erano così lunghi che ci mise meno di un attimo a raggiungermi.

«Cosa?»

Incontrò il mio sguardo. «Camminerai sempre a testa alta. Guarderai sempre ogni singola persona che incontrerai. Non scapperai dai loro sguardi. Non ti farai vedere come una vittima.»

Vittima.

Quella parola mi colpì con forza. Smisi di camminare, e sentii le spalle farsi ancora più curve. London si fermò di fronte a me, inchiodandomi con lo sguardo.

«Nessuno ti prenderà mai più,» disse piano. E ora, in quel corridoio, mentre mi parlava, lo vidi. Sotto quella maschera di forza e controllo... c'era paura. No, c'era *terrore*. Allungò una mano verso di me, sfiorandomi il viso con un dito. «Mai più,» ripeté. «Mi hai capito? *Mai più, Vivienne.*»

Sentii le porte dell'ascensore chiudersi, e seppi che eravamo rimasti soli.

Non potei fare altro che annuire, poco convinta.

«Bene. Allora cammina a testa alta, e sii sempre consapevole di tutto ciò che ti circonda. Andrai avanti con passo sicuro, e guarderai ogni figlio di puttana che prova a mettersi in mezzo dritto negli occhi, e gli farai capire che non sei una persona con cui scherzare. Che nessuno potrà più toccarti a meno che tu non lo voglia.»

Persi un battito mentre lo guardavo.

«Perché... perché mi stai dicendo tutto questo? Perché solo adesso.»

London lasciò cadere la mano. «Perché dove stiamo andando... è la tana del lupo, bimba. Stiamo andando in un posto pericoloso, e ho bisogno che tu capisca che non c'è più tempo per lasciarsi andare al dolore. È arrivato il momento di mostrarti per quello che sei: la donna che mi appartiene. Ho bisogno che tu sia ciò che la gente vedrà come monito per capire che *mai più* mi verrà tolto ciò che mi appartiene, e che tutto quello che ti è successo... non ti ha spezzata. Ti ha reso solo più forte.»

Volevo andargli contro.

Dirgli che stava dicendo solo tante bugie.

All'interno non ero altro che un ramo spezzato, l'ombra di quella che avevo sempre sentito di essere. Non ero forte. Non lo ero per niente.

«Perché *lo sei*, più forte,» disse lui con forza, come fosse riuscito a leggermi nei pensieri. «Scava dentro di te e aggrappati alla rabbia che senti. Usala per ricostruire i pezzi in cui credi ti abbiano rotta, e trasformali nelle armi più affilate che potrai mai avere.»

Presi un bel respiro, lasciando che le sue parole scivolassero dentro la mia anima, facendomi da ancora, da spinta per andare oltre il mio spirito in frantumi. Afferrai la rabbia, la fame di vendetta che sentivo dentro, e strinsi forte gli artigli intorno ad essi.

«Io sarò sempre al tuo fianco,» disse poi. «Ad ogni singolo passo.»

Feci un lento cenno con il capo, e questa volta, quando London mi fece segno di andare avanti verso l'ascensore e io ripresi a camminare... lo feci a testa *dannatamente* alta.

Capitolo Undici

VIVIENNE

GLI OCCHIALI DA SOLE DI LONDON NON ERANO NÉ abbastanza scuri né abbastanza grandi da poter nascondere il disastro che era il mio viso nella sua interezza. Niente sarebbe riuscito in quell'impresa, ma sapevo che, almeno un po', mi avrebbero aiutato a proteggermi dagli occhi indiscreti che si sarebbero certamente poggiati su di me nel momento in cui avremmo messo piede nell'atrio del Four Seasons.

Quando uscimmo dall'ascensore abbassai il capo per proteggermi, ma qualcosa sul mio braccio mi costrinse ad alzare lo sguardo. London si aggiustò la giacca prima di poggiare una mano sulla mia schiena. Non era più l'uomo che mi aveva parlato prima, fuori dalla suite. Il suo sorriso non c'era più, il divertimento che avevo letto nei suoi occhi dentro la suite quando gli avevo risposto piccata non c'era più. No, questo London era quello freddo, spietato, quello che nessuno avrebbe avuto mai il coraggio di mettersi contro. Non senza conseguenze, almeno.

Lo avrebbero scoperto presto quelli che avevano avuto il coraggio di portarmi via da lui.

London incontrò il mio sguardo. *Testa alta, Vivienne,* mi dissero quegli occhi in silenzio. Non ebbi altra scelta se non quella di seguire quelle parole. Raddrizzai la schiena e portai le mani lungo i fianchi, seguendolo fuori dall'ascensore. La gente si voltò a guardarci mentre ci avviavamo verso il bancone. Gli uomini sembravano invidiosi di London. Le donne, invece, guardavano me in maniera strana. Non diedi loro alcuna attenzione mentre lasciavamo la chiave della suite in reception e uscivamo dalle spesse porte in vetro dell'ingresso, raggiungendo la Mercedes che ci aspettava di fuori.

London non mi stava prendendo in giro quando aveva detto che saremmo stati protetti, che *io* sarei stata la sicuro. Un'Explorer nera era ferma davanti alla Mercedes, un'altra subito dietro. E non avevo dubbi che, qui intorno, da qualche parte, Colt e Carven stavano facendo la guardia.

Voci ovattate attirarono la mia attenzione. Voltai lo sguardo e guardai London dal finestrino oscurato fare il giro della macchina per salire al mio fianco. La tana del lupo, così aveva definito il posto in cui stavamo andando. Era chiaramente nervoso; riuscivo a vederlo dal modo in cui guardava proprio di fronte a sé. Il suo nervosismo non stava facendo nulla per placare il mio.

«Chi sono le persone da cui stiamo andando?» chiesi mentre London metteva in moto e partiva.

«Qualcuno che non vuoi avere contro durante una guerra,» rispose semplicemente lui, senza dirmi nient'altro.

Dante, quello era il nome che aveva detto mentre parlava con i fratelli. Mi chiesi che ruolo avesse quest'uomo in tutta questa faccenda.

«Cosa voleva dire Carven, prima? Quando si è arrabbiato, ha detto *è meglio che tu ne valga la pena.* Ma non si stava riferendo ai soldi che hai sborsato per avermi, non è vero? Cosa voleva dire, allora?»

London non si voltò a guardarmi. «Niente,» disse, scuotendo la testa. «Ha solo esagerato con le parole.»

«Esagerato o meno, erano vere. L'ho sentito. Tu, invece, in questo momento mi stai chiaramente mentendo.»

Solo allora si voltò a guardarmi. «Vivienne... non è il momento giusto.»

Era in questi momenti, quando mi parlava come se avessi cinque anni, che lo odiavo davvero. Non avevo cinque anni. Non ero una bambina. Era arrivato il momento che lui capisse finalmente con chi avesse a che fare.

«Come ti pare,» dissi piccata.

«Bene,» disse lui.

«Ma solo perché tu lo sappia, questa conversazione non è finita qui. Scoprirò che diavolo volesse dire Carven, in un modo o nell'altro.»

«Mh... davvero?» chiese lui, inarcando un sopracciglio.

«Sì,» sibilai io, con più forza di quanto pensassi di avere dentro.

«Non vedo l'ora di scoprire come farai, gattina.»

Mi sentii colpire da un'ondata di eccitazione, seguita dal desiderio. Qualunque cosa ci fosse tra di noi non era neanche lontanamente finita.

Il suono improvviso del suo telefono rovinò il momento. London mantenne il mio sguardo mentre allungava una mano verso la tasca, tirando fuori il telefono. Lo guardai mentre controllava lo schermo.

«Problemi?» chiesi.

«Niente che non possa gestire,» rispose lui mentre digitava qualcosa e inviava. «Quando arriveremo dove stiamo andando, voglio che tu resti al mio fianco, Vivienne. E cerca di... non far arrabbiare nessuno. Okay?»

Sentii immediatamente la testa pulsare dal nervosismo quando sentii quelle parole. Lo disse come fossi programmata per far incazzare la gente. Ma il suo tono era attento, caldo. Mi fece capire che lo stava dicendo più per la mia incolumità che per altro.

Chi diavolo era quella gente, non potei fare a meno di chiedermi. La domanda restò dentro la mia testa per tutto il resto del viaggio, che passò in silenzio. Osservai la città da oltre i finestrini, guardandolo svoltare verso una stradina lontana e rallentare.

Uomini poggiati contro una Camaro possente ci guardarono passare. Ricambiai il loro sguardo, notando gli orologi costosi che portavano ai polsi e le macchine sportive tutt'intorno a noi. Ce n'erano di tutti i tipi. Ferrari, Maserati, Lamborghini... semplicemente posteggiate per strada.

«Dio,» sussurrai, sollevando lo sguardo quando sentii la macchina fermarsi lentamente.

Alla fine della strada si ergeva una magione enorme in stile Tudor, con mattoni marroni, una Bentley nera scintillante parcheggiava nel vialetto, un'Audi nera in fondo alla strada.

La macchina si fermò alla fine della strada, di fronte a tre uomini, tutti e tre armati fino al collo. Due si avvicinarono a noi, ma non ci aprirono le portiere, non ci fecero entrare. Controllarono sotto l'auto, invece, e pochi secondi dopo, tornarono di fronte alla macchina per fare un cenno a London, che scese dalla macchina.

«Stammi vicino,» mi disse prima di uscire. Poi si rivolse all'uomo della sicurezza che era con noi. «Sai cosa fare se la situazione dovesse precipitare,» disse, guardandolo con attenzione.

L'uomo mi rivolse uno sguardo. «Sissignore.»

Cosa?, avrei voluto chiedere. Cos'è che avrebbe dovuto fare? Ma non avevo bisogno davvero di una risposta, no? La vedevo comunque nel modo in cui London, Colt e Carven mi proteggevano. Sapevo che se le cose si fossero messe male, l'uomo aveva l'ordine di portare me prima di chiunque altro fuori di qui e in salvo. Per un attimo mi rifiutai di muovermi, bloccata dalla paura e dall'apprensione, finché non incontrai lo sguardo di London, la sua mano allungata verso di me. La fiducia mi spinse a uscire dalla macchina.

Fiducia e amore. In fondo, era tutto ciò che adesso mi restava.

Tutto ciò per cui valeva ancora la pena combattere... tutto ciò che ancora combatteva per me, di rimando.

Gli sportelli della macchina si chiusero alle nostre spalle con un tonfo. Io alzai lo sguardo verso la casa enorme di fronte a noi, con le pareti lievemente ricoperte di edera. Grate nere in ferro battuto circondavano porte e finestre. Passai lo sguardo su tutto quanto, ogni particolare, dal viale di cemento alle siepi immacolate nel giardino, piene di folte gardenie bianche che riempivano l'aria di un odore meraviglioso. Era tutto così... *magnifico*.

Bellissimo e mortale.

Un movimento dall'alto attirò la mia attenzione, portando i miei occhi su una finestra all'ultimo piano. Vidi delle tende svolazzare all'interno mentre seguivo London lungo il viale e verso il lato della casa, perdendo di vista ciò che poteva esserci oltre quella finestra.

Altri uomini armati ci aspettavano sul retro. Persi il respiro al pensiero che, se la situazione si fosse messa male, forse questa sarebbe stata davvero la volta buona in cui London non sarebbe stato in grado di tirarci fuori di qui ancora vivi.

Guardai verso di lui, trovando sul suo volto quella maschera fredda e calcolatrice ben in posizione mentre la porta sul retro della casa veniva aperta da una guardia.

«Vi aspetta in salotto. Immagino lei conosca la strada,» disse.

«Sì,» rispose London con freddezza.

La sua presa si strinse intorno alla mia mano mentre faceva un passo avanti. L'ultima cosa che volevo era liberarmi degli occhiali da sole, ma nel momento in cui entrammo dentro quella che a tutti gli effetti sembrava la tana di un lupo, sentii l'immediato bisogno di avere quanta più visibilità possibile. Contro le pareti che superammo erano affisse tante, troppissime armi.

Il mio cuore perse un battito alla vista, prima che ci lasciassimo la stanza alle spalle e ci dirigessimo lungo un ampio corridoio.

Marrone e nero erano i colori predominanti per tutta la casa, e quando arrivammo all'ingresso, ci fermammo di fronte delle imponenti scale in legno che portavano ai piani superiori.

Sollevai lo sguardo, e la mia mente tornò a quel movimento all'ultimo piano che avevo visto da fuori. Ma stavamo già camminando oltre la scala prima ancora che potessi realizzarlo, che potessi provare a indovinare chi fosse che pensavo di aver visto.

Due uomini vestiti di nero erano fermi in mezzo al corridoio, intenti a osservarci mentre ci avvicinavamo a loro. Uno ci fece cenno di entrare nella stanza accanto a lui.

Il salotto, lo aveva chiamato quella guardia? Era grande quanto una dannata casa, altro che salotto. Gli alti soffitti con travi a vista attirarono immediatamente la mia attenzione una volta all'interno. C'erano così tante cose da ammirare, dalle lunghe, alte e molteplici librerie agli enormi tappeti lussureggianti su cui affondarono i miei tacchi quando entrammo all'interno.

«Dante,» mormorò London al mio fianco.

«London.» Il ringhio roco arrivò da un divano di pelle al centro della stanza, con lo schienale rivolto verso di noi. «Carino da parte tua, venire.»

Il suo sguardo si spostò su di noi mentre ci avvicinavamo. Lo vidi mentre lentamente si alzava, facendo un passo avanti e allungando una mano.

Tana del lupo. Così London l'aveva chiamata, questa casa, questo posto. Se la casa era una tana, allora... questo Dante doveva esserne il lupo.

Dante sembrava più anziano di London, eppure non era certa lo fosse davvero. Per quanto non avessi dubbi che la vita avesse colpito London molto forte e molte volte, lui era più freddo, privo di emozioni, raffinato. Dante, invece, sembrava un barbaro. Aveva cicatrici da battaglia su un lato del viso, così profonde e lunghe da tagliargli un sopracciglio. Aveva l'aspetto di un uomo che aveva lottato con le unghie e con i denti per ottenere tutto quello che oggi aveva. Mi guardai intorno, osservando l'opulenza di questo posto, e mi chiesi quante battaglie avesse davvero vinto per poter avere tutto questo.

«Carino da parte tua invitarci,» rispose London al mio fianco. «Sono sicuro che l'ultima cosa che volessi era perdere tempo.»

Il lupo sorrise. «Nessuna perdita di tempo.» Ma il sorriso non raggiunse mai davvero i suoi occhi.

Dante rivolse lo sguardo a me, oltrepassandomi per continuare la sua camminata dentro la stanza. Era come se non esistessi neanche. Forse non ero di grande interesse, per un uomo come lui.

Non potevo dire che mi dispiacesse.

«I figli?» chiese Dante, voltandosi nuovamente verso di noi.

«Con noi,» rispose London, mantenendo il suo sguardo.

Proprio in quel momento, Carven entrò nella stanza, guardandosi intorno prima di affrontare Dante. Quando si avvicinò, però, quegli occhi minacciosi si fissarono su di me.

«Eccoli, appunto,» disse Dante. «I ragazzi mi hanno detto di avervi notato, in giro.»

London non disse nulla, lasciando Dante a sorridere soddisfatto, probabilmente dalla mancanza di risposta.

«Silas.»

Dall'angolo della stanza venne fuori un uomo che era identico a Dante. Probabilmente il lupo era suo padre. Indosso aveva jeans neri, maglietta nera e uno sguardo di ghiaccio che si poggiò immediatamente su Carven.

«Ho sentito che avete intenzione di trasferirvi in una casa a Parker Street,» disse Dante poco dopo.

«Sì,» confermò London. «Sarà un problema?»

Non avevo idea del perché il nostro trasferimento dovesse essere un problema per quest'uomo, onestamente. Sicuramente scegliere un posto dove abitare non poteva andare contro alcuna legge, no?

«Non lo sarà affatto,» assicurò Dante, spostando gli occhi su di me per un solo attimo prima di tornare su London. «Mi piace solo essere certo di sapere quali casini stanno per presentarsi alla soglia di casa mia prima che sia troppo tardi.»

Ora cominciavo a capire...

Il rifugio di London doveva essere vicino queste parti, quindi vicino la zona che probabilmente apparteneva a questo tipo, in un modo o nell'altro. E quindi... quelle sue parole, cos'erano? Un avvertimento? Una minaccia?

«Se la vostra presenza qui dovesse creare problemi alla mia posizione o porre una minaccia per la mia famiglia... Beh, non saremmo dei vicini molto cordiali, non so se mi spiego.»

Era una minaccia, quindi.

London si irrigidì al mio fianco, e l'intero spazio intorno a noi sembrò farsi più freddo. Mi si rizzarono i peli sulla nuca quando sentii London inspirare con forza. La situazione stava degenerando. Stava—

«Dante!»

Un grido acuto si levò da qualche parte all'interno della casa, così forte da arrivare persino in salotto, attirando l'attenzione dell'uomo di fronte a noi. Lo vidi inspirare mentre si voltava verso il suono in questione. In un attimo, una donna entrò dentro il salotto, con un vestitino giallo lungo fino al pavimento che svolazzava mentre correva verso di lui.

«Dante, ce l'abbiamo fatta! Abbiamo il via!»

I suoi occhi si spalancarono immediatamente quando, una volta finita l'esultazione, si voltò verso di noi, notandoci per la prima volta. I suoi passi si fecero più lenti mentre passava lo sguardo da London ai figli, poi all'uomo, che chiaramente doveva essere suo marito.

«Oh, mi dispiace,» disse piano, scuotendo la testa, le guance arrossate. «Non avevo capito che avessimo ospiti.»

Ma Dante non si fece prendere dalla rabbia per l'interruzione improvvisa. Al contrario, vidi i suoi occhi farsi più caldi, le sue labbra allargarsi in un sorriso pieno di orgoglio mentre ridacchiava e allungava un braccio verso di lei.

«Va tutto bene, tesoro. Stavamo solo chiacchierando, tutto qui.»

Dalla direzione verso la quale era arrivata la donna arrivò qualcun altro. Un'altra ragazza, questa più silenziosa e attenta. Entrò all'interno della stanza avvicinandosi alla donna raggiante senza fare alcun rumore. Non assomigliava per nulla alla donna che aveva fatto irruzione. Forse era un'assistente, forse una nipote? Mh... forse una persona vicina alla famiglia, ma non di sangue.

Più si fece vicina, più potei vederla chiaramente. Aveva la mia età, anno più, anno meno. Difficile dirlo, ma era chiaro fossimo coetanee in qualche modo. I suoi capelli lunghi e color caramello scendevano sulle spalle in onde morbide e bellissime.

Era... meravigliosa.

Ma anche spaventata.

I suoi occhi si fissarono su di me, e più mi guardava, più sentivo il panico stringermi la gola.

Il mio cuore prese a battere più forte.

Il mio mondo sembrò rimpicciolirsi, facendosi di nient'altro che quegli occhi verdi e quello sguardo cauto.

In qualche modo, mi sembrava di conoscerla...

«Mi scuso comunque. Ero solo così eccitata!» disse la donna. «Ho fatto la guerra per ottenere le puntate migliori in questi ultimi cinque anni, e ora finalmente abbiamo vinto.»

«Ti faccio le mie congratulazioni, Meredith,» disse London, regalandole il suo sorriso migliore. «È una gran bella impresa. Neanche io avrei avuto il coraggio di cimentarmi in qualcosa di così grosso.»

Ma era tutto falso, non era forse vero? Queste parole, i sorrisi, la cordialità... Era tutto falso. Tranne le minacce. Quelle erano fin troppo reali.

«Grazie,» Meredith si lisciò il vestito, spostando poi il suo sguardo su di me.

Io, però, non riuscivo a smettere di guardare la ragazza al suo fianco.

Meredith fece un passo avanti, frapponendosi tra noi due.

«Non credo abbiamo mai avuto il piacere di conoscerci.»

«Le mie scuse.» Dante le mise un braccio protettivo intorno alla vita. «Meredith, tesoro, questa è la famiglia di London St. James.»

Vidi i suoi occhi spalancarsi lievemente prima di riprendersi, poi lanciò un lungo sguardo verso di me, allungando una mano dietro di sé, verso la giovane donna. «Piacere di conoscervi,» disse. «Questa è mia figlia. Angelica.»

Solo a quel punto realizzai... che la conoscevo.

La conoscevo, cazzo.

Voltai lo sguardo mentre London faceva un passo avanti e accettava la sua mano. Il mio cuore prese a battere più forte, la mia mente stava urlando con forza. C'era qualcosa di sbagliato. Qualcosa di profondamente, profondamente sbagliato.

E London lo sapeva. Non seppi come, ma lo sapeva. Lo capii nel momento in cui si voltò verso Carven, facendogli cenno di venire avanti. «I miei figli. Carven e Colt.»

Nel momento in cui Meredith spostò la sua attenzione altrove, London mi guardò. Aveva notato tutto: il mio respiro affannoso, il modo in cui non riuscivo a togliere gli occhi di dosso alla ragazza. Carven si avvicinò a London e allungò la mano mentre Colt entrava dentro la stanza, restando, però, vicino alla soglia. Se si accorsero della sua riluttanza, nessuno di loro disse una parola.

«Piacere di conoscervi,» disse Carven piano. «Vi presenterei anche mio fratello, ma non è un grande oratore.»

«Oh.» Gli occhi di Meredith si spalancarono un'altra volta. «Non parla proprio?»

Carven scrollò le spalle, come non fosse importante. «È solo molto selettivo, diciamo.»

Meredith guardò London, poi me. «Capisco.»

«Angelica,» disse poi Carven, allungando una mano verso di lei. «Non sapevo avessi una sorella, Silas.»

«Perché non ce l'ho,» rispose il ragazzo a denti stretti, lo sguardo rivolto altrove. C'era rabbia nei suoi occhi, e anche nel suo tono. Non sembrò guardare neanche una volta né la ragazza, né Dante.

«Angelica è stata adottata,» spiegò Meredith allora, le guance lievemente arrossate.

La risposta mi colpì in pieno. *Adottata... proprio come Ryth.*

London si fece più vicino, e mi toccò il braccio con un dito, un tocco che sembrò volermi dire, *calma...*

Ma la mia mente era in subbuglio, e non potevo fare altro che pensare a quell'inferno chiamato Ordine. Sapevo di averla già vista... ne ero certa.

Anche Meredith sembrava saperlo, perché la vidi impallidire mentre notava il modo in cui London mi stava accarezzando. Ma non disse nulla. Si voltò invece verso il marito, e sorrise. «Tesoro, credo che vi lascerò alle vostre cose, allora. Angelica e io abbiamo molte cose da fare.»

Dante sembrava ignaro di ciò che era appena accaduto. Non aveva parlato da quando sua "figlia" era entrata nella stanza. Qualunque cosa fosse successa in questa "famiglia", chiaramente non era normale, e improvvisamente sentii il bisogno quasi accecante di ricordare dove diavolo l'avessi già vista.

Non ebbi né il modo né la possibilità di chiederlo a nessuno prima che Meredith si allungasse per lasciare un bacio sulla guancia del marito, prendendo per mano la figlia per uscire dalla stanza.

Osservai London avvicinarsi a Dante. Prima che la ragazza potesse sparire insieme alla madre oltre la porta, la guardai girarsi verso di me. Mi fissò dritta negli occhi, mimando con le labbra due semplici parole— «*Per favore...*»

Sentii London emettere una risatina bassa. «Hai il tuo bel da fare, con tua moglie.»

Dante sorrise e scosse la testa, mentre la sua attenzione si spostava verso tutti i quadri in esposizione sulla parete del salotto. Fece un gesto verso essi con la mano. «Un altro Van Gogh da aggiungere alla collezione, ecco cos'ha vinto. Ci credi, London? Quella donna mi manderà sul lastrico prima che possa diventare vecchio davvero.»

«Ne dubito fortemente,» disse London, lanciandomi un'occhiata che sapeva di avvertimento. Il suo sguardo non smise mai di essere intenso. «Forse farà un po' male al conto, ma per un sorriso come quello, immagino ne valga la pena.»

Smisi di ascoltare la loro conversazione, concentrando tutta la mia attenzione verso la porta da cui erano uscite le due donne. Vidi Carven avanzare, lasciando indietro Colt. Mi sentivo fuori dal mio stesso corpo, come se tutto ciò che stava accadendo fosse... nulla. Cercai Colt con lo sguardo, ma improvvisamente non vidi più neanche lui. Era sparito.

Scomparso senza fare alcun rumore.

Quel brivido gelido mi percorse tutto il corpo mentre riportavo lo sguardo sui due uomini, con la mente in subbuglio. Perché

London aveva deciso di entrare nella tana del lupo di sua spontanea volontà? Perché aveva deciso di portarci tutti con sé?

A che gioco stavamo giocando?

Qual era la posta in gioco?

Mi voltai di nuovo verso la porta, mentre sentivo lo stomaco sprofondare.

Non avevo chiara tutta la situazione, ma qualsiasi cosa stesse succedendo... non si preannunciava essere nulla di buono.

Capitolo Dodici

COLT

LE GUARDIE MI GUARDARONO PER UN ATTIMO, POI distolsero lo sguardo, riportandolo sulle persone che contavano davvero. Quelli che parlavano, che sentivano. Io non ero niente e nessuno, silenzioso come la notte, invisibile. Non ero una minaccia. Pensavano.

Tenni la testa bassa, camminando lentamente, notando il movimento di fronte a me. Theo Ares stava camminando lungo il corridoio, la giacca da smoking nera poggiata sulla spalla. Nemmeno lui mi vide. Io, però, vedevo lui.

Occhi iniettati di sangue. Una leggera spolverata di polvere bianca sulle labbra.

Sollevò lo sguardo nel momento in cui percepì la mia presenza, e il suo sguardo freddo si restrinse. «Che cazzo ci fai qui?»

Non risposi. Mi misi di lato per passare, ma lo stronzo mi afferrò dalla maglietta e mi spinse contro il muro. «Ho detto, *che cazzo ci fai qui?*»

Scrutò dentro i miei occhi, come cercasse lì dentro la risposta. Poi spostò lo sguardo sui miei capelli.

Non dissi nulla, restai fermo lì, spinto contro il muro. Non ero una minaccia, del resto.

«Tu...» biascicò, avvicinandosi con il viso. Mi feci da parte, cercando di non reagire. Puzzava di sudore, sesso, e Dio solo sapeva cos'altro avesse combinato durante la notte.

«Tu sei il muto, non è vero?»

Aggrottai la fronte.

«Sì... Il figlio muto, sì, devi essere tu.» Mi spinse contro il muro, lasciandomi andare mentre si guardava dietro le spalle, verso il corridoio.

Dal salotto giungevano le voci ovattate di London e Dante.

«Figuriamoci,» mormorò, arricciando le labbra. «Sono tutte stronzate. Stronzate del cazzo.»

I suoi occhi divennero velati per un attimo, prima di focalizzarsi nuovamente su di me.

«Vuoi da bere? Ma certo che sì, chi non lo vorrebbe. Vieni con me.»

Scosse la testa, allontanandosi, dirigendosi verso l'altro lato dell'enorme casa. Lo seguii, perché quello facevano i fantasmi come me. Ci ritrovammo in una camera buia, luci soffuse a brillare sopra le nostre teste quando le accese.

«Provo ad accendere il fuoco.»

Non risposi, mi limitai a restare fermo vicino al bracciolo del divano in pelle nera, osservando la porta dall'altro capo della stanza. Dietro di noi c'era una scrivania. Guardai Theo accucciarsi di fronte al camino, prima di voltarmi verso essa, studiando le carte sparse sulla superficie, cercando di decifrare di cosa si trattassero.

«Come se non avessimo già abbastanza problemi...» lo sentii borbottare. «Fottuto lupo. Andranno in guerra, t'immagini? Sono tutti dei fottuti bastardi.»

Mi voltai a guardarlo mentre inciampava di faccia sul caminetto, incapace di accenderlo. Ma le carte sulla scrivania mi chiamavano troppo per andare da lui. Quei fogli potevano contenere le informazioni che...

Theo emise un ringhio arrabbiato e provò a rialzarsi.

Dio santo...

Distolsi lo sguardo dalla scrivania e andai verso lo stronzo, afferrandolo per la maglietta per rimetterlo in piedi. La rabbia avvampò nei suoi occhi prima che mi chinassi, afferrassi un accendino e dessi fuoco alla legna dentro il camino. Le deboli fiamme si fecero via via più forti, portando calore dentro la stanza.

«Cazzo, fa freddo,» disse Theo mentre mi alzavo. «Non credo di aver mai sentito così tanto freddo in vita mia, prima d'ora.»

Mi fissò, con quegli occhi marroni sfocati e annoiati. «Tu non parli mai, vero? Ma se non parli non puoi neanche rispondere a questa fottuta domanda.»

Si leccò le labbra, sembrando divertito dalla sua stessa battuta. Lo erano sempre tutti. Si divertivano a dire cazzate su cazzate di fronte a me perché convinti che tanto non avrei fatto nulla al riguardo.

Lo fissai. Alla fine, la maggior parte delle volte, la cosa giocava a mio favore. La gente diceva tante cose che non avrebbe dovuto dire, in mia presenza.

«Ci sarà una guerra, lo capisci? Ci sarà una fottuta guerra, a breve, e io proprio non voglio farne parte. Non voglio far parte di tutto... questo.» Agitò una mano in aria. «Non voglio farne parte. Silas può prendersi tutto quanto. Ogni fottuto pezzo di merda. Io non ne voglio sapere.»

Dalla porta in fondo alla stanza sentii dei passi leggeri. Theo distolse lo sguardo da me quando la porta si aprì, rivelando sua sorella. In un istante si trasformò in un lupo. No... non un lupo, una dannata iena.

«Tu?» ringhiò, mentre lei continuava a camminare, diretta verso la porta dalla quale eravamo entrati noi. Ma lui non sembrava volerla lasciare andare. Ubriaco e strafatto, inciampò verso di lei, bloccandole la strada. «Eccolo qui, *l'angelo* della mamma...»

La ragazza spostò lo sguardo sugli occhi ardenti di Theo. La rabbia si fece sempre più chiara nel suo sguardo.

Era bella... molto bella. E costosa, certamente. Bastava guardarla per capire che non era alla loro portata. Aveva quello sguardo... sfrontato, sì, anche se non come la nostra gattina. No, Vivienne era una combattente, come noi, mentre lei... questa ragazza era una di quelle a cui non avresti mai voltato le spalle. Era velenosa, questa qui, un bellissimo veleno. I suoi capelli dorati sembravano luccicare sotto la luce mentre si muoveva. Ero certo profumasse di miele, da vicino. L'istinto mi fece fare un piccolo passo verso di lei, guardandola con attenzione mentre cercava di aggirare Theo, con quel vestito nero lungo fino alle cosce a svolazzare mentre si muoveva.

«Hai ancora una linea di coca sotto al naso, Theo,» sussurrò. Non era silenziosa, allora. Si avvicinò al suo viso, incontrando il suo sguardo. «Scommetto che mamma e papà sarebbero super orgogliosi di te se ti vedessero in questo momento. Tu sicuramente lo sai.»

Theo arricciò le labbra in un ringhio. Quella non era semplice rivalità tra fratelli... No, quello era odio puro. Theo si spinse in avanti per sovrastarla. «Non sono mica *tuo* padre e *tua* madre. Non è vero?» Le conficcò un dito in spalla, spingendola con forza per farla indietreggiare. «Non dovresti dimenticarlo mai.»

La donna alzò il mento in alto, orgogliosa. «Come potrei dimenticarlo quando tu ti premuri di ricordarmelo in continuazione?»

Mi lanciò un'occhiata, e per un attimo venni investito da una strana sensazione di... familiarità, quasi parentela. Distolsi lo sguardo immediatamente, con le guance in fiamme. Theo non si accorse di nulla, lasciandola uscire dalla stanza.

Io restai fermo lì a guardarlo abbassare lo sguardo sul pavimento, ascoltandola allontanarsi.

«Che sia maledetta,» mormorò allora prima di voltarsi e andarsene anche lui, uscendo dalla porta dalla quale lei era arrivata... lasciandomi da solo, come non fossi mai stato lì.

Mi voltai verso la scrivania, dando le spalle al fuoco scoppiettante dentro il camino. Era questo il motivo per cui ero venuto, del resto, no?

Ero il fantasma. Quello che non parlava. Quello che non esisteva. Quello che veniva ignorato, e poteva fare il lavoro sporco senza essere considerato.

Mi avvicinai alla scrivania, muovendo i fogli, alla ricerca. C'erano contratti di sviluppo del territorio. Appalti, magazzini. Scattai foto di ciò che poteva essere utile prima che una voce soffocata attirasse la mia attenzione.

«Capisci cosa sta succedendo qui, vero? Che cosa vuoi dire? *Non sono cazzi nostri,* e io non voglio ritrovarmi qui quando scoppierà l'inferno!»

Era una voce femminile, morbida nonostante l'urgenza.

Mi concentrai su quella conversazione.

Non era la giovane donna che era stata nella stanza, prima.

No, era la moglie.

Meredith.

«Ophelia non si fermerà. Ti dico che è così. Non si darà pace fino a quando non avrà tolto a London la figlia. Non importa quanti uomini la proteggono, non importa quanti la sorvegliano, nulla avrà importanza. Non si fermerà fino a quando non l'avrà rovinato. Non possiamo stargli vicino, non possiamo permetterle di notarci. Sì, grazie. Sì, hai ragione, ora mi sento meglio. Sono solo preoccupata. Lo so che tu puoi capirmi.»

Mi si strinse lo stomaco. Il cuore prese a battere con forza dentro il petto.

Con chi cazzo stava parlando? Quanto sapevano?

«Devo andare,» mormorò Meredith. «Voglio assicurarmi che manterremo le distanze il più possibile. Sono da soli, sì. Dante se ne occuperà di certo. No... Non è al corrente di quello che stiamo facendo. Se lo scoprisse...» La sua voce si spense per un attimo, e quando parlò di nuovo, si fece più scura. «Se lo scoprisse mi ucciderebbe. Ci ucciderebbe tutti.»

Capitolo Tredici

LONDON

GLI SPORTELLI DELLA MACCHINA SI CHIUSERO DIETRO DI noi con un tonfo prima che ci allontanassimo dalla tenuta degli Ares. Lasciai finalmente andare il respiro che avevo trattenuto per tutto il tempo. Vivienne aveva gli occhi fissi fuori dal finestrino, persa nei suoi pensieri. Probabilmente gli stessi che attanagliavano anche me. Quelli che mi avevano fatto perdere il respiro nel momento in cui la moglie e la figlia di Dante erano entrate nel salotto e avevano reagito alla sua presenza.

Vivienne la conosceva...

E loro conoscevano lei.

Il che significava solo una cosa. Erano collegati all'Ordine, in un modo o nell'altro. Il come era ancora un mistero, uno che avevo intenzione di scoprire. E lo avrei fatto, una volta allontanatomi da questo posto.

Guardai Gus dallo specchietto retrovisore, sorprendendolo a guardarmi di rimando. Anche con i figli nella macchina dietro di noi, non riuscivo a fidarmi abbastanza di Dante da pensare che non fosse una minaccia, almeno fino a quando non ci saremmo allontanati completamente dal suo quartiere.

Spinsi la schiena contro il sedile, la mente in subbuglio, ripensando a tutto quello che era appena successo. *Non mi schiererò* un corno. Nel momento in cui Dante aveva deciso di tirarsi fuori da questa storia, era diventato un bersaglio. Io lo sapevo, e lui lo sapeva. E se lo sapeva, e lo aveva fatto lo stesso, questo non poteva significare altro che ci fosse qualcos'altro, sotto.

Vivienne si aggiustò nervosamente gli occhiali da sole sul viso mentre l'auto svoltava, portandoci finalmente ad almeno un isolato di distanza. Il brutto livido viola sul suo viso sembrava ancora più doloroso sotto la luce del sole. Più la osservavo, più sentivo quanto fosse arrabbiata, e di rimando, sentivo la rabbia dentro di me farsi ancora più selvaggia. Con il tempo le avrei fatto dimenticare tutto ciò che quei bastardi le avevano fatto... Prima, però, li avrei fatti a pezzi a mani nude.

I miei pensieri omicidi si rivolsero immediatamente a Daniels, e strinsi la mascella, inspirando con forza. Quel pezzo di merda non si meritava di essere ancora in vita, non dopo tutto quello che aveva fatto. Sentii il nervo sotto l'occhio prendere a pulsare quando ripensai alle parole di Hale durante quella telefonata che doveva essere per Daniels. *Come sta la puttanella di London? Ho intenzione di prendermela comoda, con lei, domani, dopo la nostra piccola festa. Cazzo, scommetto che è una che urla.*

Vivienne mi lanciò uno sguardo, rivolgendomi un sorriso nervoso.

Cazzo, scommetto che è una che urla.

Le risposi con un sorriso imbarazzato, cercando di fare del mio meglio per allentare la sua preoccupazione. Non c'era più motivo di aver paura. Mi sarei assicurato con tutte le mie forze che fosse al sicuro, per sempre.

Abbassai lo sguardo, guardando il suo corpo, fermandomi sul suo ventre. Mi sarei assicurato che fosse al sicuro... *e mia.*

Il palazzo vittoriano in fondo alla strada attirò entrambe le nostre attenzioni.

Fuori erano parcheggiati i camion per il trasloco. Uno stava entrando dall'ingresso di servizio, e Gus rallentò la nostra corsa, immettendosi nel vialetto principale che costeggiava la casa.

Vivienne voltò la testa, ammirando le porte d'ingresso della villa gotica, i frontoni, mentre Gus fermava l'auto di fronte al garage della casa.

«Questa casa... è tua?» chiese Vivienne, voltandosi a guardarmi sorpresa. Poi sembrò riprendersi. «Ma certo che è tua. Che domanda stupida. Tu possiedi tutto.»

Scoppiai a ridere contro la mia stessa volontà mentre Gus apriva il mio sportello, ma quando mi voltai a guardarlo, la risata si spense. «Ho bisogno che resti qui, Gus. Vorrei che ti trasferissi nell'alloggio dei dipendenti, per il momento,» mormorai.

Il suo cenno d'assenso fu immediato. «Certamente, signore. Qualsiasi cosa le serva.»

Mi aggiustai la giacca e feci il giro della macchina. Non era perché mi servisse un'autista, ma perché avevo bisogno di quanti più uomini possibili al mio fianco. Più ne avevo con me, più possibilità avevo di tenerla al sicuro. Il paesaggio intorno a noi aveva preso a cambiare forma ad ogni movimento della luce, mostrando ombre dove prima non c'erano. Avevo bisogno di tenere sotto controllo ogni singola cosa... ora più che mai.

Aprii lo sportello del lato di Vivienne, porgendole la mano. Vivienne scese lentamente, trasalendo in silenzio mentre si raddrizzava. Non mi piaceva per niente vederla soffrire. Quando la vedevo sussultare silenziosamente dal dolore sentivo ancora più rabbia di quanta ne avessi normalmente in corpo.

Il buon dottore sarebbe venuto a fare una visita a domicilio, se avesse voluto tenersi la sua vita.

Mentre Carven e Colt scendevano dall'Explorer nella quale erano venuti, io condussi Vivienne verso l'ingresso sul retro della casa. L'avevo comprata senza neanche venirla a vedere di persona. Non m'interessava la sua bellezza; non proprio. Era la posizione strategica ad avere importanza.

Sarebbe stato un suicidio volontario attaccarmi all'interno di un quartiere mafioso. Perciò, non potendo farlo alla luce del sole, Hale avrebbe provato con un attacco furtivo, per il quale sarei stato pronto.

Per quanto sapessi che questo era il motivo per cui avevo scelto questa casa, però, quando vidi Vivienne abbassare gli occhiali per godersi la vista spettacolare, realizzai che faceva davvero un gran bell'effetto.

«Porca puttana,» sussurrò, guardandosi intorno. «Questo posto è bellissimo.»

I traslocatori intorno a noi erano intenti a portare scatolone dopo scatolone oltre l'ingresso principale. Mi voltai a guardarli, trovando Guild a zoppicare dietro di loro.

«Di la, in cucina,» stava ordinando con forza, attirando la nostra attenzione.

Vivienne si voltò a guardarlo, e dovetti deglutire via il groppo di gelosia che mi strinse la gola quando la vidi sorridergli. Quando si trattava di lei, quella parte selvaggia dentro di me era sempre troppo vicina. Guild lanciò un'occhiata verso di noi e incontrò il suo sguardo, poi il mio, e ci fece un cenno di saluto prima di allontanarsi, tenendosi un braccio sul fianco.

Sapevo che tra loro non ci fosse nulla. Lui aveva rischiato la vita per salvarla, e Vivienne ne era riconoscente, era chiaro. Ma vederla fissarlo mentre si allontanava mi fece comunque male.

«Vieni, ti mostro l'ala della casa con le nostre camere da letto,» le dissi.

Attraversammo l'ingresso e superammo le scale che portavano ai piani superiori. Non avrei più commesso lo stesso errore. Da questo momento in poi, non avremmo più dormito ai piani alti. Avremmo dormito in posti dai quali avremmo potuto scappare via facilmente.

Un trapano prese a suonare alle nostre spalle. La maggior parte delle porte d'uscita erano state saldate, e avevo installato grate in ogni finestra e porta. Avevo cominciato a fare telefonate dal momento in cui eravamo arrivati al Four Seasons, ieri. Questo posto sarebbe stato sorvegliato ventiquattro ore su ventiquattro, in un modo o nell'altro.

Vivienne lanciò un'occhiata al salone, godendo della vista del legno costoso e perfetto. L'ambiente era misterioso e coinvolgente, perfetto, soprattutto quando entrammo nell'elegante sala da pranzo prima di oltrepassarla.

Il mastodontico tavolo nero da quindici posti non era comunque grande abbastanza da rendere la stanza più piccola, o prendere la maggior parte del suo spazio. Questo posto era più grande della mia casa in città, e costava anche meno, considerato il quartiere dove ci trovavamo.

«È... nuovo,» disse.

«Era già qui,» le risposi.

Vivienne mi sorrise, e quel sorriso, quella volta, fu autentico, perfetto.

Mi avvicinai al suo orecchio. «Se ti piace quello che vedi qui, allora dovresti vedere la camera da letto.»

I suoi occhi presero a brillare, guardandomi mentre trascinava lentamente i denti sul labbro spaccato e dolorante. Dovetti trattenermi con tutte le forze per non sporgermi e baciarla.

«Vieni,» le dissi, passando oltre fino all'ala est della casa. «Ti mostro la nostra ala.»

«Un'ala, addirittura,» disse lei, lanciando un'occhiata alle scale che ci stavamo lasciando alle spalle. «Però non è al piano di sopra.»

«No. Niente più piano di sopra,» le dissi.

La sentii espirare piano. «Bene.»

Portai il suo braccio intorno al mio, conducendola oltre le doppie porte già aperte. Il corridoio su cui camminammo aveva pareti grigio scuro, una moquetta scura e liscia, perfetta.

«La mia camera da letto è la prima a sinistra,» le dissi, facendole vedere quella di Carven subito a destra. «La tua è la porta nera alla sinistra, e quella di Colt è a destra, di fronte alla tua.»

Il mio cuore prese a battere più forte alle mie stesse parole. Non per la gelosia, ma perché sapevo che, messi in questo modo, Vivienne era imprigionata tra tutti e tre. L'avremmo tenuta al sicuro... *e occupata.*

«Quella di Colt?» ripeté lei, aggrottando la fronte. «Non sta con Carven?»

Incontrai il suo sguardo sorpreso. «No, a quanto pare no.»

Vidi le sue guance arrossarsi sotto il livido. Non potei fare a meno di sorridere mentre la guardavo spostare lo sguardo verso l'ultima porta dopo la sua. «E quella camera? Di chi è?»

«Non è una camera da letto,» le dissi, sentendo il cuore accelerare.

«Oh. E allora cos'è?»

Passai oltre le nostre camere da letto, fermandomi di fronte la porta in questione, voltandomi verso di lei. Le grate di sicurezza e gli scanner non erano l'unica cosa che mi ero assicurato di far trovare qui dentro mentre eravamo in albergo. Vivienne aveva gli occhi fissi sulla porta, e riuscivo quasi a vedere le rotelle nella sua testa cercare di capire cosa stessi nascondendo.

Allungai la mano e afferrai la maniglia, ma non la girai; non ancora.

Invece, mi voltai a guardarla e incontrai il suo sguardo.

«Sai cosa si dice delle gattine curiose, bimba?»

Vivienne mi guardò con preoccupazione per un attimo prima che vedessi i suoi occhi accendersi di quel solito fuoco di sfida che era tutto e unicamente lei. Eccoci di nuovo qui, a spingere l'uno contro l'altra, a tirare la corda, senza che nessuno dei due decidesse finalmente di lasciarsi andare al fuoco che ardeva chiaro tra noi.

Vivienne alzò il mento in maniera forte ma adorabile. «No, non lo so, London. Cosa si dice?»

Le mie labbra si arricciarono in un sorriso divertito mentre abbassavo la maniglia e spalancavo la porta.

Non avevo bisogno di guardare la stanza. Mi bastava godere della reazione di Vivienne alla vista di ciò che c'era all'interno.

La vidi stringere la mano sul telaio della porta mentre io mi avvicinavo a lei.

«Allora te lo dico io,» le dissi. «Vengono scopate da quella macchina.»

Vivienne perse il respiro mentre voltava quello sguardo bellissimo verso di me.

Abbassai il capo, portando le labbra sul suo orecchio.

«Che c'è?» le chiesi, mentre lei restava in silenzio. «Nessuna risposta arguta? Non dirmi che finalmente ti ho messo a tacere...»

Sollevai una mano, facendo scivolare un dito sul suo braccio. Vivienne voltò lentamente la testa verso di me, le nostre labbra... così dannatamente... vicine...

«Lo vuoi, bimba?»

Vidi le sue labbra schiudersi. Il suo respiro si fuse al mio. «Forse.»

Mi avvicinai, baciando delicatamente un angolo delle sue labbra spaccate. Sentivo il desiderio e la rabbia stringersi dentro di me, lottare per venire a galla. La violenza era così... rilassante.

«Siamo al sicuro, qui?» mi sussurrò sulle labbra.

La fissai negli occhi, allontanandomi lievemente. «Vuoi la verità?»

«Sempre.»

Annuii. «Allora no. Non siamo al sicuro da nessuna parte. Non lo saremo fino a quando non sarà tutto finito. Ma puoi credermi se ti dico che non correrai più alcun rischio, non tu. Sarai protetta ventiquattro ore su ventiquattro.» Feci scivolare un dito sul suo seno. «Pensi di poterlo sopportare, per un po'?»

La guardai mentre si leccava le labbra. «Per un po'... immagino di potermi arrangiare.»

Sorrisi, pronto a stuzzicarla, quando il mio telefono prese a vibrare dentro la mia tasca, riportandomi con violenza alla realtà.

La mia felicità si trasformò in rabbia quando presi il telefono e lessi il nome sullo schermo. Vivienne capì immediatamente che doveva essere qualcosa di brutto, perché i suoi occhi si fissarono sulle mie dita strette al telefono mentre rispondevo, poi sul mio volto quando lo portai all'orecchio.

«È morto?»

Strinsi la mascella, così forte che sentii i denti strisciare con forza.

«Almeno dimmi questo, porca puttana.»

«No,» sibilai al telefono, rispondendo a Hale. «Non ancora.»

Mi concentrai sul silenzio dall'altro capo del telefono, aspettando senza respirare. Distolsi lo sguardo da Vivienne, sentendo i peli sulla nuca rizzarsi quando Hale parlò di nuovo.

«In tal caso, vorrei proporti uno scambio: la sua vita per il tuo contratto.»

Mi si strinse lo stomaco.

«La mia risposta è: va' a farti fottere. Che ne dici?»

«Per me sono soldi, lo sai bene. Volevo soltanto la tua puttana per me, alla fine.» Il bastardo continuò a mettere il dito nella piaga, incurante del pericolo. «Nel momento in cui Daniels avesse completamente scacciato via qualsiasi residuo di te dalla puttana, l'avrei tenuta tutta per me. Sarebbe stata mia.»

Strinsi le dita intorno al telefono con così tanta forza da fare male. I miei respiri si fecero più pesanti, e non potei fare nulla per calmarli.

«Lo sai... in un quarto d'ora la rovinerei per sempre.»

«Ti ucciderò, sai. Spero tu lo sappia,» sibilai piano, la voce priva di emozioni. «Un giorno aprirai gli occhi e ti ritroverai la mia pistola puntata contro. Ho intenzione di guardarti negli occhi mentre ti ammazzo.»

La risposta di Hale fu lenta, e attenta. «Fino ad allora,» disse, «Daniels per il contratto, e chiudiamo la questione.»

Sollevai lo sguardo verso l'unica ragione per cui avrei accettato un patto con il diavolo in persona.

«Bene,» dissi, poi abbassai il telefono e chiusi la chiamata, con il cuore in gola.

Non restava che una domanda...

Perché voleva Daniels così tanto?

Ma spinsi la domanda in fondo alla mia mente mentre colmavo la distanza tra di noi, spingevo Vivienne contro il muro e la baciavo con forza.

Capitolo Quattordici

VIVIENNE

Ti ucciderò, sai. Spero tu lo sappia.

Dalle mie labbra scappò un gemito quando le sue labbra toccarono le mie.

La sua minaccia continuò a rimbombare nella mia testa mentre mi baciava, il mio cuore a battere più forte, scosso dalla minaccia e da tutte le sensazioni che mi stava facendo provare in quel momento, fermi di fronte alla soglia della camera da letto.

Le sue dita scivolarono tra i miei capelli, stringendosi dietro il mio collo, tenendomi ferma mentre la sua bocca continuava a prendersi la mia con una forza tale da togliermi il respiro.

I nostri denti si toccarono, i suoi a pungermi le labbra, rivendicandomi prima di staccarsi. Quando mi guardò negli occhi vidi la scintilla del pericolo nei suoi, scuri, privi di luce. In quel momento dentro di lui non c'era altro che violenza e ira. Eppure, si stava aggrappando a me come fossi l'unica ancora di salvezza in un mondo che stava andando alla deriva.

Io ero la sua salvezza, come lui era la mia.

Per me lui era l'ancora che teneva in vita il mio corpo e il mio cuore.

Che mi piacesse o meno, tutti e tre eravamo legati allo stesso identico filo.

Il suo respiro mi solleticò l'orecchio mentre le sue mani alzavano la mia maglietta, stringendomi i seni, togliendomi il respiro.

«London...» gemetti senza fiato, guardando verso le doppie porte in fondo al corridoio.

London non si fermò, si limitò a liberarmi del reggiseno. «Non verrà nessuno,» sussurrò mentre si sporgeva per leccarmi un capezzolo. «Qui dentro è off-limits.»

Le sue parole non riuscirono ad alleviare completamente la mia apprensione, ma quando sentii i suoi denti scivolare sulla mia pelle, per un attimo dimenticai tutto il resto. «Oddio,» gemetti, chiudendo gli occhi, rabbrividendo.

La sua mano scivolò tra le mie gambe, le sue dita forti toccarono le mie pieghe.

«Mia,» mormorò. «Sei mia, Vivienne, capito? Quando tutto questo sarà finito, lo sapranno tutti... *Lo sapranno tutti, cazzo.*»

Il calore di quelle parole mi strinse il cuore. Spinsi i fianchi in avanti mentre la mia fame incontrava la sua. Infilai le dita tra i suoi capelli e li tirai con forza, spingendo la sua bocca nuovamente contro la mia. Non avevo mai desiderato appartenere a qualcuno così ardentemente come in quel momento, con lui, con i gemelli.

Un giorno aprirai gli occhi e ti ritroverai la mia pistola puntata contro. Ho intenzione di guardarti negli occhi mentre ti ammazzo.

London interruppe il bacio e si staccò da me quel tanto che bastava per guardarmi negli occhi. All'interno dei suoi non vidi altro che disperazione, e un terrificante bisogno di vendetta.

«Non ti perderò. Mi hai sentito? Non ti perderò mai più.» Poi abbassò la testa, toccandomi delicatamente il lato del seno. «Il localizzatore...»

Scossi la testa. «No. Niente più localizzatori, London. Se vuoi proteggermi allora inizia a trattarmi da pari. Dammi un telefono, metti un GPS dentro quello, se devi. Ma niente più localizzatori. Niente più *cose* inserite dentro il mio corpo senza il mio permesso, contro la mia volontà. Mi hai sentito, London? *Basta. Mai più.*»

London restò immobile. Ci restò così a lungo che mi preparai mentalmente a sentirlo andarmi contro. A sentirlo sovrastarmi un'altra volta, costringermi a piegarmi alla sua volontà, arrendermi completamente a lui. London St. James era un mostro, del resto.

Era quello che mi ero sempre detta.

Soltanto un mostro avrebbe potuto distruggerne un altro.

Ma mentre aspettavo inerme di sentirlo sconfiggermi, London mi guardò negli occhi, e io per la prima volta vi lessi qualcosa di così forte che mi strappò il respiro dai polmoni. La sua presa si strinse intorno al mio collo mentre si avvicinava, poggiando le sue labbra sulle mie.

«Io. Non. Posso. Perderti. Non di nuovo, Vivienne... Un'altra volta potrebbe distruggermi. Ci distruggerebbe tutti.»

Questo era quanto di più mi sarei avvicinata al conoscere i suoi veri sentimenti, almeno per il momento.

Era quanto mi stava concedendo, realizzai.

London non mi amava soltanto. No... Io consumavo tutto il suo essere, proprio come lui consumava me.

Lo baciai, premendo le labbra contro le sue, dure e splendide, fino a quando non lo sentii lasciarsi andare a me. Mi toccò nuovamente il seno, poi abbassò le mani sui miei jeans, ma nel momento in cui lo sentii sbottonarli, un crampo invase il mio basso ventre con forza. Il dolore improvviso mi portò a piegarmi in avanti, gemendo.

Dentro di lui sembrò scattare un interruttore che non avevo mai visto prima. Le sue mani scivolarono via dal mio corpo, e lui si allontanò un po'. Aprii gli occhi, trovando i suoi fissi su di me.

«Va tutto bene,» gli dissi, quando notai la preoccupazione nei suoi. «È solo un crampo.»

Il dolore nel mio basso ventre si fece più forte, stringendo qualcosa di diverso, dentro di me, prima di allentarsi lentamente. Dio... Cercai di riprendere fiato, chiudendo gli occhi per un attimo. London restò in silenzio, si limitò a guardarmi, a osservare i miei respiri farsi sempre più calmi.

«Ti capita spesso?» mi chiese.

La sua domanda mi colse per qualche motivo di sorpresa. Annuii debolmente. «Alle volte, sì. Mai forti come adesso, comunque.»

Annuendo, London mi sistemò il reggiseno nuovamente addosso prima di abbassarmi la maglietta. I suoi tocchi erano lenti, nervosi, delicati. Era preoccupato che fosse stato lui a farmi male in qualche modo? Non lo seppi mai perché non lo disse ad alta voce. Si guardò alle spalle prima di tornare a me.

«Dicevo sul serio, poco fa, quando ho detto che qui non può entrare nessuno. Siamo soltanto noi. Possiamo fare quello che vogliamo.»

Quello che vogliamo...

Annuii. «Quando avrò smesso di sanguinare, allora,» dissi, e non seppi neanche io se la intendevo come un'affermazione oppure come una domanda.

London scrollò le spalle. «Sono abituato ad avere sangue sulle mani, Vivienne. Un po' del tuo non mi darà fastidio, soprattutto se è quel tipo di sangue.»

I miei occhi si spalancarono lievemente per la sorpresa quando lo guardai. «Mh?»

Quella reazione mi prese alla sprovvista. L'unica altra figura maschile che avessi conosciuto nella mia vita era il mio patrigno, che cercava ogni mese di cacciarmi via quando arrivava il momento. Considerava le mestruazioni una sorta di maledizione.

Ma London fece spallucce, invece, gli occhi fissi su di me. «Nulla di ciò che sei tu mi disgusta, Vivienne. Adoro tutto. Ricordatelo.»

Mi sorrise lievemente prima di guardare la porta aperta della stanza.

«Ma forse possiamo lasciare l'esplorazione di questa stanza ad un altro giorno, che ne dici?»

Sorrisi, aggiustandomi la maglietta. «Sì, sono d'accordo.»

Lui annuì. «Questo non significa che non voglio scoparti,» sussurrò, bagnandosi le labbra. «Ho sentito che gli orgasmi fanno bene ai crampi.»

Il mio corpo rispose immediatamente a quelle parole. Dio, persino la sua voce mi faceva effetto, mi rendeva più sicura di me. «Potremmo provare, volendo.»

London rise, e mi tese la mano. «Ti va di vedere la tua camera da letto?»

Gli rivolsi un sorriso, facendo scivolare la mano sulla sua. London mi condusse verso la porta accanto a quella su cui ci eravamo fermati, spingendo la maniglia d'ottone per aprire la porta della camera da letto. «Io faccio una telefonata,» mi disse poi. «Mi assicuro di far venire il dottore per controllarti.»

«Non ce n'è davvero—» cominciai, ma mentre parlavo decisi di voltarmi verso la stanza, e a quel punto restai senza fiato. La camera da letto era così maestosa e bella che persi le parole. «London...» sussurrai, entrando.

La stanza era così grande che il letto, enorme, non prendeva neanche troppo spazio. Feci un passo avanti, chinandomi su di esso, tastando la morbidezza delle lenzuola di velluto sulle dita.

«Niente rosso,» sussurrò. «Me ne sono assicurato, ma ho pensato di mantenermi sui toni de—»

Non gli diedi il tempo di finire. Mi voltai verso di lui e scattai in avanti, sbattendogli contro mentre gli portavo le braccia al collo.

Non mi ero resa conto prima di entrare dentro questa stanza di quanto mi fossi sentita terrorizzata all'idea di trovarne una copia identica a quella che avevo lasciato quando—

Premetti il viso contro il suo petto, sentendo la gola stringersi. Il corpo prese a tremare, e sapevo che, in un attimo, sarebbero arrivate le lacrime. Rabbrividii contro il suo corpo mentre le lasciavo cadere sulle guance. Lo strinsi con forza, sentendo le sue mani scivolare intorno al mio corpo delicatamente, quasi impacciate, come non sapesse esattamente cosa fare.

Ti ucciderò...

Quelle parole tornarono nella mia mente. Mi sbagliavo, realizzai. London sapeva esattamente cosa fare.

Mi tenne stretta contro il suo petto mentre io piangevo, senza fiato. Le mie lacrime bagnarono la sua camicia, ma lui non se gli diede peso. Non parlò, non si mosse. Si limitò a tenermi vicina mentre io mi lasciavo andare, mentre il mio petto bruciava, il mio cuore non sentiva altro che violenza.

Quando lentamente mi raddrizzai e sollevai la testa, solo un volto bruciava dietro le mie palpebre, e non era quello di Daniels...

Era *lei*, Ophelia.

«Devono morire, London,» dissi, sollevando lo sguardo su di lui, sfocato dalle mie lacrime. «Devono morire tutti. Se non per me, allora per ogni altra ragazza che resterà in pericolo fintanto che saranno in vita.»

London mantenne il mio sguardo mentre annuiva piano, portando una ciocca dei miei capelli dietro l'orecchio. «Lo so, piccola. Credimi... vogliamo la stessa cosa.»

A fatica deglutii il groppo che avevo in gola, e London si abbassò lentamente per baciarmi le guance rigate dalle lacrime.

Non mi ero mai sentita al sicuro, in vita mia, mai desiderata, mai protetta... Ma adesso... adesso lo sentivo. Forse c'era ancora gente cattiva fuori da questa casa pronta a prendermi, a rapirmi, a farmi... tutto quello che mi avevano già fatto, e anche di più... Ma ora più che mai ero consapevole che, qualsiasi cosa mi sarebbe successa, ci sarebbe stato qualcuno a questo mondo che avrebbe dato loro una giusta punizione. E quel qualcuno era quest'uomo.

Bip.

Il suono improvviso del suo telefono rovinò il momento un'altra volta. Vidi i suoi occhi infuocarsi per un attimo prima che si staccasse lentamente, e io lo lasciai a rispondere mentre mi voltavo nuovamente verso la maestosità della mia nuova camera da letto.

Sentii la sua voce alle spalle mentre tornavo vicino al letto, chinandomi per trascinare le dita un'altra volta sulle lenzuola morbide, guardandomi intorno. Vidi una porta alla fine della stanza, e mi chiesi se non conducesse ad una cabina armadio.

«La situazione è sotto controllo?» chiese London mentre io mi fermavo di fronte alle ante. «Bene. Sarò lì tra poco. Tieni d'occhio Daniels. Ho bisogno di trovarlo vivo e pronto a parlare... almeno per un po'.»

Mentre London continuava a dare ordini con quell'ira chiara, io trovai l'interruttore della luce.

Era tutto qui. Una varietà di colori invase i miei occhi, e io guardai tutto, inghiottendone la vista come se da questo ne dipendesse la mia vita. I miei vestiti, le bottigliette costose di profumo e prodotti per il corpo, i trucchi... era tutto qui. Ma era l'unica cosa che ancora mi teneva ancorata al passato.

Diedi un'occhiata alla massiccia vasca nera del bagno alla mia sinistra, poi osservai la doccia aperta, le piastrelle nere... e quello che sembrava il disegno di un serpente.

Mi avvicinai, allungando una mano per toccare la superficie fredda, tracciando il disegno.

«Se non ti piace...» disse London alle mie spalle.

Mi voltai, trovandolo sulla soglia, e scossi la testa. «No,» dissi, il cuore in subbuglio. «Mi piace.»

Lo vidi sospirare sollevato. «Dicono che il serpente sia un segno di rinascita, di trasformazione e guarigione. Appena ho visto questa stanza ho pensato che fosse perfetta per te.»

«Le altre stanze non ce l'hanno?»

London sorrise. «No. La tua è speciale.»

Mi voltai di nuovo verso quel disegno, che ora aveva un significato totalmente diverso, e lo toccai un'altra volta.

«Lo amo.»

Bip.

Il suo telefono vibrò un'altra volta.

«Devo andare,» disse. «Ci sono i ragazzi, qui, e io tornerò il prima possibile. Quando lo farò, dobbiamo parlare di quello che è successo alla villa degli Ares. D'accordo?»

Cercai di annuire, ma il mio basso ventre si strinse un'altra volta in un crampo, e io spinsi la mano sul muro per cercare di non dare troppo a vedere il mio dolore.

I suoi passi si fecero più vicini, e in un attimo mi fu addosso. Le sue dita toccarono la mia schiena, e io chiusi gli occhi. «Ti prometto che il dottore verrà presto per darti qualcosa per il dolore. E Colt... Colt vorrà sicuramente aiutarti in qualsiasi modo. Usalo come preferisci, bimba. Dagli uno scopo, un obiettivo... Prenditi quello che ti serve.»

La sua mano scivolò via dalla mia schiena e i suoi passi tornarono a farsi sentire, questa volta allontanandosi, e il mio dolore divenne presto disperazione.

Mi rendevo conto, adesso, di essere fortunata ad averli con me, fortunata ad avere qualcuno che si prendesse cura di me, che mi proteggesse con la propria vita. I miei pensieri andarono a Carven, al modo ostile in cui continuava a guardarmi e comportarsi con me.

Sarà meglio che tu ne valga la pena, alla fine di tutto questo. Ripensai a quelle parole mentre mi voltavo, guardando London uscire dalla stanza. *Perché se il caro paparino non ti vuole, praticamente siamo tutti morti. Lo capisci, vero?*

Quando aveva detto quelle parole... non era di London, che parlava. Non era forse vero?

Dentro di me, in fondo, conoscevo la risposta. In un modo o nell'altro, sapevo che parlava di...

«King,» dissi ad alta voce. «Chi è King, London? Per me, dico.»

Lo vidi fermarsi sulla soglia della porta. Ma non si voltò a guardarmi.

Feci un passo, uscendo fuori dal bagno.

«Rispondimi, London. Una volta per tutte. Chi è per me?»

London sospirò, e le sue spalle s'incurvarono lievemente.

«È tuo padre,» disse semplicemente, prima di uscire dalla porta.

Lasciandomi da sola...

Con le guance in fiamme...

E il cuore in subbuglio.

È tuo padre...

Il dolore mi strinse il petto, per qualche motivo. Eppure, dentro di me lo avevo già sospettato. Era da un po' che le rotelle avevano cominciato a girare, nella mia testa. D'altronde, perché mai una persona come London St. James avrebbe mai potuto volermi, se non per la mia discendenza?

Eppure, sentire la verità dalle sue labbra fece comunque male. Mi aggrappai alla porta con forza, sentendo il mio corpo tremare insieme al tonfo della porta che si chiudeva. Poi le lacrime tornarono a pizzicarmi gli occhi.

Non facevo altro che piangere. Mi sentivo vuota, completamente vuota, nient'altro che un guscio, il fantasma della persona che ero stata un tempo. Mi guardai in giro per la stanza senza vedere realmente nulla, e poi uscii dal bagno.

Avrei voluto odiarlo. Avrei voluto odiare tutti loro.

Ma l'odio era inutile, perché London, alla fine, non c'entrava niente.

Era iniziato tutto molto prima che lui entrasse nella mia vita.

Era iniziato con mio padre.

King.

Mi diressi verso il letto, lasciandomi cadere sul materasso. A malapena riuscii a sentire il mio corpo cadere, perché il rumore del mio cuore dentro le mie orecchie era troppo assordante.

Restai così, rannicchiata su me stessa, a fissare il nulla per un tempo lunghissimo, con il corpo dolorante.

Passarono ore prima che qualcuno bussasse alla mia porta.

Era London?

«Sì?» dissi.

Colt entrò nella stanza subito dopo. I suoi occhi blu studiarono la stanza prima di poggiarsi su di me, notando la mia mano stretta sulla pancia. I suoi occhi si riempirono di preoccupazione mentre si avvicinava, con un piatto pieno di cibo in mano e una bottiglietta di succo di frutta nell'altra.

«Fame?» mi chiese.

Sentii le lacrime pizzicarmi gli occhi un'altra volta mentre scuotevo la testa. Mi voltai, sentendolo avvicinarsi al letto.

«Ti ha fatto male?» ringhiò.

Mi voltai di scatto, trovandolo a fissarmi con un'espressione di pura rabbia in viso. Cosa avrei dovuto dirgli? No? Forse? Tutti mi avevano ferita, in un modo o nell'altro. O forse a farmi male ero stata io stessa?

Alla fine scossi la testa. «No,» gli dissi. «È solo il ciclo. Mi rende troppo emotiva, e sarà così fino a quando non smetterò di sanguinare.»

Colt si irrigidì. Il suo corpo prese a tremare impercettibilmente, e guardai i suoi pugni chiudersi con forza intorno a ciò che teneva in mano.

«Ti ha fatto male,» disse. «Quel figlio di puttana...»

Si girò prima che potessi capire cosa stava succedendo, poggiando tutto ai piedi del letto mentre si dirigeva verso la porta. Scattai in piedi e poi fuori dal letto, correndo verso di lui per raggiungerlo prima che potesse andarsene.

«Colt, no, *aspetta!*»

Lo afferrai dal braccio, costringendolo a voltarsi.

«Non mi ha fatto del male, Colt.»

Lo vidi aggrottare la fronte, i suoi occhi studiare i miei. «Hai detto che stai sanguinando.»

Mi sentii le guance andare a fuoco, e venni presa dall'imbarazzo. «È... è solo il ciclo.»

«Ciclo?»

Feci un passo indietro, guardandolo mentre, lentamente, inclinavo la testa di lato, confusa. «Il ciclo, sì. Sai... quando sanguino, ogni mese?»

Colt si avvicinò a me così tanto da sovrastarmi. «Tu sanguini... ogni mese?»

Dio, era così vicino... Ed era confuso, arrabbiato... una bomba pronta ad esplodere. «Beh... sì.»

«Fammi vedere.»

Spalancai gli occhi alla richiesta, guardandolo. «Come sarebbe a dire, *fammi vedere?*»

La sua mascella si strinse con rabbia. «Mostramelo.»

Scossi la testa, facendo un passo indietro, ridacchiando, ma era panico, era chiaro. «Colt, non puoi dire sul serio.»

Ma lui era... mortalmente serio, invece. Sentivo la rabbia scivolare via dal suo corpo in ondate.

«Stai cercando di dirmi che in questo momento stai sanguinando, ma che London non ha nulla a che vedere con questo. Quindi voglio vedere... quello che dici che non ti ha fatto.»

Sentii lo stomaco sprofondare.

La stanza sembrò ondeggiare.

Colt non era mai stato a contatto con una donna, e quindi non sapeva. E credeva che io stessi cercando di proteggere London quando non c'era cosa più lontana dalla realtà di questa.

«Non posso fartelo vedere,» dissi, incredula.

Colt restò fermo per un attimo prima di voltarsi nuovamente verso la porta. «Come vuoi. Vado a prendere il bastardo, allora.»

«*Aspetta!*» ruggii io, afferrando la maniglia della porta prima che potesse prenderla lui. «Cazzo, okay, okay! Stai fermo!»

Colt si fermò, allora. «Fammi vedere.»

«Tu non... non capisci,» sussurrai. «Il sangue... È una cosa naturale... Viene dal mio corpo...»

Colt portò gli occhi su di me. Erano quasi neri, pieni di rabbia. «Che vuol dire che viene dal tuo corpo?»

Gesù... Non potevo credere di stargli davvero spiegando come funzionassero le mestruazioni. Trasalii, ricordando quanto fosse stato terrorizzato alla vista del mio sangue sulle sue lenzuola quando avevamo fatto l'amore per la prima volta. Ignaro del fatto che non fosse l'unico ad essere vergine, quella notte. Ricordavo il modo in cui aveva reagito, quando aveva pensato di avermi fatto del male, di avermi ferita.

Ma non mi aveva ferita.

Mi leccai le labbra e presi un bel respiro, sapendo bene di non avere altra via d'uscita.

«D'accordo,» dissi, con i suoi occhi addosso. «D'accordo, *d'accordo.*» Distolsi lo sguardo, le guance in fiamme. «Vuoi vedere? E allora ti faccio vedere.»

Gli afferrai la mano, trascinandolo con me.

Dio... non potevo credere di starlo facendo davvero. Avevo il cuore in gola mentre lo spingevo verso il bagno.

«Giuro su Dio, Colt,» dissi con rabbia, «Se vomiti, ti agiti o dai di matto, *ti giuro* che non ti dirò mai più *nulla.*» Mi voltai verso di lui. «*Chiaro?*»

Colt non disse nulla. Aveva gli occhi spalancati mentre mi guardava, annuendo lentamente.

Il mio cuore stava battendo troppo forte. Guardai verso la porta, ricordando le parole di London. Aveva detto che nessuno poteva entrare qui dentro, ma io non volevo comunque correre il rischio. Se fosse entrato qualcun altro mentre facevo ciò che... Dio, ciò che stavo per fare... Sarei morta di imbarazzo. Più di quanto stessi facendo adesso. Perciò afferrai la maniglia della porta del bagno e tirai, chiudendo con forza.

Colt aveva certamente visto del sangue, in vita sua. Molte volte, non avevo dubbi.

Ma non aveva mai visto questo.

Con il respiro corto mi posizionai di fronte al lavandino, e, tenendo gli occhi fissi su di lui, mi sbottonai i pantaloni, abbassandoli. Lo vidi aggrottare la fronte prima di riportare gli occhi sul mio viso.

«Hai chiesto tu di vederlo,» gli ricordai con rabbia. Con il cuore in gola, infilai le dita sotto l'orlo delle mutandine e le abbassai, restando nuda dalla vita in giù.

Sapevo quale fosse il prossimo passo, adesso... Ma non riuscivo a muovermi.

Colt fissò tra le mie gambe, e poi riportò il suo sguardo pieno di panico su di me. Non stava dando di matto, però. Non ancora, almeno.

Con tutto il coraggio che riuscii a racimolare, allargai le gambe, afferrai tra le dita il filo dell'assorbente e, lentamente, lo tirai fuori. Le luci al neon del bagno scivolarono su di esso, e io restai a fissare Colt, inghiottendo ogni sua reazione, i suoi occhi allargati, il panico quando sollevò lo sguardo verso di me.

Poi... si mosse.

Fece un passo avanti, e delicatamente mi afferrò il polso.

«Volevi vederlo,» dissi a voce bassa. «Ora l'hai visto.»

«Sei ferita?» mi chiese.

Scossi la testa. «No. Cioè, diciamo, ma non è quel tipo di dolore che pensi tu. Quindi no, non sono ferita, Colt. Questa cosa succede alle donne ogni mese, quando... quando può rimanere incinta.»

«Incinta?» ripeté lui.

Dio, non avevo mai considerato che potesse esserci qualcuno della sua età così... *ingenuo*, in un certo senso.

«Sì,» risposi. «È quello che può succedere ogni volta che... che scopiamo senza protezione.»

Mi sentii invadere dal calore, a quelle parole. Colt afferrò la cordicina del Tampax e fissò il sangue. Nel suo viso non c'era segno di disgusto, per qualche assurdo motivo.

Sembrava... intrigato.

«Quindi tu... stai sanguinando dove voglio toccarti,» disse piano, avvicinandosi. Persi il respiro quando le sue mani scivolarono tra le mie pieghe. «Ti fa male, dove sanguini?»

«Non esattamente,» sussurrai, incapace di muovermi mentre le sue dita accarezzavano il mio clitoride.

«E dove ti fa male?»

«A volte mi vengono i crampi.»

«Crampi?»

Annuii lentamente, persa nel movimento delle sue dita.

«Quindi, se ti tocco, non fa male?»

Afferrai il labbro inferiore tra i denti, scuotendo la testa. «No. A volte... mi tocco anche io. Aiuta con i crampi.»

«Davvero?» chiese, inarcando un sopracciglio.

Era quasi come se le mie parole gli avessero dato il via libera. Le sue dita spinsero in profondità, raggiungendo la mia entrata.

Immediatamente lo afferrai per il polso e lo fermai. «No, non capisci,» sussurrai. «Io sto... sanguinando... lì dentro.»

Colt si spinse più vicino a me, così tanto da premere il suo corpo contro il mio. Avevo il cuore in gola, stretto dal calore che mi stava facendo provare, soprattutto quando sentii le sue dita scivolare dentro di me. La mia mano restò avvolta intorno al suo polso per tutto il tempo.

«Ti sento... diversa,» sussurrò, il petto che si abbassava e alzava con forza, seguendo il suo respiro irregolare.

«Sono più gonfia,» gli dissi. «Il sangue mi rende...»

«Sensibile,» concluse per me, mentre muoveva le dita all'interno.

Poggiai una mano sul marmo del bagno, gemendo con forza.

«Così sensibile...» disse, spingendo un altro dito all'interno.

Non avrei resistito ancora per molto. I suoi movimenti lenti portarono i miei fianchi a muoversi in risposta, sentendo il bisogno dentro di me farsi sempre più grande.

«Lascia che ti aiuti,» mormorò sul mio orecchio.

Mi dimenai contro le sue dita, gli occhi fissi nei suoi, azzurri e grandi. Nella vita Colt non aveva conosciuto altro che violenza, eppure... adesso conosceva il piacere. Conosceva *me*.

Gemetti, stringendo il suo polso con forza, spingendo le sue dita ancora più a fondo. Il mio corpo si tese, le mie pareti interne si strinsero intorno alle sue dita, e vidi le scintille scoppiare di fronte ai miei occhi mentre venivo, con forza.

«Colt... oh, *Dio!*» gemetti, poggiando la testa contro il suo petto.

I suoi respiri erano pesanti quanto i miei. Lentamente tornai a galla, sollevando lo sguardo verso il suo, le sue labbra incurvate in un sorriso.

Avrei dovuto saperlo... che sarebbe stato soddisfatto.

«Voglio vedere di nuovo,» disse piano, guardandomi negli occhi. «La prossima volta che succede... voglio metterci il mio cazzo» disse, spingendo le dita più in fondo per farmi capire.

Il mio corpo tremò di nuovo, anche se sazio... almeno per il momento.

«Okay,» sussurrai. «Tutto quello che vuoi.»

Il suo sorriso si fece più grande mentre tirava fuori le dita, guardandole. Certamente, pensai, ora avrebbe provato del disagio. Del disgusto, forse.

Ma non ci fu niente di tutto questo. Del resto, i figli erano una razza completamente diversa.

Con la mano ancora intorno al suo polso lo spinsi verso il lavandino. «Avanti, ora puliamoci.»

Era chiaro che non fosse d'accordo, ma non mi venne contro. Colt non mi andava mai contro, ora che ci riflettevo. Sembrava essere l'unico ad ascoltare davvero quello che dicevo. Aprii il rubinetto e ripulii la sua mano prima di pulirmi anche io.

Colt mi guardò per tutto il tempo, senza mai distogliere lo sguardo, anche mentre mi rivestivo.

«Devi mangiare,» mi disse poi. «E bere.»

Fu lui, questa volta, a prendermi per mano e portarmi verso il letto. Il mio corpo era stanco, e sentivo le gambe tremare, i piedi pizzicare lievemente sulle piante per la corsa che avevo fatto scalza sopra i ciottoli di quel vialetto.

Lasciai che Colt mi prendesse di peso e mi portasse sul materasso, riprendendo il cibo che aveva lasciato sul bordo prima di perdere la testa.

«Su,» mi esortò, spingendo il piatto verso di me. «Lascia che mi prenda cura di te.»

Capitolo Quindici

CARVEN

Il dottore entrò in casa dalla porta sul retro, guardandosi intorno prima di trovarmi a braccia incrociate e poggiato contro il muro. Vidi i suoi occhi allargarsi per un attimo, probabilmente per la sorpresa, prima di fare un lento cenno di saluto. Io non ricambiai; mi limitai a fissarlo finché non lo vidi trasalire lievemente e poi seguì mio fratello verso l'ala est, diretto verso la figlia.

Guardai da Colt al dottore, e dentro la mia testa li maledissi.

Che si fottano tutti.

Mi spinsi via dal muro. Sentivo il bisogno di andare a caccia, di combattere, di fare qualcosa che potesse tirarmi fuori da questa prigione. Le mura di questa casa si stavano chiudendo intorno a me. Che cazzo di posto era mai questo, comunque? C'era solo nero, intorno a me... Era grottesco. Mi mancava l'aria.

Mi diressi lungo il corridoio vuoto, l'aria pregna di silenzio ora che gli operai erano andati via. Sentii un ringhio gutturale provenire da una porta lungo il corridoio, e riconobbi la voce di London.

«Guarda meglio,» disse. «Voglio scoprire ogni fottuto segreto. Voglio sapere tutto ciò che c'è da sapere su quello stronzo di Daniels, e lo voglio entro un'ora. Fa' tutto il necessario.»

Quel nome mi fece stringere lo stomaco.

Forse questo era il motivo per cui ero così arrabbiato.

Daniels era ancora vivo, e certamente non lo meritava. Eppure... lo era. Strinsi la mascella mentre allentavo il passo e osservavo lo studio vuoto. Le cose di London erano ancora confinate dentro le loro scatole, gli scaffali neri delle librerie che costeggiavano le pareti ancora vuoti. Eppure, lui stava comunque lavorando, marciando da una parte all'altro con il telefono in mano mentre continuava a ringhiare ordini a destra e a manca.

Sentii una fitta alla nuca. Mossi la testa da un lato all'altro, massaggiando i muscoli, cercando di liberarmi dei nodi annidati lì. Non volevano saperne, di andarsene. Anzi, sembravano farsi sempre più insistenti, sempre più dolorosi. Continuai a camminare, arrivando in cucina. Lì trovai Guild, che sistemava del cibo in frigorifero. Si voltò a guardarmi al mio passaggio, ma non disse una parola. Si limitò a guardarmi fisso negli occhi, come se avesse finalmente capito soltanto adesso, dopo tutti questi anni, chi fossi davvero.

Bene...

Perché ero stanco di fingere.

I miei respiri si fecero più profondi mentre continuavo a camminare, uscendo fuori dalla casa, notando la grata di ferro coprire la porta sul retro. Digitai il codice, attendendo mentre questa si apriva automaticamente. Vidi movimento alla mia sinistra, e trovai due guardie intente a camminare, di vedetta verso l'area posteriore della casa. Solo che le loro pistole erano ben poggiate dentro la fondina invece di essere pronte tra le loro dita.

«Fuori le armi. Non vi paghiamo per passeggiare.»

Uno dei due stronzi mi guardò male, e aprì la bocca come pronto a ribattere. L'altro, invece, doveva essere più sveglio, perché si limitò a fissarmi consapevole mentre io avanzavo verso di loro, ribollendo di rabbia.

Non potevo farne a meno. La rabbia non era solo una costante, dentro il mio corpo.

Sembrava generarsi proprio dall'interno.

Sembrava io fossi fatto di questo.

Doveva essersene accorta anche la seconda guardia, che aprì la fondina ed estrasse la sua pistola. Non mi voltai, mi limitai a mantenere lo sguardo dello stronzo mentre lo oltrepassavo. Quei maledetti idioti ci avrebbero portati dritti alla morte, lo sapevo. Mi spostai verso le porte esterne e le grate che erano state appena installate, strattonandole con forza per testarne le serrature. Poi mi diressi di nuovo verso casa, controllando ogni dannata finestra.

Ritornai a pensare a lei nel momento in cui il suo volto venne a farmi visita nella mente, pieno di lentiggini, fottutamente bello.

La figlia.

La nostra gattina.

Il mio cuore perse un battito.

Non la sopportavo, persino dopo averla vista posizionarsi sopra Colt per proteggerlo con la sua stessa vita. In quel momento, aveva fatto la differenza. Ma ora non aveva più importanza. Non era altro che un peso, uno che ero stanco di portare sulle spalle. Ero stanco di difenderla. *Appartiene a tutti noi.* Strinsi la mascella, e sentii le tempie pulsare mentre i peli dietro la mia nuca si rizzavano.

Mi fermai, inspirando.

Ripensai a quelle parole.

Quando mi voltai, scrutai nell'oscurità, verso il garage. C'era la nostra macchina, la Range Rover del dottore, ma anche altro. Qualcosa che mi ricordava vagamente uno dei figli. Scrutai lungo il terreno più lontano prima di spostare la mia attenzione sulla facciata della casa, e la sensazione di essere osservato divenne più forte, più chiara.

Immediatamente tirai fuori dalla tasca il passa montagne e lo indossai. I miei passi furono silenziosi e impercettibili. Avrei voluto poter dire lo stesso anche del mio cuore, che in questo momento stava facendo un rumore assordante dentro la mia testa. Ma il rumore andò via quando sentii un basso gemito provenire da qualche parte di fronte a me. Mi fermai e abbassai il capo, ascoltando con attenzione.

Quel gemito ferito arrivò alle mie orecchie un'altra volta, solo che stavolta fu più forte.

Che cazzo...

Velocemente svoltai l'angolo della casa, scrutando davanti a me e cogliendo un movimento vicino ai cespugli. Una mano sbucò dal nulla, strisciando sull'erba mentre dai cespugli usciva fuori una guardia.

La testa era piena di sangue. Lo guardai, poi spostai rapidamente gli occhi sulla strada buia, verso i lampioni dell'altro isolato.

Sotto il loro bagliore vidi un uomo. Mi si strinse lo stomaco quando lo vidi alzare il capo. Non dovetti pensarci molto prima di capire chi fosse.

Un figlio.

«Alzati subito, cazzo!» ringhiai alla guardia, ancora in ginocchio.

Ma non potevo preoccuparmi di lui, adesso. Mi voltai, ma lo stronzo era già sparito nell'ombra. Sentii il rombo di un motore squarciare l'aria, luci accendersi nella notte, mentre io mi voltavo e scattavo verso casa.

Non vedevo altro che il suo volto. Le sue urla dentro la mia testa. Corsi con forza, arrivando alla porta proprio mentre il dottore ne usciva, portando lo sguardo su di me.

«Tutto bene?» chiese, mentre nei suoi occhi si accendeva una luce d'allarme.

«Togliti di mezzo,» ringhiai, afferrandolo per la maglietta e spostandolo dalla mia traiettoria.

Per un attimo lo sentii resistere, ma poi si lasciò semplicemente spostare, e io lo superai.

La figlia appartiene a me...

Lei appartiene a me!

Mi diressi di corsa verso l'ala est. Le porte nere mi strinsero la gola un'altra volta. Non mi fermai, non rallentai il passo. Tenni la mano solo un attimo sospesa sopra la maniglia della porta della sua camera da letto prima di spingerla giù, entrando.

Immediatamente, il rumore di gemiti attirò la mia attenzione.

Sentivo lei... e mio fratello.

Feci un passo avanti, attratto dal suono, dal bisogno di vedere. Entrai in bagno e li vidi dentro la doccia, oltre il vapore e le gocce d'acqua che bagnavano il vetro. Vivienne era premuta contro il vetro mentre mio fratello la penetrava con forza. Persi un battito mentre li guardavo.

Con la pistola ancora in mano, entrai dentro il bagno tenendo gli occhi fissi su di loro. Il rumore di pelle contro pelle risuonò nella stanza, facendomi fremere. La desideravo e la odiavo in egual misura, allo stesso tempo.

«Oh, Dio... *Colt!*» gemette lei.

Ma mio fratello si fermò all'improvviso quando alzò la testa e mi vide lì. I suoi occhi blu trovarono i miei.

«Fratello?»

Vivienne portò lo sguardo su di me quando mio fratello la lasciò andare, scivolando via da lei e riportandola con i piedi per terra. Colt uscì dalla doccia, quegli occhi a dire più di quanto le parole avrebbero mai potuto fare. Scrutai il suo corpo, le cicatrici familiari sul suo petto, prima che il mio sguardo si fermasse sul suo cazzo ancora duro.

Era sporco di sangue.

Mi voltai a guardare lei mentre Vivienne usciva dalla doccia e afferrava un asciugamano.

«Va tutto bene?»

No, avrei voluto dirle. Col cazzo che va tutto bene.

Ma quel rumore che mi aveva attratto ancora rimbombava dentro la mia testa.

«Carven?» sussurrò.

«Che c'è?» scattai io, guardandola avvolgersi l'asciugamano intorno al corpo e avvicinarsi a me.

«Va tutto bene?»

Non potevo rispondere. Non ne avevo la forza. Ero troppo preso dalle ciocche bagnate dei suoi capelli attaccate al suo collo, e Dio, il mio cazzo era duro come mai lo era stato, così tanto da far male.

«Hai bisogno di me?» chiese lei, la voce bassa e i movimenti lenti mentre si avvicinava a me con cautela.

Feci un passo indietro di riflesso, guardando la luce giocare con la sua pelle.

«Sono qui se hai bisogno di me, Carven,» disse, facendo scivolare l'asciugamano via dal suo corpo.

Mi bloccai, gli occhi fissi sul suo corpo nudo, il mio cazzo pulsante di bisogno e rabbia. Vivienne gettò un'occhiata alla pistola ancora tra le mie mani e poi tornò a guardarmi, una certa disperazione nel suo viso.

«Pensi che non sappia che tieni la mia vita nelle tue mani?» mi chiese piano, e io strinsi la mascella, incapace di distogliere lo sguardo. «Credi che non veda il modo in cui combatti?»

A questo punto eravamo ormai fuori dal bagno, e Vivienne stava gocciolando sulla moquette della sua camera da letto, vicina al suo letto.

«Pensi che non veda il modo in cui mi vuoi?» disse, sollevando una mano e poggiandola sul mio petto.

Per un attimo temetti che l'avrei vista prendere la scossa, finire elettrizzata proprio di fronte a me. Così mi sentivo, una pila elettrica pronta ad esplodere.

Una goccia d'acqua scivolò sul ponte del suo naso e cadde sulle sue labbra, e, Dio, pensai in quel momento di non aver mai visto niente di più bello. Vivienne allargò la mano sul mio petto, trasformando il tuono che sentivo lì dentro in un ruggito assordante.

«Di cosa hai paura?» sussurrò, premendo il corpo contro il mio.

Mi scagliai contro di lei, afferrandola per il polso. «Tu non sai *niente*, figlia.»

«No?» sfidò lei. «Allora baciami.»

Baciami?

La disperazione si strinse alla rabbia. L'afferrai dall'altra mano nonostante la pistola e la spinsi indietro, mentre le facevo perdere l'equilibrio con i piedi. Vivienne non poté far altro che cadere contro il letto, e io sentii la parte selvaggia della mia natura farsi sempre più forte.

Non vedevo altro che grigio.

Grigio dove avrebbe dovuto essere il suo viso.

Grigio dove avrebbe dovuto esserci la sua luce accecante.

La strattonai verso l'alto, ascoltandola sussultare mentre la giravo, facendo sbattere il suo viso contro il materasso.

«Vuoi che ti *baci?*»

Vivienne non provò a liberarsi. Restò sdraiata sul letto mentre io trascinavo gli occhi sul livido sempre più giallo sul suo fianco, pensando che non fossi per niente migliore degli animali che glielo avevano procurato.

Non ero altro che un...

Figlio.

Spinsi il mio corpo su di lei, facendo finta di non notare il modo in cui sembravano incastrarci perfettamente.

«È questo che vuoi? Perché *questo* è tutto ciò che potrai ottenere da me.»

Mio fratello arrivò alle mie spalle improvvisamente, stringendomi dalla maglietta.

«Lasciala stare.»

Quando mi voltai a guardarlo, i suoi occhi erano in tempesta.

Lo fissai. L'uomo che era l'altra metà di me.

L'uomo che sarebbe morto per proteggermi.

L'uomo che in quel momento mi guardava senza amore, senza protezione. L'uomo che in quel momento mi guardava come fosse stato pronto a uccidermi se le avessi fatto del male.

Allentai la presa su Vivienne, lasciandola sollevare il viso dal materasso, prendendo una grande boccata d'aria.

Distolsi lo sguardo da mio fratello e da lei mentre si voltava verso di me.

Presi un respiro affannoso mentre mi alzavo, guardandola dall'alto.

«Attenta a ciò che desideri, gattina, e fatti un favore. Resta con mio fratello. È un uomo molto migliore di quanto potrò mai esserlo io. Non vuoi questo. Non vuoi me.»

Vidi il suo petto alzarsi e abbassarsi velocemente, ma il suo sguardo non mi lasciò mai mentre io indietreggiavo.

«Invece sì che lo voglio,» disse, leccandosi le labbra mentre rispondeva. «Lo voglio. Voglio *te*. Sono pronta ad accettare qualsiasi cosa sia che puoi darmi tu, Carven. Ma ho bisogno che capisca che posso rispondere tanto quanto te. Se pensi che non possa sopportare il dolore, allora ti sbagli. Lo conoscono bene. So di cos'è fatta l'oscurità. L'ho conosciuta bene quando mi hanno presa.» I suoi occhi si accesero mentre mi guardava. «Se questo è tutto quello che puoi darmi, lo accetterò.»

Mi sentii trasalire a quelle parole, e feci un altro passo indietro, fissandola.

Il disgusto mi tolse il respiro.

Perché Vivienne pensava che io fossi come... loro. Come gli stronzi che l'avevano rapita.

Feci un passo lontano dal letto mentre fissavo la disperazione nel suo sguardo.

Mi aveva permesso di buttarla sul letto senza dire nulla. Mi avrebbe permesso di scoparla nel modo freddo e insensibile che era l'unico di cui fossi capace, ora lo sapevo. Non avrebbe neanche fiatato. No, avrebbe preso qualsiasi cosa avessi voluto darle in silenzio.

Mi voltai, camminando verso la porta, con la testa che urlava.

Lei è mia.

Mia. Mia. Mia. Mia.

Ogni passo sembrò scandire quella parola nella mia testa mentre prendevo a correre via dall'ala est della casa.

Bip.

Il telefono squillò nella mia tasca mentre aprivo la porta sul retro e uscivo di casa. Mi fermai, presi il telefono e fissai il messaggio che London mi aveva mandato.

Sono fuori. Tornerò a casa il prima possibile. Proteggetela.

Proteggerla?

Proteggerla?

Strinsi le mani, una intorno al telefono e l'altra intorno alla pistola, mentre quel messaggio continuava a ripetersi nella mia testa. *Proteggetela...* Respirai con forza mentre fissavo la pistola nella mia mano. In questo preciso istante, non potevo proteggerla. Perché quello da cui dovevo proteggerla ero proprio *io*.

Ma se fossi andato via, sapevo che sarebbero stati tutti morti.

Non lo dicevo per ego, ma perché era un dato di fatto. Per essere al sicuro avevano bisogno della macchina da guerra che ero, della distruzione che portavo. Avevano bisogno di un cacciatore, di un assassino. Avevano bisogno di qualcuno che li tenesse al sicuro.

Se questo era tutto ciò che potevo davvero essere per lei, allora era ciò che sarei stato.

Sentivo la mia erezione stringere dentro i pantaloni, ma ignorai il bisogno che sentivo, deglutii e lanciai un'occhiata al garage, notando che la Range Rover del dottore e la Mercedes di London non c'erano più.

Dovevo andarmene da qui. Dovevo andare a caccia...

Portai lo sguardo verso il punto in cui avevo visto il pezzo di merda l'ultima volta, sotto il lampione. Non aveva ferito la guardia per dare inizio a un attacco, ma per mandare un avvertimento. E io lo avevo recepito forte e chiaro.

La figlia è mia.

Le sue parole tornarono a ripetersi nella mia testa.

Assordanti quasi quanto il battito del mio cuore nelle mie orecchie.

Vivienne era tutto ciò che vedevo.

Tutto ciò che desideravo.

«Non credo proprio, stronzo,» sibilai. «Questa volta vengo a prenderti.»

Capitolo Sedici

VIVIENNE

Fissai i flaconi pieni di vitamine che il dottore mi aveva lasciato, poi sollevai lo sguardo verso lo specchio. Le luci del bagno illuminavano fin troppo i lividi sul mio viso, facendoli apparire pallidi e brutti. Ma non m'importava più nulla di quelli. Toccai i segni rossi e ancora freschi ai lati della gola, trasalendo.

Quelli erano nuovi.

Feci una smorfia, voltando il capo da un lato all'altro per controllare quello che Carven aveva fatto ieri sera. In qualsiasi altro momento, avrei voluto che diventassero ancora più brutti, più scuri, per poterglieli sbattere in faccia, per poterglieli rinfacciare. Ma non questa volta.

Invece, presi il correttore e ne utilizzai una quantità sufficiente a poterli nascondere. L'ultima cosa di cui avevo bisogno era andare in giro con quel ricordo. Volevo che restasse il più lontano possibile dalla sua mente.

Presi a sfumare il correttore con un pennello, lavorando con calma. La notte scorsa avevo capito che il figlio era fin troppo vicino al baratro. Una sola mossa sbagliata, e lo avrei spinto troppo oltre, troppo lontano da me. Sapevo, però, in qualche modo, che lì dentro ci fosse qualcuno di più gentile di ciò che si vedesse in superficie.

Sentivo il bisogno di aggrapparmi alla speranza che sarei riuscita a raggiungerlo e tirarlo fuori. Ma se non ci fossi riuscita, cosa sarebbe successo, allora?

Mi fermai prima di poggiare il pennello sul marmo.

Non lo sapevo. Perderlo, però, non era un'opzione. Era tutto ciò che sapevo. Ricordavo ancora il dolore che avevo letto negli occhi di Colt quando Carven era scappato via dalla stanza. Con loro avrei avuto tutto, ma non potevo permettere che si facessero a pezzi.

Controllai di aver fatto un buon lavoro prima di prendere le vitamine e uscire dal bagno, poi dalla mia camera da letto, diretta verso la cucina. Sentivo lo stomaco brontolare per la fame. I crampi ormai erano un ricordo lontano, e il ciclo stava giungendo al termine, fortunatamente.

Avere il ciclo era una vera e propria sofferenza, soprattutto nelle mie condizioni. Vivere con tre uomini dall'appetito impossibile da soddisfare avrebbe reso ogni mese una tortura. Almeno, con due di loro. L'altro... beh, era ancora tutto da scoprire. Quegli occhi blu tornarono nella mia mente. Carven era così dannatamente selvaggio, spietato, senza controllo. Sempre così pieno di rabbia quando si trattava di me. Dovevo far qualcosa per cambiare la situazione. *Dovevo.*

Quando entrai in cucina, venni accolta dal rumore di cassetti che venivano aperti e chiusi. Guild alzò lo sguardo verso di me quando mi sentì arrivare, rivolgendomi un sorriso prima di notare i flaconcini che tenevo in mano. Quello che era stato inizialmente un maggiordomo, poi uno chef e infine una guardia del corpo smise di sorridere e aggrottò la fronte.

«Almeno stai seguendo le regole, adesso,» disse semplicemente, dandomi poi le spalle.

Notai la pistola che aveva lasciato vicino ai coltelli. «Vedo che non vuoi correre rischi,» dissi io.

Guild seguì il mio sguardo e fece un'alzata di spalle. «Non dopo quello che è successo l'ultima volta.»

Poggiai i flaconi sul bancone e mi spostai verso gli stipetti, fermandomi di fronte a essi quando realizzai che non avevo la più pallida idea di dove avrei trovato qualsiasi cosa.

«Seconda anta a destra,» mi ricordò lui.

Aprii il mobile e afferrai un bicchiere prima di dirigermi verso il frigorifero. «Ancora niente chef?» chiesi.

«Ancora niente chef,» ripeté lui, scribacchiando qualcosa su un foglio.

Mi versai un bicchiere di succo, annuendo. «Forse è meglio così. Meno corpi da ripulire.»

Guild si voltò a guardarmi con un sopracciglio inclinato. «Quei corpi stavamo per essere noi.»

Alzai il bicchiere in segno di brindisi. «A non esserlo stati, e possibilmente a non esserlo mai, allora.»

Guild colpì lievemente il bicchiere con la sua pelle. «Salute,» disse, poi si voltò verso il frigorifero. «Stavo pensando di fare dei pancake. Li vuoi? Hai fame?» mi chiese. Il mio stomaco reagì immediatamente, e Guild ridacchiò piano. «Lo prenderò come un sì.»

Mi appoggiai al bancone e lo guardai mettersi al lavoro, raccogliendo tutti gli ingredienti che gli sarebbero serviti prima di mettere una padella sul fuoco. Mi ricordai della prima volta in cui avevo visto Guild, quando London gli aveva dato un pugno in faccia come punizione per avermi lasciato scappare. Sentivo ancora il senso di colpa per quel momento. Ma la cosa non mi impedì comunque di sentire la rabbia e la diffidenza farsi strada dentro di me. Non mi fidavo di nessuno... non ora, comunque.

Le pareti della cucina sembrarono farsi sempre più strette mentre ricordavo ciò che London mi aveva detto. Il mio cuore perse nuovamente un battito, al ricordo. Avevo bisogno di saperne di più, e se c'era una persona che, se avesse saputo qualcosa, mi avrebbe detto la verità... sapevo che fosse quella che mi stava di fronte.

«Sapevi che King è mio padre?»

Guild si fermò sui suoi passi, continuando a darmi le spalle. Restò in silenzio per un attimo di troppo.

«Prenderò il tuo silenzio come un sì,» dissi allora io, ripetendo le sue stesse parole.

Guild si voltò verso di me, senza guardarmi. Capii la verità, allora. Ero un'idiota. Ma certo che lo sapeva... lo sapevano *tutti*, probabilmente. Tutti, tranne me. In fondo, io non ero mai stata altro che una prigioniera. Annuii lentamente mentre prendevo le pillole, sentendo il dolore stringersi intorno al mio petto.

«Mi dispiace.»

Provai a sorridere, ma non uscì altro che una smorfia. «Perché mai? La tua lealtà è a London, e non la tradiresti mai per me. Sappiamo entrambi come reagirebbe se dovesse succedere...»

«London non è cattivo, Vivienne.»

«Ma non è neanche un santo, o sbaglio?»

Guild si limitò a sostenere il mio sguardo. «Vedi qualcuno qui dentro che lo è?»

Scossi lentamente il capo. «Immagino di no.» Ma questo era forse l'unico momento che avessi per scoprire quante più cose possibili. «Quindi sono sempre stata... cosa? Un'esca?»

Guild scosse la testa mentre spalancava gli occhi. «Se c'è una cosa che per London non sei mai stata, è un'esca.»

«Allora cosa?» gli chiesi, sporgendomi sul bancone.

Guild ruppe un uovo e vi aggiunse poi la farina, poi un pizzico di vaniglia. L'odore permeò l'aria, ricordandomi per qualche motivo di Ryth, e il cuore mi si strinse. Dio, quanto mi mancava. Adesso più di qualsiasi altro momento. Dovunque fosse, potevo solo sperare che fosse al sicuro, e che fosse felice. Più di tutto, speravo fosse felice.

«All'inizio eri un'opportunità per un gioco più grande di tutti noi,» rispose Guild, attirando la mia attenzione mentre cominciava a mescolare tutti gli ingredienti insieme, mettendone un po' sulla padella una volta finito. «Ma è durata poco.»

Persi un battito mentre Guild cominciava a parlare dei sentimenti di London.

«Poi sei diventata un'ossessione,» continuò. «E poi la sua salvezza.»

Il mio petto si strinse a quelle parole. «Davvero?»

Guild annuì. «Davvero.»

Il calore mi attraversò il corpo. L'aria si riempì dell'odore di pancake che cuocevano sul fuoco. Io tornai a concentrarmi sulle domande che volevo porre mentre riponevo il succo di frutta in frigo.

«Okay, allora... Hale gestisce l'Ordine, che è una specie di struttura malata per l'allevamento di donne e il traffico di esseri umani. Le ragazze... voglio dire, le *figlie*, nascono dalle donne che ci sono lì. Nessuna di loro sa chi sono i loro padri?»

Guild mi guardò solo per un attimo oltre la sua spalla. «Queste sono domande che dovresti fare a London, Vivienne...»

Sbuffai mentre tiravo fuori dal frigo un po' di frutta e della panna montata. «E pensi davvero che, se le chiedessi, London mi risponderebbe sinceramente?»

Guild ci pensò su mentre girava i pancake. «No, probabilmente no.»

«Appunto.» Chiusi il frigorifero e andai alla ricerca dei piatti. «E se non a lui, allora a chi dovrei chiedere?»

«A nessun altro.»

«Esattamente.»

Guild sospirò pesantemente prima di rispondermi. «Non so nulla dei padri, non esattamente. Non credo ci sia qualcuno che sappia tutto, a parte chi sta a capo dell'organizzazione. Penso che ognuno dei fondatori abbia inseminato le donne per la propria prole.»

«Gesù...» La repulsione mi strinse lo stomaco mentre pensavo a Daniels riprodursi... finché non ricordai che anche London ne aveva fatto parte, anche se solo per infiltrarsi. Ma questo significava forse che... si era *riprodotto* anche lui?

Le guance mi andarono a fuoco al solo pensiero. «E una di queste... era la mamma di Ryth, vero?»

Guild deglutì piano. «Sì.»

Cercai di scacciare l'immagine che sbocciò nella mia testa, tornando a caccia di informazioni. «E il padre di Ryth, Jack... anche lui è in qualche modo coinvolto?»

«Vivienne... Jack non è il vero padre di Ryth.» Guild parlò piano, voltandosi a guardarmi. Lanciò un'occhiata pieno di panico verso la porta alle mie spalle, abbastanza nervosa da costringermi a seguirla, ma non c'era nessuno.

Mi voltai a guardarlo di nuovo. «E allora chi è?»

La tensione prese a scoppiettare nell'aria. *Gesù, ti prego, dimmi che non è Daniels, o London... Oddio, fa' che non sia London...*

«Lo condividete.»

L'informazione mi colpì in faccia come un pugno, e sussultai.

«King...?»

Guild annuì lentamente, e io tornai a pensare a Ryth. Per tutto il tempo che avevamo passato insieme avevo sentito un legame, dal primo momento in cui l'avevo vista. In qualche modo, dentro di me, forse... forse l'avevo sempre saputo.

King era... nostro padre. Per un attimo mi sentii lieta di avere una discendenza così incasinata. Avevo una sorella. Sentii la gola stringersi, le lacrime pizzicarmi gli occhi. Con voce roca, cercai di parlare oltre il groppo in gola.

«Quindi Ryth è mia— Mia—»

«Sorella,» concluse Guild per me mentre poggiava un piatto pieno di pancake di fronte a me sul bancone. «Ryth è tua sorella, da parte di tuo padre. Tua madre... beh, l'abbiamo persa di vista. Sospettavamo fosse nell'Ordine, come la madre di Ryth.»

Il dolore mi strinse il petto mentre pensavo a lei. Non avevo mai conosciuto mia madre. Avevo passato così tanto tempo a sentire la sua mancanza, in qualche modo. Ma adesso... adesso scoprivo di avere una *sorella*.

Feci il giro del bancone e mi misi in punta di piedi per lasciare un bacio sulla guancia di Guild. Lo vidi trasalire, i suoi occhi allargarsi per la sorpresa. Prima che potesse dire qualcosa, però, allungai una mano per afferrare un pancake dalla pila che mi aveva messo davanti. «Oh, scotta!» dissi immediatamente. «Sono in debito con te, Guild... *ancora*. Però... grazie.»

Presi a mangiare mentre camminavo, uscendo dalla cucina, senza pensare molto a dove stessi andando. Almeno fino a quando realizzai che... non conoscevo questo posto. Non sapevo dove andare. Scrutai i corridoi prima di cominciare a camminare verso quello più vicino, fermandomi, tornando indietro, trovando al mio passaggio solo stanze ancora vuote.

Continuai a mangiare la mia colazione ad ogni passo, fino a quando non arrivai di fronte a una stanza aperta. C'erano pile su pile di scatoloni dall'aspetto ancora pieno, ma capii immediatamente che luogo fosse quello perché sulla scrivania trovai un computer.

Era il nuovo studio di London.

Guardai il Mac mentre facevo il giro della scrivania e mi sedevo sulla sedia. Sentivo l'eccitazione scorrermi tra le vene mentre accendevo il computer.

Sorella, la parola continuava a ripetersi nella mia testa mentre entravo nell'account che London aveva creato per me.

Pensa, mi dissi mentre cercavo di ricordare cosa avessi fatto l'ultima volta che avevo utilizzato questo computer. Poi premetti l'icona che caricava il programma di messaggistica che avevo usato l'ultima volta, e cominciai a scrivere.

RYTH, *ci sei?*

ASPETTAI CON IL cuore in gola. Il cursore prese a lampeggiare mentre le mie gambe continuavano a muoversi frenetiche, il respiro corto. I secondi ad aspettare sembrarono ore. Mi leccai le labbra, nervosa.

«Sai cosa? Fanculo,» dissi, e poi cominciai a scrivere.

NON SO SE SEI LÌ, *e non so se stai bene. Ma spero di sì, perché ho appena scoperto una cosa bellissima, e ho davvero bisogno di condividerla con te, Ryth.*

MI FERMAI, allora, con le dita ad aleggiare sulla tastiera. Ora o mai più... Non volevo essere l'unica a conoscere questo segreto. L'unica a sapere il vero motivo per cui eravamo così legate.

Legate abbastanza da continuare a lottare l'una per l'altra. Legate abbastanza da...

Tornare.

Persi un battito. Lo avrebbe fatto davvero? Sarebbe tornata per me, se avesse saputo? Ricordai il modo in cui aveva combattuto, quando avevamo provato a scappare via da quel posto, il modo in cui aveva dato tutto, combattendo al fianco dei suoi fratellastri. Quando Ryth amava, amava completamente, intensamente. Sarebbe stata tentata di tornare se lo avesse saputo. Se avesse saputo che eravamo così legate, che eravamo sorelle, sarebbe stata tentata...

E questa era la risposta che mi serviva.

Chiusi gli occhi e inspirai, lasciando andare il dolore prima di riaprire gli occhi e togliere le dita dalla tastiera. Non potevo farlo. Non potevo permetterlo, neanche in minima parte. Se avesse pensato anche solo per un momento di tornare qui per via di questa rivelazione, avrei potuto metterla in pericolo.

Fissai lo schermo con il cuore in gola, e, prima di cambiare idea, digitai un'altra cosa.

CREDO DI AVER *capito cos'è l'amore, adesso. Quello vero. Quello che dura tutta la vita, intendo.*

SENTII LE LACRIME scivolare sulle mie guance mentre mandavo il messaggio e poi uscivo dal programma. Il mio cuore sprofondò nel petto, rimbombando così forte che ci misi un po' a capire che non era affatto lui. Mi liberai delle lacrime velocemente e poi vidi London entrare nella stanza, l'attenzione fissa sul telefono e un cipiglio ad aggrottargli la fronte.

Si fermò sulla soglia e mi lanciò un'occhiata, spalancando gli occhi prima di portare lo sguardo sul Mac di fronte a me.

«Tutto bene?» chiese.

Mi lasciai andare contro lo schienale della sedia, incrociando le braccia al petto. «Ti stavo cercando.»

«Davvero?» chiese. Gettò la giacca sopra gli scatoloni impilati, alzandosi le maniche della camicia fino agli avambracci. «E come mai?»

Mi stava chiaramente mettendo alla prova. Era diffidente, come sempre. Forse pensava fossi arrabbiata, ora che sapevo che King era mio padre? Forse lo ero prima di parlare con Guild. Ma adesso... adesso era diverso.

Sei la sua salvezza.

Mi alzai dalla sedia e andai verso di lui.

«Tre milioni di dollari... eh?» sussurrai, fermandomi davanti a lui.

I suoi occhi bellissimi si fecero più scuri mentre mi guardava, arricciando quelle labbra perfette. Dio, era bellissimo, e pericoloso. Pericolosamente bellissimo, ecco cos'era. Il mio cuore prese a battere più forte mentre lo guardavo.

Mi avvicinai, e sfiorai quelle labbra con un pollice. «Hai comprato la figlia di King... oppure hai comprato *me*?»

London mantenne il mio sguardo, e quando parlò, le sue labbra si mossero sotto le mie dita.

«Te.»

Persi un battito quando mi avvicinai, premendo il corpo contro il suo. Non fece nulla per toccarmi, restò lì, stoico e calmo. Così calmo mentre lo guardavo e accarezzavo delicatamente il suo labbro inferiore.

«Tre milioni di dollari sono tanti, London, persino per te. Ma non è solo una questione di soldi, non è vero? Quante persone hai ucciso per arrivare a me?»

London aprì le labbra e io feci scivolare il mio pollice dentro la sua bocca. I suoi occhi stavano brillando. Ma non rispose, si limitò a mantenere il mio sguardo.

Fissai il movimento del mio dito mentre lo spingevo di nuovo dentro, solo per farglielo succhiare. Il desiderio mi stava togliendo il respiro. Lo volevo così tanto da far male.

Tirai fuori il dito, abbassando la mano. Strinsi le dita intorno alla cintura dei suoi pantaloni, ma London continuò a non parlare. Non c'era nulla da dire.

Ora vedevo London St. James interamente, meglio di quanto avessi mai fatto, meglio di quanto avessi mai visto chiunque in vita mia.

London St. James amava alla follia. Amava così tanto da star male.

Sei la sua salvezza.

Io forse ero la sua salvezza, ma lui era un sogno, per me. Erotico e bagnato.

«Bimba,» disse piano mentre io sfibbiavo i suoi pantaloni. Era duro, teso contro il materiale dei pantaloni, e non potei frenarmi dal far scivolare la mano sulla sua lunghezza, stringendo con forza.

London aggrottò la fronte, e io non potei fare a meno di pensare a quanto adorassi vederlo reagire per ciò che facevo. Poi, London emise un gemito gutturale e mi afferrò per la nuca. Le sue dita scivolarono tra i miei capelli prima di stringerli.

«Voglio dare al *daddy* ciò per cui ha pagato,» sussurrai mentre scivolavo in ginocchio.

Gli sbottonai i pantaloni, abbassando lentamente la cerniera. Il suo cazzo spingeva già contro il tessuto dei boxer neri. Vidi la sua erezione contrarsi mentre la stringevo tra le mani, tirandola fuori.

Dio, London era bellissimo.

Possente, forte, duro. Tutto mio.

London mi fissò mentre aprivo la bocca e facevo scivolare la punta del suo cazzo oltre le labbra. La mia lingua scivolò sulla sua lunghezza, sentendo la pulsazione della sua vena.

«*Dio.*»

«Vivienne,» ringhiai io mentre lo tiravo fuori per leccare intorno alla punta. «Il mio nome è Vivienne.»

London mi fissò con forza. «Vivienne,» gemette, e il mio nome sulle sue labbra in quel momento mi tolse il respiro.

Aprii la bocca di più mentre lui stringeva i miei capelli, spingendosi lentamente dentro, all'inizio. Poi, nei suoi occhi vidi la scintilla del mostro che sapevo in lui accendersi, e ricordai che London non era né un santo e né un brav'uomo... Non era gentile... Era brutale, pericoloso, e si prendeva esattamente quello che voleva... E quello che voleva ero proprio io.

«La mia brava bambina, non è questo ciò che sei?» mormorò, spingendosi a fondo. Così a fondo da togliermi il fiato, da farmi sentire la pressione dentro il mio petto.

Dentro London sembrava essersi acceso un interruttore. Come se il mostro stesse lottando per uscire in superficie.

Quel tipo di mostro che uccideva senza pensarci due volte, che controllava tutto, che *reclamava*.

Le sue labbra si arricciarono, mettendo a nudo i denti mentre continuava a spingere dentro di me, gemendo.

«La mia bimba perfetta. Ti distruggerò in ogni modo possibile, e tu ne amerai ogni secondo. E vorrai di più, non è vero?»

Le mie pareti interne si strinsero intorno al nulla alle sue parole mentre continuavo a succhiare, portando le mani sui suoi fianchi.

«Li ucciderò tutti...» disse, scopandomi la bocca. «Li ucciderò... *tutti.*»

E lo avrebbe fatto.

Lo sapevo.

Perché la sua non era una semplice minaccia... No, la sua era una promessa.

«Allarga la bocca,» ordinò.

La aprii fino a sentir bruciare gli angoli delle labbra.

«Ancora, bimba.»

Quegli occhi senza fondo s'incastrarono ai miei. Emisi un gemito intorno alla sua erezione mentre aprivo la bocca. London scivolò ancora di più in me, lentamente.

«Ti userò, adesso,» disse piano, guardando le mie labbra. «Poi, più tardi, ti porterò nella nostra stanza...» Si leccò le labbra. «E ti scoperò con quella macchina fino a quando non avrai più neanche la forza di pensare.» Spinse dentro la mia bocca con forza. «Mi prenderò cura di te, piccola. Mi prenderò cura di ciò che mi appartiene.»

Cercai di resistere, ma quando London mi spinse ancora di più, facendomi crollare a terra, non potei fare nulla. London mi tenne stretta dai capelli, l'unica cosa a non farmi sbattere la testa sul pavimento.

«La mia... bellissima... bimba,» disse mentre continuava a spingere con forza, togliendomi il respiro. Vidi la sua fronte aggrottarsi per la concentrazione e la disperazione, e in quel momento, ripensai a quello che avevo detto a Ryth.

Ora so cos'è il vero amore...

Ed era vero. Aveva la forma di quest'uomo... Di lui, e dei suoi figli.

«Cazzo,» gemette London, spingendo per l'ultima volta. Il suo calore riempì la mia bocca fino alla gola, e il suo cazzo prese a pulsare dentro di me. Inspirai con forza dal naso mentre ingoiavo tutto quanto, e London si alzò dal mio corpo, tirandosi fuori dalla mia bocca. Deglutii, chiudendo la mascella dolorante.

«Aspetta,» mormorò, facendo scorrere il pollice lungo la mia bocca. «Fino all'ultima goccia, bimba.»

Mantenni il suo sguardo, aprendo la bocca mentre succhiavo il suo pollice. London allentò la presa sui miei capelli. «Sono così orgoglioso di te,» disse, tirando fuori il pollice per accarezzarmi il labbro. «Molto orgoglioso.»

Sentii la mia figa pulsare di fronte a quel complimento. Forse sarei stata in grado di venire soltanto per quelle parole. Però non lo feci, mi limitai a guardarlo mentre si raddrizzava e poi allungava una mano verso di me. La presi, lasciando che mi aiutasse ad alzarmi. In un attimo venni stretta contro il suo corpo, il suo braccio intorno alla mia vita, le sue labbra sul mio orecchio.

«Mi fai perdere la testa, Vivienne, lo capisci?»

Non risposi, mi limitai a poggiare la fronte sul suo petto mentre lui mi accarezzava i capelli. «Mi hai chiesto quanti uomini abbia ucciso per arrivare a te... La risposta è *non abbastanza*. Perché per quanti ne abbia uccisi, comunque quelli ancora in vita sono riusciti a prenderti. Ma ho intenzione di rimediare... Ho intenzione di far capire loro l'errore che hanno commesso. Quando avrò finito, Vivienne, di loro non ci sarà più traccia. E ti prometto che, quando arriverà il momento... saremo solo noi. *Sempre e solo noi.*»

Sempre e solo noi...

Mi ritrovai a rilassarmi contro di lui, soprattutto quando riuscii a leggere la verità nei suoi occhi. L'oscurità risplendeva nelle sue iridi mentre guardava i miei occhi, portando una mano sulla mia nuca prima di sporgersi per poggiare delicatamente le labbra sulle mie.

Quest'uomo li avrebbe distrutti tutti.

E si sarebbe distrutto da solo, nel frattempo.

Ma lo avrebbe fatto. Soltanto per me.

Mi lasciai andare a lui, al suo bacio, alla sensazione che sentivo nel mio petto mentre lui mi baciava, finché non si ritrasse lentamente. Il desiderio era palpabile, tra di noi. Consumava. Faceva paura.

London guardò dentro i miei occhi prima di sistemarsi i pantaloni lentamente.

«Ti ho portato un regalo.»

«Davvero?»

Annuì, allacciandosi la cintura mentre si avvicinava alla giacca, afferrandola e tirando fuori qualcosa dalla tasca.

«Oro rosa,» mormorò, porgendomi una scatola bianca con sopra l'immagine di un telefono cellulare. «Ho scelto questo colore, pensavo avrebbe potuto piacerti di più.»

«No...» sussurrai mentre aprivo la scatola e tiravo fuori il più bel telefono che avessi mai visto. «È bellissimo...»

«È già pronto. C'è il mio numero, quello di Carven e quello di Colt. Devi caricarlo completamente, stasera, ma fino ad allora dovresti avere la possibilità di utilizzarlo senza problemi. Non volevi localizzatori, quindi...»

Avevo un mio telefono.

Lo fissai per un attimo, incredula, prima di slanciarmi in avanti e stringergli le braccia al collo.

London grugnì mentre parlava. «Mi fiderò del fatto che non andrai da nessuna parte da sola,» concluse. «Se ti metti nei guai o hai bisogno di aiuto, mi aspetto una chiamata.»

«O un messaggio,» aggiunsi.

«O un messaggio, sì,» ripeté lui.

Sorrisi, passando il pollice sullo schermo e premendo l'app dei contatti. Erano tutti lì, anche... anche quello di Guild.

Ma non era il suo numero ad interessarmi. Invece... guardai quello di Carven.

Era lì.

Avevo finalmente una via per arrivare al figlio.

In un modo o nell'altro.

Capitolo Diciassette

LONDON

IL MIO TELEFONO VIBRÒ SULLA SCRIVANIA DI FRONTE A ME e attirò il mio sguardo. Sollevai la testa, lo afferrai mentre vibrava e diedi un'occhiata allo schermo e al numero che stava chiamando.

Hale...

Strinsi la mascella e fissai lo schermo mentre lampeggiava ancora, e ancora e ancora... finché non scattò la segreteria telefonica. Non avrebbe lasciato un messaggio, questo lo sapevo. No, avrebbe aspettato fino a domani, poi avrebbe chiamato di nuovo e avrebbe aspettato il momento in cui avrei ceduto e avrei risposto. Spingendo la sedia all'indietro, mi alzai dalla scrivania e mi portai una mano sulla nuca.

File illeggibili.

Quelle parole erano per me una vera e propria spina nel fianco. Gli hacker ci avevano messo giorni a smontare il sistema informatico che avevamo trovato nell'appartamento di King, per poi tornare con quella frase. Digrignai i denti e distolsi lo sguardo dalle parole quando il mio telefono vibrò ancora una volta sulla scrivania.

«Pezzo di—» ringhiai e lo afferrai, pronto a premere il pulsante e a rispondere alla chiamata del bastardo. Non gli sarebbe piaciuto ciò che avevo da dire, non avevo alcun dubbio al riguardo.

Ma nel momento in cui presi il telefono e guardai il numero che apparve sullo schermo, mi fermai sui miei passi. Perché non era quello di Hale.

Lo portai all'orecchio e risposi alla chiamata immediatamente.

«Lo abbiamo, London! Abbiamo il bastardo!» Harper mi abbaiò nell'orecchio.

«King?»

«No, Daniels. Abbiamo Daniels.»

Feci una smorfia e appoggiai la mano sul bordo della scrivania. Non era proprio l'informazione che speravo, ma l'avrei accettata. «Dimmi ciò che sai.»

«Mai sentito parlare del *Vault*?»

«Il mercato nero dell'informazione.»

«Sì, quello che usiamo di tanto in tanto. Uomini che paghiamo per accedere a determinate informazioni. Beh, il signor Daniels è uno dei personaggi chiave, pare.»

Scossi la testa verso l'alto. «Ma davvero?»

La mia mente entrò subito in azione per cercare di capire come processare quest'informazione.

«E, secondo la mia fonte, non ha solo informazioni su Hale, ma anche sulle altre macchie di cui vogliamo liberarci.»

Il mio cuore perse un battito a quelle parole. «Daniels? Macoy Daniels?»

«Macoy Daniels, sì,» ripeté Harper. «Hale non l'ha tenuto con sé solo per il suo vile bisogno di distruggerti, ma anche per la capacità dello stronzetto di nascondere informazioni.»

Forse non ho bisogno di King?

Il pensiero mi tolse il respiro. «Cazzo.»

«Cazzo sì. Ti mando quello che abbiamo trovato. Il resto dipende da te.»

Annuii. «Grazie, Harper.»

«Promettimi solo una cosa. Quando troverai le informazioni che ti servono, fai a pezzi quel bastardo.»

Nella mia testa, vidi il pezzo di merda in piedi tra le gambe di Vivienne, con le mani sulle sue cosce e la patta dei pantaloni già slacciata.

«Oh, credimi... non resterà un bel niente di lui quando avrò finito.»

«Bene,» rispose Harper prima di chiudere la chiamata.

Per un attimo restai... senza fiato. Avevo sempre pensato che Daniels fosse un viscido pezzo di merda, ma non avevo mai pensato che avesse davvero uno scopo, tanto meno uno scopo che mi era stato tenuto nascosto. Il nervo all'angolo del mio occhio prese a pulsare come al solito mentre mi alzavo. Presi le chiavi dall'angolo della scrivania mentre la aggiravo e afferrai la giacca.

Carven...

Sollevai il telefono e digitai un messaggio, ma mi fermai prima di premere invio. Avevo bisogno di lui qui, a proteggerla. Anche se avessi avuto un altro modo per ottenere le informazioni che volevo, lei era ancora l'unica cosa che valeva la pena proteggere. Feci un passo indietro e poi digitai:

Esco. Torno più tardi.

Poi infilai il telefono in tasca. Qualunque informazione avesse Daniels, era qualcosa a cui sarei dovuto arrivare da solo. Uscii dallo studio e dalla casa, poi salii sulla mia Audi, ora riparata. Era stato necessario sostituire l'intera parte anteriore dopo la piccola fuga di Vivienne. E nonostante questo... amavo il suo dannato spirito sempre pronto alla sfida.

Accesi il motore e feci marcia indietro, mi lasciai alle spalle la casa e feci il giro lungo fino al magazzino. Quando arrivai lì, la mia mente era in subbuglio, troppo impegnata a cercare di rimettere insieme i pezzi. Guardai dallo specchietto retrovisore mentre giravo lentamente e mi immettevo nella strada.

Il petto mi si strinse alla vista del magazzino. Stavo rischiando troppo, stavo giocando con troppa leggerezza. Non solo avevo Castlemaine qui, ma anche Daniels. E per di più nella stessa dannata stanza... Quella strana perdita d'acqua mi tornò in mentre accostavo sul vialetto, digitavo il codice e aspettavo che gli imponenti cancelli si aprissero.

Il filo spinato attirò il mio sguardo. Mi riportò alla mente quella notte, quella in cui Vivienne si era schiantata con la mia dannata auto contro il cancello davanti a me. Spostai lo sguardo sulla leggera fibbia che era rimasta in quella maledetta macchina. Quella donna aveva lasciato un segno indelebile...

Voglio solo dare al daddy quello per cui ha pagato...

Le mie mani si strinsero intorno al volante. Guardai il mio telefono, l'abitudine pronta a farmelo afferrare per controllare l'app, ma non avevo ancora installato le telecamere nella sua nuova stanza. No, ora avevo qualcosa di nuovo da seguire. Sollevai lo sguardo verso il cancello che si apriva, poi accostai l'auto vicino l'entrata prima di spegnere il motore e prendere il telefono dalla console.

Feci scorrere il pollice sullo schermo, sbloccando il telefono, prima di aprire l'applicazione.

Tredici giorni.

Mancavano tredici giorni prima che mantenessi la mia promessa e la reclamassi, corpo, mente e anima. Diedi un'occhiata all'app, quella che teneva traccia del suo ciclo.

Pensa alle conseguenze!

Il ruggito del dottore risuonò nella mia mente mentre mi dirigevo verso l'ingresso e sbloccavo la porta con il mio codice. Due uomini armati stavano nell'atrio, uno ovviamente già in attesa.

«Novità?» chiesi.

«La perdita è stata riparata. Si trattava di un problema all'interno del sistema sprinkler, che in qualche modo era stato bypassato. Ma abbiamo risolto il problema e tutte le stanze sono state controllate. Stavamo trasferendo il signor Castlemaine nella sua stanza proprio adesso.»

Lo seguii lungo il corridoio fino alla stanza che Jack condivideva con quel vile bastardo del cazzo che ora mi era molto più utile di quanto avrei mai potuto pensare. Se non fosse stato per Vivienne, non avrei mai saputo quanto fosse importante quel pezzo di merda.

Ci fermammo davanti alla porta e, mentre aspettavo che la guardia la aprisse, un brivido mi attraversò il corpo, facendomi rizzare i peli sulla nuca. La porta della stanza si aprì, e dall'interno giunse un movimento. Ma di fronte ai miei occhi non c'era altro che buio. Un'oscurità che mi fece battere il cuore mentre entravo lentamente.

Jack Castlemaine era in piedi a un'estremità della stanza, e guardava Daniels.

«No... no...» Daniels scosse la testa appena mi vide, e fece un passo indietro mentre i suoi occhi si allargavano.

La guardia mi seguì all'interno e chiuse la porta dietro di noi.

«Il *Vault*,» dissi con cautela. «Voglio che me ne parli.»

Daniels si bloccò, il che mi disse più di quanto potesse realizzare, e mentre lo guardavo, cambiò di fronte a me. Non ci fu più il codardo tremante che avevo appena trovato. Raddrizzò la schiena per quanto poté. Rimasi a fissarlo mentre lo osservavo rilassarsi, con le labbra pallide che si arricciavano appena ai bordi.

«Vuoi minacciarmi?» mormorò guardando dietro di me la guardia con un'alzata di spalle. «Fai pure. Non scoprirai un bel niente.»

Non dissi nulla. Mi limitai a fissare ogni sussulto che cercava di nascondere mentre mi avvicinavo. Jack non si mosse dal suo posto, limitandosi a guardare mentre mi fermavo di fronte a quella... patetica figura umana.

No... No!

Le urla di Vivienne risuonarono nella mia testa mentre fissavo i suoi occhi, la sua anima marcia.

«Da parte mia non riceverai minacce, Daniels. Questa è una cosa che dovresti sapere, ormai. È stata una dura lezione che anche Killion ha dovuto imparare.»

Lo vidi stringere la mascella.

I suoi respiri si fecero più profondi.

«E lo ha fatto, a suo tempo,» continuai. «Proprio prima che Ryth gli infilasse un coltello nell'inguine e gli tagliasse l'arteria. Prima che il fratellastro gli puntasse una pistola alla testa... e gli facesse saltare il cervello.»

Daniels smise di respirare.

Perse colore sul viso, diventando vacuo e pallido.

«Potrei raccontarti tutti,» offrii. «Oppure... potrei prendere la registrazione e farti vedere passo per passo il modo in cui Killion ha implorato per avere salva la vita. Perché, sì, Daniels... Non ho soltanto organizzato la sua morte. L'ho ancora registrata. Momento... dopo... momento...»

«Tu—» ansimò lui. «Bastardo...»

E per la prima volta, Daniels vide chi ero per davvero.

Cosa significavo per loro.

Ero la loro resa.

La fine della loro corsa.

«Oh, non avere così paura. Tu non farai quella fine,» continuai dolcemente. «No... Ho in programma qualcosa di speciale, per te, a meno che tu non decida di farmi cambiare idea. Adesso...»

Mi avvicinai, tanto da sfiorarlo. «Vorrei che mi parlassi del *Vault*.»

Daniels scosse la testa, con il petto che si alzava e si abbassava rapidamente.

«No,» disse piano. «No...»

«Dovresti pensare a Pen, Daniels. Non credi?» disse Jack Castlemaine alle mie spalle, rompendo il silenzio.

Mi guardai lentamente indietro. «Che cosa hai detto?»

Il suo sguardo era impassibile. «Sua sorella, Penelope Brooks. Lui la chiama Pen» Spostò gli occhi su Daniels.

«No...» sibilò Daniels. «Stai zitto, cazzo! Non parlare!»

Ma Jack non si fermò. «Attualmente vive in una comunità per anziani qui vicino, a Green Acres.»

Daniels emise un gemito.

«Un posto che Daniels solitamente visita un giovedì sì e uno no,» continuò Jack. «Paga sempre le rate in tempo. La ama, per quanto possa amare uno come Daniels, comunque.» Spostò lo sguardo gelido verso di me. «Potresti sempre iniziare da lì.»

Sentii l'adrenalina scorrermi nelle vene, facendomi perdere un attimo la vista.

Questo era proprio quello di cui avevo bisogno.

Un modo per spezzarlo.

Annuii lentamente, e feci un passo indietro mentre prendevo il telefono.

«No...» disse Daniels a denti stretti mentre sbloccavo il telefono e selezionavo i contatti. «*No!*»

Premetti il numero e sollevai il telefono all'orecchio. Dall'altro capo del telefono, ottenni una risposta al secondo squillo. «Ho un lavoro per te,» dissi.

«No! No, figlio di puttana!» ruggì Daniels.

«Penelope Brooks. Vive in una casa di riposo a Green Acres. Trovala.»

«Okay!» urlò il pezzo di merda, accasciandosi lentamente sul pavimento. «Parlerò... Parlerò, cazzo, smettila!»

Smisi di parlare, allora. Mi voltai a guardarlo.

«Ti dirò quello che so.»

Sembrava distrutto. Un peccato, perché stava succedendo troppo in fretta. Mi sarebbe piaciuto vedere il bastardo perdersi pian piano nella sua stessa agonia.

Daniels scosse la testa. «Ti dirò tutto quello che vuoi.»

«Il *Vault*,» ripetei per l'ennesima volta.

«Bene.» Alzò lo sguardo su di me. Erano... Dio, erano lacrime, quelle? «Ti dirò quello che vuoi.»

«No,» risposi freddamente. «Farai anche di più. Mi porterai lì.»

Lui si limitò ad annuire, mentre le lacrime gli scivolavano sulle guance. «Bene, come vuoi tu.»

Mi sentii prendere dal disgusto mentre guardavo le sue lacrime. Hale aveva davvero affidato a questo pezzo di merda la responsabilità di nascondere le sue informazioni più preziose? Non riuscivo a decidere chi dei due mi disgustasse di più.

Sollevai il telefono. «Per il momento resta in stand-by. Ti faccio sapere se ho bisogno di te.»

«Okay,» mi rispose la voce all'altro capo del telefono prima che chiudessi la telefonata.

Guardai la guardia dietro di me, di cui mi fidavo per tenere al sicuro il magazzino. Non potevo portarla con me. Ma non potevo neanche chiamare Carven o Colt. Avevo bisogno di loro proprio dove erano, a guardia dell'unica cosa che valeva la pena proteggere nella mia vita.

«Fammi fare qualcosa,» disse Jack all'improvviso. «Fammi venire con te. Ti sei fidato di me prima, quindi fidati di me ora.»

Mi voltai verso l'uomo che era in effetti stato abbastanza utile, fino ad ora. Un uomo che avevo usato e manipolato e tenuto come un prigioniero in questo posto, in attesa del momento in cui avrei potuto usarlo di nuovo.

Fiducia.

Era una cosa così fragile.

«Come facevi a sapere della sorella?»

Jack si limitò a scrollare le spalle. «Tu hai le tue fonti... e io le mie.»

Cercai con tutte le mie forze di non mostrare alcuna reazione.

«Se continuerai ad andare avanti con questa storia, darai inizio a una guerra da cui non potrai tirarti fuori facilmente,» mi avvertì Daniels.

Io non distolsi lo sguardo da Jack. «Chi ha detto che voglia tirarmene fuori?»

Per qualche motivo, dopo la mia risposta tutto sembrò acquisire un senso, dentro la mia testa. Forse questo momento era destinato ad arrivare, in un modo o nell'altro. Forse, dare a Jack una possibilità era ciò che mi serviva.

«Posso fidarmi di te, Castlemaine?»

«Tanto quanto io posso fidarmi di te,» rispose lui.

Era una risposta lecita.

«Morirete tutti per questo!» abbaiò Daniels, rivolgendosi alla guardia dietro di me. «Vi conviene prendere tutte le armi che avete. Sarà un bel viaggio.»

Il *Vault* era esattamente quello che sembrava. Fermo nel veicolo, fissai la parete anteriore dell'edificio in vetro nero specchiato. Da quello che potevo vedere, c'era una sola via d'accesso e d'uscita, dotata di serrature elettroniche e telecamere. Senza dubbio ci sarebbe stata una reazione rapida e letale nel momento in cui avessimo avuto accesso. Almeno su una cosa Daniels aveva ragione... Questo piano era... un vero e proprio suicidio.

«Sei sicuro di essere pronto?» chiese Jack accanto a me, gli occhi fissi sullo stesso punto che stavo fissando anche io.

Aspettai che la mia mente si calmasse un po', cercando di analizzare ogni dannato scenario di come sarebbe potuta andare a finire questa situazione.

Ma non c'erano pensieri. Non c'erano piani...

C'era solo un volto.

E quegli occhi marroni che mi guardavano dal basso, in ginocchio.

«No. Ma lo farò lo stesso.»

Mi seguì mentre mi dirigevo verso l'Explorer parcheggiata di fronte a noi. La portiera del conducente si aprì e la guardia scese.

«Proteggici, Seb.»

Aprii il portabagagli della macchina, tirai fuori il borsone e afferrai la tronchese. «La situazione potrebbe degenerare in fretta.»

«Non temere, capo.» Estrasse la pistola mentre chiudevo il bagagliaio e mi dirigevo verso lo sportello posteriore del veicolo. «Sarò sempre con voi.»

«Fuori,» ordinai aprendo lo sportello e scrutando la strada.

Green Acres si rivelò il luogo perfetto, a un'ora di macchina dalla città, in una località più tranquilla ma più esclusiva. Qui i soldi chiaramente volavano, era palese, dalle Bentley e Range Rover che costeggiano le strade ai completi importanti degli uomini che vi passavano accanto. Tenevano tutti la testa bassa, la loro attenzione lontana ai nostri affari. Era una cosa buona. Perché oggi i nostri affari avevano a che fare con la violenza.

Daniels scivolò fuori dall'auto, continuando a fissarmi. Ignorai il calore del suo sguardo, gli afferrai il braccio e lo spinsi in avanti. «Muoviti.»

Inciampò sui suoi passi mentre attraversavamo la strada verso l'edificio. Jack era dietro di me, calmo, silenzioso. Sembrava volere questo momento tanto quanto me. Riuscivo a sentirlo nell'energia che sprigionava il suo corpo, quella stessa fame che spingeva anche me. Non per la prima volta, quando c'era di mezzo lui, mi sentivo un po' confuso. Ma lasciai andare la confusione, e guidai Daniels davanti a me attraverso la strada.

Una fitta mi attraversò il petto mentre alzavo lo sguardo verso le telecamere. «Portaci dentro.»

«Ci starà guardando in questo preciso momento,» disse il bastardo, seguendo il mio sguardo. «Verrà a prenderti.»

«Non se prima vado a prenderlo io,» risposi. «Dentro. Subito.»

Daniels si avvicinò al pannello di accesso e digitò una sequenza di otto cifre. Non lo guardai; non aveva importanza il codice. Non avevo alcuna intenzione di ritornare in questo posto dopo aver preso quello per cui ero venuto.

Le serrature scattarono, e Daniels spinse la porta a specchio verso l'interno. Appena entrati, mi resi conto che non si trattava solo di vetro a specchio, ma anche di vetro rinforzato. A prova di proiettile. A prova di fuoco. Ma non a prova di London. In questo momento, era l'unica cosa che contava.

Lo spinsi in avanti mentre le luci interne si accendevano automaticamente. I passi di Jack erano stranamente confortanti dietro di me, anche se mi mancava la spietatezza dei *figli*.

La fitta al petto si fece più feroce. Quando le luci si accesero, illuminando il corridoio che portava a una serie di porte d'acciaio sul retro dell'edificio, riconobbi il dolore per quello che era: paura.

Bip.

Il mio telefono vibrò dentro la tasca. Lo tirai fuori.

Hale: Che cazzo stai facendo, London?

Fissai il messaggio mentre perdevo un battito. «Forza, Daniels.»

Daniels spalancò gli occhi mentre incontrava il mio sguardo. Lo sapeva. Lo sapeva, cazzo.

Non c'era nulla che non avrei fatto per tenere al sicuro la mia famiglia. Impugnai le tronchesi in una mano e strinsi l'altra, mentre il pollice si muoveva per massaggiare il lieve segno intorno al dito. La disperazione mi riempì quando Daniels si avvicinò a una tastiera e premette il pollice sullo schermo.

Un secondo dopo si accese una luce verde sul sensore e la pesante porta del caveau si sbloccò con un clic. Davanti a me, la porta d'acciaio si aprì. Nessuno si mosse, nemmeno per un secondo, finché Daniels non mi lanciò un'occhiata.

«Ho cercato di avvertirti...»

Con il cuore che batteva forte, feci un passo avanti e spinsi ulteriormente la pesante porta. La stanza era una gigantesca cassaforte. Le pareti erano tappezzate di scatole d'acciaio numerate. Mi mancò il fiato per il loro numero e scrutai il resto della stanza mentre le luci si accendevano.

«Gesù...» sussurrai mentre mi addentravo nel caveau.

«Volevi delle informazioni... eccole qui,» mormorò Daniels. «Ma non ti serviranno a nulla.»

Rivolsi lo sguardo verso di lui.

«È tutto criptato,» disse, ma mentre lo diceva la sua attenzione si spostò altrove.

«Cosa vuol dire, criptato?»

Daniels mi fissò con uno sguardo gelido. «Non avrai mica pensato che ti avrebbe consegnato tutto, vero?»

Sentii il panico stringermi la gola. Ma lo spinsi giù mentre guardavo i suoi occhi scorrere verso un cassetto alla nostra destra.

«Hale è l'altra persona che vi servirà per aprire il resto,» aggiunse Daniels sorridendo. «Ha lui la chiave per sbloccare tutto.»

Spostai lo sguardo su Jack, che non disse nulla, si limitò a fissarlo.

«Era per questo che ti voleva,» dissi, mentre i pezzi andavano al loro posto. «Perché eri solo la metà di una chiave.»

Certo che lo era. Hale non faceva nulla se non serviva a lui. Bastava guardarsi intorno per capirlo. La rabbia mi attraversò lo stomaco mentre fissavo questo vile... malato... bastardo. «Bene... Allora ti rispedisco da lui... Come abbiamo deciso.»

Impugnai le tronchesi, e feci un passo avanti.

«London...» provò a fermarmi Jack.

Ma era troppo tardi.

Troppo tardi.

No... No!

Le urla di Vivienne risuonarono nella mia testa mentre afferravo il bastardo per la camicia e lo spingevo all'indietro. In un attimo fui di nuovo quel cacciatore, quell'assassino... quello spietato guscio vuoto di un uomo che ero stato per troppo, troppo tempo per poterlo dimenticare. Daniels inciampò sotto la forza della mia spinta. Le sue braccia si spalancarono ai lati mentre inciampava e sbatteva all'indietro contro le scatole d'acciaio lungo il muro.

«Se ti rivuole indietro...» ringhiai, abbassandomi e afferrandogli la mano. «Allora è quello che avrà. Il tuo corpo indietro.»

«*No!*» urlò il bastardo. «No, no!»

Sollevai la sua mano e chiusi le ganasce delle cesoie intorno al suo pollice. Dentro me non sentivo altro che vuoto mentre forzavo le dita sull'acciaio e stringevo con forza.

Daniels ululò di dolore, spalancando gli occhi.

Dentro la mia testa, le urla della donna che amavo annegavano il suo dolore.

Crunch.

Il sangue schizzò per aria, scivolando lungo l'attrezzo fino a toccare il pavimento insieme al suo pollice. Daniels si strinse il polso quando lo liberai, e cadde a terra. Ero così calmo, così fottutamente calmo mentre mi chinavo e raccoglievo il pollice dal pavimento. Lasciai cadere le tronchesi e con l'altra mano tirai fuori qualcosa dalla tasca.

Avvolsi il pollice nel fazzoletto che avevo preso, e diedi un'occhiata ai cassetti d'acciaio. «Criptato dici, eh?» mormorai mentre facevo un passo avanti e premevo il cassetto per farlo scorrere. Il piccolo chip all'interno luccicò sotto le luci. «Scommetto che questo non lo è, però.»

«Vaffanculo!» urlò Daniels, finché il luccichio del chip non attirò la sua attenzione.

La paura lo fece sussultare e spalancare gli occhi mentre sollevavo il pollice verso il piccolo chip. «Di chi è questo, Daniels?» Spostai lo sguardo e lo fissai nei suoi occhi pieni di terrore.

«Rispondi alla domanda... Di chi è *questo?*»

Capitolo Diciotto

COLT

OPHELIA LA SEGUIRÀ, ASPETTA E VEDRAI...

Mi svegliai di soprassalto, con quelle parole in testa.

Ombre...

Ombre, e il suono flebile di un gemito.

Immediatamente girai la testa per guardare il letto. Le lenzuola stropicciate erano ancora stese dove le avevo lasciate, ma lei era lì, con i suoi respiri profondi e regolari, ancora addormentata. Bene. Abbassai la mano sulla pistola al mio fianco e portai la testa indietro fino a toccare il muro con un tonfo morbido. L'avrei lasciata riposare. Ne aveva bisogno. Dio, quanto ne aveva bisogno.

Si mosse, girandosi e rigirandosi sul letto, e una gamba nuda sfuggì al piumone. Era nuda sotto le lenzuola. Bella, calda, addormentata e nuda. I suoi lividi erano ormai quasi del tutto sbiaditi.

«No...» mugolò lei.

I lividi sarebbero svaniti, ma il dolore dei ricordi sarebbero rimasti dentro di noi per sempre. Conoscevo bene quel dolore. Lo portavo dentro di me tanto quanto lei. Ero pronto a portarne ancora.

Ophelia la seguirà, aspetta e vedrai.

Il mio cuore prese a battere più forte, a quelle parole. Impugnai la pistola e mi sollevai dal pavimento prima di fare un passo verso di lei. I suoi capelli erano sparsi sul cuscino. Il suo braccio era teso, le dita arricciate. Mi stava cercando? Stava cercando nelle profondità più oscure della sua mente qualcuno che la tenesse al sicuro?

Il battito del mio cuore nel petto si fece più forte mentre la guardavo. Il bisogno vorticava dentro di me come una tempesta in arrivo. Mi allontanai, con passi silenziosi, finché non fui fuori dalla sua stanza. Il buio mi accolse immediatamente, in corridoio. Sbattei le palpebre, e mi strofinai gli occhi appannati con il dorso della mano mentre mi dirigevo verso il filo di luce che proveniva dalla cucina. Ma non c'era nessuno in vista.

Trasalii al bagliore e andai verso il frigorifero per prendere una bottiglia d'acqua prima di voltarmi. Deglutii, lasciando che il liquido freddo mi scivolasse in gola mentre mi appoggiavo al bancone. Mentalmente, sprofondai nel luogo in cui Carven mi aspettava, percependo quel legame che vibrava come un filo elettrico tra noi.

Non c'era, lui, però.

Mancava da tutta la notte.

Lo avevo sentito andarsene, avevo percepito la distanza tra noi, in qualche modo. Solo che questa volta la distanza era diversa, più pesante, più bassa. Non era potente come al solito; sentivo come se mi stesse nascondendo qualcosa. No, come se stesse nascondendo qualcosa a *noi*.

Vuoi che ti baci, cazzo?

Rividi il momento nella mia mente, Vivienne ancora bagnata dopo la doccia.

La rabbia di mio fratello riecheggiava ancora nella mia testa. Sapevo che ce l'aveva con lei, ma prima di quel momento non avevo capito quanto. Ora lo sapevo, e il pensiero mi tormentava. Ma non quanto tormentasse lei. Uscii dalla cucina e mi diressi lungo il corridoio verso le luci dello studio di London.

Non avevo bisogno di entrare nella stanza per sapere che se n'era andato. Anche London si stava allontanando da noi, consumato dal suo stesso bisogno di vendetta. Ora c'ero solo io. Ero io che la vedevo lottare contro i demoni nel sonno. Ero io che vedevo quanto dolore tenesse dentro.

La vecchia casa scricchiolò e gemette quando mi fermai sull'uscio del suo studio e la porta d'ingresso si aprì. Non avevo bisogno che mi dicesse che qualsiasi cosa fosse successa oggi era stata brutta. Lo vidi nel suo sguardo impassibile mentre entrava con la camicia sporca di sangue e si chiudeva la porta alle spalle.

Era rimasto chiuso qui dentro tutto il giorno. Più di una volta, passando di lì, l'avevo sentito inveire contro qualcuno dall'altro capo del telefono. Il vecchio London era tornato, e sembrava che questa volta fosse qui per restare. Diedi un'occhiata al corridoio verso il retro della casa, poi mi voltai verso i fogli stampati sulla sua scrivania.

L'istinto mi fece avanzare, costringendomi a entrare.

Mi diressi verso la scrivania e afferrai la prima pagina, trovando una conversazione stampata tra Hale e quel bastardo che aveva preso Vivienne. La rabbia mi offuscò la vista, facendomi vedere le stelle. Guardai il piccolo chip inserito nel lettore di fronte a me. Ma mi voltai verso lo schermo del Mac e lo trovai sbloccato. Appoggiai le mani sulla scrivania e mi chinai.

HALE: *Daniels ha il contratto, ora. Qualsiasi cosa accada dopo questo sarà decisivo. Se vuole andare in guerra, allora avrà la guerra.*

La puttana. La voglio.

Hale: Potrebbe servirci viva per fargli perdere le staffe, quindi non lasciarti trasportare troppo.

Non devo ucciderla per farle del male. Ma non so cosa potrebbe succedere se vengo preso dall'ispirazione. Mi chiedo se London voglia una tela speciale fatta con la pelle della puttana.

Hale: Se vuoi farlo incazzare, allora sicuramente questo è il modo giusto. Quell'uomo è imprevedibile. Peccato che tu non possa controllarlo.

Nessuno può controllarlo.

Tranne lei.

Ophelia: Sì, tranne lei.

TRANNE LEI.

Potevo quasi sentire il disprezzo nel suo tono. L'odio bruciò dentro di me con forza. Non erano le parole di Hale, che guardavo... ma le *sue.* Quelle della donna che ci aveva tormentato, la donna che mi aveva torturato. I passi di London seguirono il suono di un tonfo proveniente dall'esterno. Mi raddrizzai e feci un passo indietro prima di aggirare la scrivania e raggiungere la porta.

«Colt, tutto bene?»

Mi voltai verso il corridoio buio e lo guardai apparire dall'ombra... come uno di loro. Feci un cenno e aspettai che entrasse nella stanza.

«Lei è—» iniziò, poi incontrò il mio sguardo.

Trasalii, poi ripresi fiato, incapace di distogliere lo sguardo.

«Stai bene?» mormorò.

Ma l'uomo davanti a me non era il London che conoscevo. Era... un involucro, un guscio. L'uomo che conoscevo era sparito, sepolto da qualche parte sotto la sua rabbia. Guardai la scrivania e i fogli sparsi su di essa. Qualunque cosa avesse letto lì lo aveva cambiato, e non in meglio. Guardai ancora una volta la scrivania e feci un passo di lato.

Il mio cuore batteva forte mentre le pareti della stanza si chiudevano intorno a me.

E tutto ciò che riuscivo a vedere erano quei dipinti. Corpi di carboncino con occhi blu che andavano in fiamme.

«Colt...» London si avvicinò.

Gli rivolsi uno sguardo di fuoco e indietreggiai.

Ophelia la seguirà, aspetta e vedrai...

Quelle parole mi perseguitarono mentre mi voltavo e lasciavo London in piedi a fissarmi. *Lo avrebbe fatto... Lo avrebbe fatto... Lo avrebbe fatto.* Mi diressi verso l'ala est, rallentando automaticamente il passo quando mi avvicinai alla sua stanza. Ma mi costrinsi a continuare a camminare, mi diressi verso la mia camera da letto e accesi la luce quando entrai.

Mi mossi velocemente, indossando una felpa scura con cappuccio e stivali neri, prima di infilare la pistola nella parte bassa della schiena e uscire. Uno sguardo alla sua porta e mi voltai, lasciandomi alle spalle il corridoio e dirigendomi verso il retro della casa. Mi soffermai abbastanza a lungo per strappare le chiavi del SUV dal gancio e aprire la porta sul retro.

Le due guardie di pattuglia mi guardarono di sfuggita. I loro occhi si allargarono quando uno di loro mostrò la pistola che aveva in mano, prima che l'altro gli desse un leggero schiaffo sulla spalla e scuotesse la testa.

«Non è lui. Lui è quello sordo.»

Quello sordo...

Continuai a camminare senza degnarli di uno sguardo, e premetti il telecomando per aprire la macchina prima di salire su. Il legame tra me e Carven bruciava. Lo percepivo ora, sempre più intenso. Avviai il motore e spinsi il veicolo in marcia.

I fari si riversarono lungo il lato della casa e la parte anteriore del vialetto mentre uscivo. Girai il volante mentre il bagliore della familiare auto in arrivo si dirigeva verso di me. Mio fratello mi guardò di sfuggita, scoccandomi uno sguardo strano mentre passavo.

Bastò un secondo perché il mio telefono squillasse.

Ma non risposi, mi limitai a guidare, a girare alla fine della strada e a dirigermi verso la città. Mio fratello in quel momento stava percorrendo la sua strada, che lo stava allontanando dall'unica cosa importante.

Proteggerla.

Afferrai il volante, le mani bagnate di sudore, mentre alzavo lo sguardo verso la rotatoria nello specchietto retrovisore e deviavo sul lato destro della strada.

«Non dire una dannata parola, Carven,» mormorai, ma sentivo comunque la sua dannata risata riecheggiare nella mia testa. Non facevo schifo nelle rotonde... mi confondevano e basta.

Mi concentrai sulle strade oscurate mentre la pioggia iniziava a colpire il parabrezza. Le mie pulsazioni saltarono a quella vista, mentre mi chinavo in avanti e scrutavo il cielo, in attesa del lampo bianco e del tuono. Ma non arrivò; ci fu solo il tonfo costante delle gocce di pioggia sull'auto a riempire il silenzio.

Mi rilassai, concentrandomi sulle strade, e mi diressi lentamente verso la casa dei dirigenti dove lei alloggiava. Sapevo che era lì, perché alcune parti della casa in campagna erano chiuse e ancora sotto inchiesta per l'incendio che avevamo appiccato.

Avrei solo voluto bruciare tutto... e lei con esso.

Forse, se l'avessi fatto prima, Vivienne non sarebbe stata rapita?

Forse saremmo tutti finalmente al sicuro, se lo avessi fatto adesso.

Accostai la Ford alla strada di fronte alla casa a due piani e mi voltai, parcheggiando nell'ombra. Luci soffuse illuminavano il secondo piano, nascosto dietro le tende. Non riuscivo a vedere i movimenti, ma sapevo che lei era lì.

Un movimento attirò il mio sguardo verso la porta del garage mentre si sollevava, e da cui uscì un'elegante Mercedes nera. Aspettai prima di seguirla. I tergicristalli si muovevano avanti e indietro, una dannata distrazione mentre ci dirigevamo verso la città. La Mercedes si fermò davanti all'Hungerford's, un ristorante esclusivo nella vivace vita notturna, e parcheggiò prima che l'autista scendesse.

Ma non c'era solo l'autista. Mentre guardavo, si fermò un'altra auto e scesero altri tre uomini vestiti in giacca e cravatta, che si accalcarono intorno alla Mercedes mentre Ophelia usciva. Accostai l'Explorer in un vicolo a due strade di distanza e parcheggiai, con il cuore che mi rimbombava nel petto mentre scendevo.

La pistola mi stava stretta nella parte bassa della schiena, mentre abbassavo il cappuccio della felpa, uscivo dal vicolo buio e mi dirigevo verso il ristorante dall'altra parte della strada. Le auto passavano mentre io scrutavo velocemente le guardie del corpo che la circondavano, mentre Ophelia saliva i gradini e spariva all'interno.

Ophelia la seguirà, aspetta e vedrai...

Sollevai lo sguardo verso le due guardie del corpo che erano entrate con lei, poi lo spostai verso i due all'esterno, sapendo che per me non ci sarebbe stata via di scampo. Aspettai il panico e la paura, ma non arrivarono.

Invece, vidi il suo viso.

I suoi occhi chiusi per l'estasi.

Il mio nome su quelle labbra perfette.

Fallo...

Fallo...

Fallo.

Mi portai una mano alla schiena mentre salivo dalla strada al marciapiede. Le due guardie del corpo si voltarono e iniziarono a scendere le scale. Nella mia testa lo vedevo già.

Il ristorante nel caos.

Gente che urlava dappertutto.

Io in piedi, colpito da un proiettile e sanguinante. La pistola tremò tra le mie dita mentre la sollevavo verso la testa della prima guardia.

Bip.

Il mio telefono suonò.

Bip.

Quel dannato aggeggio continuò a ronzare, attirando lo sguardo del buttafuori mentre mi avvicinavo.

Sapevo che era mio fratello a chiamarmi, ma non vedevo il suo volto.

Era della donna che teneva il mio cuore nel delicato palmo della sua mano, il volto che vedevo dentro la mia mente.

La donna per cui ero pronto a morire, pur di proteggerla. La donna che avrei tenuto per sempre al sicuro.

Ophelia la seguirà...

La seguirà.

No, non lo avrebbe fatto. Non se avessi potuto impedirlo.

Avrei salvato l'unica persona che contava davvero.

Capitolo Diciannove

CARVEN

Dove cazzo sei?

Spinsi più forte sull'acceleratore, sfrecciando per le strade della città mentre la pioggia scatenava un torrente impazzito, io alla ricerca di quel maledetto... stronzo testardo.

Strinsi la mascella e afferrai il volante. «Dovrebbe essere maledettamente facile, no? Qualsiasi direzione che non abbia una cazzo di rotonda, giusto?»

Ma non era facile, per quante strade non piene di rotonde avessi percorso, cercare di pensare a cosa potesse averlo fatto scattare. Avevo controllato il magazzino. Avevo controllato anche l'altra casa, ancora danneggiata dopo l'attacco. Ma le guardie che ancora pattugliavano non avevano visto lo stronzo lunatico.

Ora mi sentivo solo... perso.

Perso e incazzato.

Bip.

«Era ora, dannazione!» ringhiai mentre prendevo il telefono dalla console e fissavo lo schermo.

Carven, non riesco a trovare Colt.

Fissai il messaggio, poi sollevai lo sguardo verso il traffico che si snodava nelle strade trafficate del centro. Ora aveva un telefono, lo sapevo. Ma non avevo pensato che...

Cosa? Non avevi pensato che si sarebbe rivolta a te? Non te lo meriti. Non ti meriti...

Bip.

Trasalii, poi guardai di nuovo in basso.

Neanche London è nel suo studio. Comincio a preoccuparmi un po'.

Preoccupata un corno.

Era impossibile che la figlia mi mandasse davvero messaggi perché preoccupata. Non potevo crederci.

Aveva paura.

Tanta paura.

«Cazzo!» urlai, sbattendo la mano sul volante.

Gli pneumatici ululareno sbandando lungo la strada mentre io tornavo indietro. Il motore ruggì quando schiacciai l'acceleratore e passai davanti allo stesso vicolo dove avevo incontrato gli altri figli. Una cosa era andare a caccia dell'unica fottuta persona che era sempre stata al mio fianco, ma tutt'altra cosa era—

Bip.

Distolsi la mia attenzione dalla strada.

Li vedi questi messaggi? Non riesco a capire se sto facendo tutto nel modo giusto.

Gesù. «Sì, sì, li ricevo,» ringhiai.

Ma non le risposi. Non la rassicurai minimamente. Era meglio così.

Meglio che non si rivolgesse a me per niente... men che meno per essere rassicurata. Sentii i muscoli contrarsi mentre percorrevo la rotonda e acceleravo. *Men che meno questo.* Mi ci volle meno tempo per tornare indietro, perché presi le curve di traverso e scrutai gli stronzi che guardavano le strade di Ares al mio passaggio.

Continuai ad andare avanti, poi diedi un colpo di freno e svoltai nella nostra nuova strada.

Bip.

«Che cazzo c'è adesso?» Afferrai il telefono e lessi il suo ultimo messaggio.

È tornato a casa, e, Carven... si comporta in modo strano.

«Strano?» Il panico mi riempì. «Che cazzo significa?»

Gli altri figli si fecero strada nella mia mente. Se mi stavano dando la caccia, allora potevano essere...

«Col cazzo che lo sono.» Frenai bruscamente e raggiunsi l'ingresso del vialetto.

I miei fari si posarono sulla Ford Explorer che mio fratello aveva lasciato nel vialetto. Controllai i fori di proiettile mentre mi accostavo e scendevo. Stavo già correndo verso l'ingresso posteriore della casa prima ancora che lo sportello si chiudesse davvero.

«Pistola...» mormorò la guardia mentre mi avvicinavo.

Lanciai un'occhiata feroce a quel bastardo e strinsi i pugni. Non avevo mai desiderato fare del male a qualcuno così tanto come in quel momento. Quel figlio di puttana stava sfidando la sorte. Ma mi concentrai sulla casa, strinsi la maniglia e spalancai la porta. Il mio battito era fuori controllo, irregolare e tonante, mentre allungavo il passo fin quasi a correre.

La porta dello studio di London era aperta. La luce era accesa, ma la stanza era vuota. Diedi un'occhiata all'interno e proseguii, dirigendomi verso l'ala est e le nostre stanze.

«Colt, ti prego, parlami.» La voce di Vivienne si riversò nel corridoio. «Mi stai spaventando.»

Ma il suono non proveniva dalla camera da letto di lei, dove ora trascorreva la maggior parte del tempo. Veniva, invece, dalla sua stanza. Entrai e scrutai lo spazio, trovandolo accovacciato in un angolo. Aveva gli occhi spalancati e la pelle pallida. Aveva una macchia di sangue sulla guancia e una pistola stretta in mano.

Conoscevo quello sguardo. Lo conoscevo bene.

Doveva essere stato brutto.

«Colt...» Vivienne si inginocchiò davanti a lui, toccandogli delicatamente il ginocchio.

«Non ti ascolterà,» le dissi girando intorno al letto. «Perché non può sentirti.»

Vivienne spostò il suo sguardo verso di me. Lacrime fresche le brillavano negli occhi, scintillando sotto le luci. «Non so cosa sia successo. Pensavo che stesse dormendo, ma quando mi sono svegliata non c'era più.»

Riportai l'attenzione su mio fratello mentre lei continuava a parlare.

«Quando non l'ho trovato qui, mi sono preoccupata.»

«Ci sono qui io, adesso,» risposi mentre fissavo gli occhi pieni di terrore di mio fratello.

Le parole erano per lui quanto per lei, ma non potevo dirglielo. Invece, mi concentrai sull'unica persona che contava in questo momento.

«Che cazzo hai fatto?» chiesi mentre allungavo delicatamente il braccio e prendevo la pistola dalla sua mano.

L'avevo visto così solo una volta, spento, quasi in stato comatoso. Era stato il giorno in cui ci eravamo trovati per la prima volta faccia a faccia con Hale. Era stata dura... ma alla fine ero riuscito a farlo tornare in sé.

Solo, non sapevo se avrei avuto la stessa fortuna anche questa sera.

La sensazione era diversa, oggi.

«Ehi, vuoi smetterla di ignorarmi?» Spinsi la pistola dietro di me, scrutai il suo volto in cerca di ferite e colsi il profondo squarcio sul lato del viso. Sembrava un'escoriazione, come se qualcuno gli avesse sbattuto la testa contro un muro. Mi si strinse lo stomaco mentre affondavo rapidamente nella rabbia. «Vuoi dirmi dov'eri stanotte?»

Il mio tono era deciso e pericoloso mentre guardavo la felpa bagnata che indossava. «Sei stato sotto la pioggia?»

«Ho fatto qualcosa, vero?» La sua voce era appena udibile.

C'era dolore nella sua voce, dolore vero, e lui lo sentì. Gli si mozzò il fiato a quel suono, e io lo usai, portandolo fino a casa. «Te ne starai seduto lì così di fronte a lei, fratello?»

Quegli ampi occhi blu trasalirono.

«Era così fottutamente spaventata che mi ha mandato un messaggio.»

A quel punto lui girò la testa e la fissò.

«Esatto, l'ho pensato anch'io. L'hai fatta disperare così tanto da portarla a chiedere il mio aiuto. La prossima volta che ti viene in mente di sparire nella notte, magari possiamo evitare questa situazione e puoi dirmelo prima, dove stai andando. Che ne dici?»

Così posso fermarti, cazzo. Ma le parole non raggiunsero mai le mie labbra. L'angoscia mi lacerava dentro. Avrei distrutto il mondo, cazzo, solo per tenerlo al sicuro... come lui aveva fatto per me in tutti quegli anni.

Tra tutte le percosse.

Con tutte le cicatrici.

Abbassai lo sguardo sulle spesse cicatrici che gli attraversavano il corpo. Un ricordo di ciò che avevano fatto. Dovevo fermarli. Dovevo fermarli tutti.

«Mi dispiace,» gracchiò Colt, guardandola.

Ma la figlia non indietreggiò. Cadde in avanti, proprio contro di lui. «Va tutto bene. Andrà tutto bene.»

Non importava che fosse zuppo. Lo attirò contro di sé e gli prese la mascella per baciarlo. Le sue labbra incontrarono le sue e il contatto mi immobilizzò; fui incapace di distogliere lo sguardo. Lui le afferrò il braccio e la tirò con forza contro di sé, ma poi si staccò.

Sembrò tornare in sé e diede un'occhiata alla stanza, prima di spingersi lentamente in piedi.

Lo seguii, scrutando i suoi vestiti. «Dove sei andato stasera?»

Quelle pupille scure scrutarono le mie, ma non rispose.

«Sei fradicio,» esclamò Vivienne, tirandogli il maglione sopra la testa.

Il momento mi sembrò strano e allo stesso tempo chiaro come la luce. Lui era qui e lei era con lui, lo aiutava, era la sua ancora nella tempesta, proprio come lo ero stato io per anni. Eppure, lui era lì, ad alzare le braccia come un bambino perché lei gli togliesse il maglione e lo facesse cadere sul pavimento.

La pelle d'oca mi salì sulle braccia mentre lei gli toglieva anche la maglietta, lasciandolo in piedi con i dannati jeans bagnati e il petto nudo. Le sue mani corsero sui muscoli duri delle sue braccia e giurai di poter sentire l'elettricità nell'aria. Mi sentii avvampare, e il cuore prese a battere forte nel petto. In qualche modo, lei se ne accorse, perché mi lanciò un'occhiata prima di tornare a concentrarsi su mio fratello e avvicinarsi a lui.

La sottile camicia da notte che aveva addosso scivolava sul suo corpo perfettamente mentre lei si premeva contro di lui. Colt mi fissò mentre le punte dei capezzoli di lei sfioravano il suo braccio. Era eccitata. No, era più che eccitata. Lo vidi nel modo in cui lei lo guardava... era lo stesso modo in cui guardava London.

«Non spaventarmi mai più in questo modo, capito?» mormorò facendo scivolare la mano lungo la nuca di lui e tirando la sua bocca verso la sua.

Mi mancò il respiro, e mi ritrovai ad aprire le labbra quando Vivienne reclamò quelle di mio fratello.

Il mio... Il mio cazzo si contorse in risposta. Lei ruppe il bacio e si girò per spostarsi verso di me. Quella stessa sensazione si accese e divampò sotto il leggero sfioramento delle sue dita. Era così attenta... così attenta quando la sua mano scivolò intorno alla mia nuca.

«Siamo solo noi,» sussurrò mentre mi tirava giù.

Non potendo lottare in quel momento, la lasciai fare. Il suo profumo mi invase i polmoni e mi costrinse a chiudere gli occhi. Mi avvicinai, e la mia mano scivolò intorno alla sua gola. Ma lei non indietreggiò, né si tirò indietro, nemmeno quando la mia presa si strinse e le nostre bocche si scontrarono. No, la figlia si arrese a me.

Dio...

Il suo battito fluttuò sotto il mio pollice. Aprii la bocca mentre la assaggiavo e la leccavo, poi trascinai i denti sulle sue labbra carnose. Il mio cazzo si tese contro i jeans, desideroso di portarla a letto. Volevo piegarla e premere la sua testa contro il cuscino. Prenderla... con forza.

Avrebbe urlato?

Urlavano tutte, alla fine.

Non vidi altro che quel momento. Lei che si agitava e le sue unghie che laceravano le lenzuola mentre le strappavo la camicia da notte e le mostravo che razza di uomo fossi. Spezzai il bacio, i miei respiri profondi e consumati. Tuttavia, quel fremito sotto il mio pollice crebbe fino a diventare un crescendo.

«Hai paura di me?» chiesi, e cercai in quegli occhi marroni la verità.

Deglutì e scosse lentamente la testa. Il suo labbro inferiore era rosso e segnato dai miei denti.

«No?» Mi chinai fino a sussurrare rocamente al suo orecchio. «Il tuo corpo mi sta dicendo qualcosa di diverso.»

«Sono... Sono solo molto eccitata,» rispose, la voce come un sussurro.

Chiusi gli occhi. Non si sarebbe opposta a me.

Non per questo.

Strinsi la mascella, odiando il desiderio che sentivo dentro, il bisogno selvaggio di distruggere che mi opprimeva.

«Pensi di volere quello che ho da darti, gattina... ma non sai cosa mi stai chiedendo. Resta con il figlio a cui importa davvero.»

Sentii il dolore stringermi la gola. Cercai di deglutire, per ricacciare quel vuoto nel mio petto, ma non ci riuscii. Non potevo allontanarlo o far finta che non esistesse. Non potevo essere cattivo e sperare che finisse per odiarmi.

Alla fine, c'era solo una cosa che potevo fare. Abbassai la mano e feci un passo indietro.

La figlia mi appartiene. Lei mi appartiene. Mi appartiene, mi appartiene, mi appartiene...

Quelle parole erano tutto ciò che sentivo ora, tutto ciò che si ripeteva nella mia testa.

«Carven?» sussurrò.

Ma non potevo aiutarla, non come voleva lei. Invece, alzai lo sguardo su mio fratello e vidi le cicatrici e la disperazione nei suoi occhi. Lo stavo deludendo. Lo sapevo, lo stavo deludendo quando aveva più bisogno di me. La sua fronte si aggrottò e il dolore divampò per un secondo prima che arrivasse la rabbia.

Il legame tra noi tornò in vita. Non per lealtà o amore, ma per rabbia...

E la meritavo, la sua rabbia.

La macchia di sangue sulla guancia brillò sotto le luci. Quella vista trasformò la mia angoscia in rabbia bianca e ardente. Stanotte era stato da qualche parte, a fare cose che non voleva dirmi... perché non si fidava di me.

Lui... non... si fidava... di me.

Non potevo rimediare. Non ancora, comunque. Così rivolsi la mia attenzione all'unica cosa che potevo sistemare, la cosa che mi spingeva avanti, che mi dava più di uno scopo. Mi avrebbe dato l'opportunità di dare a mio fratello la cosa che più meritava al mondo.

Lei.

Semplicemente lei.

Mi voltai e mi avviai verso la porta aperta, con gli stivali che rimbombavano sul pavimento rispecchiando il rimbombo del mio cuore in preda al panico. Ma questa volta non stavo correndo, non come avevo fatto l'ultima volta.

La chiarezza mi attraversò come un coltello e fece stringere quella cosa morta che avevo nel petto. Mio fratello non aveva più bisogno che lo tirassi fuori dall'oscurità. Non aveva bisogno che gli legassi le mani o che facessi la guardia mentre dormiva.

Lui aveva qualcosa di cui io non avrei mai potuto far parte, ora. Io ero troppo distrutto, troppo selvaggio. Ma potevo assicurarmi di tenere al sicuro l'unica persona che sembrava fargli del bene.

Gli altri figli pensavano di possederla, di poterla prendere.

Gli avrei mostrato quanto si sbagliavano.

Attraversai la porta sul retro e tornai alla macchina con il motore ancora caldo. Lo stronzo era lì, che si muoveva dall'angolo della casa. Fece bella mostra della sua pistola. Non fece nemmeno un commento sprezzante. Ma non ne aveva bisogno. Il fatto che fosse davanti a me era sufficiente.

Lanciai uno sguardo verso di lui e la voglia di violenza mi attraversò di nuovo. Lui trasalì quando i nostri sguardi si scontrarono e si fermò, il suo amico ignaro al suo fianco.

«Cosa c'è?» chiese la seconda guardia, scrutando il terreno.

Distolsi la mia attenzione, mi avvicinai alla parte posteriore dell'auto e aprii con uno strattone lo sportello.

«Niente,» mormorò lo stronzo mentre risalivo.

Quella fame era lì, che mi spingeva ad andare avanti mentre accendevo il motore e inserivo la retromarcia. Con la coda dell'occhio, mentre mi lasciavo alle spalle il garage, mi parve di scorgere un movimento.

Vivienne corse in avanti, indossando ancora quella camicia da notte appena accennata che mi faceva mancare il fiato. I miei fari si riversarono sul suo corpo, delineando ogni fottuta curva. Fissai un battito di cuore di troppo, poi spostai lo sguardo sul volto che mi perseguitava.

«Carven!» mi chiamò.

Le sue labbra si mossero al mio nome e il mio piede si allentò sull'acceleratore. La macchina rallentò, il cuore sembrò impazzire nel mio petto, disperato, finché non mi costrinsi a tornare alla realtà.

Vivienne non era fatta per me, non importava cosa desiderassi, cosa desiderasse lei. Dovevo essere intelligente. Dovevo mettere lei al primo posto quando si trattava di me. *Soprattutto* quando si trattava di me.

La figlia meritava di più.

Qualcuno di gentile. Qualcuno che sapesse darle amore.

Non qualsiasi cosa fosse quello che potevo darle io.

Ci volle tutta la mia forza per allontanarmi da lei, ma lo feci, guardandomi alle spalle finché non rimbalzai e frenai davanti alla casa, poi misi di nuovo in marcia.

Non la guardai mentre mi allontanavo, tenni gli occhi fissi lungo il vialetto prima di lasciarmeli tutti alle spalle.

Tornai in città, nel vicolo buio dove il rave stava per finire. Parcheggiai l'auto e mi sedetti a guardare.

I partecipanti alla festa si riversarono fuori, alcuni inciampando, ubriachi e strafatti. Ma non mi importava di loro...

Il motore della macchina era ora freddo mentre il debole rossore del sole nascente baciava il cielo oscurato. Tuttavia, aspettai... finché quel ronzio dentro di me non si accese e attirò la mia attenzione quando due ragazzi con addosso jeans neri e giacche di pelle si allontanarono dalla folla e svoltarono a sinistra.

Non li avevo mai notati prima, ma non ne avevo bisogno.

Capii in un istante cosa fossero.

Erano figli...

Uno dei fratelli Ares li stava seguendo. Lo guardai lanciare un'occhiata verso di loro prima di girare a destra. Mi accigliai mentre dividevo la mia attenzione tra loro. Mi chiesi se sapesse chi erano quei due, o se non gli importasse, o se forse non avesse proprio intenzione di seguirli. In fondo, la mafia non aveva problemi con i figli, così come non ne aveva con London. Tuttavia, questo non avrebbe impedito loro di usarci quando se ne fosse presentata la necessità.

Non stasera.

Aprii lo sportello e scesi.

Questa notte dovevo dare sfogo al mio bisogno.

Questa notte, dovevo andare a caccia.

A caccia dei figli.

Aspettai abbastanza a lungo da essere sicuro che quello stronzo di Ares se ne fosse andato da un pezzo prima di seguirli, tenendomi ai lati opposti delle strade. La debole luce del sole filtrava lungo le cime degli edifici. Li seguii per quelle che mi sembrarono ore, finché non mi si sgranarono gli occhi e la mia pazienza non si esaurì. Finché non scomparvero in un vicolo buio che sembrava andare verso i rifugi dei senzatetto.

Fuori dall'ingresso c'erano carrelli carichi, con un uomo anziano addormentato accanto ad essi, un braccio avvolto intorno a una ruota rotta. Lanciai un'occhiata nell'oscurità, poi ripresi la mia caccia.

Tenendo la testa bassa e le mani strette in tasca, tagliai la strada e sprofondai nel buio. Il puzzo di stantio mi colpì, e più mi avvicinavo alla fine del vicolo, più diventava forte. Mi concentrai sul movimento e notai i figli mentre scivolavano attraverso le fessure lacerate di una recinzione dove la strada secondaria si riversava in quella che sembrava una zona dimenticata della città.

Scrutai le tende rotte e i teloni strappati prima di abbassarmi e scivolare attraverso uno squarcio nella recinzione. I figli non c'erano più, erano scomparsi nell'oscurità. Così mi sintonizzai su quella fame e su quel legame che condividevamo, odiandolo ancora più di prima.

Figlio...

Quella parola era un insulto e un marchio. Sapevo che non sarei mai riuscito a liberarmene e, quando intravidi un movimento davanti a me all'ingresso di un magazzino abbandonato, capii che quello era il mio destino. Ma non doveva necessariamente essere anche quello di mio fratello.

Poteva evitare di portarsi quel marchio addosso.

Poteva avere qualcosa di concreto.

Gli avrei dato questa possibilità.

Rallentai per osservare l'oscurità e la porta spalancata, poi mi avvicinai e afferrai la pistola. I miei stivali scricchiolarono su terra e sassi. Mi fermai davanti alla porta aperta, sbirciando dentro e scrutando le ombre. Il posto era pieno di senzatetto. Mi spostai all'interno mentre il telefono prendeva a vibrare contro la mia coscia.

Il mio battito saltò, poi accelerò, e sapevo che in qualche modo era lei.

Non risposi, mi limitai a scivolare dentro, facendo attenzione a muovermi tra i corpi addormentati. Si sentivano grugniti da tutte le parti. Il bianco degli occhi di coloro che mi guardavano era una scintillante luce al neon. Ma non erano quelli gli occhi che volevo. Continuai a muovermi verso il retro del magazzino fino a raggiungere la parete in fondo.

Mi accigliai e mi voltai per scrutare di nuovo la confusione di corpi. I miei sensi erano in allerta, ma non sentivano nulla di particolare, qui. Mi voltai di nuovo verso la parete in fondo e individuai una porta aperta e spaccata. Non c'era nessuno vicino all'uscita, il che lasciava una specie di sentiero. Seguii quella bussola dentro di me e afferrai la maniglia, scrutando nell'oscurità prima di avanzare.

Ma nel momento in cui misi piede dentro, qualcosa mi colpì... con forza.

Inciampai all'indietro e sbattei contro la porta con un colpo secco.

«Era ora che ti facessi vedere, cazzo.» Un ringhio profondo provenne dalla mia destra. «Ti stavo aspettando, stronzo.»

Scatenai un ruggito mentre spingevo la pistola verso l'alto e colpivo qualcosa con un grugnito. Respiri affannosi mi attraversarono il petto. Questo era ciò che avevo voluto... Questo era ciò che avevo desiderato.

Mi mossi di nuovo, e tutto sembrò muoversi insieme a me. L'oscurità prese a spostarsi intorno a me. L'istinto si fece sentire, ma non era il bisogno di sopravvivere che ululava dentro di me. Era il desiderio di distruggere. Mi scagliai, colpendo di nuovo e spingendomi in avanti, sferrando colpi in un assalto selvaggio.

Crunch.

Il suono fu musica per le mie orecchie, mentre mi voltavo verso lo stronzo successivo e affondavo.

Crack! Il colpo arrivò al lato della testa e mi fece cadere di lato.

Inciampai e il mio ginocchio sfiorò il pavimento di terra battuta, ma usai lo slancio per spingermi in avanti verso la macchia scura e colpirla con forza.

Mani mi afferrarono, facendomi perdere il fiato. Il cuore mi batteva forte nel petto mentre mi muovevo, scuotendo la testa di lato e agitando il pugno in aria. Arrivò un grugnito, basso e gutturale, non solo incazzato ma anche sorpreso.

Bene.

Era giusto che fosse così.

La figlia appartiene a me...

Lei mi appartiene.

Lei mi appartiene.

Lei... mi... appartiene.

Quelle parole mi diedero la forza, spingendomi ancora di più in un luogo che spaventava persino me.

Con un ringhio selvaggio, spinsi la testa in avanti e la feci sbattere contro ossa con un suono nauseante. Un sorriso si allargò sul mio volto mentre tiravo fuori il piede e facevo cadere il bastardo a terra. Colpì duramente il terreno con un grugnito. In un attimo gli fui sopra, infilandogli la canna della pistola sotto la mascella.

Il sangue mi sbocciò in bocca, con un sapore amaro e metallico. Per fortuna mi piaceva.

«Mi stavi aspettando...» ringhiai mentre spingevo più forte la canna contro la sua pelle. «Eccomi, stronzo.»

L'impeto del suo respiro era brutale quando provò a spingere contro di me mentre giaceva a terra. Del movimento provenne da tutte le parti intorno a me. Non avevo bisogno di voltarmi per sapere che avevo almeno tre armi puntate contro.

Il mio dito si arricciò intorno al grilletto della pistola.

Sembrava che fossimo in una situazione di stallo.

«Consegnamela, Carven. Non costringermi a far fuori la tua famigliola felice solo per arrivare a lei.»

Il dolore mi strinse il petto a quelle parole. «Avvicinati alla mia famiglia, figlio di puttana, e sarò io a farti fuori... A te e a tutto il tuo gruppo.»

«Pensi che non sappia di te?» grugnì il morto sotto di me. «Lo stronzo autodistruttivo con un fratello muto. So tutto quello che c'è da sapere.»

«Bene,» risposi, concentrandomi sul movimento circostante. «Allora non sarà una sorpresa quando ti farò saltare la testa.»

Si mise a ridere. Quella risatina bassa vibrò contro la mia coscia, mettendomi maledettamente a disagio. «Ho detto qualcosa di divertente?»

«Divertente? No.» Colsi il movimento mentre scuoteva la testa. «In un'altra circostanza, potrei invitarti a far parte della nostra *banda*.»

Invitarmi? Le parole mi tolsero il respiro.

Cercai di non mostrare il sussulto quando sentii il movimento intorno a me, la gente che ci circondava abbassare le armi. La resa divenne più chiara quando il magazzino venne illuminato.

«Non ne vale la pena,» incalzò lo stronzo sotto di me. «Perché rischiare la vita di tuo fratello... e la tua? Prima o poi verranno a prenderla. Se non noi, saranno altri, lì fuori.»

Verranno a prenderla.

Col cazzo che lo faranno.

Le parole mi riempirono di terrore. Non conoscevo quella sensazione... e non mi piaceva. Eppure, proveniva da quel bisogno spietato che avevo dentro, quel desiderio malato e sanguinario di fare a pezzi il mondo intero... per proteggere lei.

Rivolsi la mia attenzione al figlio sotto di me.

«Non torcerete neanche un capello sulle loro teste, è chiaro? London, mio fratello...» Mi chinai, fissando negli occhi vuoti e senz'anima dell'uomo sotto di me, così simili ai miei. «Soprattutto, non lei. Lei non ti appartiene, stronzo... *Appartiene a me.*»

Quelle parole colpirono persino me.

Ma era troppo tardi per riportarle indietro.

Troppo tardi per annullarle.

Perché erano la verità...

In qualche modo, era successo.

Vivienne era diventata mia.

E la prospettiva era terrificante.

Mi alzai e lo fissai. Gli uomini puntarono di nuovo le loro pistole su di me, ma io abbassai la mia. Non avrebbero sparato, non ora... Lo sapevo. Feci un passo indietro, mantenendo lo sguardo fisso sul figlio.

«Dove cazzo stai andando?» chiese.

Le mie labbra si arricciarono a quella domanda. Si aspettava che rispondessi, che mi mettessi in riga come il resto del suo gruppetto del cazzo.

Ma io non gli dovevo un bel niente. Il ricordo di lei in piedi in mezzo al vialetto mi riempì la mente. Sapevo dove stavo andando.

L'unico posto in cui potevo... *A casa*.

Capitolo Venti

VIVIENNE

«*Carven!*» urlai, trasalendo per i fari accecanti della macchina.

Tuttavia, fissai il bagliore mentre pregavo che, in qualche modo, smettesse di scappare... e tornasse da me.

Ma non lo fece.

La luce mi accecò per un attimo prima di essere sostituita dall'oscurità, bagnandomi lì, in piedi in mezzo al vialetto, tremante.

Il rumore di passi mi fece volgere lo sguardo verso le due guardie che stavano pattugliando il terreno. Una di loro si voltò appena mi trovai di fronte a loro. Ma l'altra no. All'improvviso mi resi conto di quanto poco indossassi e di quanto, in quel momento, fossi vulnerabile.

Vulnerabile come non avrei mai voluto essere di nuovo. Mi costrinsi a respirare e a sostenere il suo sguardo. «Che cazzo stai guardando?»

Non avevo paura, non proprio.

Ma non mi piacque il brivido di paura che si fece strada lungo la mia spina dorsale. La guardia non rispose, mentre il suo sguardo percorreva ogni curva del mio corpo, finché non incrociai le braccia sul petto. Con la coda dell'occhio mi accorsi di un movimento e di un ringhio basso, familiare e protettivo.

«Vivienne,» chiamò Guild uscendo dalla porta sul retro e tenendola aperta.

Mi voltai verso di lui, grata della sua presenza. Anche le guardie si voltarono verso di lui mentre mi dirigevo verso la porta. Guild gli fece un lento cenno con il capo e mantenne lo sguardo fisso mentre scivolavo sotto il suo braccio e tornavo dentro. Non mi fermai, tornai indietro lungo gli interminabili corridoi. Le piante dei piedi mi pungevano per il freddo mentre cominciavo a correre.

Quando raggiunsi l'ala est, ero senza fiato. Superai di corsa la porta aperta della mia camera e mi precipitai nella sua. Colt era ancora lì in piedi, a fissare un punto al centro del letto matrimoniale.

«Colt,» mormorai avvicinandomi. «Tesoro?»

Non rispose, non diede segno di avermi sentito. Fissai gli schizzi di sangue sulla sua camicia e sollevai delicatamente la mano per sfiorare con il pollice l'escoriazione sulla guancia. «Parlami. Arrabbiati con me. Diavolo, allontanami, se proprio devi. Solo, per favore, torna da me.»

La sua fronte si aggrottò. Ci fu un guizzo nel fondo di quegli occhi blu. Ma Colt non rispose. Mi avvicinai e feci scorrere le mani lungo le sue braccia. Che cosa avrei dovuto fare? Cosa diavolo avrei dovuto fare?

Carven lo saprebbe, mi dissi...

Ma non era qui.

Mi leccai il labbro, sentendo ancora il calore del bacio di Carven.

Calore. Riportai la mia attenzione su Colt e vidi il suo corpo rabbrividire. Era quello di cui aveva bisogno. Un promemoria della mia presenza. Gli presi la mano. «Vieni, ragazzone,» mormorai, e lo tirai avanti.

Il suo sguardo incontrò il mio, ma non si oppose; lasciò che lo conducessi verso il letto.

«Ti scaldo un po'.» Lo tirai sul letto e mi inginocchiai, aprendo la cerniera dei suoi stivali per toglierli.

I suoi muscoli tremavano, i suoi capezzoli erano picchi tesi. Lasciai cadere gli stivali e gli accarezzai la spalla finché non si sdraiò contro i cuscini. Tirai su il piumino, odiando il fatto che le lenzuola fossero fredde sotto il suo corpo.

«Sono qui.» Mi spostai contro di lui, modellai il corpo contro il suo e feci scivolare il braccio intorno a lui. «Ti riscalderai in un minuto, vedrai.»

Mi ricordai della prima notte in cui eravamo stati insieme, con la tempesta che infuriava fuori e i suoi polsi incatenati al letto per impedirgli di fare del male a sé stesso o agli altri. Feci scivolare delicatamente le sue mani intorno alla mia vita. Non potevo incatenarlo, ma gli avrei dato qualcosa a cui aggrapparsi.

Questo potevo farlo.

Si spostò più vicino, il suo grosso corpo a ingabbiarmi. Il mio battito accelerò al contatto, mentre lui sentiva la potenza del mio tocco. Ero affascinata dal movimento delle mie mani mentre trascinavo le dita lungo le sue braccia potenti. Non parlava, ma sapevo che era qui. La pelle d'oca correva lungo le sue braccia sotto il mio tocco. Il suo respiro si attenuò e divenne più profondo.

Era così stanco.

Così sconfitto.

In pochi minuti i suoi respiri si fecero ancora più profondi. Ora toccava a me vegliare su di lui. «Dormi, piccolo,» sussurrai, rispecchiando le sue parole nella mia testa. «Veglierò io su di te, questa volta.»

Ero io che non riuscivo a dormire, ora. Volevo chiudere gli occhi e abbandonarmi all'oblio, ma non potevo. I miei pensieri mi legavano al mondo dei vivi mentre rivivevo la sensazione della bocca di Carven contro la mia. L'avevo quasi avuto... avevo quasi sentito il figlio terrificante cedere.

Hai paura di me?

Il mio battito accelerò un'altra volta, proprio come quel momento. Mi persi nella fantasia, poi guardai Colt e trovai il suo respiro regolare. Stava dormendo... mentre io fantasticavo su suo fratello. Strofinai i denti sul labbro.

No.

La mia stessa voce risuonò in risposta.

No? Il tuo corpo mi sta dicendo qualcosa di diverso.

Il mio nucleo si strinse, e le mie cosce si irrigidirono. Guardai ancora una volta Colt, poi abbassai la mano tra le mie cosce. Cristo, ero bagnata. Chiusi gli occhi e rividi il momento. Le sue labbra dure, il modo in cui si era rifiutato di toccarmi. Era così... fottutamente... crudele.

Le sue mani.

Le sue parole.

La sua fame.

Il mio corpo rabbrividì e si riscaldò sotto il mio tocco, finché un lieve tonfo risuonò da qualche parte nell'ala. Mi bloccai e le dita scivolarono dentro di me mentre un brivido gelido mi attraversava il corpo. Da qualche parte, sotto il battito pesante del mio cuore, si alzò il panico e tirai su la testa.

Gli occhi di Colt si aprirono di scatto e si fissarono sui miei. Ma non prese la pistola, nemmeno quando quei forti tonfi si fecero più forti... e più vicini. No, restò a fissarmi, come se fosse vittima di una specie di incantesimo. Mi spinsi verso l'alto mentre un'ombra riempiva l'ingresso.

Carven aveva indosso una maschera piena di oscurità. I suoi occhi ardevano, e le sue labbra erano arricciate, i denti a nudo. Presa dal panico, guardai la pistola di Colt appoggiata sul comodino accanto al letto. Carven fece un passo dentro, ma il suo sguardo non si spostò nemmeno una volta verso il fratello.

Si avvicinò, senza fare rumore, proprio come la notte. «Non vuoi proprio smettere, vero, figlia?»

Scossi la testa e tirai via il piumino con un calcio. L'aria fredda mi avvolse mentre ero in piedi, rubandomi il calore in un istante. «Io... Io non volevo—»

«Non volevi,» ringhiò mentre si faceva sempre più vicino, girando intorno ai piedi del letto.

Avevo il cuore in gola mentre facevo un passo indietro.

«Pensi che questo sia... *amore*?»

Sputò la parola mentre avanzava. Non l'avevo mai visto così... perso. Colt osservò tutto quanto, ma non mosse un dito. Il mio corpo tremava di paura e allo stesso tempo fremeva di desiderio. «No.»

«No?» Si avvicinò e mi spinse contro il muro. «Allora cosa cazzo credi che sia?»

Scossi la testa. «Io...»

Persi le parole. Persi la capacità di muovermi. Ma non fu il terrore ad attanagliarmi. Era lui. Questo... figlio la cui voce non mi aveva mai abbandonato nei momenti più bui. Era amore? Non lo sapevo... Non sapevo cosa fosse.

Ma sapevo cosa stava gridando il mio cuore... ed era il suo nome.

«Qualsiasi cosa tu voglia che sia. Ecco cos'è,» sussurrai.

Si bloccò, e la sua fronte si aggrottò. Non se lo aspettava. Ora lo vedevo. Non sapevo cosa pensasse che volessi, ma di sicuro non erano parole di devozione.

Strinse lo sguardo e si avvicinò per chiudermi la mano intorno alla gola. «Che cosa hai detto?»

«Ho— Ho detto, *qualsiasi cosa tu voglia che sia,*» ansimai sotto la pressione della sua presa.

Ma non era crudele, era solo forte quanto bastava per farmi capire chi comandava. Nei suoi occhi si accese il panico. Non riusciva a mettere ordine in ciò che c'era tra noi.

«Vuoi odiarmi, allora odiami,» sussurrai e mi leccai lentamente le labbra. «Vuoi scoparmi? Allora possiamo fare anche quello.»

La sua presa si allentò, poi cadde. Fece un passo indietro e scosse la testa. «Tu non vuoi questo, figlia.»

Figlia.

Ecco di nuovo quella parola.

Come se non volesse vedermi per quello che ero davvero.

Ero solo una cosa, giusto? Solo un problema. Un bersaglio. Una spina nel fianco.

«Vivienne.»

Lui aggrottò la fronte. «Cosa?»

Questa volta fui io ad avvicinarmi. «Il mio nome è Vivienne.»

Le sue labbra si arricciarono. «So qual è il tuo nome.»

«E allora usalo,» dissi, «Usa *me*» Allungai la mano, presi la sua, lentamente, e la sollevai. «Vuoi avvolgere le mani intorno alla mia gola, allora considera queste mie parole il mio esplicito consenso. Se vuoi spingermi la testa nel cuscino per non dovermi guardare mentre mi scopi, allora possiamo fare anche questo. Purché tu non mi faccia male, purché ci sia un livello di dolore che non raggiungiamo mai.»

Impallidì di fronte a me. L'angoscia si scontrò con il disgusto quando allontanò la mano da me come se l'avessi bruciato. «No.» Fece un passo indietro. «No.»

In qualche modo, però, era ancora con me. Non l'avevo perso, non ancora.

«Sono qui per restare, Carven.» Mi spostai in avanti. «Non vado da nessuna parte. Puoi guardare tuo fratello e London che mi scopano, o puoi prendere quello che ti serve dal mio corpo... e dal mio cuore. Ti sto offrendo tutto quello che ho da offrire.»

«E se quello di cui ho bisogno non me lo puoi dare?» scattò. «E se—» Si passò le dita tra i capelli biondo ossigenato. «E se non lo volessi?»

«Allora cosa vuoi?» sussurrai mentre facevo scivolare via la sottile spallina della camicia da notte. «Devi solo dirmelo. Mi vuoi in ginocchio? Mi vuoi stesa sul tavolo davanti a te? Vuoi usare la macchina?» Mi spostai sull'altra spallina, e lasciai cadere a terra la camicia da notte. «Tutto quello che ti chiedo è di usare me... e solo me. Quando vuoi liberarti, vieni da me. Sono qui.»

Scosse la testa. «Non lo vuoi davvero.»

«Dici?» Mi avvicinai e presi la sua mano, solo che questa volta la chiusi sul mio seno e la strinsi forte. «Lascia che ti mostri cosa voglio, allora.»

Questa volta non fui io a cercare la salvezza in suo fratello, ma lui...

Il mio figlio torturato, spezzato....

«Io sono una figlia. Tu sei un figlio. Sono stata creata per te. Sono stata fatta solo per te.»

Si mosse immediatamente. Si slanciò in avanti, mi afferrò intorno alla vita e mi spinse all'indietro. I capelli mi volarono in faccia prima di sbattere violentemente al centro del letto di Colt.

Rimbalzai e l'impatto mi fece digrignare i denti. La sfocatura davanti a me si acuì quando Colt si tirò la maglietta da sopra la testa. Colt scivolò dal letto per mettersi in piedi e ci guardò prima di fare un passo indietro.

«Tu... resta qui.» Carven lo fermò all'istante.

Il silenzio era assordante.

Il lento scorrere di una cerniera fu seguito dal tonfo degli stivali di Carven. «Ultima possibilità di scappare, fig— *Vivienne,*» si corresse. «Ultima possibilità.»

Mi sollevai sui gomiti con il cuore in gola. Dei passi risuonarono nel corridoio. Il calore mi arrossò la pelle quando London si fermò sulla soglia della stanza di Colt, con lo sguardo fisso su Carven prima di spostarlo su di me, osservando la scena.

La paura mi attraversò quando i jeans di Carven toccarono il pavimento e lui si avvicinò. «Vuoi fare la guerra con me, gattina?»

Incantata da lui, scossi la testa.

Si avvicinò ai piedi del letto e mi spinse all'indietro. «Vuoi tirare calci e pugni?»

«No.»

«No?»

«No,» sussurrai, e mi sdraiai.

Abbassò lo sguardo. Rabbrividii sotto la sua attenzione, ma lui non mi toccò nemmeno una volta, finché le sue labbra non si strinsero. Solo allora mi afferrò per la vita e mi rovesciò sul letto. Atterrai a faccia in giù sul materasso, i miei respiri pesanti inghiottiti dalle morbide lenzuola. Mi fu addosso in un istante, mentre mi tirava i fianchi in aria e poi indietro con forza per sbattermi contro di lui.

Il suo cazzo duro premette contro il mio nucleo. Il terrore mi attraversò. Riuscivo a sentire solo le mani di tutti quegli uomini che mi stavano addosso, desiderosi di farmi del male. Sentivo solo Daniels. Chiusi gli occhi e strinsi le lenzuola, facendo del mio meglio per non lottare.

Era questo che volevo, giusto?

Questo era l'unico modo per averlo...

Era l'unico modo per averli tutti.

Provai a prepararmi all'intrusione, ma non ebbe importanza.

Mi spinse indietro, riempiendomi fino a togliermi il respiro e strapparmi un gemito.

«Non ancora, gattina,» grugnì. «Non... ancora.»

Si tirò fuori, solo per spingere di nuovo più forte. Il dolore mi divampò tra le gambe. Mi morsi l'interno della guancia per non gridare.

«Mi vuoi, hai detto. È questo che volevi?» Si tirò fuori rapidamente e mi lasciò ansimante e tremante.

Anche lui tremava... lo sentii nel suo tono.

«Dillo,» mi ordinò a denti stretti. «Dillo.»

«Cosa?» sussurrai, aprendo gli occhi per fissare le lenzuola stropicciate.

«Di' no, di' basta. Di' "sta' lontano da me", cazzo.»

Il mio corpo si strinse, tremante. I denti afferrarono il mio labbro.

«Dillo, Vivienne,» ordinò.

Scossi lentamente la testa.

Con un ringhio, si affacciò, la sua mano crudele mi afferrò la nuca. «Ho detto, *dillo!*»

«No!» gemetti mentre il dolore si sprigionava dalle sue dita. «Non lo farò.»

I suoi respiri duri erano selvaggi nell'aria. Sapevo che gli altri erano ancora lì. Non gli avrebbero permesso di farmi del male. Ma sapevo anche qualcosa che loro non sapevano... Sapevo che Carven aveva paura.

Non era solo spaventato. Era *terrorizzato*.

Questo non era solo un atto di dominio. Era lui che mi spingeva via, preso dal disperato bisogno che lo vedessi come il bastardo senz'anima che si considerava. Lui *era* quel bastardo. Lo sapevo meglio di chiunque altro... ma non era solo questo. Nel profondo, c'era un uomo. Un uomo che aveva appoggiato la testa sulla mia spalla mentre scopavo suo fratello, grato che amassi Colt in modi che lui non poteva raggiungere. Un uomo che mi aveva visto rischiare la mia stessa vita per coloro che contavano.

La sua presa si allentò dal mio collo per scivolare lungo la spina dorsale e fermarsi al centro della mia schiena. Chiusi gli occhi per la sensazione, troppo terrorizzata per muovermi, nel caso lo spaventassi.

«Non lo dirai, vero?» Le sue parole erano tranquille....

«No.»

«Mi permetterai di... farti del male in questo modo?»

«Se questo è ciò che serve per averti, allora sì.»

Mi irrigidii quando abbassò la testa per posare la fronte tra le mie scapole. Il calore del suo respiro fu un'esplosione contro la mia schiena. «Lo faresti... per me?»

Deglutii. «Sì, Carven. Lo farei *per te*.»

«Cristo santo.»

«Lui non può aiutarci, qui,» sussurrai. «Non credo che riuscirei a gestire un altro uomo, comunque.»

Gli si mozzò il fiato in gola prima che gli sfuggisse un basso e sommesso brontolio di risa. La sua mano si spostò e scivolò lentamente di lato per cingermi la vita. Solo che questa volta il tocco non era crudele. Era delicato, il suo pollice a sfiorare la mia pelle.

Ero attratta dal calore del suo respiro, fissata sull'impeto, e fu allora che accadde...

Fu allora che Carven mi baciò.

Non si limitò a cedere, come aveva fatto prima. Mi baciò dolcemente la parte inferiore della schiena, poi si abbassò e fece scorrere una leggera scia di labbra lungo la curva del mio sedere.

«Non so cosa fare qui...» mormorò.

Avevo troppa paura per dire qualcosa.

«Fa' quello che ti sembra giusto... per entrambi,» esortò London, con la voce vicina.

«*Per tutti e due,*» ripeté Carven, spostando le mani sulla mia vita.

Mi afferrò e si mosse per gettarmi ancora una volta, ma si fermò. «Aspetta... Ti piace? Il modo in cui ti... tocco?»

«Sì,» risposi sinceramente. «Anche se, visto che ci stiamo abituando l'uno all'altra, potremmo andarci un po' più piano. Se per te va bene.»

Non aspettai che rispondesse, mi spostai di lato e rotolai su di lui, facendogli scivolare una gamba intorno. Mi guardò come se mi vedesse finalmente per la prima volta. Forse era così. Guardai Colt. Avevo pensato che fosse lui quello distrutto... ma non era nulla in confronto a suo fratello.

Carven fece scivolare la sua mano lungo la mia vita, poi trascinò il suo sguardo più in alto mentre mi palpava il seno. «Com'è così?»

Quel pollice calloso sfiorò la punta indurita del mio seno.

Il mio corpo prese a tremare.

Si accorse del brivido e fece scorrere di nuovo il pollice. «Ti piace, gattina?»

La sua voce era roca e cruda, e il mio corpo si riscaldò al suono. Annuii. «Sì, ma mi piace di più il tuo tono.»

Si chinò. «Così?»

Chiusi gli occhi e annuii. «Sì. Così.»

«Allora lascia che ti dica cosa ho intenzione di farti» iniziò, ed io tremai a quel suono. C'era qualcosa nella sua voce, nel suo tono, nella sua tenerezza di fronte al bisogno di essere crudele. «Mi abbasserò, allargherò quelle cosce perfette e bacerò ciò che mi fa perdere la testa. Che te ne pare, gattina?»

Oh, Cristo... stavo per venire.

Non potei fare altro che annuire.

Carven ridacchiò di nuovo. «Almeno adesso so come farti chiudere la bocca.»

Carven non si limitò a scendere lungo il mio corpo... Mi baciò e si soffermò sul gonfiore del mio ventre finché non si fermò e guardò in basso. I miei sensi ronzavano, la disperazione e la paura mi soffocavano. *Cosa?* volevo chiedere... *Perché ti fermi?*

Poi fece scivolare il dito lungo le mie pieghe e lo spinse dentro. I miei fianchi rotolarono su, e la mia schiena si inarcò, solo per la sensazione di sentirlo dentro teneramente, questa volta.

«Ti ho già fatto del male.» Alzò lo sguardo verso il mio. «Sei diversa... più asciutta.»

I muscoli della sua gola lavorarono mentre spingeva le mie cosce e si chinava verso il basso... poi sputò.

La mia figa si strinse agli schizzi.

La saliva gli colò sulle labbra prima di liberarla con un dito, poi la spinse dentro.

«Mh... quasi,» dichiarò abbassando di nuovo la testa.

Non riuscii a trattenermi mentre guardavo i suoi capelli biondi tra le mie cosce. Si prese il suo tempo per leccare. «A mio fratello piace questo...» Allargò le dita ai lati del mio clitoride. «La prima volta che l'ho visto leccarti, mi sono sentito prendere dalla gelosia.»

Colt trasalì e spostò lo sguardo sul fratello, ma Carven non disse altro. Un calore delizioso mi percorse il corpo mentre succhiava il mio nodo pieno di nervi. Strinsi i pugni sulle lenzuola, poi sollevai la testa per guardare come si muoveva verso il basso, leccava il mio nucleo e muoveva le dita lì per allargare la mia figa.

«Ancora asciutta, gattina,» disse prima di sputarmi dentro una seconda volta.

Emisi un gemito e lasciai cadere la testa all'indietro. Le sue dita spinsero dentro di me. Sapevo benissimo di non essere asciutta, non più. Tuttavia, gracchiai, «Ancora.»

«Sei così bisognosa...» ringhiò.

Mi mancò il respiro, e la mia figa prese a pulsare.

«Ti piace, vero? Ti piace essere la mia fottuta puttana. Cristo, ti tratterò come tale, allora. Sfogherò la mia frustrazione su questa figa.» Infilò le dita dentro di me e mi scopò prima di tirarsi su, spostando il peso sulle ginocchia.

Sollevai la testa e lo guardai mentre stringeva il suo cazzo duro tra le dita e lo guidava verso di me. Una spinta decisa e fu completamente dentro di me. Quegli occhi azzurri si intrecciarono ai miei. Non ci fu bisogno di parole. Fece oscillare i fianchi e spinse in profondità. Sollevai la gamba e la agganciai alla sua vita.

Mi aspettavo che si allontanasse. Invece, si avvicinò e mi afferrò la caviglia. I diamanti che London mi aveva regalato premettero sulla mia pelle mentre Carven mi stringeva a sé.

«Ora non si torna più indietro, gattina,» gemette chiudendo gli occhi. «Sei mia.»

Incontrai le sue spinte. Le stelle esplosero dietro i miei occhi. «Era ora, cazzo» gemetti, e il mio corpo pulsò in risposta. «Era ora.»

Si chinò in avanti e il suo cazzo sbatté dentro di me finché non abbassò la testa, emise un gemito e mi riempì di calore.

L'aria era pregna del rumore dei nostri respiri, della nostra pelle che sbatteva insieme. Il mio polso era irregolare e rimbombante.

Non riuscivo a pensare...

Non riuscivo a muovermi.

Percepii un movimento quando London si avvicinò. Quegli occhi scuri, pieni di fame, si posarono su di me. Portò delicatamente la mano sulla spalla di Carven.

«Avresti dovuto sapere che è una battaglia persa quando di mezzo c'è lei. Tranquilla, bimba. Carven ti scoperà come si deve.»

Poi fece un cenno a Colt e ci lasciò.

Capitolo Ventuno

VIVIENNE

Carven mi guardò, nudo e disteso sul letto.

«Stai bene?» chiese, con voce calma e attenta... ma la domanda non era rivolta a me, ma a suo fratello Colt.

Lanciai un'occhiata al mio silenzioso protettore e mi spinsi verso l'alto. «Colt?» lo chiamai mentre scivolavo via da sotto il suo gemello e mi muovevo verso di lui. Il suo silenzio mi fece paura. Ma non c'era una scintilla di gelosia o di rabbia nei suoi profondi occhi blu. C'era solo sollievo.

«Adesso ti proteggerà.» Spostò lentamente lo sguardo da me al fratello. «Ti terrà al sicuro.»

Colsi il sussulto di Carven quando le parole arrivarono a destinazione, come se non avesse capito le vere implicazioni di ciò che avevamo appena fatto, e ora le capiva. Ma prima che uno di noi due potesse parlare, Colt si diresse verso la porta aperta. Mi spinsi in avanti per seguirlo.

«Non farlo,» mi fermò Carven lanciando un lento sguardo verso la soglia vuoto. «Lascialo andare. Tornerà, verrà lui da noi quando sarà pronto.»

Odiavo l'angoscia che si era insinuata tra noi. Avevo pensato che una volta insieme, in qualche modo il nostro legame sarebbe stato abbastanza forte da isolarci da qualsiasi cosa. Ma non avevo messo in conto il dolore che veniva dall'interno. Ma l'orrore là fuori ancora aspettava, più famelico di prima. E voleva la sua parte, ora, la sua vendetta.

Voleva il mio cuore, ora... e stava affilando i denti.

Carven fece un passo indietro e rivolse la sua attenzione a me. Si chinò lentamente, prese la mia camicia da notte dal pavimento e la sollevò. «Non ne avrai bisogno.»

Afferrò l'indumento e si spinse in avanti, ma il suo sguardo impassibile non si spostò dal mio mentre mi afferrava intorno alla vita e mi sollevava. Le mie gambe circondarono la sua vita e le mie mani scivolarono sulle sue spalle forti. Non parlò, si limitò a portarmi fuori dalla stanza di suo fratello.

La luce spenta del bagno si riversò nel corridoio e il sibilo basso della doccia attirò la mia attenzione. Volevo andare da lui, ma Carven aveva ragione. Doveva venire lui da noi. Fidarsi di noi. Lasciarci entrare...

Tuttavia, lo sguardo tormentato di Colt mi rimase impresso mentre Carven si dirigeva verso la sua camera da letto, entrava e chiudeva la porta con un calcio. Volevo sapere cosa era successo a Colt stanotte perché, qualunque cosa fosse, era stata brutta.

Quello sguardo vuoto mi accompagnò mentre osservavo la stanza buia di Carven. Non ero mai stata qui, non perché non volessi, ma perché non ero la benvenuta. Tutto ciò che riguardava questo fratello era off-limits. L'aveva detto chiaramente... fino ad ora, almeno.

Ora ti proteggerà.

Quelle parole riecheggiarono nella mia mente mentre osservavo le armi e i coltelli sparsi sul letto e sugli armadietti. Ma Carven fu gentile quando spostò via le pistole e un machete per adagiarmi al centro del letto. Non parlò, si limitò a guardarmi mentre faceva un passo indietro.

Da un piccolo frigorifero nell'angolo della sua stanza fuoriusciva una luce intensa, mentre lui apriva la porta e si avvicinava all'interno. Prese due bottiglie d'acqua, tornò indietro e me ne porse una. La presi e lo osservai attentamente mentre toglieva il coperchio della sua bottiglia e beveva.

Quei penetranti occhi blu non vacillarono, restarono fissi sui miei.

Imbarazzata, aprii l'acqua e ne bevvi un po'. Quando mi fermai, lui fece un cenno, esortandomi a continuare. Lo feci fino a quando l'acqua fredda non si diffuse nel mio ventre e mi riempì. Solo allora me la tolse di mano e posò entrambe le bottiglie sul comò prima di voltarsi lentamente.

Preda...

Ecco come mi sentivo.

E lui era il predatore, mentre avanzava, come in marcia, fino a fermarsi davanti a me.

Un predatore che mi afferrò per la vita e mi girò. Solo che questa volta fu gentile. Lasciai che mi muovesse mentre fissavo il bordo scintillante della lama davanti a me. Un tocco delicato mi sfiorò il sedere e mi fece mancare il fiato.

«Adesso hai paura di me, gattina?»

La sua mano passò sul gonfiore della mia natica, poi scivolò tra le mie cosce.

«No,» forzai fuori la parola.

«No?» ripeté dolcemente, come se volesse ricontrollare.

Chiusi gli occhi mentre lui allungava la mano tra le mie cosce e spalmava la sua saliva lungo la piega del mio sedere. «No,» ripetei. «Non ho paura di te, Carven.»

Quel tocco premette contro la mia seconda entrata e spinse all'interno. «Forse dovresti averne. London ha ragione, gattina. Ti scoperò con forza... e tu ti godrai ogni fottuto momento, non è vero?»

Strinsi le lenzuola all'invasione e resistetti. «Sì. Gesù Cristo, sì.»

«Non ti terrò la mano.» Si spinse dentro, poi allentò prima di spingere lentamente due dita finché il muscolo non bruciò per lo stiramento, poi si liberò di nuovo. «Non ti comprerò fiori. Ma una cosa la farò—» Si girò per premere il viso contro la mia figa e leccò. «Ti porterò le teste di tutti i figli di puttana che ti hanno fatto del male.»

Chiusi gli occhi mentre entrava di nuovo, il mio corpo a tendersi contro l'intrusione.

«È l'unica cosa che so fare bene. Quindi stasera, gattina, faremo questo. Poi domattina voglio nomi e volti. Pensi di poterlo fare?»

Allargai le ginocchia, travolta dalla morbidezza della sua lingua e dalle implicazioni mortali della sua promessa. «Sì.»

«Bene.» Spinse le dita fino in fondo, poi le allargò. «Sei buona.»

Splat.

La sua saliva scivolò dalle sue dita sulla mia pelle. Mi spinsi contro di lui. Ecco cosa significava essere accuditi da questo figlio. Non ero solo protetta.

Sarei stata vendicata.

«Uccidili.» Il ricordo delle loro mani crudeli mi invase. «Uccidili tutti.»

«Oh, ho intenzione di farlo, gattina.» Fece scivolare le dita fuori dal mio culo e gli diede un forte schiaffo.

Sussultai mentre il panico si liberava dentro il mio petto.

I ricordi delle sculacciate di London mi inondarono la mente.

Ma questo assalto non era pregno di rabbia, né fu una sorpresa. Tremai e la mia figa prese a pulsare mentre la sua presa esigente si stringeva intorno alla carne del mio sedere e poi si allentava.

La scia della sua saliva tornò a scorrere contro il calore bruciante del mio corpo. Strinsi le lenzuola mentre la punta spessa del suo cazzo premeva contro la mia seconda entrata, e mi allontanai mentre mi invadeva. Ma lui mi avvolse un braccio forte intorno alla vita e mi tenne ferma.

«Dillo,» ordinò mentre spingeva... spingeva... e spingeva. «Di' basta.»

Scossi la testa e strinsi più forte le lenzuola. «Più forte,» gemetti.

Era così fottutamente grosso... troppo grosso. Non sarei riuscita a sopportarlo, non così... non così...

«Oh, cazzo,» gemette. «Ti userò, cazzo, ti scoperò la figa ogni volta che ne avrò la possibilità e ti allargherò questo culo finché non mi implorerai di riempirlo. Poi ti metterò una mano intorno alla gola e ti guarderò soffocare con il mio cazzo.»

La sua presa si allentò di nuovo. Ansimai, concentrata sul bruciore mentre lui spingeva lentamente dentro di me, appena oltre la punta spessa. Il suo braccio si strinse intorno a me. «Solo finché... non ti abitui,» gemette mentre mi teneva ferma e spingeva lentamente il suo cazzo fino in fondo.

Mugolai, i miei respiri ansimanti.

«La mia brava puttanella,» gemette, e mi tirò di nuovo contro di lui. «Proprio una brava puttana.»

Il dolore rimbombava dentro le mie orecchie, togliendomi il fiato. Volevo sia che quella cosa uscisse dal mio culo... e sia che entrasse più a fondo. «Oh, Dio.» Rilasciai la presa sulle lenzuola e mi avvicinai per afferrare la sua vita.

«Così,» grugnì mentre spingeva così forte da farmi sussultare. «Aggrappati a me.»

Scavai le unghie nella sua pelle, facendolo ringhiare in risposta. Le sue spinte aumentarono fino a farmi pulsare la figa. Ma prima che potessi raggiungere l'orgasmo, emise un grugnito e poi si fermò, dentro di me fino all'elsa.

«Oh, cazzo— Cazzo!»

Il suo cazzo pulsò mentre mandava calore in profondità dentro di me.

«Gattina—» iniziò.

Feci scivolare le mani dalla sua vita. «Va tutto bene.»

Si liberò da me. «Cosa vuoi dire?»

«Non importa se non ho raggiunto l'orgasmo.»

Il suo petto premette contro la mia schiena. «Ancora.»

Mi guardai alle spalle e ritrovai quello sguardo glaciale, che non era affatto spento.

«Mettiti sulla schiena,» ordinò. «Finiremo solo quando lo dirò io...»

Non riuscivo a pensare, ma obbedii comunque, girandomi.

«Brava,» mi elogiò. «Guarda come sei brava a seguire gli ordini. Allarga le gambe, gattina. Voglio dare una bella occhiata a quello che sto per mangiare.»

Riuscivo a malapena a sollevare le gambe. Quando lo feci, lui si sollevò sopra di me come un dio famelico e assetato di sangue e afferrò la mia gamba tremante con una mano prima di affondare.

«Ti userò, gattina,» mormorò mentre mi allargava prima di trascinare i denti sul mio clitoride.

Mi contrassi immediatamente, sussultando per la sensazione. Ci volle tutta la mia forza per sollevare la testa e guardare mentre mordicchiava quel il mio nodo gonfio di nervi, poi mi apriva la figa con quelle mani callose.

Mani che sapevo sarebbero state bagnate dal sangue dei miei nemici domani.

Il pensiero mi eccitò.

«Li ucciderai tutti, vero?»

Sollevò la testa finché il suo sguardo gelido non incontrò il mio. «Farò più che ucciderli, gattina. Cancellerò le loro fottute esistenze dalla faccia della terra.»

Il mio braccio era pesante, ma riuscii a cingergli la nuca e a spingerlo delicatamente verso il basso. «Sì,» sussurrai. «Sì, lo farai.»

La sua bocca coprì la mia figa e succhiò lentamente, poi guidò la lingua in profondità.

I miei fianchi ruotarono, desiderando di sentirlo di più.

Sì, mi avrebbe usato...

Ma anche io avrei usato lui.

Spinsi il suo viso più forte dove ne avevo più bisogno.

E lui si lasciò andare avidamente.

Finché l'orgasmo non mi strappò il respiro. Venni con forza, con la mano stretta tra quei capelli biondi, finché lentamente il figlio sollevò la testa, con la bocca scintillante.

Le mie mani crollarono sulle lenzuola, le gambe ancora spalancate. Non avrei potuto oppormi a lui nemmeno se avessi voluto.

«Se vuoi scopare ancora, serviti pure,» sussurrai chiudendo gli occhi. «Io però ho bisogno di dormire.»

Ero ancora persa nell'orgasmo, ma tornai a galla quando Carven mi sollevò più in alto sul suo letto e mi appoggiò la testa contro i cuscini. Lo sferragliare di pistole e coltelli si fece sentire finché l'oscurità non mi rapì e mi trascinò giù.

«Torno presto» sussurrò scivolando dal letto. «Vado solo a fare la doccia.»

Mi svegliai qualche tempo dopo, quando delle mani mi fecero rotolare delicatamente e mi allargarono le gambe, facendomi aprire le palpebre.

Lo trovai nell'oscurità.

«Non ti farò del male,» mi promise, con la voce carica di sonno. «Ho solo bisogno di sentirti ancora una volta.»

Non dissi nulla mentre lui scivolava dentro di me e spingeva lentamente. Le gocce dei suoi capelli bagnati mi colpirono la schiena. Sentii il solletico al mio fianco mentre il suo cazzo mi riempiva.

«Sei davvero fatta per me,» mormorò.

Il mio corpo sussultò per le sue spinte, così aprii di più le gambe. «Sì,» sussurrai. «Come tu sei fatto per me.»

Capitolo Ventidue

VIVIENNE

«Sei sicura che questi siano tutti quelli che c'erano?» ringhiò Carven dietro di me.

Il mio cuore batteva forte e le mie mani sudate stringevano i braccioli della sedia mentre fissavo lo schermo nello studio di London, come avevo fatto nelle ultime tre ore. «Credo di sì.»

«Tu... *credi*,» ripeté con un tono glaciale.

Feci una smorfia, poi spostai lo sguardo sul suo. «È stato un po' difficile stamparmi in mente i volti di tutti i presenti mentre lottavo per la mia vita, sai.»

Le mie parole lo fermarono. Si raddrizzò lentamente, poi spostò la sua attenzione sullo schermo, imprimendo nella memoria tutti i nomi e i volti che avevo scelto tra quelli dell'Ordine. Io, invece, distolsi lo sguardo dai volti dei miei aggressori. Non perché la vista mi disgustasse, ma perché qualcos'altro aveva catturato la mia attenzione. Qualcosa che stava appollaiato all'estremità della scrivania di London... e che trasudava sangue.

Mi accorsi che Carven si era chinato e aveva premuto il tasto per uscire dallo schermo. La mia reazione non gli sfuggì, ma non disse nulla.

«Assicurati di rimanere qui.» Spostò la fondina a tracolla. «Mandami un messaggio se hai bisogno, altrimenti sarò a casa più tardi.»

Casa.

Eravamo qui da appena due settimane e già la chiamava casa. Era questa la nostra vita, adesso? Passare da un rifugio all'altro nel disperato tentativo di sopravvivere? «Lo farò,» risposi mentre nel corridoio risuonavano dei passi pesanti e familiari.

Ma non era Colt.

Al mio risveglio se n'era già andato da un pezzo.

Avevo cercato nella sua stanza, ma avevo trovato le lenzuola come le avevo lasciate ieri sera.

Non aveva dormito nel suo letto e non aveva dormito nel mio.

Allora, dove aveva dormito? E cosa diavolo era successo ieri sera?

Carven girò intorno alla scrivania e non guardò nemmeno una volta il pacco che perdeva sangue. Se n'era andato prima che me ne accorgessi, lasciandosi alle spalle il gelido pungiglione della punizione. Non mi illudevo che tra noi sarebbe stato diverso.

Avremmo scopato.

Avremmo potuto anche parlare in modo stentato.

Ma non aveva intenzione di entrare in contatto con me a un livello più profondo.

Lui non era così.

Poi fissai la scatola, deglutii con forza e allungai lentamente la mano.

La carta da regalo marrone era così... semplice. Feci scivolare un dito sul lembo nastrato e lo afferrai, inclinandolo.

«Vivienne.» London entrò nella stanza.

Mi spaventai, e lasciando cadere la scatola mentre lui girava intorno alla scrivania e apriva il primo cassetto, infilandovi poi una busta.

«London.» Mi alzai di scatto. «Scusa, ti sono d'intralcio.»

«Niente affatto.» Fece un passo indietro e gettò la giacca sullo schienale del divano di pelle nera che avevano portato dall'altra casa.

Sembrava che Colt non fosse stato l'unico a rimanere sveglio tutta la notte. C'era una pesantezza in lui che non avevo mai visto prima. Non c'era più l'uomo stoico e senza fronzoli. Le sue spalle erano incurvate, i suoi respiri più profondi.

Mi spostai intorno alla scrivania e diedi un'occhiata alla scatola prima di andare da lui. «London.»

Mi guardò e vidi paura... paura e preoccupazione.

Le occhiaie che trovai sotto i suoi occhi mi fecero male al cuore. Mi avvicinai e toccai le profonde pieghe ai lati del suo viso. «Che cosa hai fatto, London?»

Non rispose... ma non ne aveva bisogno.

Lo vidi nella stanchezza dei suoi occhi... e nel sangue che colava dalla scatola.

Era pronto a fare qualsiasi cosa.

«Carven... ti ha fatto del male?»

Mi aveva fatto male? Sì, un po'. Ma non potevo dirglielo, non con il modo in cui mi stava guardando. London era preda di una consumante furia di vendetta, una furia che stava prendendo il sopravvento. «Diciamo che abbiamo trovato un accordo.»

Vidi l'angolo della sua bocca guizzare. «Bene.»

Eppure, quegli occhi scuri mi bloccarono sul posto. Il calore salì all'istante sulle mie guance, scacciando il dolore tra le mie cosce. Fece un passo verso di me e poi fece scorrere le sue dita lungo la mia tempia e tra i miei capelli. «Hai preso le vitamine?»

Annuii.

«Bene.» Si spostò fino a che il suo corpo possente non premette contro il mio. Lentamente, si chinò e mi mormorò all'orecchio, «Carven ti ha scopato tutta la notte, e tu ancora mi vuoi, piccola?»

Questa sì che era una domanda che meritava una risposta sincera. «Sì.»

In preda a una sorta di incantesimo, tremai di fronte a quell'uomo.

«Non c'è nessuno come il tuo *daddy*, eh?»

Il mio nucleo si strinse mentre mi leccavo le labbra, ipnotizzata dalla sua bocca così vicina alla mia. Con cautela, girai la testa e risposi, «No.»

La sua presa tra i miei capelli si fece più forte. «Brava bimba.»

Mi prese in braccio e mi lasciò avvolgere le gambe intorno alla sua vita possente. Carven e Colt erano giovani e affamati, decisi a scoparmi senza pietà ogni volta che ne avevano la possibilità. Ma London... quello che gli mancava in fervore lo compensava con la profondità.

Gli avvolsi le braccia intorno alle spalle e abbassai la mia bocca sulla sua. Le sue labbra dure furono dapprima delicate, finché, in un attimo, mi consumò e mi spinse all'indietro fino a farci sbattere sulla scrivania.

Avevo dimenticato la scatola con il sangue.

Avevo dimenticato Colt e Carven.

C'era solo lui.

Sollevò la testa e incontrò il mio sguardo, poi abbassò lo sguardo dove le mie mani erano strette intorno alla sua camicia e le mie gambe erano già allargate, disperatamente ansiose di averlo lì in mezzo.

«Sei proprio avida, non è vero, tesoro?» Allungò la mano e quelle dita forti fecero scorrere una scia lungo il dolore.

Mi spinsi contro il suo tocco. «Sì,» sussurrai senza fiato. «Proprio avida.»

Si lasciò sfuggire una risatina e quel suono profondo e rimbombante mi fece cose che nessuna parte del corpo avrebbe potuto fare. Mi si strinsero i capezzoli e il cuore. Sapevo senza dubbio di essere bagnata.

«Portami nella stanza con la macchina, London,» sussurrai, fissando nei suoi occhi. «Portami in quella stanza e scopami.»

Il suo petto si alzò con un respiro profondo... ma poi spostò lo sguardo sulla scrivania dietro di me.

«Ma che cazzo!» esclamò, poi fece un passo avanti per mettermi sulla scrivania. «Il chip che era qui, dov'è?»

«Chip?» Scivolai dalla scrivania e fissai la scatola insanguinata non aperta e le carte ancora sparse vicino al monitor. «Non ho visto nessun chip.»

Mi lanciò un'occhiata incazzata e indicò il disordine. «Era proprio lì.»

Scossi la testa. «Non c'era nessun chip quando sono entrata.»

Con un ringhio selvaggio, spinse da parte le carte e sollevò la tastiera, poi frugò in ogni centimetro della scrivania prima di aprire il primo cassetto. «Era qui ieri sera.»

Mi avvicinai, guardandolo diventare frenetico. «Che cos'era?»

Mi lanciò un'occhiata di panico. «Tutto quello che avevo trovato su Ophelia.»

«Ophelia?» sussurrai.

Il nome mi fece sprofondare lo stomaco. Ma sotto la paura c'era la rabbia. Strinsi la mandibola mentre lui strappava il cassetto, gettando il contenuto sulla scrivania.

«Cosa c'era nel chip, London?»

Si fermò, a testa china. Solo che questa volta non mi guardò quando rispose. «Niente.»

Le parole mi fecero trasalire. London St. James era stato crudele quando aveva invaso la mia vita, strappandomi da quel luogo e tenendomi prigioniera. Era stato brutale, esigente, ossessivo. Ma l'unica cosa che non era mai stato era un bugiardo.

Fino ad ora...

I suoi occhi scuri erano sbalorditi mentre afferrava il cellulare. Non mi guardò nemmeno una volta, girò i tacchi e uscì dalla stanza.

Fissai il disordine, poi la scatola insanguinata sulla sua scrivania. «Brutta stronza,» sussurrai. «Maledetta puttana del cazzo.»

Capitolo Ventitré

CARVEN

Le gomme dell'Explorer stridettero sull'asfalto quando entrai nel parcheggio dell'esclusivo Hale Club. Eleganti berline scure riempivano alcuni degli spazi altrimenti vuoti, con i conducenti rannicchiati all'interno per sfuggire al brutale vento di gennaio. Accostai la macchina all'ingresso posteriore prima di spegnere il motore e scendere.

Mi tirai il cappuccio sulla testa per proteggermi il viso. Ma il vento mi sferzava ancora i capelli negli occhi, così abbassai ulteriormente la testa, ormai quasi nascosto nella felpa, mentre mi dirigevo verso la porta sul retro.

Conoscevo questo posto probabilmente meglio di chiunque altro; conoscevo gli uomini che venivano qui, i loro nomi e dove vivevano. Conoscevo tutto sulle loro famiglie, sapevo se erano sposati, se avevano figli... e persino dove erano andati a scuola. Non che volessi avere bisogno di queste informazioni. Ma con quei viscidi figli di puttana non si poteva mai sapere. Tutto era importante.

Guardando alle mie spalle la Bentley grigia come la canna di un fucile, controllai il guidatore prima di tornare indietro, inserire il codice nella serratura e aprire la porta con uno strattone. Il vento ululante fu subito messo a tacere dal tonfo della porta. Poi ci fu solo la quiete, fino a quando non mi addentrai nell'ignobile club.

Risuonò una risata. Profonda, rimbombante... maschile. Scrutai l'ampia sala per cercare i tavoli occupati nelle zone più buie e discrete, progettate per il tipo di segreti che quegli uomini custodivano. Un movimento attirò il mio sguardo quando uno degli uomini si alzò e si abbottonò la giacca. La sua risata era contagiosa mentre si diffondeva sul tavolo e sollevava la mano con un movimento. «Torno subito.»

Mi concentrai su di lui e scrutai il suo viso... Era uno di loro.

Uno di quelli che l'avevano rapita.

Uno di quelli che le avevano fatto del male, anche se se ne era andato prima che gli altri si divertissero.

Uscii, tenni la testa bassa e abbracciai l'ombra per seguirlo nel corridoio buio dall'altra parte del locale. I miei passi furono silenziosi e il mio battito costante e lento mentre allungavo la mano e liberavo la mia lama.

La porta del bagno degli uomini fece cigolare i cardini. La fuoriuscita di luce intensa mi fece rallentare. Scomparve all'interno e un secondo dopo la porta del bagno si chiuse di botto.

Lo seguii, spinsi con cautela la porta aprendola senza far rumore e scrutai la fila di box in cerca di occupanti prima di voltarmi verso il lavandino e girare il rubinetto. Il sorriso era ancora stampato sul suo viso quando uscì dal box con il rumore dello sciacquone alle spalle. Mi lanciò un'occhiata ma non si soffermò, si avvicinò al lavandino... finché non alzai la testa e mi voltai verso di lui.

Si bloccò. Poi, con attenzione, lentamente, guardò verso di me.

Non parlai, alzai solo il braccio in aria e affondai, conficcando la lama nel collo del bastardo... Pugnalai, pugnalai... Poi aspirai un respiro affannoso quando incrociai i suoi occhi spalancati. Non aveva mai avuto una possibilità... non con me. Nessuno di loro l'avrebbe avuta.

Il suo sangue schizzò in aria contro le piastrelle bianche del bagno.

«Tu?» balbettò mentre si stringeva disperatamente la gola per cercare di arginare il flusso.

Ma era impossibile. Scorreva come un torrente, fuoriuscendo dalle fessure delle sue dita e lungo la sua camicia bianca.

«Hai toccato qualcosa che non era tuo.» Abbassai lo sguardo sulla sua mano intorno alla gola. «Quindi mi assicurerò che tu non tocchi mai più nulla... *Mai più.*»

Cercò di urlare mentre facevo un passo avanti, ma le sue ginocchia cedettero e si accasciò a terra. Non ci fu lotta, nemmeno quando gli tolsi la mano dalla gola e gli afferrai il polso. Solo allora l'odio si spinse in superficie dentro di me.

Lo usai mentre incidevo il coltello nella carne e nei tendini, mentre tagliavo e segavo finché la sua mano non si liberò... e cadde a terra con un *plop*.

Il bastardo emise un mugolio quando mi chinai a raccoglierla. «Un souvenir,» dissi mentre pulivo il coltello sulla sua camicia, poi incontrai l'ottusità del suo sguardo.

Ormai era diventato cinereo, e si spense con un semplice sospiro. Mi alzai e infilai la mano nella tasca della felpa, poi uscii dal bagno.

Rimasi nell'ombra, attraversando la stanza per metà prima che un gutturale ruggito di orrore arrivasse alle mie spalle. Nel momento in cui sarei uscito dalla porta sul retro, avrebbero saputo...

Lo avrebbero saputo tutti...

Non si toccava ciò che mi apparteneva.

Attraversai la porta appena pochi minuti dopo essere entrato. Tornai all'Explorer, gettai il coltello sul tappetino del lato passeggero e salii. Quando avrebbero controllato le telecamere, sarebbe stato troppo tardi.

Harrison Bolune sarebbe stato già morto...

E i suoi amici sarebbero stati i prossimi.

Quella sensazione di viscidume mi arrivò alla nuca mentre uscivo dal parcheggio. Non avevo bisogno di guardare, sapevo che erano lì... a guardarmi. Girai l'auto, mi diressi a due isolati di distanza verso gli uffici degli avvocati Burton e Bourke e fermai l'auto nel parcheggio.

La mia felpa era sporca di sangue. Me la tolsi, la misi da parte e uscii, poi attraversai la porta d'ingresso dei prestigiosi uffici e il foyer. Non sarebbe servito a nulla che i poliziotti si occupassero del mio caso prima che avessi finito... Non volevo ritrovarmi a dover uccidere anche loro.

Ma lo avrei fatto, se avessi dovuto.

E non mi sarei nemmeno tirato indietro.

Una bella receptionist si alzò dal suo posto dietro la scrivania. Aveva un sorriso vivace e i capelli rossi raccolti in boccoli stretti che le cadevano sulle guance gonfie. «Posso aiutarla?» chiese.

Non risposi, spostai la mia attenzione da lei e continuai a camminare, dirigendomi verso un ascensore e premendo il pulsante del terzo piano. Occhi blu freddi e impassibili mi fissarono dalle porte d'acciaio. Non indietreggiai, non distolsi lo sguardo, mi limitai a fissare davanti a me finché le porte non si aprirono e io entrai in un'affollata area di ricevimento.

I telefoni squillavano.

Gli addetti alla reception erano occupati.

Passai davanti a loro, dirigendomi verso gli uffici dei direttori.

«Mi scusi!» esclamò una receptionist. «Non può entrare lì dentro!»

Mi avvicinai alla pistola che avevo nella parte bassa della schiena e colsi un movimento dietro le porte dell'ufficio davanti a me, mentre mi voltavo verso il grande ufficio ad angolo di Martin Bourke. Afferrai la maniglia della porta e mi voltai, il cuore in gola mentre scrutavo lo spazio ed entravo.

Ma non era lì, né nel bagno adiacente. Alle mie spalle si sentirono dei passi.

«Non può stare qui dentro. Sto per chiamare la sicurezza!»

Tornai alla sua scrivania e trovai una singola maglietta da golf al centro del blocco della scrivania in pelle nera. La scrivania mi ricordava quella che avevo mandato all'inferno in quella casa del cazzo. «Non si disturbi.» Guardai di nuovo la maglietta. «Me ne vado.»

Abbassai la mano dalla pistola che avevo alla schiena e le passai davanti. Uscii dall'ufficio prima che avesse la possibilità di fermarmi e rientrai nell'ascensore mentre la rabbia mi serpeggiava dentro.

Volevo ucciderlo.

Volevo ucciderli tutti.

Mi aspettavo che la sicurezza mi aspettasse all'apertura delle porte dell'ascensore. Ma non c'era nessuno quando tornai all'Explorer e vi salii. Quella maglietta da golf mi accompagnò mentre uscivo e mi dirigevo fuori dalla città, dove le esclusive tenute da golf erano nascoste da tutto il resto.

Gli alberi costeggiavano la strada, ma lasciavano intravedere i campi verdi nascosti dietro i pini rigogliosi. Accostai l'auto all'ingresso e superai gli imponenti pilastri di pietra dell'*Ashdale Country Club*.

Mi diressi verso il club tentacolare fatto per vecchi e ricchi stronzi. Giacche impermeabili chiuse ed espressioni altezzose mi accolsero mentre accostavo l'Explorer al retro dell'edificio. Il posto era grande... abbastanza grande da potersi perdere.

Mi sistemai la pistola contro la schiena e diedi un'occhiata alla felpa con il cappuccio. Era troppo insanguinata per questo posto... ma non avevo nient'altro. Strinsi la mascella e uscii nel vento sferzante, poi mi diressi verso il sentiero che portava al club.

Gli occhi mi lacrimavano mentre scrutavo gli idioti che erano ancora in giro con un tempo del genere. L'immagine della stanza in cui l'avevamo trovata bruciava nella mia mente. Mi aggrappai a quel ricordo quando vidi Martin Bourke vicino a un gruppo di frassini. Tre degli altri vili bastardi della mia lista erano lì con lui. Era ovvio che fossero qui insieme.

I simili, del resto, restano insieme.

Presi la pistola mentre Martin sfruttava un'improvvisa folata di vento, prendeva un colpo e lanciava la palla in aria. La mia pistola fu fuori in un istante. Alzai la canna, aggiustai la mira e sparai.

Bang.

Martin cadde per terra con un bel foro di proiettile che gli perforava la nuca. Gli altri tre si girarono mentre brandivo la pistola.

«No!» urlò uno, spalancando gli occhi.

Bang!

Cadde a terra mentre Dale Landers scatenava un ruggito e caricava verso di me, brandendo una mazza da golf in aria come un'arma. Una spia scattò dentro di me e diede vita a qualcosa di selvaggio. Allungai la mano, presi il colpo della mazza sul palmo e gliela strappai.

«Figlio di puttana,» ruggii mentre lo colpivo sul braccio. «L'hai toccata, cazzo? L'hai toccata, cazzo?»

Mi scagliai di nuovo e questa volta lo presi sul lato della testa. Inciampò all'indietro e cadde. Era tutto quello che mi serviva. Alzai la mazza sopra la testa e i miei muscoli ululigarono mentre la spingevo in aria.

Crunch.

Colpii ancora, mentre il sangue schizzava, squarciandogli l'occhio... Ero incapace di fermarmi.

Inspirai pesantemente, consumato dallo slancio mentre colpivo ancora e ancora... e ancora.

Finché non mi persi nel sangue e nel movimento. Non ne avevo mai abbastanza.

Volevo uccidere e continuare a farlo. Ma la massa sanguinante e spezzata sotto di me aveva smesso di urlare e lottare. Smisi di dondolare, abbassai la mazza e fissai il corpo... e lentamente sentii quella sensazione fastidiosa alla nuca che mi spingeva a sollevare lo sguardo.

Era lì... il figlio, con le braccia incrociate, appoggiato al tronco del frassino, a guardare tutto. Fece un lento scatto della testa verso la linea di alberi che conduceva al club. «Ne hai mancato uno.»

Afferrai a malapena le parole, ma mi riportarono comunque all'attenzione.

I corpi erano tre, ma quei figli di puttana erano quattro. Il figlio si avvicinò al corpo, estrasse un lungo coltello a serramanico e lo lanciò verso di me. «Lo rivoglio indietro.»

Poi, prima che il coltello atterrasse, si girò e si allontanò, dirigendosi nella direzione opposta a quella da cui ero venuto. Guardai il coltello d'acciaio che luccicava sull'erba verde brillante e mi chinai per raccoglierlo.

Non capivo.

Né in quel momento mi importava. Impugnai il coltello e gettai la mazza insanguinata e piegata tra gli alberi mentre iniziavo a correre. I miei muscoli erano freddi e bruciavano per lo sforzo mentre correvo. Quando vidi Peter Sidcome agitare le braccia e gridare aiuto, era già troppo tardi.

Lo placcai.

La lama uscì con la pressione del mio dito.

Le avevo promesso le mani dei suoi aggressori e non avevo intenzione di rompere quella promessa.

No... Avrei rotto loro, piuttosto.

Sembrò percepirmi mentre mi accanivo su di lui e si voltò all'ultimo momento per lanciare le mani in aria. «*No!*» urlò.

Gli conficcai la punta della lama nel palmo della mano. Le sue urla risuonarono nell'aria, anche quando cadde a terra.

Ma non durarono a lungo.

Ero l'uomo di cui erano terrorizzati.

L'uomo che una volta era un ragazzo.

Prima che mi trasformassero nella macchina che ero.

Una macchina progettata per uccidere a sangue freddo.

Un... Figlio.

Quando finii con lui, non era più un uomo. Questa volta non mi presi solo le sue mani. Abbassai lo sguardo sul pasticcio di sangue davanti ai suoi pantaloni. Avevo visto cosa avevano fatto i fratelli Banks per vendicare Ryth Castlemaine. All'epoca non avevo capito, né la profondità della loro rabbia... né la fame che avevano di lei.

Ampi e perfetti occhi marroni mi riempirono la mente.

Non ho paura di te, Carven, sussurrò la sua voce nella mia testa.

Prima non riuscivo a capire. Ma ora lo sapevo.

Un dolore mi riempì il petto, affondando più in profondità di qualsiasi lama.

Sì... ora lo sapevo.

Mi voltai, tornai dove i corpi si erano dissanguati sul prato e usai di nuovo il coltello. Mani... cazzi. Incisi la parola "stupratore" sul petto di ogni stronzo prima di avvolgere le parti del corpo in una giacca a vento e alzarmi per guardare il massacro di fronte a me.

Avrebbero messo insieme i pezzi in un attimo. Hale lo avrebbe fatto, almeno. Mi voltai, mentre l'odio mi serpeggiava dentro con quel nome. Volevo il suo sangue sulla mia lama più di quello di chiunque altro. Ma non potevo... non ancora.

Il volto di Ophelia mi tornò in mente mentre mi dirigevo verso il fuoristrada e salivo all'interno. Ero intorpidito, e mi tremavano le dita mentre avviavo il motore, accendevo il riscaldamento e puntavo l'aria calda verso di me.

Il sangue colava dappertutto. Il palmo della mano mi pungeva per il colpo della mazza, ed era quasi impossibile prendere il telefono dalla tasca. Ma lo schermo era vuoto, nemmeno un messaggio di risposta dal mio gemello.

Inserii il decimo messaggio che avevo inviato oggi e premetti invio:

Dimmi cosa devo fare, e lo farò.

Poi chiusi gli occhi, inspirando il fetore del sangue. «Ti prego, non dirmi di smettere di desiderarla.»

Non pensavo di poterlo fare, non ora che mi era finalmente entrata sotto la pelle.

Ma ci avrei provato, se me l'avesse chiesto... per lui, ci avrei provato.

L'avrei tagliata fuori... se fosse stato necessario.

Capitolo Ventiquattro

LONDON

Il morto di fronte a me sussultò e tremò, fissandomi con occhi spalancati e vitrei. Il suo petto era nudo, la camicia un tempo bianca ora insanguinata e avvolta intorno al moncone che un tempo era una mano. Abbassai lo sguardo sul mio telefono, sul messaggio che avevo ricevuto appena pochi secondi prima.

Hale: *Se lo fai, ti rovino. Ti rovino...*

Sollevai lo sguardo su Daniels. Era una parola così soggettiva. Quanto ci si poteva tagliare prima di considerarsi rovinati? Era importante quale parte si prendeva? Una mano... Un cuore... Forse una lingua? Impugnai il coltello e feci un passo avanti... Forse stavo per scoprirlo.

«Ti ho dato tutto quello che mi hai chiesto!» urlò Daniels.

Allargai le gambe, mi misi a cavalcioni della sedia a cui era legato e gli afferrai la mascella. Ormai ero al di là di ogni redenzione, la mia rabbia svilita e crudele, alimentata dall'immagine del suo volto sconfitto mentre ringhiavo, «Non è neanche lontanamente quello che volevo. Ora apri.»

Gli conficcai le dita ai lati della mascella, facendo cozzare la carne contro i denti finché non gli diedi altra scelta se non quella di cedere. Nel momento in cui aprì, gli ficcai la lama in bocca e attraverso quella schifosa cosa che giaceva lì.

La cosa che aveva dato gli ordini.

La cosa che non meritava, non dopo quello che aveva fatto.

Colpii e tirai giù la lama. Daniels si dimenò selvaggiamente, e le sue urla si trasformarono in gorgoglii densi e umidi, finché non mi avvicinai, afferrai il muscolo e lo liberai con uno strattone.

La carne rosa diventò quasi subito cinerea. Si contorse nella mia mano mentre rilasciavo la presa sulla sua mascella e facevo un passo indietro. Daniels ululò, solo che ora non era molto più di un sibilo nauseante in aria.

«Le ho promesso che saresti morto urlando,» lo informai mentre, frugando nella tasca, tiravo fuori il mio perfetto fazzoletto bianco ricamato e vi avvolgevo la lingua. «Vediamo come urlerai senza lingua.»

Daniels rovesciò la testa all'indietro e la sua bocca si spalancò mentre ansimava e lottava per sopravvivere. Ma non mi guardò, chiuse gli occhi e si accasciò contro il duro schienale della sedia.

Era strano come il corpo lottasse ancora per sopravvivere... Avrebbe continuato, almeno finché lo spirito non si sarebbe spezzato.

Mancava poco ormai.

Eravamo maledettamente vicini.

Ma non era ancora arrivato il momento di lasciarsi andare per sempre.

Mi voltai e trovai Marcus appoggiato al muro che osservava la scena. Ma non c'era disgusto nei suoi occhi, solo lo stesso sguardo duro che avevo visto nei miei.

«Spediscila.» Tirai fuori la lingua. «Assicurati anche che il bastardo firmi.»

Un cenno, e l'ex militare si spinse in avanti per prendere il fagotto. «Sarà fatto.»

Mi lasciò lì mentre guardavo l'uomo che era stato a pochi secondi dallo stuprare l'unica donna che avessi mai amato. Mi avvicinai al tavolo imbullonato vicino alla piccola cucina che non conteneva né acqua né cibo, almeno per lui, e presi uno straccio per pulirmi le mani e il coltello prima di rimettere la lama in posizione.

Potresti dimostrarmi che ti importa almeno un po'?

Quelle parole tornarono nella mia mente dal nulla.

Erano le parole che mi aveva urlato la notte in cui l'avevano rapita.

Cristo, ero stato un bastardo insensibile.

Mi girai e trovai gli occhi di Daniels aperti, il suo respiro agitato. «Non la toccherai mai più.» Chiusi la distanza per fissarlo negli occhi. «Mi hai sentito? Lei non ti appartiene... Lei è e sarà sempre mia.»

Non c'era panico nel suo sguardo, né paura. Forse l'avevo già spezzato? Speravo di no... aveva ancora molte parti del corpo da spedire. E non potevo aspettare che Hale le ricevesse. Mi allontanai e abbassai lo sguardo sullo straccio. «Lo porterò con me, non possiamo permettere che ti ci soffochi sopra, no?» Il suo petto perse un respiro. «No, ho ancora dei progetti per te. Ci vediamo presto, Daniels.»

Uscii, chiusi la porta del magazzino alle mie spalle e tornai indietro lungo il corridoio, rallentando poi vicino alla stanza dove Jack aspettava. Il tic all'angolo dell'occhio tornò a farsi sentire. Non volevo vederlo, soprattutto dopo il *Vault*.

Lui... mi innervosiva, per qualche motivo.

Ma mi trovai davanti alla porta e digitai il codice prima di scivolare dentro. Lo trovai in piedi vicino al muro, con le braccia lungo i fianchi, a fissarmi mentre varcavo la soglia. Il suo sguardo si spostò sul coltello che avevo in mano mentre lo infilavo in tasca.

«Immagino sia ancora vivo.»

Non risposi, non ancora. Invece, chiusi la porta e mi feci strada nella stanza, osservando il letto e la pila ordinata di vestiti puliti. «Per ora.» Ma le chiacchiere non erano il mio obbiettivo. «Sei pronto a dirmi tutto quello che sai su King?»

«Ti ho detto tutto quello che potevo,» rispose lui, «Ogni volta che me l'hai chiesto.»

«Ryth...»

«È al sicuro,» mi interruppe, senza muovere un muscolo. «Non le farai del male. Ora lo so.»

«Ma davvero?»

Annuì, mentre la sua attenzione si spostava sulle mie mani insanguinate. «Qualsiasi uomo che ami sua sorella come te non permetterebbe che qualcosa le accada.»

Un dolore mi sbocciò nel petto mentre attraversavo la stanza per mettermi di fronte a lui. «Non pensare che ti debba un accidente,» lo avvertii. «E non pensare di sapere qualcosa di me, né del mio cuore.»

L'angolo delle sue labbra guizzò in su. «Non lo farò.»

«Bene.»

«Bene,» ripeté mentre mi fissava. «Mi chiedo se hai già trovato la terza?»

«La terza?» chiesi, mentre il mio sguardo si restringeva su di lui.

«C'era una terza sorella, più grande, se ricordo bene.»

Scossi la testa, la mia mente che correva a tutti i test del DNA che avevo condotto negli anni su ogni membro fondatore. «No, non c'è.»

«Mh...» mormorò il bastardo compiaciuto. «Forse non era una figlia dell'Ordine?»

Non era una figlia?

Spostai lo sguardo sul muro. *Non una figlia, non una... figlia.* Se era così, allora...

Mi voltai e mi lasciai alle spalle Jack Castlemaine. *Stronzo.* Se King aveva un'altra figlia, allora poteva essere lei la chiave di tutto. Doveva esserci qualcuno che la teneva al sicuro. Qualcuno in grado di entrare e uscire dall'Ordine... Qualcuno che fosse lì con Vivienne e Ryth.

Chiusi e bloccai la porta della stanza dietro di me, uscendo. Quando salii in macchina, ero già furioso per tutte le possibilità che ancora non conoscevo. Era quella la persona che si trovava a casa di Killion la notte dell'omicidio? Avrei forse potuto scoprire... dove fosse King?

Digrignai i denti e tirai fuori il telefono. Non importava quale notizia bomba mi fosse appena piovuta addosso, c'erano cose molto più importanti di cui dovevo occuparmi.

Il primo era mio figlio che non rispondeva a nessuno dei miei messaggi...

E poi un maledetto chip mancante.

Passai il pollice sullo schermo e digitai un messaggio, pregando Dio che questa volta rispondesse:

Devo sapere che stai bene, Colt. Non mi interessa nient'altro. Per favore, chiamami.

Poi premetti invio.

Non era una bugia. Dovevo essere sicuro che stesse bene e, soprattutto, dovevo sapere se aveva guardato cosa c'era in quel chip. Le mie mani si strinsero intorno al volante, portando la mia attenzione sulle dita. Ti prego, Dio, fa' che non l'abbia visto.

Misi la retromarcia, uscii dal parcheggio e mi diressi verso casa.

Le strade della città si fusero insieme mentre aspettavo che il mio telefono vibrasse. Ma restò invece in silenzio per tutto il tragitto verso casa...

Non era da lui.

Non era una cosa da tutti noi.

Ingabbiati. Separati. Esposti.

Era così che eravamo in questo momento, e non potevo fare nulla per impedirlo.

La disperazione mi accompagnò per tutto il tragitto verso casa, fino a quando non svoltai nel vialetto della villa gotica e accostai vicino al garage.

Guardie armate fino ai denti pattugliavano il terreno, e mi rivolsero cenni rispettosi quando uscii dalla macchina e le superai. Risposi, ma la mia attenzione era rivolta a Vivienne mentre digitavo il codice ed entravo, con le parole che mi risuonavano ancora nelle orecchie.

Non la toccherai mai più. Mi hai sentito? Lei non ti appartiene... Lei è e sarà sempre mia.

Il desiderio mi attanagliava mentre superavo lo studio e la cucina e mi dirigevo verso il corridoio dell'ala est. Quando arrivai all'ingresso dell'ala mi stavo già sbottonando la camicia. Non riuscii a raggiungere il bagno abbastanza in fretta, desideroso di lavare via il suo vile sangue del cazzo dalla mia pelle.

«London?» mi chiamò Vivienne mentre aprivo la porta della mia camera da letto.

Entrai e mi tolsi la camicia sporca di sangue. «Non ora, piccola.»

«Non ora?» ripeté con attenzione mentre scendeva nel corridoio.

Avrei dovuto sapere che non mi avrebbe ascoltato. Quella donna era una spina nel fianco... e l'oggetto di ogni mio desiderio. Mi tolsi le scarpe mentre lei spingeva la porta della camera da letto alle mie spalle. Ma avevo già tirato giù la cerniera dei pantaloni e mi stavo dirigendo verso la doccia. Non avrebbe voluto toccarmi, né guardarmi, non in questo modo.

«Che succede?» mi chiese mentre entravo nella doccia.

«Nulla,» dissi con forza sotto gli spruzzi gelidi.

Ma lei non aveva intenzione di lasciar perdere, entrò sotto l'acqua con me, ancora completamente vestita. «Stai mentendo. Mi stai mentendo, cazzo, London, e non mi piace. No, non mi piace. Non lo permetterò.»

Ah no?

Il suo sguardo si spostò dai miei occhi e scese lungo il mio corpo. Vidi il dubbio, affilato e diretto verso di me... diretto principalmente verso il mio cuore.

Pensava che fossi stato con Ophelia...

Il pensiero mi scosse. Vidi la tensione della sua mascella e il dolore in quei grandi occhi marroni. Dolore a causa mia.

«Non ho—» cominciai, e poi mi fermai.

L'acqua si stava già scaldando, e scorreva lungo la mia schiena e sul mio petto. Vivienne sollevò la mano e distese le dita sui miei muscoli.

«Non mi vuoi più, vero?» chiese, con la fronte aggrottata. «Dopo l'attacco...»

Mi irrigidii. «Cosa?»

«Mi tocchi appena. Non mi hai più... scopato.» Si leccò un filo d'acqua dalle labbra. «Sei sempre distratto quando ci sono io. Non credo che tu abbia fatto i conti con quella notte. La eviti, proprio come eviti me.»

Mantenni il suo bellissimo sguardo, che distruggeva l'anima. «Lo pensi davvero?»

«Sì,» rispose lei. «Lo penso davvero.»

L'acqua mi scorreva lungo le braccia e lavava via il sangue. Non era sufficiente, ma doveva esserlo... per ora. Mi voltai, premetti il rubinetto e posi fine al getto dell'acqua. «Allora permettimi di dimostrarti che ti sbagli.»

I suoi occhi si allargarono quando mi slanciai in avanti, la presi in braccio e le strinsi il culo contro di me. «Vuoi essere scopata, tesoro? Allora ti scoperò fino a farti dimenticare tutto il resto, tranne la sensazione del mio cazzo e la forza del mio dannato desiderio. Che ne dici?»

Non aspettai che rispondesse, la portai fuori dal bagno e nel corridoio. Era troppo presto, due, forse tre giorni prima. Ma questo momento non doveva servire a domare il bisogno selvaggio che avevo dentro. Era per lei. Come tutto il resto, d'altronde.

L'acqua gocciolava dai nostri corpi mentre mi dirigevo verso quella stanza e spingevo la porta.

Non era il seminterrato... era *meglio*.

La panca nera e borchiata era dell'altezza perfetta per la macchina che si trovava in fondo, con i suoi bracci gemelli di acciaio scintillante. La portai dentro e chiusi la porta con un calcio.

«London?» mormorò.

Gli occhi marroni di Vivienne si allargarono quando girò la testa e guardò nella stanza.

La portai alla panca e la feci sdraiare. «Ti ricordi cosa fare?» La mia voce era dura e cruda.

I suoi capelli bagnati gocciolavano, rivoli d'acqua le scendevano lungo la pelle per depositarsi sul pavimento.

Ma fece un cenno di assenso anche quando mi chinai, feci scorrere le dita tra i suoi capelli bagnati e ne strinsi dolcemente le ciocche. «Non sono tenero in questo momento, tesoro. Non sono gentile. Non ti farò del male, non ti farei mai del male. Quindi ho bisogno che tu mi dica se questo non è ciò che vuoi.»

Non avevo davvero bisogno di chiederlo, lo vidi nei suoi occhi mentre sussurrava, «Voglio tutto.»

Lo voleva davvero... soprattutto da parte mia.

Tutta la mia disperazione, tutta la mia rabbia repressa...

Tutta la mia fame. Abbassai lo sguardo e stesi la mano sul suo ventre. La mia... quella disperazione si fece più grande. *Tutti sapranno a chi appartiene.* Chiusi il pugno intorno alla sua camicia e strattonai, strappando con forza i bottoni.

Il suo corpo sobbalzò all'assalto. Quasi sentii il suo grido, stretto in gola. *No... No, questo non va...*

«Verde,» sussurrò. «Verde... verde... verde.»

Quelle parole scatenarono l'oscurità dentro di me. Mi raddrizzai e abbassai lo sguardo su di lei. Nella mia testa, era stesa sul tavolo da pranzo, con la sfida e la rabbia nei suoi occhi. Cazzo, la desideravo ora come allora... forse anche di più.

No, non era desiderio.

Era bisogno.

Le strattonai la maglietta verso l'alto e lei rispose sollevando le braccia finché l'indumento non andò via. Le coppe di pizzo rosa del reggiseno erano quasi trasparenti, lasciando intravvedere i capezzoli rosa scuro. Gesù...

«Va tutto bene,» mormorò lei. «Lo voglio.»

Spostai lo sguardo verso di lei, poi afferrai le spalline del reggiseno e lo tirai giù mentre guardavo i suoi seni liberarsi. In un attimo le fui addosso e abbassai la testa per prendere in bocca il suo capezzolo freddo e sporgente.

«Sì,» sussurrò. «Sì...»

Il mio cazzo si indurì all'istante, mentre con la mano mi avvicinavo al bottone dei suoi pantaloni e lo sganciavo con uno strattone. Li spinsi giù mentre le leccavo il capezzolo e mi alzavo. Lo stesso bisogno doloroso bruciava nei suoi occhi. Cristo, come se avessi avuto bisogno di essere invogliato. Le abbassai i pantaloni mentre mantenevo quello sguardo.

Pensa alle maledette complicazioni! La voce assillante del dannato dottore si alzò nella mia mente mentre gettavo da parte i suoi pantaloni bagnati e passavo alle sue mutandine.

Non si trattava solo di complicazioni. Ma il dottore era troppo avanti. Afferrai i lati del perizoma di pizzo rosa e lo trascinai lungo le cosce. Non sapeva un accidente di nulla, quando si trattava di me o di lei.

Mi girai verso la macchina, sollevando il pistone d'acciaio e piegandomi per estrarre la cassa d'acciaio nero da sotto.

Tic.

Lei trasalì quando estrassi un dildo spesso e color carne e lo feci scattare in posizione. Non le avrei mai fatto del male. Forse l'avrei scopata fino a renderla insensibile... ma non avrei mai giocato con il suo corpo o con il suo cuore.

Per lei avrei combattuto fino alla morte, tutto solo per proteggerla.

«Vuoi le manette, cucciola? O pensi di poterti trattenere da sola?»

Si leccò le labbra e allargò le cosce. «Mettimi alla prova.»

Le mie labbra si arricciarono mentre prendevo il telecomando. «Oh, lo farò... Credimi.»

Premetti il pulsante e mi chinai in avanti, afferrando il dildo spesso e puntandolo verso la sua entrata, poi mi fermai mentre la plastica toccava la carne. «Allarga di più,» ordinai.

Lei obbedì. Le sue cosce si divaricarono il più possibile.

«Di più. Voglio vedere tutto l'interno.»

Il suo petto si sollevò con un respiro profondo prima di abbassarsi lentamente e allargarsi.

«Ecco la mia brava bambina, guarda come sei bagnata...» Mi leccai le labbra e guardai in basso, quella cazzo di apertura perfetta che non vedeva l'ora di essere riempita. Allungai la mano, feci scorrere le dita lungo le sue pieghe e premetti il pulsante, guidando lentamente il grosso cazzo di plastica fino in fondo. «Non muoverti, Vivienne, nemmeno un movimento. Hai capito?»

Incontrai il suo sguardo e feci un piccolo cenno di assenso.

«Brava bimba.»

La mia piccola bimba stava imparando.

Gli occhi le si chiusero e il respiro le sfuggì mentre il dildo si liberava, per poi spingersi di nuovo dentro, questa volta più in profondità.

«Pensi che non voglia scoparti?» mormorai mentre facevo scivolare la mano sul suo addome e spingevo delicatamente verso il basso. «Penso solo a scoparti. A possederti. A farti mia...»

Il dildo le allargò la figa, ma io percepivo la pressione che lei esercitava, strofinandosi contro di esso mentre scivolava dentro.

«Ecco, cucciola. Guarda come lo prendi bene.»

«Oh Dio,» mugolò, mordendosi il labbro inferiore.

Il mio cazzo si fece più duro. Lo sentii pulsare mentre la guardavo, prima di abbassarmi e premere il pulsante per far scivolare il dildo fino in fondo, finché il pistone non si appoggiò alla macchina.

«Ora hai capito?» mormorai prima di guidare la mia lingua in profondità dentro il suo nucleo. «Ora capisci che non ne ho mai abbastanza di te?»

Lei emise un suono primordiale e sollevò la gamba per consentirmi un accesso migliore. Feci scivolare la mano sotto di lei e le afferrai la coscia mentre spingevo il viso contro il suo centro fremente.

Ti prenderò, le parole risuonavano nella mia testa. *Ti prenderò così tante volte che non ti dimenticherai mai più di me.*

La leccai, e succhiai il suo clitoride finché non gridò. «London, ti prego!»

Il mio cazzo scalciò immediatamente alla sua richiesta. «Cazzo, mi piace quando implori.»

Lei sollevò la testa mentre io alzavo la mia, passandomi il dorso della mano sulla bocca prima di salire sulla panca abbastanza grande per due. «La prossima volta, tesoro—» le afferrai la coscia, posizionando il mio cazzo sulla sua entrata, «ti scoperò e userò quel dildo per allargarti il culo.»

Con uno scatto selvaggio, spinsi il mio cazzo fino in fondo dentro di lei.

Giuro su Cristo, mi sentii come fossi finalmente tornato a casa.

Il suo calore.

Il suo profumo.

Il modo in cui gemette.

«Ti amo.»

Ti amo.

Spinsi i fianchi in avanti, le parole bloccate in gola mentre abbassavo la testa e mi perdevo nella sensazione di averla intorno a me.

«E io...» grugnii, spingendo prima di sollevare la testa per trovare il suo sguardo. «Amo... Te.»

Vivienne mi artigliò le braccia intorno al corpo fino a quando fui disteso in avanti contro di lei. I miei fianchi continuarono a spingere e spingere, fino a quando, con un gemito, mi abbandonai a lei.

Il mio corpo si liberò, finalmente e la riempii completamente.

«Sei così bella sotto di me.» Sollevai le mani e la ingabbiai. «Così fottutamente bella.»

Chiusi gli occhi.

Sarai ancora più bella quando andrai in giro con il mio bambino dentro il tuo grembo.

Capitolo Venticinque

COLT

No...

NO!

Basta!

BASTA, CAZZO!

Mi svegliai di scatto, tornando alla realtà, dietro il volante. I clacson delle auto di passaggio suonavano, i loro fari mi accecavano. Tra le scintille bianche, la vidi. Gli occhi scuri e predatori. Una bocca dal taglio crudele. Minacciosa, la macchia che si era lasciata dietro. Una macchia che ora stava crescendo, incancrenita e malata.

La puttana. La voglio.

Quelle cazzo di parole mi tornarono in mente.

Quelle stampate dalla conversazione tra Ophelia e Hale.

Quelle che avevo trovato sulla scrivania di London.

La paura fu come un pugno chiuso intorno alla mia gola mentre il resto del mondo svaniva. Lo avrebbe fatto. Lo sapevo. Avrebbe preso Vivienne, proprio come aveva cercato di prendere tutto il resto. Ophelia non voleva solo farci del male... Voleva *distruggerci*.

Mi faceva male la gola, stretta intorno all'urlo intrappolato nel mio petto. Mi accasciai mentre tornavo lentamente alla realtà. Tutte le mie urla erano lì, ogni ruggito che avevo ingoiato, ogni lacrima non versata.

Violente e vendicative.

Come una bomba pronta a esplodere.

Le luci scintillavano dal cocktail lounge dall'altra parte della strada. Mi concentrai sul rumore del mio battito che si placava mentre guardavo la clientela del bar che si riversa sul marciapiede, ancora avvinghiata a flûte di costoso champagne.

Ma non mi soffermai su di loro, spostai invece lo sguardo sulla berlina scura parcheggiata davanti al bar. La *sua* berlina.

Era ancora lì dentro, tutta sorridente, intenta a complottare.

Trasalii. Era quello che stava facendo, non avevo dubbi. Stava tramando proprio ora, diffondendo menzogne e sussurrando sconcezze, dando ordini per togliermi l'unica cosa che volevo.

La puttana. La voglio.

Il dolore mi attraversò il palmo della mano. Abbassai lo sguardo per vedere le mie nocche bianche serrate con forza. Una goccia di sangue scivolò lungo le linee del mio pugno chiuso e cadde, colpendo i miei jeans neri e scomparendo. Allentai la presa e srotolai lentamente le dita.

La piccola scheggia luccicava di sangue.

Un chip che conteneva ogni vile informazione su di lei.

Volevo sapere tutto, eppure... ero bloccato dalla paura, incapace di andare avanti e troppo terrorizzato per tornare indietro. Fissai il chip tra le mie mani. Fissai finché la mia mente non evocò frammenti del mio passato e li trasformò in una fantasia del futuro.

Un futuro in cui Vivienne era di nuovo lì, con gli uomini che volevano usarla, farle del male... Le avrebbero fatto così male che ne sarebbe rimasta segnata, proprio come era successo a me.

Un urlo di divertimento mi fece trasalire. I miei stessi respiri pesanti mi consumarono mentre giravo la testa. Ma il bar divenne sfocato. Sbattei le palpebre, cercando di lenire il bruciore, e chiusi gli occhi, solo per un secondo. Dio, ero così stanco... *così fottutamente stanco.*

Tuttavia, venni strappato dalla realtà, dalla mia auto, e riportato al ristorante.

Il ristorante in cui avevo quasi messo fine a tutto.

Sentivo ancora il tonfo dei miei stivali sul pavimento, ancora il movimento mentre mi avvicinavo alla pistola che avevo sulla schiena. Le sue due guardie del corpo erano fuori, ma il mio movimento le aveva fatte scattare. Una si era voltata, e il suo sguardo si era ristretto su di me mentre salivo sul marciapiede. Le ampie porte di vetro del ristorante erano proprio di fronte a me.

A quel punto avevo guardato...

Oltre le guardie, il vero pericolo.

Lei.

In quel momento si era voltata, mentre parlava con qualcuno vicino all'ingresso. Per un attimo la maschera che indossava era scivolata via, e al suo posto era tornata la sua faccia da predatrice. Quello sguardo gelido. Quello sguardo di disgusto. Le sue labbra si erano arricciate prima che qualcuno chiamasse il suo nome e lei rimettesse al proprio posto la maschera.

Ma quello sguardo era stato sufficiente.

Sufficiente a far vacillare i miei passi... e a farmi perdere il respiro.

La pioggia stava cadendo incessante mentre io avevo cominciato a camminare in avanti, la mia mano sulla cintura dei jeans ormai zuppi.

«Sei ubriaco, cazzo?» aveva mormorato una delle guardie del corpo.

Io avevo continuato ad andare avanti, anche se mi sentivo in preda al panico. Il tonfo dei miei stivali si era affievolito. Il terribile rombo del mio cuore era solo un rumore di fondo, soffocato dalle urla di mio fratello, solo un bambino di dieci anni. Urla stridenti. Urla terrificanti. Quelle a cui mi ero aggrappato sempre mentre i suoi uomini mi prendevano a calci e pugni, e scatenavano la loro crudeltà e la loro rabbia sul mio corpo.

Non avevo sentito altro, mentre avanzavo incespicando fino a raggiungere il vicolo buio.

L'acido bruciava in fondo alla gola.

Le sue guardie del corpo avevano emesso deboli gemiti di disgusto mentre io mi slanciavo in avanti, aggrappandomi allo spigolo di un edificio ed espellendo il magro contenuto del mio stomaco. Avevo rantolato, cercando di respirare, nel tentativo disperato di espellere l'orrore del passato insieme a loro.

Eppure, era ancora lì. Non sarebbe mai andato da nessuna parte.

«È disgustoso, cazzo.»

Avevo chiuso gli occhi.

«Maledetto barbone.»

La rabbia si era accesa dentro di me, e la mia mano era scivolata sulla parete. Ero caduto in avanti, sbattendo la guancia contro i mattoni. Il dolore si era irradiato sul mio viso. Dolore che ancora mi accompagnava in quel momento.

Abbassai lo sguardo verso la cosa che odiavo e di cui avevo bisogno allo stesso tempo.

Avrei potuto usarlo, quel dolore.

Usalo per tenerci al sicuro.

Le mie dita erano intorpidite e scivolose mentre tiravo la maniglia dello sportello. Scrutai i volti e trovai le stesse due guardie del corpo dell'altra sera.

Dovevo stare attento.

Senza dubbio, dopo quello che era successo, mi avrebbero notato e riconosciuto.

Scrutai il percorso pedonale affollato, trovai il vicolo di servizio che correva lungo il lato dell'edificio e avanzai. La disperazione mi spinse ad andare avanti. Strinsi il chip nella mano e abbassai la testa mentre salivo sul marciapiede. Con la coda dell'occhio osservai i suoi uomini che scrutavano tutti.

Non mi videro neanche mentre scivolavo nell'ombra.

I miei stivali scricchiolarono sulla ghiaia, ma sotto il rumore del traffico erano praticamente inudibili mentre mi dirigevo verso il retro del bar e l'ingresso di servizio. Il locale era pieno, così affollato che nessuno mi vide mentre aprivo la porta di sicurezza e scivolavo dentro. Il boato mi inghiottì all'istante, le risate così forti da essere quasi assordanti.

Mi mossi tra loro come un fantasma.

Non avrei mai saputo cosa significasse essere così felici.

Non come lo erano loro.

Eppure, adesso ero al sicuro.

Amato.

Avevo Vivienne...

Non l'avrei persa, non ora. Sollevai lo sguardo e trovai subito Ophelia in mezzo a un gruppo di gente, di spalle rispetto a me. Afferrai il chip, quello che avevo rubato per la sicurezza di Vivienne. Ma nel momento in cui la vidi, mi bloccai. Alzò il bicchiere e sorseggiò il suo champagne. I diamanti scintillarono dalle sue dita strette intorno allo stelo sotto la luce al neon del locale.

Fallo...

Fallo.

Il sangue mi colorò il viso quando Ophelia inclinò la testa all'indietro e una risata gutturale le uscì dalle labbra. La vidi sorridere, ed era un sorriso che avevo già visto, un sorriso che diceva che lei otteneva sempre quello che voleva. Si girò verso il suo finto London, e i suoi occhi brillarono crudeli. Non aveva mai fatto un sacrificio che non fosse a suo favore. Non aveva mai contrattato. Non aveva mai fatto una mossa che non fosse andata a buon fine per lei. Se lo voleva, se lo prendeva, e al diavolo le conseguenze.

Il mio battito ebbe un sussulto quando quella consapevolezza si fece strada. Non poteva esserci nessun "accordo" con lei, vero? Esisteva solo la sua malata avidità e la sua sete di fottuta brutalità.

Per favore, non Carven! Le mie stesse urla erano flebili nella mia testa mentre mi ricordavano del bambino che ero stato. *Fa' del male a me! Prendi me!*

La gola mi si strinse, e un dolore lancinante mi attanagliò. Ricordai il modo in cui l'avevo implorata di non fargli del male, ma non era mai stato Carven quello che voleva, no?

I dipinti a carboncino riaffiorarono nella mia mente. Gli occhi azzurri e spalancati del bambino che avrebbe voluto far soffrire più di chiunque altro sempre di fronte ai miei occhi.

Ero io... *Ero sempre stato io.*

Il mio dolore era come nettare per lei, e aveva utilizzato mio fratello e l'amore che avevo sempre provato per lui come modo per tastarlo.

Aveva usato Carven allora... proprio come stava usando Vivienne adesso.

E avevo quasi fatto il suo gioco... di nuovo.

L'adrenalina mi scorreva nelle vene come una droga. I miei respiri si fecero corti...

La puttana. La voglio.

Stava facendo lo stesso identico gioco un'altra volta, affondando le sue fottute zanne nella mia carne per bere il mio dolore. Si voltò di nuovo verso la sua compagnia, ridendo e sorridendo mentre io la guardavo.

«No...» Le parole scivolarono dalle mie labbra mentre la fissavo. «Non puoi averla. È mia.»

Il mondo svanì quando abbassai la mano e infilai il chip in tasca. Non ci sarebbero state contrattazioni, ormai lo sapevo. Non ci sarebbero stati accordi, né suppliche. Non riuscivo a capire perché avessi mai pensato che potessero esserci. Mi accigliai mentre lei allungava la mano e afferrava il braccio dell'uomo accanto a lei, un uomo dai capelli scuri e dal fisico robusto. Un uomo che assomigliava incredibilmente a... London.

Quell'uomo è imprevedibile. Le parole di Hale nella trascrizione mi tornarono in mente. *Peccato che tu non possa controllarlo.*

Nessuno può controllarlo, aveva risposto Ophelia.

Tranne lei.

Sì, tranne lei.

Tolsi la mano dalla tasca e mi avvicinai per estrarre la pistola mentre facevo un passo avanti.

Con la coda dell'occhio notai un movimento, mentre qualcuno faceva un passo indietro proprio sulla mia strada. Gli sbattei contro mentre iniziavo a sollevare la pistola. Vidi la rabbia accendersi immediatamente.

«Attento a dove cammini—» iniziò, poi si fermò.

Ma non lo stavo nemmeno guardando. Stavo guardando lei, intenta a girarsi e allontanarsi, la mano ancora stretta sul braccio dell'uomo.

«Colt?»

Al mio nome trasalii e girai la testa, trovando un volto familiare: Theo Ares mi stava sorridendo. Traballava un po', ubriaco come lo era stato in precedenza, solo che questa volta non c'era traccia di cocaina sotto il suo naso.

«Non ti avevo visto,» mormorò, accigliandosi.

Poi i suoi occhi si accesero di preoccupazione, facendogli passare la sbornia, mentre alcuni amici ridevano e lo chiamavano. Lui non rispose. Abbassò invece con cura lo sguardo sulla pistola che avevo in mano. «Sei qui per me, figlio?»

Nessun altro sapeva cosa fossi...

Non i suoi amici, né gli altri intorno a noi.

Ma lui sì.

E questo lo terrorizzava.

Lo fissai negli occhi, con il petto gonfio di respiri pesanti. «No.»

Il sollievo lo attraversò visibilmente mentre mi rivolgeva un sorriso nervoso. «Se non sei qui per me, allora per chi?»

Guardai oltre Theo, dove lei stava uscendo dal bar, diretta certamente verso l'auto che l'aspettava. Theo seguì il mio sguardo e trasalì nel momento in cui si accorse di chi stessi guardando.

«Se le vai dietro sei morto, lo capisci, vero?» Si voltò, lo sguardo di pietra. «Non si può tornare indietro.»

«Non c'è più modo di tornare indietro in ogni caso,» gli risposi. «Non da quando hanno cercato di prenderla.»

Mi voltai, rimisi la pistola nella cintura e mi allontanai.

«Colt!» chiamò Theo alle mie spalle.

Ma non mi fermai, continuai ad andare avanti e tornai indietro per la strada che avevo percorso, finché non attraversai la porta sul retro per entrare nel vicolo. I miei respiri erano selvaggi. Eppure, il vomito non arrivò mentre allungavo il passo e poi mi spingevo in una lenta corsa. Quando uscii dal vicolo di servizio, la berlina scura era sparita... e anche Ophelia.

La rabbia mi tolse il respiro.

Rabbia che derivava da tutto il terrore che avevo ingoiato per tutta la vita. Ora non c'era più paura... Ora c'era solo un bisogno bestiale di fare a pezzi il mondo. Li vidi, i loro sorrisi, le loro maschere... Le indossavano tutti, le indossavano fino a perdere sé stessi. Chiusi gli occhi, tremando mentre stringevo i pugni.

Non riuscii a impedire che la rabbia si riversasse e scatenasse un ruggito terrificante. Il suono riempì il vicolo e si diffuse nell'aria. Le risate si interruppero. Tutti si fermarono, si voltarono e fissarono. La musica era tutto ciò che c'era ora, mentre i sorrisi si trasformavano in paura.

Il tonfo dei passi arrivò alle mie spalle.

«Colt?» chiamò di nuovo Theo alle mie spalle.

Mi girai e incontrai quello sguardo tormentato. Ma era l'Explorer dall'altra parte della strada che stava fissando lui. «Carven... è qui?»

Quella rabbia divenne pericolosa. Strinsi la mascella e i pugni la seguirono a ruota. Carven era quello di cui avevano paura, quello pericoloso... quello fuori controllo. Io ero solo il muto, giusto? Quello dimenticato, quello che non avevano mai notato.

Mi voltai e attraversai la strada mentre tutti mi fissavano. Il calore mi salì alle guance mentre aprivo lo sportello e mi rimettevo al volante. Premetti il pulsante e il motore prese vita. Misi in moto la macchina, schiacciando sull'acceleratore, e mi allontanai dal bar... e dall'unica possibilità che avevo di tenerla al sicuro.

Capitolo Ventisei

VIVIENNE

La grande mano di London scivolò sul mio ginocchio, seduti nello studio, spostandosi più in alto per massaggiarmi la coscia mentre ringhiava al telefono.

«Ho bisogno della sua posizione immediatamente, Jacob. Non mi interessa quanti uomini ti servono, basta che tu lo faccia. Trova quello stronzo di mio figlio, adesso.»

Era nervoso. Pensavo che il sesso lo avrebbe calmato, ma lo aveva solo reso più possessivo.

Non attese una risposta, abbassò il telefono e il suo sguardo si fissò sulla parete posteriore dello studio. La sua mano non smise di muoversi, ma scivolò più in alto per spingere su l'orlo del mio vestito. Il suo pollice accarezzò la mia pelle nuda, il movimento probabilmente nato dal bisogno di controllare almeno qualcosa. In questo momento, quel qualcosa potevo essere io.

Sollevai la mano e feci scorrere le dita lungo il suo braccio mentre mi sedevo a gambe incrociate all'estremità della sua scrivania. «Lo troveranno.»

«Dici?» chiese, girando la testa e guardandomi.

Ora era nel panico, agitato e spaventato. I messaggi e le chiamate a Colt erano rimasti senza risposta. All'inizio aveva pensato che Colt fosse arrabbiato per Carven. Ma con il passare delle ore si era reso conto che doveva esserci dell'altro.

Non l'avevo mai visto così freddo... così letale, nemmeno quando era entrato nel bel mezzo dello scontro a fuoco tra Ryth e i suoi fratelli e l'Ordine.

La sua presa si strinse intorno alla mia coscia, poi scivolò verso il basso.

No, non era mai stato così... fuori controllo.

Mi fissò mentre quelle dita esigenti si spingevano in profondità, fino a sfiorare il pizzo nero e, lentamente, quello sguardo divenne predatorio.

«Guardati, così malleabile, così bisognosa. Apri le gambe, Vivienne.»

Mi mancò il respiro, perché ero ancora indolenzita dopo la macchina... e dopo il suo corpo. Ma non potevo oppormi a lui, non ora... forse mai. Le mie cosce si aprirono da sole.

«Di più,» ordinò.

Inspirai profondamente mentre i miei tendini si stringevano e le mie ginocchia si aprivano per dargli ciò che voleva. Una fitta di dolore si fece sentire tra le mie cosce mentre lui accarezzava il cavallo delle mie mutandine, su e giù... su e giù, ogni volta scavando un po' più a fondo, spingendo via la tenerezza con una leccata di calore.

La sua mascella si flesse, e i muscoli si tesero mentre infilava un dito sotto l'elastico. «Sei così pronta a compiacermi, solo per ottenere ciò di cui hai bisogno. È una forma di tortura così bella, rinunciare al tuo controllo per me. E io ti controllo, non è vero, Vivienne?»

Il suo dito si arricciò per circondare il mio clitoride. Ingoiai un gemito. «Sì.»

Mi pizzicò delicatamente il clitoride, facendomi rabbrividire. La mia mente era in disordine. Ma sotto il panico e il desiderio c'era un fremito di terrore.

Appoggiai le mani sul bordo della scrivania sotto di me mentre lui si spingeva dentro.

«Mi diresti qualsiasi cosa solo per assicurarti che continui a scoparti, non è vero?»

Mi morsi l'interno della guancia e annuii.

«Usa le parole, Vivienne.»

«Sì. Dio, sì.»

«Allora dimmi, come fai a conoscere la ragazza degli Ares?»

Ares...

Ares?

La mia mente prese a correre mentre cercavo disperatamente di staccarmi dalla sensazione delle sue dita e *pensare*.

«Voglio che tu mi dica tutto quello che sai su di loro,» chiese. «Non tralasciare nulla.»

«Io... so solo che la conosco,» ansimai.

«Come?»

«L'ho vista lì.... all'Ordine.» Strinsi gli occhi. «Oh, Dio, London...»

«Concentrati.»

Stavo cercando di farlo con tutte le mie forze, ma era troppo difficile mentre lui spingeva due dita dentro di me lentamente, poi le toglieva, luccicanti. Guardai in basso, dove le mie mutandine erano appallottolate contro la sua mano.

«L'hai vista all'Ordine. Con chi?»

Scossi lentamente la testa, sentendomi spezzare sotto la forza brutale del suo controllo.

«Nessuno... non lo so. Io... non l'ho mai vista con qualcuno che non fosse il Maestro,» gemetti e chiusi gli occhi mentre i miei fianchi dondolavano per assecondare quella lenta spinta.

«Quante volte?»

Strinsi forte gli occhi mentre il bisogno di venire mi assaliva. «Cinque, forse sei volte, non lo so.»

Ma non allentò la presa, anzi si fece più rapido mentre spingeva. «Per quanto tempo?»

Il suo tocco mi colpì più a fondo, più forte, e mi fece scivolare le mani giù dalla scrivania. «London, ti prego.»

«Quante. Volte. Bimba?» chiese ancora, con tono implacabile.

In quel momento lo odiai.

Lo odiai e lo amai allo stesso tempo.

Perdevo me stessa quando ero con lui.

Il mio controllo. La mia volontà.

Non ero altro che questo.

«Da... sempre, immagino. Da quando sono entrata.»

I suoi movimenti si fermarono, strappandomi al culmine della liberazione.

«Tutto questo tempo?» Non c'era più alcun gioco nel suo tono, ora.

Incontrai quegli occhi scuri che si fissarono nei miei. «Sì.»

«E non hai mai visto Dante, con loro? Solo lei.»

«E la madre.»

London aggrottò la fronte. «Sei sicura?»

Annuii, aspettandomi quasi che si liberasse dalle mie mutandine e mi lasciasse lì, desiderosa e pronta ora che aveva quello che voleva, cioè me, ansimante e disperata. La sua fronte si aggrottò, ma le sue dita non scivolarono fuori, ancora seppellite dentro di me.

Abbassai la testa per fissare la sua mano appoggiata al mio sesso, finché lentamente... le sue dita si mossero.

«Brava bambina,» mi lodò, mentre arricciava le dita per accarezzarmi. «Bastano due dita per ottenere ciò che voglio. Ora sdraiati... e lasciami finire quello che ho iniziato.»

I miei gomiti tremarono, poi crollarono e mi fecero cadere sulla scrivania. Si mosse velocemente per afferrarmi sotto le spalle, poi abbassò la testa.

Il calore mi strinse lo stomaco, ed ero così bagnata che le sue dita scivolarono senza problemi dentro di me.

Non mi importava di essere esposta in una casa piena di uomini armati.

Non mi importava di essere bagnata e bisognosa.

«Cazzo, sei bellissima,» gemette mentre leccava in profondità. «Così fottutamente bella.»

Sollevai la gamba per spingermi contro di lui. Non ci volle molto, non quando ero... così... maledettamente... vicina. Lasciai cadere la testa all'indietro ed emisi un gemito gutturale mentre lui succhiava. La mia figa fremette, facendomi rabbrividire quando l'impeto dell'orgasmo mi colpì con forza.

«Il mio bellissimo giocattolo.» Mi baciò l'interno della coscia, mentre con un tocco delle dita mi rimetteva a posto le mutandine.

Gemetti con forza.

«Quando saremo finalmente tutti e tre...» Alzò la testa per incontrare il mio sguardo. «Questa figa perfetta conoscerà il paradiso.»

Con cautela chiusi le cosce. Il pensiero di tutti e tre mi fece pulsare mentre cercavo di trovare la forza di spingermi verso l'alto, mentre il telefono di London prendeva a suonare. Tirò fuori dalla tasca un fazzoletto e si pulì le mani prima di rispondere.

«Sì.»

Scivolai sul bordo della scrivania e mi misi a posto il vestito mentre il sollievo sembrava bagnare improvvisamente il suo volto.

«L'hai visto due ore fa? Dove? Va bene... È una buona cosa. Davvero una buona notizia, cazzo. Sì, lo apprezzo molto. Grazie, Jacob. Okay.»

Abbassò la mano e si rivolse a me. «È stato avvistato due ore fa in centro.»

Rilasciai un respiro represso mentre una fitta mi lacerava il petto. «Grazie a Dio...» sussurrai. «Grazie...»

Ma le mie parole furono interrotte quando il telefono di London emise un altro segnale. Guardò lo schermo, poi rispose. «Parker?»

Bastarono pochi secondi... prima che la spina dorsale di London si irrigidisse e tornasse quello sguardo duro di rabbia.

«Cazzo, cosa? Non puoi essere associato a me? Siamo in affari insieme da vent'anni e mi tagli fuori? Almeno questo me lo devi!»

Il mio battito accelerò quando il pesante tonfo degli stivali risuonò lungo il corridoio, diretto verso di noi.

«Bene, allora,» ringhiò London al telefono. «Lascia che ti rinfreschi la memoria, forse non ricordi come funziona. O sei con me, Parker, o sei contro di me. Quindi, se fossi in te, coglierei l'occasione per guardare molto attentamente dove e come cammini, in questo momento. Non mi vuoi come nemico.» Poi chiuse la telefonata.

Un secondo dopo, Guild entrò nella stanza mentre London abbassava il telefono.

«Hai visto questo?» Si avvicinò e offrì il proprio telefono.

London guardò lo schermo acceso nella mano di Guild e fissò la propria immagine. «Che cazzo è?»

«Premi play, London. Devi vederlo.»

Scossi la testa, il mio corpo ancora tremante per il bisogno di London, mentre lui allungava la mano, afferrava il telefono e premeva play.

«Abbiamo uno scoop della Lead Investigators. Secondo alcune fonti, la polizia sta avviando una nuova indagine su larga scala sulla morte di Killion Dare. Grazie a una soffiata anonima, gli investigatori stanno cercando il miliardario London St. James, persona d'interesse in questo brutale omicidio. Non vediamo l'ora di avere maggiori informazioni su questa vicenda.»

«Squadra 3 a base. Ci sono tre detective che stanno accostando fuori e si stanno dirigendo verso la porta d'ingresso.» La chiamata arrivò all'improvviso attraverso il ricetrasmettitore legato alla cintura di Guild.

Respirai a fatica, e girai lentamente la testa mentre qualcuno prendeva a colpire con forza la porta d'ingresso.

«No...» Scossi la testa mentre London si voltava verso la porta. «London... no.»

Thud... thud... thud.

«Va tutto bene, piccola.»

Con calma letale attraversò la porta dello studio, lasciandomi indietro. Balzai in piedi con uno scatto, sentendo la rabbia scivolare dentro le mie vene mentre mi affrettavo al seguirlo.

«Col cazzo che va tutto bene, London!»

Il mondo sembrò fermarsi quando London aprì la porta d'ingresso a tre detective in borghese gli restituirono lo sguardo dalla soglia.

«London St. James?» chiese uno di loro.

«Sì.»

«Sono l'ispettore Gerald Brown, e questi sono i miei colleghi Justine Shale e Marcus Brownstone. Deve seguirci in centrale per rispondere ad alcune domande sulla morte di Killion Dare.»

«Sono in arresto?»

L'ispettore non disse nulla. Si limitò a spostare lo sguardo su Guild, che si fece avanti e mi afferrò il braccio.

«Ho chiesto se sono in arresto,» ripeté London.

Scossi la testa mentre l'ispettore faceva un passo avanti. Nelle sue mani brillavano manette d'argento. Le strinse intorno al suo polso con uno schiocco sonoro, uno che non avrei mai dimenticato. Quella vista ruppe qualcosa, dentro di me. Emisi un gemito smorzato, scattando in avanti.

«Toglietegli le mani di dosso!» urlai, ma Guild mi tirò immediatamente indietro. Il suo posto non era con loro... Non era con loro... era *con me*.

«London! *London!*»

Ma il mio stoico protettore non si oppose, nemmeno quando gli tirarono le mani dietro la schiena per bloccargli i polsi...

Invece, chiamò a bassa voce, «Guild.»

«Con la mia vita, London,» rispose l'uomo accanto a me, stringendo forte il mio braccio. «Con la mia cazzo di vita.»

Non riuscivo a capire cosa stessero dicendo.

Non in questo momento, non quando la polizia mi stava portando via London.

Mi sforzai di fare un passo in avanti, anche se la presa di Guild su di me era ferrea, ma riuscii a strapparmi via dalle sue mani proprio mentre la realizzazione mi colpiva.

London non aveva chiamato il suo nome per cercare di farsi proteggere; lo aveva chiamato per assicurarsi di sapere che Guild avrebbe protetto *me*.

Con la mia vita, London.

London si era assicurato che la nostra guardia del corpo sapesse di dovermi proteggere anche a costo della sua stessa vita.

Il cuore sbatté con forza dentro la gabbia che era il mio petto quando la portiera dell'auto della polizia si aprì e London venne spinto dentro. Mi vennero le lacrime agli occhi mentre uscivo dalla porta d'ingresso, il mio vestito a svolazzare mentre la portiera dell'auto si chiudeva con un tonfo.

«No!» Mi fiondai sulla macchina e sbattei i pugni contro il finestrino mentre il motore veniva acceso.

Riuscivo a vedere solo London seduto dietro, con quella maschera di pietra ben salda al suo posto... finché non girò la testa e mi guardò.

Allora lo vidi.

Per un attimo, l'uomo che conoscevo riemerse in superficie. La sua fronte si aggrottò e un'espressione di paura gli balenò sul viso.

«Ti amo,» disse a bassa voce mentre il veicolo avanzava, sfuggendo alle mie dita... e mi lasciava indietro.

Ti amo...

Gettai la testa indietro e cacciai indietro le lacrime mentre i passi pesanti di Guild si avvicinavano.

«Devi tornare dentro, Viv.» Mi tirò, ma io non riuscivo a muovermi.

Ero inchiodata sul posto dal dolore.

Prima Colt...

Ora London.

Chi sarebbe stato il prossimo a lasciarmi?

Chiusi gli occhi mentre perdevo forza nelle gambe.

«Riportali da me,» implorai al vuoto. «Fa' di me ciò che ti pare, ma per favore, riportameli.»

Le lacrime finalmente uscirono, disegnando linee lungo le mie guance...

Finché, lentamente, caddero a terra.

Capitolo Ventisette

LONDON

Accavallai le gambe e ingoiai il sapore di sangue che mi era rimasto in bocca per essermi morso la mia maledetta lingua. L'ispettore era seduto di fronte a me, mentre gli altri due entravano e uscivano dalla stanza, senza dubbio impegnati a fare del loro meglio per trovare qualcosa su di me, come avevano fatto nelle ultime sei dannate ore.

Per sei ore ero rimasto seduto lì.

Sei ore, senza di lei.

Vivienne doveva essere fuori di testa.

Strinsi la mascella mentre immaginavo il tipo di inferno che stava vivendo in quel momento. Prima Colt se n'era andato, e ora io. Speravo solo che Carven e Guild fossero lì per proteggerla, anche solo dal tormento della sua stessa mente.

«Quindi, sta cercando di dirmi che conosce Killion Dare, ma non in senso stretto, né come amico?»

Sei ore a perdere tempo con queste domande.

Dove cazzo era il Capitano?

«Conoscenza stentata è la parola chiave, ispettore,» risposi mentre liberavo le gambe per poi riaccavallarle lentamente, invertite.

Vidi un guizzo di fastidio nei suoi occhi. Non avevano un cazzo di niente su di me, e lo sapevano tutti. Nel frattempo, Hale si stava divertendo a smontare la mia rete, un filo alla volta.

«Non ho ancora capito il quadro generale, London.»

Trasalii quando pronunciò il mio nome, e la mia mente corse a un'altra persona. Alla lingua di un altro pezzo di merda che avevo tagliato, solo per aver fatto del male a chi amavo.

«Come mai è collegato al signor Dare?»

Qualcuno bussò bruscamente alla porta. Il tocco suonò diverso, più urgente. *È meglio che sia lei, Capitano, o giuro su Dio...*

«Come ho già detto innumerevoli volte, ispettore, tramite un socio comune.» Lo stesso fottuto uomo morto che mi aveva messo qui.

E lo sapevano anche loro.

Non una volta nelle ultime sei ore il nome di Hale aveva incrociato le loro labbra. Neanche una cazzo di volta.

Questo fatto da solo la diceva già abbastanza lunga.

L'ispettore si alzò, spingendo lentamente la sedia con il dorso delle gambe e cogliendo l'occasione per guardarmi. *Twitch*. Il nervo all'angolo del mio occhio saltò come sempre mentre cercavo di tenere chiusa la bocca e calmarmi. «Se sta cercando un movente, ispettore, qui non ne troverà. Avrei guadagnato tanto dalla morte del signor Dare tanto quanto avevo da guadagnarci quando era ancora in vita.»

Toc!

Guardai verso la porta mentre l'ispettore faceva un passo. Lo sapeva. Quel figlio di puttana lo sapeva, e stava tirando questo teatrino il più a lungo possibile, sperando di trovare tutto il marcio che potesse.

Un'espressione di fastidio gli attraversò ancora una volta il viso, senza dubbio a causa delle brutte parole che stava ricevendo dall'auricolare che indossava. Con un ringhio, attraversò il resto della stanza e aprì la porta, trovando il mio costosissimo e incazzatissimo avvocato che aspettava impaziente dall'altra parte.

Il Maggiore Copeland entrò nella stanza, nei suoi occhi lampeggiò un brivido di paura nel momento in cui incontrarono i miei. Il ticchettio delle sue labbra diceva tutto, ma non ero dell'umore giusto per sentire scuse.

«Ce ne andiamo,» annunciò.

Mi stavo già alzando. «Era ora, cazzo.»

L'ispettore non disse nulla, si limitò a guardare mentre mi tiravo i polsini della camicia. Io mi avvicinai, fermandomi accanto a lui. «Mi dica, ispettore... Cosa mai l'ha spinta a pensare a me per questo crimine?»

La sua fronte si aggrottò prima di distogliere lo sguardo. Era la conferma di cui avevo bisogno.

«Mi scuso per avervi fatto perdere tutta la serata. Spero che riusciate a rintracciare il responsabile. Chiunque sia stato, chiaramente ha fatto un buon lavoro di depistaggio, oggi.»

L'ispettor arricciò le labbra amaramente. I suoi occhi dissero più di quanto avrebbero potuto fare altre mille parole.

Mi voltai e seguii l'avvocato, che pagavo fin troppo ma che mi tirava sempre fuori da problemi più gravi di queste stronzate con cui mi ritrovavo alle volte a perdere il mio tempo, e uscii da quella stanza del cazzo. Altri detective aspettavano fuori, uno stretto in un'uniforme con più medaglie di quante ne avessi mai viste anche su un soldato, e di soldati ne avevo visti parecchi.

Mi fissò e fece un lento cenno di assenso al mio passaggio.

Lo riconobbi all'istante.

Il mio battito scattò, mentre io annuivo appena e poi continuavo a camminare.

Era lui il motivo per cui ero qui e per cui il nome di Hale non era stato menzionato nemmeno una volta. Quel fottuto bastardo stava stringendo la presa, tirava il guinzaglio e stringeva il collare che mi aveva messo al collo, deciso a farmi cedere. Camminai lungo il corridoio accanto al mio avvocato fino all'ampio atrio della stazione di polizia.

L'unico problema con il cercare di tenere un animale al guinzaglio era non capire con che bestia aveva a che fare. Il volto di Daniels mi tornò in mente, con quello sguardo vuoto e distrutto.

Non avevano idea di chi fossi...

Ma lo avrebbero scoperto presto.

Mi infilai la mano in tasca e presi il telefono mentre lasciavo la stazione di polizia, uscendo nella tenue luce dell'alba.

«Signor St. James!» chiamò qualcuno da una piccola folla in attesa ai piedi delle scale di cemento.

«Da questa parte,» disse il mio avvocato mentre i giornalisti si affrettavano ad avanzare.

L'avvocato fece del suo meglio per mettersi tra noi, guidandomi verso la sua Mercedes blu notte in attesa, prima di voltarsi, con le braccia tese verso l'assalto.

Seguì un turbinio di movimenti da parte dei paparazzi. Telecamere mi vennero sbattute in faccia, seguite subito dopo da domande disperate.

«Il signor St. James non risponderà a nessuna domanda,» dichiarò con forza l'avvocato. «La polizia non ha formulato alcuna accusa e noi stiamo facendo tutto il possibile per aiutare—»

Le sue parole si bloccarono di colpo. Avevo già premuto l'icona sul telefono mentre aprivo con uno strattone lo sportello del passeggero e salivo all'interno.

Maledetti figli di puttana!

Due squilli dopo, la chiamata andò in porto. «Cosa vuoi che faccia?»

Le parole di Carven furono agghiaccianti.

Guardai quei cazzo di giornalisti che sciamavano fuori come avvoltoi, voltando il viso, mantenendo la voce bassa. «Voglio che mandi un messaggio molto chiaro a Daniels. Un messaggio che dica che io non faccio da capro espiatorio per nessuno, men che meno per Hale.»

«Con grande piacere, cazzo,» rispose immediatamente Carven.

Potevo sentire il piacere brutale nel suo tono, l'eccitazione per l'inizio della fine. Solo che doveva essere la fine di Hale, perché non era possibile che io morissi per quel pezzo di merda.

Una donna si diresse verso l'auto, a testa bassa, con i capelli che le scorrevano dietro. Riportai la mia attenzione all'unica cosa importante che avevo in mente. «Vivienne?»

«Forse è meglio che torni a casa... il più velocemente possibile.»

Quelle parole significarono nulla e tutto insieme.

Mi irrigidii di fronte all'immagine che mi balenò in mente. Probabilmente stava perdendo la testa.

«Sto arrivando,» dissi, e chiusi la chiamata mentre la donna si avvicinava e poi sollevava la testa.

Gli occhi marroni incontrarono i miei attraverso il parabrezza prima che si allontanassero e lei si dissolvesse nel gruppo di giornalisti.

Trasalii con forza.

Il mio cuore batteva forte.

Il sangue scivolò via dal mio viso, lasciandomi pallido.

Quegli occhi marroni mi rimasero impressi nella mente... erano stranamente familiari.

Mi chiedo se hai già trovato la terza?

Le parole di Jack mi tornarono alla mente.

Una terza sorella, più grande, se ricordo bene.

Poi mi colpì come uno schiaffo. Portai lo sguardo oltre la folla di giornalisti mentre la portiera del conducente si apriva e l'avvocato saliva al volante.

«London?» mi chiamò mentre lasciavo aperto lo sportello del passeggero e mi affacciavo fuori.

Quegli occhi mi chiamavano. Quelli che conoscevo meglio di chiunque altro, quelli in cui mi ero perso più e più volte.

Quelli erano gli occhi di Vivienne.

Mi precipitai e sbattei contro i giornalisti in attesa con i loro telefoni ancora puntati su di me, come se avessi in qualche modo cambiato idea e fossi pronto a spiattellare tutti i miei fottuti segreti a chiunque volesse ascoltarmi. Il duro urto mi fece sbattere di lato prima di raddrizzarmi.

Un ruggito di protesta si levò mentre mi spingevo in avanti, correndo su per la prima, la seconda... la terza rampa di scale. Il battito del mio cuore mi martellava le orecchie mentre la cercavo. Quando arrivai in cima, respirai a fatica mentre scrutavo l'atrio della stazione di polizia... ma lei non c'era.

Nell'atrio non c'era nessuno. Le porte di vetro erano ancora chiuse, come quando ero entrato. Doveva essere qui... da qualche parte.

La terza figlia di King.

Quella che mi avrebbe portato dritto da lui.

Scatenai un ruggito mentre caricavo verso il lato dell'edificio. Ad aspettarmi c'erano solo ombre. Ombre, e nient'altro.

«Che cazzo sta succedendo?» mi chiese l'avvocato, respirando pesantemente dietro di me. Mi voltai, trovando il suo sguardo pieno di panico. «Stai perdendo la testa?»

Lo fissai con un cipiglio, poi scossi lentamente la testa.

Sollevò la mano. «Allora togliamoci dai coglioni prima che quegli stronzi decidano di volere qualcosa di più, va bene?»

Aveva ragione.

Sapevo che aveva ragione.

Ma questo non mi impedì di guardarmi alle spalle un'ultima volta prima di seguirlo, guardando con la fronte corrugata i giornalisti che mi fissavano con espressioni diffidenti e confuse mentre mi avvicinavo allo sportello ancora aperto dell'auto e tornavo dentro.

Le mie dannate mani tremavano mentre allacciavo la cintura di sicurezza e fissavo l'edificio buio.

«Cristo, sembra che tu abbia visto un dannato fantasma,» sbottò l'avvocato mentre avviava il motore e spingeva la macchina in retromarcia.

Ma non era stato un fantasma a palesarsi di fronte i miei occhi.

Era stata la persona di cui avevo bisogno, la connessione che mi serviva...

Per salvare me...

Per salvare la mia famiglia.

L'esaurimento mi colpì, allora, mentre mi appoggiavo al poggiatesta e il mio stomaco si stringeva per la rabbia. «Portami a casa,» mormorai, sapendo cosa mi aspettava. «Portami a casa e basta.»

Capitolo Ventotto

COLT

La rabbia mi fece a pezzi, rendendomi difficile la possibilità di rimettermi insieme. Salii di nuovo sull'Explorer e accesi il motore. Ma le mie cazzo di mani tremavano troppo... tremavano così tanto che non riuscivo ad afferrare il cambio. Le avvolsi invece intorno al volante e cercai di aggrapparmi alla mia ultima briciola di sanità mentale.

Li sentivo fissarmi. I loro occhi spalancati erano fissi su di me dall'altra parte della strada, riversati intorno a Theo Ares che mi guardava. Mi abbassai, spinsi la marcia e schiacciai l'acceleratore.

Il veicolo si impennò in avanti, con le gomme che ululavano mentre superavo il pub. Dovevo uscire da lì. Dovevo...

Fare a pezzi qualcosa.

Strinsi la presa e girai il volante per svoltare sull'angolo dell'edificio. Strade buie e vuote mi accolsero immediatamente. *Dovrei essere a casa... Dovrei essere ovunque, tranne che qui.*

Ma non potevo tornare lì, non ancora. Non finché lei... non finché Ophelia era qui.

Le luci verdi della strada si confusero. Strofinai gli occhi ed espirai lentamente e con forza. Non sapevo dove stavo andando, sapevo solo che non potevo tornare a casa... Non ancora, almeno.

Non con quella rabbia così forte ed esplosiva dentro di me.

Non lo avrei fatto...

Non con lei lì.

Spinsi più forte la macchina, sfrecciando lungo le strade della città fino a quando gli edifici torreggianti lasciarono lentamente il posto a uno skyline punteggiato di stelle e a palazzi in rovina. Non sapevo perché ero qui. Non in questo posto...

Era Carven a fare queste cose.

Carven e la sua furia.

Non io.

Ma il volante girava quasi come se la macchina si guidasse da sola, e mi ritrovai a frenare mentre tre ragazzi si appoggiavano con le caviglie incrociate ai parafanghi di una Maserati nera scintillante, osservandomi mentre passavo.

«No,» sussurrai ad alta voce mentre accostavo sul vialetto del cantiere e mi fermavo accanto alla guardia armata.

La mia voce era graffiante e vuota mentre davo il codice e aspettavo che si facesse da parte.

Bastò un cenno del capo.

Un cenno e capii che ero arrivato all'inferno.

«Non farlo,» mormorai tra me e me mentre accostavo l'Explorer a Lamborghini scintillanti e Bentley nuove di zecca. «Questo non sono io...»

Ero in preda a una specie di incantesimo mentre spegnevo il motore e scendevo.

«Gesù Cristo! Colpiscilo, per l'amor del Cielo! Smettila di fare finta!»

Mi tirai indietro, infilando le mani in tasca, tenendo lo sguardo per terra mentre le urla dei ricchi stronzi che avevano pagato per vedere schizzare sangue si levavano in aria. Ma non ero qui per loro... Ero qui per me.

Lo sapevo.

Anche se non volevo ammettere la verità.

Mi diressi verso la porta dove si trovava la guardia, che si fece lentamente da parte per lasciarmi passare. I miei stivali scricchiolarono sul cemento e sulle macerie. Non vidi altro che resti di mattoni mentre attraversavo il cantiere e costeggiavo l'area in cui al momento si stavano svolgendo quattro combattimenti. Gli applausi seguirono un tonfo brutale. La vernice nera scintillante e la targa ARES1 attirarono la mia attenzione.

Non volevo alzare lo sguardo. Non l'avrei fatto, ma un ringhio familiare mi arrivò alle orecchie. «Sì, sì, lo vedo. È qui... No, da solo. Come cazzo faccio a saperlo?»

Lentamente, sollevai lo sguardo e incontrai quello critico di Silas Ares. Si appoggiò alla portiera chiusa della sua auto sportiva mentre mi fissava. Ma io abbassai la testa e continuai a camminare verso il punto in cui ringhi provenivano dal ring del barbaro sport che aveva sempre così tanti spettatori.

Notai un movimento con la coda dell'occhio mentre lui distoglieva lo sguardo dal combattimento davanti a sé per lanciarmi un'occhiata.

«No... Cazzo, no!» ringhiò. «Ti ho già detto di non mettere piede qui dentro, cazzo. Che cazzo credi di fare? Colpiscilo, porca puttana!» ruggì contro il lottatore.

«Sono io,» borbottai, fermandomi davanti a un omone.

A pochi centimetri da me risuonarono brutali tonfi provenienti dalla lotta. L'uomo si voltò lentamente verso di me, lasciandomi alzare lo sguardo per incontrare il suo.

«Ma che cazzo?» disse sgomento, dando un'occhiata alle mie spalle per cercare il gemello che non c'era, poi si voltò indietro. «Pensavo fossi sordo.»

Io trasalii, poi mi limitai a fissarlo, mentre lui lasciava andare un momento di imbarazzo prima di tornare alla lotta. «Che cazzo vuoi?» sbottò poi.

«Voglio combattere.»

Non spostò lo sguardo dal ring, ma sapevo che mi aveva sentito. I suoi occhi si chiusero per un attimo mentre mormorava qualcosa sottovoce. «Vattene, ragazzo. Tuo fratello mi ucciderebbe se sapesse che ti ho fatto pestare a sangue.»

«Non sono qui per lui. Sono qui per me.»

Iron aprì gli occhi, poi lanciò un'occhiata verso di me. «Sa che sei qui?»

Scossi la testa.

Si leccò le labbra, poi si girò verso il tizio di fronte a noi che veniva annientato. «Cristo santo, mia sorella picchia più forte di quello stronzo.» Lanciò uno sguardo verso le altre tre risse che riempivano l'area. «Mia sorella picchia più forte di tutti questi maledetti perdenti.»

Io restai in silenzio, in attesa.

In attesa che si voltasse verso di me.

Alla fine, lo fece, ma continuò a guardare la porta dietro di me. «Sei sicuro che non sappia che sei qui?»

Non risposi e lui non aspettò.

«Quanto hai?»

Il pugile di fronte a noi trasalì e cadde come un sasso.

«Che cazzo di spreco di soldi!» urlò qualcuno alle mie spalle.

«Sai cosa?» ringhiò Iron. «Non puoi essere peggio di questi idioti, cazzo.»

Con uno scatto della testa, mi fece cenno di entrare. «Preparati, e vediamo cosa sai fare.»

Feci un passo, afferrai il nastro di plastica che avvolgeva le barriere e salii sul ring, dove un ragazzo grande il doppio di me respirava affannosamente mentre fissava il suo avversario, svenuto a terra di fronte a lui.

«Che cazzo succede?» ringhiò, lanciando un'occhiata a Iron.

«Ragazzo, non vuoi toglierti la giacca? O riscaldarti, o... Non so, diavolo, fare qualcosa?» mormorò Iron, con una voce che sembrava distorta e strana.

Ma io non guardavo lui, guardavo il terreno.

L'edificio sembrava... svanire.

Stavo scivolando di nuovo lì, nel dolore e nella rabbia, negli echi della mia infanzia che sembravano non lasciarmi mai andare. Ruggiti, incitamenti e richiami arrivarono alle mie orecchie ovattati, ma io mi trovavo ormai nel vuoto, dove tutta l'aria era stata risucchiata dal mio mondo.

Il mio avversario si avvicinò, la sua bocca si mosse mentre alzava la mano, indicando me e poi Iron. Ma io non stavo ascoltando, né i suoni né le urla. Ascoltavo il battito del mio cuore, il *boom... boom... boom* della vita che scorreva nelle mie vene, mentre osservavo tutto.

Vidi il momento in cui Iron diede l'ordine all'omone.

Vidi il momento in cui il suo sguardo di frustrazione si fece mortale.

Il cipiglio scivolò via dalla sua fronte.

La sua mascella si strinse, così come i suoi pugni.

Vidi Iron fare un movimento agli altri e i tre combattimenti rimasti intorno a me si fermarono, poi si girarono tutti verso di me. Non mi tesi, non strinsi i pugni; restai lì mentre Iron faceva un lento cenno. Poi iniziò.

Il primo colpo arrivò con forza, oscillando nell'aria e atterrando contro la mia guancia con una forza brutale.

Inciampai di lato. Il mio ginocchio si piegò per un secondo prima di recuperare la caduta.

L'agonia mi squarciò la guancia e si irradiò lungo la mascella. Tuttavia, mi raddrizzai e respirai a fatica.

«Che cazzo fai?» Il tizio di fronte a me mi fulminò con lo sguardo. «Reagisci!»

Non dissi nulla, aspettai solo che arrivasse il colpo successivo. Non dovetti aspettare a lungo.

Con un ruggito, il mio avversario spinse il suo pugno verso l'alto, colpendomi la parte inferiore della mascella. La mia testa scattò all'indietro e i miei denti digrignarono con uno scricchiolio. Le stelle scoppiarono dietro le mie palpebre, e si accesero di una luce bianca abbagliante mentre inciampavo all'indietro.

La folla urlò.

Iron stava ululando.

Ma in mezzo al caos, arrivò lei.

Bellissimi occhi marroni.

Un sorriso che mi fece sentire invincibile e inutile allo stesso tempo.

«Colt, piccolo,» sussurrò, ed era come se mi trovassi in una bolla interamente composta da Vivienne. Il suo tono erotico e gutturale inghiottì tutto il resto intorno a me. «Colt, ho bisogno di te.»

Inciampai per il colpo, poi mi raddrizzai. L'omone di fronte a me spinse contro il cemento e caricò in avanti, con gli occhi che brillavano di determinazione.

«Colt. Ho bisogno di te!» urlò lei.

Il suono della sua paura spezzò qualcosa dentro di me. Le catene del mio passato si spezzarono e caddero mentre mi muovevo all'ultimo secondo, facendo sbandare il lottatore in avanti. Usai il suo slancio per girarmi e afferrarlo prima di cominciare a sferrare pugni.

Thud...

Thud.

THUD!

Diventai nient'altro che pugni, rabbia e movimento. Arrivò il sangue, ma non seppi da dove, o da chi. Sapevo solo che c'era movimento, mentre gli altri si precipitavano in avanti. Ma quello stesso slancio mi attanagliava, ora... E non c'era modo di tornare indietro.

THUD.

THUD.

CRUNCH.

Qualcuno cercò di affrontarmi, ma finì con la schiena a terra e io a cavalcioni su di lui. Qualcosa di bagnato mi colpì il viso mentre io lo colpivo, più e più volte.

«Colt!» la sentii urlare nella mia testa, e la sua voce riuscì a fermarmi.

Guardai gli occhi spalancati e terrorizzati del ragazzo sotto di me. Ma non era un combattente. Il sangue sgorgava dal naso rotto del buttafuori di Iron.

«Lascialo stare!» urlò Iron.

Ma il resto della folla era in silenzio. Non solo silenziosa... stordita. Gemiti profondi provenivano da dietro di me. Guardai alle mie spalle l'uomo massiccio che, pochi secondi prima, aveva caricato verso di me. Ma ora non stava caricando. Si stava contorcendo, stringendo la spalla, gemendo in agonia.

«Me l'hai rotta, cazzo!» gemette. «Mi hai rotto la spalla, cazzo!»

«Togliti di dosso, cazzo!» sibilò l'uomo di Iron sotto di me, la voce distorta attraverso il naso rotto. «Togliti di dosso, amico.»

Mi sollevai lentamente da lui, con le mani pestate e insanguinate ai fianchi. Mi fissò con paura, il tipo di paura che conoscevo bene.

«Sei malato, cazzo!» ringhiò mentre si allontanava, tappandosi il naso con una mano. «Figlio di puttana!»

Lo fissai... Fissai tutti loro, sapendo che ero io la causa di tutto questo sgomento... ma non lo sentivo. Non sentivo nulla.

Non sentivo altro che lei.

Solo lei.

Iron inciampò in avanti e ruggì. «Guarda cosa hai fatto, cazzo! Vattene da qui!»

Seguii il gesto della sua mano fino a dove altri tre ragazzi si stavano alzando lentamente in piedi, ognuno dei quali mi fissava con uno sguardo di terrore. Io inciampai all'indietro, cercando di non guardare tutti gli altri che stavano seduti sulle loro auto, guardandomi in silenzio.

Ma fu Silas Ares a farsi avanti. «Colt,» chiamò mentre cercavo di aggirarlo.

Con il movimento arrivò anche il dolore. Uno tsunami di dolore mi colpì mentre barcollavo verso la porta demolita e l'uscita. A ogni ondata di dolore, quelle scintille si accendevano, esplodendo nella mia testa. Gemetti mentre mi immergevo nell'aria fredda della notte e cercavo di concentrarmi... per trovare la sagoma sfocata dell'Explorer.

Feci un passo verso di essa e nel momento stesso in cui lo feci, le mie ginocchia cedettero.

«Colt...» chiamò Vivienne nella mia testa.

Dovevo raggiungerla.

Dovevo—

Mi schiantai a terra con forza, e il dolore mi ha strappò la pelle delle ginocchia. Sollevai la testa e poi cercai di alzarmi, cercando disperatamente di raggiungere l'auto. Le ombre si spostavano, confondendosi con il bagliore del neon dietro i miei occhi. Feci altri tre passi ondeggianti prima di allungare la mano, cercando disperatamente di afferrare la maniglia dello sportello, ma le mie dita scivolarono...

E caddi.

L'oscurità si confuse, spostandosi tutta intorno a me. Guardai in alto mentre un'ombra si avvicinava.

«Sei un incosciente,» ringhiò l'ombra. «E anche tuo fratello. Pensavo che foste diversi, che foste come noi, ma ora vedo che non lo siete.»

Qualcuno mi afferrò e mi sollevò da terra.

«No...» ringhiai, cercando di lottare.

I volti si confondevano. Guardai le luci e le auto costose, trovando a malapena uno sguardo verso di me. Silas Ares e gli altri intorno a lui fecero un passo indietro e guardarono mentre le ombre si chiudevano intorno a me.

«Portatelo dentro,» ordinò l'ombra.

Mi dimenai e scalciai. «Lasciatemi stare, cazzo.»

Silas lanciò un'occhiata agli uomini che mi avevano afferrato e colsi il cipiglio in un attimo prima che si voltasse, dandomi le spalle... e gli altri lo seguirono, rifiutandosi di fare altro.

«Vaffanculo,» dissi a denti stretti, mentre l'agonia continuava a rimbombare nella mia testa.

Mi portarono in un'auto e mi spinsero dentro. Cercai di resistere, di combattere l'ondata di oscurità. Ma era troppa, e non potei far altro che andare alla deriva nel buio. Le portiere dell'auto si chiusero con un tonfo intorno a me, prima che un motore si accendesse.

«Chi... Chi cazzo sei?» sussurrai.

Ma nessuno rispose...

Perché a quel punto sentivo di non essere più nulla, sprofondando senza fine alla deriva.

«SVEGLIATI.»

Un calcio mi colpì il fianco. Seguì un dolore che si irradiò per tutto il mio corpo mentre aprivo gli occhi. Uno sconosciuto si trovava sopra di me, intento a fissarmi. Occhi scuri e impassibili trafissero i miei.

«Non riuscirai a riprenderla, la prossima volta, se continui così. Lo sai, vero?»

Si accovacciò lentamente. «Ci sono uomini là fuori che fanno sembrare Haelstrom Hale un fottuto boy-scout, un ragazzino. La prenderanno loro, quelli che chiamiamo gli Altri, e tu non la troverai più. È questo che vuoi?»

Aspirai con forza, fissandolo.

Il mio battito si fece più forte.

Lui arricciò le labbra, stizzito e arrabbiato.

Sapeva dell'Ordine.

Sei un incosciente. Le sue parole mi tornarono in mente. *E anche tuo fratello. Pensavo che foste diversi, che foste come noi, ma ora capisco che non lo siete.*

Come noi...

Come noi.

Girai lentamente la testa, trovando altri che stavano nell'ombra. «Figli,» sussurrai mentre il mio stomaco affondava. «Voi siete figli.»

Sollevò un coltello, la cui lama brillò sotto la luce. «Ho detto a tuo fratello che sarei passato attraverso di lui per arrivare a lei, ma sembra che non avrò bisogno di scomodarmi.» Mi fissò con uno sguardo ostile. «Invece passerò attraverso di te.»

Si slanciò in avanti e guidò il coltello in aria mentre io sentivo la nausea arrivare. Gli afferrai il polso, liberai la lama e tirai un calcio.

Il suono acuto di una radio ricetrasmittente riempì l'aria di chiacchiere frenetiche. Ma io non ascoltai. Mi misi invece a colpire con i miei pugni il lato della sua testa.

Vattene da qui...

Vattene subito da qui, cazzo!

Questa lotta era diversa. In qualche modo era più reale, come se tutti gli altri non fossero una minaccia, ma questo stronzo sì.

«Stai lontano da lei, cazzo!» ruggii mentre lo spingevo all'indietro.

«Dobbiamo andarcene,» chiamò freneticamente uno degli altri.

«Kane! Dobbiamo andarcene ORA!»

I colpi di pistola squarciarono l'involucro metallico del magazzino abbandonato, lasciando dietro di sé squarci abbastanza ampi da lasciar passare il bagliore della luce del sole. Era mattina? Da quanto tempo ero qui? Lo stronzo davanti a me mi spinse. Aspirò con forza mentre si alzava e barcollava.

Mi guardò dall'alto in basso, accigliato. «Perché cazzo lotti così tanto per lei?» ringhiò, mentre un botto proveniva da qualche parte all'esterno.

Gli altri si stavano già muovendo, afferrando tutto quello che potevano e correndo nella direzione opposta.

«Colt!» chiamò una voce familiare.

Distolsi lo sguardo dal gruppo in ritirata verso la squadra di ex militari che si dirigeva verso di me, con le armi puntate sui figli mentre si allontanavano.

«Harper?» gracchiai.

Si avvicinò e allungò la mano, anche se aveva il mirino puntato dall'altra parte. «Sono io, amico. Forza, andiamo via di qui.»

Gli presi la mano e lasciai che mi tirasse in piedi.

Ma seguii il suo sguardo... verso i figli che erano scomparsi.

Figli che avevano detto di aver già avvertito o, meglio, minacciato, mio fratello.

Figli che volevano l'unica cosa che non avrebbero mai potuto avere.

La figlia che ci apparteneva.

Capitolo Ventinove

VIVIENNE

«Vivienne... fermati!» Carven mi afferrò le mani e le tirò via dal groviglio dei miei capelli. «Ti ritroverai senza capelli, così.»

Lottai contro di lui mentre sentivo le ciocche dei miei capelli staccarsi. Carven ringhiò mentre mi srotolava le dita e mi liberava i capelli. Ma non potevo stare lì ad aspettare, dovevo fare qualcosa. Perché stavo impazzendo.

Staccai le mani dalle sue e mi voltai per camminare lungo lo studio, con lo sguardo rivolto all'ingresso vuoto. «Dovrebbe essere già qui. Dovrebbe essere tornato.»

Avanti e indietro. Avanti e indietro... Avanti e indietro. Aspettai lo scatto della serratura, il tonfo pesante dei loro passi... Gli occhi mi pungevano, avevo la vista sfocata, lo sguardo fisso sull'ingresso vuoto, finché non ne odiai la dannata vista.

Il dolore sembrò aprirmi il petto e strapparmi via il cuore a forza.

Era da qualche parte, là fuori. Il mio cuore.

Da qualche parte, stretto nella morsa di London.

Cullato nel petto di Colt.

Lasciando un vuoto dentro di me.

«Dove sono?» Mi voltai, trovando quello sguardo gelido e implacabile. «Dove cazzo sono, Carven?»

Bip.

Carven tirò fuori il telefono e fissò lo schermo.

«Cosa?» Mi feci avanti incespicando. «Cosa c'è?»

«L'hanno trovato,» mormorò. «Hanno trovato Colt.»

Mi sfuggì un respiro trattenuto, mentre le mie spalle si incurvavano. «Grazie a Dio. Grazie a Dio!»

Barcollai e allungai la mano, cercando disperatamente di afferrare qualcosa mentre lo studio sembrava oscillare... Solo che qualcosa afferrò me, invece.

Carven si scagliò contro di me e mi afferrò la mano, con l'attenzione ancora fissa sullo schermo mentre digitava, prima di abbassare il telefono... e rivolgersi a me. «Sono al sicuro. Sono entrambi al sicuro, gattina. Andrà tutto bene. Starai bene, adesso.»

Mi tirò vicino. Il freddo, crudele cacciatore mi trascinò contro il suo petto mentre si alzava. Le sue mani erano impacciate quando mi strinsero le spalle, come non sapesse cosa fare... Eppure, voleva fare *qualcosa*. Sapevo che le sue parole non erano solo per me, ma anche per lui.

La mia gola si strinse. La sua presa si fece più forte quando una lacrima scivolò lungo la mia guancia. Il movimento fu così veloce che la sentii a malapena mentre lui l'allontanava con un colpo di pollice e poi la fissava scintillante contro il dito.

Poi se lo infilò in bocca e mi rivolse quello sguardo agghiacciante.

I miei respiri si bloccarono; poi, nel silenzio sentii il lieve tonfo dello sportello di un'auto.

Lo sguardo di Carven si spostò sulla porta. Lasciò cadere le mani e mi girò intorno mentre suonava lo scatto della serratura. Seguirono passi pesanti. Sarei stata in grado di riconoscere quell'andatura ovunque.

«London!» gridai mentre mi giravo e mi lanciavo verso la porta.

Uscii dallo studio in un batter d'occhio. Il cuore mi batteva contro il petto mentre mi aggrappavo alla porta. La sua camicia bianca era aperta, le maniche arrotolate fino ai gomiti. Lo sguardo di totale stanchezza con cui mi scontrai quando andai da lui lo faceva sembrare più vecchio, più freddo... e più disperato.

Ma non era troppo esausto per afferrarmi mentre mi lanciavo verso di lui.

Le sue braccia mi circondarono in un istante, scivolando sulla mia schiena mentre mi stringeva a sé.

Espirò con forza prima di mormorare, «Cazzo, mi sei mancata.»

Mi aggrappai a lui mentre seppellivo il viso contro il suo collo. Il suo profumo ricco mi invase in un istante. Inspirai profondamente, desiderosa di riempire ancora una volta quel vuoto dentro di me. «Ero così fottutamente spaventata,» gracchiai. «Così fottutamente spaventata.»

Le sue braccia forti si strinsero. Ma sotto la disperazione c'era una rabbia tesa e tremante. Il rumore di un motore si avvicinò alla casa. Carven si voltò a quel suono e ascoltò il rombo del motore che si fermava.

Il pesante tonfo delle portiere dell'auto fu seguito dal rumore del veicolo che si allontanava. Mi allontanai da London e girai la testa verso il debole rumore della serratura della porta d'ingresso. Passi pesanti riecheggiarono nell'atrio, rispecchiando il rimbombo del mio cuore. Da dietro l'angolo sbucò Colt, con un aspetto orribile.

Aveva del sangue secco sul viso. I suoi vestiti erano un casino, sgualciti, strappati e sporchi. Ma furono i suoi occhi a catturarmi. Erano fissi, vuoti, non somigliavano affatto agli occhi dell'uomo che conoscevo. Guardò il pavimento mentre si avvicinava, con le mani infilate nelle tasche.

Carven e London non dissero una parola. Non andarono da lui, non si mossero affatto. Ma io non ero così contenuta. Mi feci avanti, poi mi affrettai a cingergli il collo con le braccia. Mi afferrò e mi tirò a sé. Potevo sentire la tensione del suo corpo e il dolore dentro la sua anima. Sentivo il peso che portava con sé... L'unica domanda era: *perché?*

Il suo braccio si staccò da me mentre si avvicinava agli altri e tirava fuori dalla tasca l'altra mano, poi la allungò verso London. Lui non disse nulla mentre Colt gli metteva in mano il piccolo chip. Abbassò lo sguardo, poi strinse il pugno intorno all'oggetto.

London fece un cipiglio e sollevò lo sguardo verso quello di Colt. Ma Colt si voltò e si allontanò. Lo fissai, sentendo lo stesso vuoto di prima, come se non ci fosse più.

Non era qui, non proprio. In qualche modo l'avevo perso, proprio quando pensavo di averli trovati tutti. Feci un passo avanti prima che il mio braccio venisse afferrato.

«No, lascialo andare,» ringhiò Carven.

Solo che questa volta non avevo intenzione di seguire gli ordini. Strappai il braccio dalla sua presa. «Non dirmi cosa fare,» ringhiai, e mi slanciai in avanti.

Questa notte era stata troppo cruda.

Troppo sanguinosa.

Avevo quasi perso più di uno di loro.

Non avrei corso un altro rischio. Non per tutta la sicurezza del mondo.

Mi misi a correre, raggiungendolo proprio all'ingresso della nostra ala.

«Aspetta!» lo chiamai, afferrandolo per il braccio mentre continuava a camminare. «Colt... fermati.»

Lo fece e poi rimase lì, con la schiena verso di me. Il lato della sua testa era un pasticcio insanguinato.

Avevo il cuore in gola. «Che cosa ho fatto?»

I suoi occhi si strinsero e scosse leggermente la testa. Era l'unica risposta che sarebbe stata in grado di darmi.

«Allora perché mi respingi?» sussurrai, facendo scorrere la mano lungo il suo braccio potente. «Ho bisogno di te.»

A quelle parole trasalì e si voltò all'istante per afferrarmi e strattonarmi.

Gli avvolsi le braccia intorno al collo e mi sollevai per attirare la sua bocca sulla mia. «Ho bisogno di te, non lo capisci? Non puoi lasciarmi, non potrai mai lasciarmi.»

Mi baciò, girandomi per spingermi di nuovo contro il muro. Era affamato, così fottutamente affamato. La sua grande mano scivolò intorno alla mia nuca e mi tenne ferma. Le mie labbra erano schiacciate contro i denti, ma non mi importava. Lo tirai più forte contro di me, desiderando di più. Finché non si staccò, lanciò un'occhiataccia al corridoio, e poi tirò fuori la mano per appoggiarsi al muro mentre ondeggiava.

«Andiamo.» Mi spinsi in avanti e lo afferrai intorno alla vita. «Nel mio bagno, subito.»

Mi aspettavo che opponesse resistenza. In realtà, mi bastava uno sguardo per fargli capire che non avrei accettato un no come risposta, ma lui non discusse. Mi lasciò avvolgere il braccio intorno alla sua vita, sostenendolo mentre lo accompagnavo in camera mia. Spalancai la porta e la feci sbattere contro il muro mentre lo aiutavo a entrare in bagno. Sotto la luce bianca, la sua testa aveva un aspetto ancora peggiore.

«Siediti,» gli ordinai mentre lo spingevo dentro.

Emise un ringhio, poi aprì la bocca per parlare. Lo interruppi con un'occhiata e lui richiuse lentamente la bocca. «È quello che pensavo.»

Un colpetto alla testa e il figlio pericoloso si abbassò lentamente.

«Bravo ragazzo,» mormorai, guadagnandomi un'occhiataccia.

Una che ignorai mentre mi mettevo al lavoro per vedere quali danni avesse il mio amante rompiscatole, testardo fino all'esasperazione. Non trasalì quando separai quei folti riccioli castani, non si tirò indietro. Invece, si chinò in avanti e premette la fronte contro il mio ventre.

«Non riesco a vedere un bel niente in mezzo a questo casino,» brontolai mentre cercavo di trovare la ferita sotto tutto quel sangue. «Devi farti una doccia, così posso vedere meglio.»

Sollevò la testa, afferrò la camicia e se la tolse. I muscoli sodi del suo petto flessi sotto la luce accentuarono le sue cicatrici argentate. Su chiunque altro sarebbero state raccapriccianti. Ma su di lui... erano bellissime. Anche se distrutto e insanguinato, quell'uomo era ipnotizzante. Si alzò, torreggiando su di me. Quegli occhi intensi mi inchiodarono sul posto quando si abbassò, si slacciò i jeans e li abbassò.

Il mio sanguinario e silenzioso protettore si ritrovò in un attimo improvvisamente nudo.

E per un attimo io dimenticai come respirare.

Deglutii a fatica e combattei l'impulso di abbassare lo sguardo quando mi resi conto che lo stavo fissando come un'idiota. «Sarà meglio... Sarà meglio metterti sotto la doccia.»

Lui rimase lì in piedi. «Dovrai spostarti, allora.»

«Oh?» Abbassai lo sguardo, notando solo in quel momento che gli fossi d'intralcio. «Sì, certo.»

Feci un passo indietro e me ne pentii immediatamente. Perché la vista dal retro era altrettanto spettacolare di quella davanti. Le sue spalle spesse si fletterono mentre apriva la porta della doccia ed entrava. Tracciai il suo corpo fino al sedere sodo, alle cosce possenti. Era graffiato e pieno di lividi per quasi tutta la lunghezza. D'istinto, afferrai la maglietta e me la tirai sopra la testa, mi tolsi le scarpe e mi sfilai i pantaloni.

Lo raggiunsi in mutande. Non si trattava di sesso, anche se, Cristo, era difficile concentrarsi mentre si girava e inclinava la testa all'indietro. C'era qualcosa di follemente erotico nel vedere i tendini della sua gola flettersi, qualcosa che mi faceva battere troppo forte il cuore. Era completamente esposto a me, come un potente predatore che si arrende alla sua compagna.

Qui non c'erano muri.

Nessuna pretesa...

Non in questo momento.

Feci un passo avanti e feci scivolare la mano lungo il suo braccio. «Lascia che ti lavi.»

L'acqua gli scorreva sul petto a rivoli mentre abbassava la testa e mi guardava.

«Se per te va bene, intendo.»

Con un cenno attento mi chinai, presi la spugna, la strinsi nel palmo della mano e gli massaggiai con cura la testa. Trovai lo squarcio. Era piccolo... ma sgorgava come un torrente, soprattutto quando il getto dell'acqua lavò via la crosta parzialmente formata.

Se gli feci male, non lo disse.

Non si tirò indietro.

Ma inspirò profondamente quando passai le mani sui suoi pettorali duri e i suoi occhi brillarono quando si abbassarono.

«Non sono ferito lì, gattina.»

Mi fermai, ben consapevole che avrei potuto scatenarlo. «Vuoi che mi fermi? Posso farlo.»

Allungò la mano, mi afferrò il polso e mi premette la mano contro il suo cazzo duro. «Se ti fermi adesso, avremo un problema. Chiaro?»

Sorrisi all'istante. «Sì.» Arricciai la mano intorno alla sua erezione. «Chiaro.»

Forzò un sorriso, anche se tormentato. «Bene, perché stanotte dormirò nel tuo letto.»

Capitolo Trenta

CARVEN

Mi aggrappai al mobile mentre ascoltavo lo scorrere dell'acqua nel bagno accanto al mio. Sapevo che lui era lì dentro, sapevo ci fosse anche lei. Strinsi la mascella mentre immaginavo esattamente quello che stavano facendo, le mani di lei su tutto il corpo di lui, la bocca di lui su quella di lei. La gelosia mi serpeggiava dentro. Ma se dovevo essere sincero, non era solo lui che la scopava a farmi arrabbiare.

Era *lui* e basta, il suo malumore, il suo silenzio.

Perché Colt non era mai stato in silenzio.

Non con me.

Ero suo fratello, cazzo.

Inspirai profondamente e sollevai lo sguardo verso lo spietato figlio di puttana nello specchio, quello con i capelli argentati, le radici scure in bella vista e gli occhi implacabili e assassini. Fissai quegli occhi, che gli altri pensavano fossero come quelli di mio fratello.

Ma non lo erano.

Erano più freddi.

Più taglienti.

Niente di simile allo sguardo che si era posato su di me quando Colt era entrato nel corridoio pochi minuti fa. Mi aveva guardato a malapena; si era limitato a premere quel fottuto chip nella mano di London e se n'era andato come se non avessi passato l'intera notte a perdere la testa per lui.

Non era da lui...

Per niente.

I muscoli della mascella si strinsero. Anche la mia presa sul marmo del bagno si strinse, finché non mi spinsi indietro e mi tirai la camicia sopra la testa, poi calciai via gli stivali. I jeans erano gli stessi che avevo prima, ma la camicia era una di quelle che avevo preso dal magazzino dopo aver eliminato il corpo di Daniels...

Perché l'altra era rimasta intrisa di sangue.

Gettai tutti i vestiti in un mucchio sul pavimento, poi entrai nella doccia e azionai il getto dell'acqua.

C'era sangue sotto le mie unghie. Le aveva macchiate. Chiusi gli occhi e inclinai la testa all'indietro. Nella mia testa risuonavano ancora urla e sibili gutturali da parte di un uomo senza lingua.

Aprii gli occhi e mi voltai per versare lo shampoo sulla mano e insaponarmi i capelli. Il tonfo dell'acqua che veniva chiusa risuonò accanto a me, facendomi lanciare un'occhiata al muro. *Bastardo lunatico.* Poteva prendersela, cazzo, se era così importante. Mi abbassai e mi afferrai l'uccello, mentre un bruciore selvaggio di rabbia mi toglieva il respiro.

Poteva averla, se la voleva così tanto.

Il dolore si strinse con un nodo intorno al mio cuore. Un nodo che si fece strada in profondità. Appoggiai la mano al muro, poi mi chinai in avanti ed emisi un gemito. *Gesù.*

Cercai di far entrare l'aria nei polmoni mentre il bagno si oscurava e ondeggiava.

La mia mano scivolò sulle piastrelle e mi schiantai contro il muro.

Mi stava venendo un cazzo di infarto.

Le mie dannate ginocchia traballarono. Alzai lo sguardo e sbattei il pugno contro il muro. *Thud.*

«Fratello,» gracchiai, ma la parola era un sussurro sotto l'urlo del bisogno...

Che cazzo sta succedendo?

Mentre il bagno diventava grigio, cercai di concentrarmi. Dovevo andare da loro. Avevo bisogno di...

Diedi un colpo al rubinetto e terminai il getto. Nel momento in cui lo feci, la morsa che mi stringeva la gola si allentò. L'aria entrò di corsa e scacciò l'oscurità, almeno un po'. Uscii di corsa, presi un asciugamano dalla rastrelliera e me lo avvolsi intorno alla vita mentre mi dirigevo verso la porta.

I miei sensi si acuirono nel corridoio. Si concentrarono su di lei. La sua energia, la sua rabbia. La sua fottuta disperazione. Mi diressi verso la porta della sua camera da letto e la spinsi. All'interno, sul letto, c'era del movimento. C'erano lui... e lei.

I miei occhi lampeggiarono mentre chiudevo silenziosamente la porta.

Non mi notarono nemmeno. Vivienne aveva gli occhi chiusi e la testa inclinata all'indietro mentre lui le passava le dita tra i capelli. Senza dire nulla, mi guardò avvicinarmi al letto prima di voltarsi e baciarla.

Lei gli afferrò il braccio e le sue labbra si aprirono mentre lui la prendeva. Il modo in cui la trascinò contro di sé mi ipnotizzò. L'avevo già visto baciarla, l'avevo anche visto scoparla... Ma niente del genere.

Era una situazione disperata e logorante.

Questo era...

Amore.

Ecco cos'era.

Allora lei dovette avermi percepito. Il suo respiro affannoso riempì l'aria prima che spostasse lo sguardo verso di me e mi trovasse in piedi di fronte al suo letto.

Solo silenzio... non c'era altro tra noi.

Aspettai che dicesse qualcosa. *Vattene, Carven.*

L'avevo già spinta a dire quelle parole.

Volevo che dicesse quelle parole.

Ma, cazzo...

Se le avesse dette ora — il terrore mi tolse il respiro — se le avesse dette ora, mi avrebbero distrutto. La pelle d'oca mi corse lungo le braccia. Una volta avevo pensato che fosse patetica e debole. Gesù, non avrei potuto sbagliarmi di più.

Era più spietata di qualsiasi figlio.

Con una sola parola questa figlia avrebbe potuto strapparmi il cuore, cazzo.

Ma non disse le parole che ero terrorizzato di sentire. Invece, si spostò più vicino a Colt, poi sollevò il lenzuolo sul lato opposto.

Mi mossi prima di rendermene conto, consapevole di quanto sembrassi fottutamente disperato e bisognoso. Ma non me ne fregava un cazzo. Lasciai cadere l'asciugamano a terra, girai intorno al letto e vi salii.

Mi raggiunse all'istante, il suo braccio scivolò intorno alla mia vita. Guardai le sue labbra arrossate e gonfie a causa dei baci di mio fratello. Poi le afferrai la mascella e la baciai.

Vivienne cedette.

Si appoggiò al cuscino.

Si abbandonò a me mentre affondavo la lingua in profondità.

Mentre mio fratello guardava.

La mano di lui le sfiorò le costole e le palpò il seno. Quella vista fu un'iniezione di adrenalina. Mi staccai, aspirai un respiro affannoso e guardai in basso.

«Ti piace?» Guardai le dita di mio fratello scivolare sul suo capezzolo duro. «Ti piace la mano di mio fratello sul tuo seno e la mia lingua nella tua cazzo di gola?»

Lei deglutì, poi sussurrò, «Sì.»

Il cuore mi rimbombò nelle orecchie. «Ci vuoi entrambi?»

I suoi occhi si allargarono. «Sì.»

Sollevai lo sguardo, incontrando gli occhi sempre così attenti di mio fratello.

Non disse nulla. Ma non era un no, vero?

Non era un no.

Abbassai la testa e mi spostai in basso, leccai la punta stretta dell'altro capezzolo e scostai le lenzuola.

«Apri le gambe, figlia. Avremo bisogno di un po' di preparazione.»

Lei si adeguò. Così velocemente...

Distese le gambe. La sua figa era già bagnata quando spinsi le dita all'interno. «Fratello?» riuscii a dire mentre il mio cazzo si induriva al contatto con lei.

Esitò un attimo, poi abbassò la mano e la trascinò lungo il corpo di lei per trovare il suo clitoride.

«Oh, Dio...» Rabbrividì sotto il nostro tocco.

Abbassai lo sguardo e guardai il suo grosso pollice sfiorare quel tenero nodo di nervi mentre le mie dita la scopavano.

Lui.

Lei.

Io.

L'avremmo condivisa, proprio come avevamo sempre condiviso tutto, compreso il corpo della donna che ci aveva dato la vita. La vena sotto il mio cazzo pulsava al solo pensiero, spingendosi fino alla punta. Stava praticamente gocciolando quando mio fratello si spostò più in basso sul letto.

Feci scivolare fuori le dita, presi tutta la sua umidità e la strofinai contro l'ingresso stretto del suo culo.

«Cazzo...» mugolò, e chiuse gli occhi mentre Colt le leccava il capezzolo.

Il suo corpo si strinse e rabbrividì mentre spingevo lentamente dentro di lei. «Apri gli occhi, gattina,» le ordinai. «Guarda in basso.»

Lei lo fece, inclinando lo sguardo per osservarci. Mio fratello sollevò la testa, trovò il suo sguardo, poi le strofinò un dito sul clitoride mentre scivolava sul letto.

Con cautela spinsi le dita più a fondo, mentre la aprivo. «Guarda come ci prendi bene, cazzo.» Il suo corpo si strinse mentre lui infilava due delle sue grosse dita dentro di lei. Le sue nocche si ricoprirono di sangue mentre spingeva.

«Guarda come la tua figa avida ha bisogno di lui... Perché tu hai bisogno di lui, non è vero?»

La sua risposta fu un gemito tormentato.

Il suono mi piacque tantissimo.

La mia gattina spalancò le gambe. «Così, mia perfetta puttanella. Alza le ginocchia.»

Lei si aprì completamente per noi mentre io abbassavo la testa, lavoravo la saliva nella mia bocca e poi la facevo colare. Scorse tra le dita di mio fratello quando le spinse nuovamente dentro la sua figa. La sensazione le fece riprendere fiato.

D'istinto spinsi i fianchi, saltellando nell'aria. Cristo, non avevo mai provato niente del genere. Ero fuori di testa per il bisogno di scopare. Ma dovevo prendermi il mio tempo... dovevo fare le cose per bene, per lei.

Mi leccai le labbra mentre la mia saliva si univa alla sua umidità e scivolava intorno alle mie dita, poi spinsi di nuovo due dita dentro. Il suo culo si strinse intorno all'invasione, mentre il suo corpo si sforzava di accoglierla. Ma si stava ammorbidendo, piano piano. «Brava bambina.» Le mie parole erano roche. «Apri questo culo per me, piccola.»

Lei abbassò la testa all'indietro e spinse i fianchi verso il basso, facendomi arrivare più a fondo dentro di lei. Colt la spalancò, poi sputò e guardò il rivolo scorrere lungo la sua figa prima di afferrarle le spalle e tirarla verso di sé.

Sfruttai lo slancio, feci scivolare la sua gamba sulla coscia spessa di lui e mi spostai dietro di lei. «Respira, gattina,» la esortai mentre afferravo il mio cazzo e premevo contro la sua apertura. Lei spinse il culo contro di me, lasciando entrare la punta con facilità.

«Gesù— Cazzo, Gesù Cristo,» gemetti mentre scivolavo fuori, solo per spingere dentro ancora una volta.

Lo prese per tutto il tempo, quel muscolo stretto come un pugno intorno al mio cazzo. Si dimenava, poi si muoveva avanti e indietro. Qualcosa strofinò la punta dall'interno, accarezzando, spingendo. Mi ci volle un secondo per capire cosa fosse...

Era Colt.

Lui si spinse in profondità dentro di lei. La pressione si scontrò con me. Le afferrai i fianchi, la tenni ferma e cronometrai le spinte di lui per assecondare il ritmo, e cercai di mantenere la calma. Ma ogni volta che lui spingeva dentro di lei, mi mandava quasi al limite, accarezzandomi attraverso di lei.

Le mie dita scavarono in profondità nella sua carne. Sapevo che mi faceva male, ma non potevo fermarmi... non potevo...

«Più forte,» gemette. «Carven... scopami più forte.»

Le sue parole erano tutto ciò di cui avevo bisogno. Mi avvicinai, le afferrai una manciata di capelli e le strattonai la testa all'indietro, abbastanza forte da scioccarla... ma non da farle male. Non volevo farle mai più del male. «Dimmi, gattina,» grugnii. «Come ci si sente a essere scopata da entrambi?»

Il suo corpo si strinse e tremò intorno al mio cazzo mentre Colt spingeva più forte ed emetteva un ringhio. Lei si mosse e sussultò per l'impatto. Mi spinsi in profondità, costringendo il suo corpo ad abbassarsi intorno a lui. «Cristo, come scopi bene. Sei fatta per questo, gattina. Sei fatta per noi.»

«*Oh, Dio...* Oh—» La mia puttanella si fermò e il suo culo pulsò intorno a me mentre veniva. «Gesù...»ì

Mi aggrappai con un pugno ai suoi capelli e con l'altro alla sua spalla, mentre spingevo il suo corpo verso il basso con forza e lo spingevo dentro fino all'elsa. «Dio...» gemetti mentre il mio cazzo pulsava e venivo con forza. Colt abbassò la testa ed emise un grugnito mentre sbatteva dentro di lei una volta dopo l'altra. Era implacabile, disperato e potente. Il corpo di lei sussultò a ogni spinta, finché lui emise un ringhio forte, profondo e gutturale, e le riempì la figa di calore.

Io lo sentii tutto.

Le stelle scoppiarono dietro le mie palpebre, di un bianco accecante. Mi persi nel bagliore, le scosse del suo corpo a mungere ogni mia maledetta goccia.

Allentai la presa dai suoi capelli e lasciai cadere la testa in avanti per baciarle la spalla, poi le sfiorai il collo. Non riuscivo a fermare il bisogno di toccarla, nemmeno se avessi voluto... e per la prima volta in vita mia, non volevo.

Il suo buco del culo si aprì quando scivolai fuori. Il mio seme mi ricoprì il cazzo mentre premevo contro il suo culo quando lei si allentò contro di me.

«Stai bene?» sussultò Colt.

Cercò di riprendere fiato, poi annuì e sussurrò, «Molto bene.»

La incastrò tra di noi mentre lei lasciava cadere la testa accanto alla sua e cercava di riprendere fiato. La stanza si riempì di quei suoni rantolanti mentre tornavamo tutti sul pianeta terra.

«Non vai da nessuna parte, lo capisci?» disse poi lei, sollevando la testa e incontrando quello sguardo blu profondo di mio fratello. «Perché se lo fai, mi ucciderai.»

Mio fratello cercò i suoi occhi e fu come se, in quel secondo, fosse un estraneo. Non avevo mai visto quella disperazione in lui, non in tutti gli anni in cui eravamo stati insieme. Nemmeno quando aveva subito quelle percosse all'inferno mi aveva guardato come aveva guardato lei.

«Adesso lo capisco,» rispose con cautela. «Non me ne vado più... Lo prometto.»

Aspettai che annuisse e chiudesse gli occhi... ma non lo fece.

«Carven,» sussurrò, e girò la testa verso di me.

Il mio cuore ebbe un sussulto, e il panico mi strinse la gola quando incontrai la disperazione nei suoi occhi.

«Ho bisogno che lo dica anche tu, adesso,» mi esortò. «Ho bisogno che tu dica che non mi lascerai mai.»

BOOM. BOOM. BOOM.

Il mondo sembrava essersi fermato.

Mi voleva? Lei... mi voleva davvero?

«Lo prometto,» riuscii a dire.

Vivienne mi guardò per molto tempo, come se stesse cercando di capire sé stessi dicendo la verità. Qualsiasi cosa vide, allievò la sua paura. Un respiro sfuggì a quelle labbra, labbra che volevo.

Mi chinai in avanti, le presi delicatamente la guancia e la baciai più teneramente di quanto pensassi, poi la lasciai andare. Quel gesto da solo mi terrorizzò. Non mi era mai importato prima, non avevo nemmeno voluto guardare cose così dolci. Il sesso per me era sempre stato un campo di battaglia, dove prendevo senza conseguenze e poi lasciavo a pezzi chiunque fosse stato sotto di me.

Ma non lei... Non la mia Vivienne.

Per lei, sarei diverso.

Rilasciai delicatamente la presa mentre un'espressione di stanchezza la investiva. Chiuse gli occhi ed espirò dolcemente. Questa notte era stata brutale, per tutti noi.

«Bene.» La sua mano afferrò la mia e trascinò il mio braccio intorno alla sua vita. «Molto bene. Ora ho solo bisogno di... dormire un po'...»

Svenne in un secondo. Non avevo mai visto qualcuno addormentarsi così velocemente. Un attimo prima stava parlando e un attimo dopo era andata. La fissai per un istante, ipnotizzato dall'alzarsi e abbassarsi del suo petto.

Poi realizzai lentamente di essere ancora in presenza di mio fratello.

Quello sguardo impassibile era già fisso su di me. Ma non disse nulla, come se avesse deciso che non fossi degno delle sue parole. Forse non lo ero. Eppure, i secondi si allungarono tra noi.

Che cazzo ti succede?

Le parole urlarono nella mia testa.

Avrei voluto dirle, ma non raggiunsero mai le mie labbra.

La sensazione del suo corpo contro il mio divenne ipnotica. Non osai muovermi, terrorizzato di rompere l'incantesimo. Invece, lo guardai, sapendo che questo era il contatto con il paradiso per un bastardo senz'anima come me. Finché Vivienne non mugolò, poi sussultò.

Colt spostò la sua attenzione su di lei appena un secondo prima di tornare a me. Fissammo la donna che ci terrorizzava e ci ammaliava mentre combatteva i demoni nel sonno. Il mio braccio si strinse intorno a lei e Colt si spostò più vicino.

«No, allontanati da me,» mugolò lei, facendo gelare Colt mentre scuoteva la testa. «Carven,» gemette. «Carven...»

Le mie pulsazioni rimbombarono al suono del mio nome. Il panico salì alla velocità frenetica dei suoi respiri. All'inizio pensavo di essere il suo aguzzino... Di sicuro mi meritavo questo titolo, finché...

«Carven, aiutami. Aiutami, ti prego...»

Strinsi la mandibola, la parte selvaggia di me a salire in superficie. *Datemi qualcuno da uccidere.*

Datemi chiunque...

Avevo bisogno di...

Mi bloccai, fermandomi. Come cazzo potevo uccidere i mostri nella sua testa? Non lo sapevo. Ma dovevo trovare un modo.

Io... avrei trovato un modo.

«Sono qui, gattina,» sussurrai, trovando di nuovo lo sguardo di mio fratello. «Sono qui.»

I suoi respiri rallentarono mentre apriva gli occhi. Non era sveglia, non del tutto, almeno. Tuttavia, era consapevole di me. «Ne valgo la pena?» sussurrò.

Aggrottai la fronte. «Cosa?»

Poi capii. Quel giorno al Four Seasons, quello in cui ero stato troppo arrabbiato con il mondo per pesare bene le mie parole. Quelle erano le parole che le avevo sputato addosso... *È meglio che ne valga la pena.* Gesù. Era quello che le avevo detto.

Il dolore scoppiò dentro di me, squarciandomi costola per costola per arrivare a quella cosa incancrenita e pulsante che avevo nel petto.

«Sì,» risposi fissando Colt. «Ne vali la pena.»

Con un duro respiro, chiuse ancora una volta gli occhi e andò alla deriva.

Allora capii...

Capii che eravamo fottuti.

Ormai non si poteva più tornare indietro.

Non lui.

Non io.

Non senza di lei.

Capitolo Trentuno

VIVIENNE

Un forte russare all'orecchio mi svegliò all'istante. Con rabbia alzai la mano per scacciare chiunque fosse, fino a quando non mi accorsi dell'erezione dura che premeva contro di me. Il mio culo si strinse e la mia figa pulsò, mentre un profondo senso di stanchezza mi attraversava. Poi mi ricordai di quello che era successo. Aprii gli occhi e trovai dei morbidi riccioli scuri proprio di fronte a me, e il mio cuore perse un battito.

Colt...

Girai la testa, e vidi dietro di me dei capelli color argento.

Carven.

Gesù... Tutti e due... allo stesso tempo.

Qualcosa mi fece vibrare il petto.

Mi morsi dolcemente il labbro, poi sobbalzai quando una mano pesante si posò sulla mia vita. Con uno strattone improvviso, fui tirata all'indietro.

«Dormi, gattina,» mi disse con un ringhio intontito nel mio orecchio.

«Ci stavo provando,» ribattei io. «Ma tu russi come un dannato camionista.»

Carven spalancò un occhio. «Chi cazzo è questo camionista?»

Il mio cuore prese a battere più forte. «Nessuno... È solo un modo di dire.»

Fece un cipiglio, poi chiuse di nuovo l'occhio. «Meglio che sia così. Non costringermi a uccidere qualcuno prima di colazione.»

Non potei fare a meno di sorridere. Perché l'avrebbe fatto, non era vero?

Avrebbe ucciso un altro uomo solo per gelosia.

Mi accoccolai con forza contro il suo corpo, lasciando che mi legasse al suo petto, mentre ascoltavo il sibilo dell'aria che gli usciva dalla bocca e mi rendevo conto di quanto fossi nei guai. Carven non era solo esigente a letto... Era anche geloso e dispotico, tanto da dare del filo da torcere a London. Il suono morbido dei suoi respiri pesanti mi riportò a quella beatitudine perfetta. Chiusi gli occhi, pronta ad andare alla deriva... finché la motosega umana non riprese dietro di me... e questa volta non si fermò, cazzo.

Stai scherzando, cazzo...

Aprii gli occhi, ascoltai il suono e capii che il sonno era finito per me.

Aspettai giusto il tempo necessario per poter afferrare delicatamente la sua mano. Nel momento in cui lo sistemai vicino a me, il russare cessò. Questa volta non borbottò, ma sapevo che era consapevole di ogni mia mossa.

Era come essere seguiti da un predatore. Solo che questo predatore non voleva uccidermi.

Voleva scoparmi.

E scoparmi, scoparmi, scoparmi.

Quel dolore si fece più profondo quando mi staccai da lui e mi diressi lentamente ai piedi del letto.

«Non andare via, non senza di me,» mormorò. «È un ordine.»

Mi girai di scatto, accigliata. *È un ordine?* Con chi cazzo credeva di parlare?

Anche se le parole erano lì, sulla punta della mia lingua, sapevo che non potevo discutere, non con lui, non più. Avevo scelto le mie battaglie, e questa non era una di quelle. Invece, strinsi la mascella, mi diressi verso l'enorme cabina armadio e trovai un paio di pantaloni della tuta grigia, una maglietta morbida e una felpa prima di infilare degli spessi calzini bianchi e uscire.

Mi scappò uno sbadiglio mentre aprivo la porta della camera da letto e la chiudevo silenziosamente dietro di me, lasciandoli soli. Avevo bisogno di un caffè... subito. Mi diressi verso la cucina, ma la trovai vuota. L'orologio segnava l'una passata e, per un attimo, dovetti ricredermi.

Infilai una tazza sotto la macchina del caffè e premetti il pulsante. Mi scappò uno sbadiglio. Aveva senso, dopo che avevamo passato tutta la notte in un turbine di torture emotive. Mi aggrappai al bancone mentre la macchina gorgogliava e il profumo acuto e seducente del caffè mi riempiva il naso.

Sbadigliai di nuovo, poi mi alzai per prendere una seconda tazza e mi concentrai su London. Sentii un senso di pesantezza stringersi intorno al mio petto. Poggiai la mia tazza e riempii la sua, aggiungendo latte e zucchero. Poi la portai nello studio, sapendo che l'avrei trovato lì.

C'erano solo due posti in cui poteva essere: dietro la scrivania... o addormentato sul divano. La porta era aperta. La scostai con una leggera spinta e lo trovai disteso sul divano di pelle nera. Posai le tazze, poi tornai indietro e richiusi la porta.

La scrivania era in disordine, c'erano fogli ovunque.

Quel chip solitario attirò la mia attenzione. Odiai immediatamente la sensazione di gelosia che sentii stringermi la gola. Volevo afferrare la cosa più pesante che riuscissi a trovare e ridurla in polvere. Forse, se l'avessi fatto, anche la puttana le cui informazioni erano contenute lì dentro sarebbe finita in polvere.

Lo schermo del telefono di London si illuminò mentre vibrava.

Lanciai un'occhiata a lui, immobile, prima di avvicinarmi.

Non ero il tipo di donna che ficcava il naso.

Ma un secondo prima che lo schermo si oscurasse, colsi il messaggio.

Congratulazioni, ora sei fertile.

Fertile? Cosa...?

Girai la testa, poi presi silenziosamente il suo telefono. Conoscevo a memoria il suo codice di accesso, visto che l'avevo osservato battere i tasti più volte. Le mie dita volarono sullo schermo prima che si sbloccasse davanti a me...

Mi ritrovai a fissare l'app da cui proveniva il messaggio. Era un'app per l'ovulazione, con il profilo indicato sotto il mio nome, Vivienne Evans.

Oggi: Congratulazioni! Sei fertile e lo sarai per i prossimi 2-3 giorni.

Il calore mi attraversò mentre navigavo nell'app e trovavo i miei dati, dall'ultima mestruazione, all'altezza, al peso e alla data di nascita, a sottolineare il fatto che quell'uomo sapeva tutto di me.

Ora ne sapeva un po' di più.

Che cosa cazzo aveva in mente?

Fece un grugnito, poi si spostò, bilanciando il peso sul divano. Chiusi rapidamente l'applicazione e posai delicatamente il telefono prima di prendere la sua tazza. La mia mente prese a correre impazzita quando mi avvicinai, rendendo i miei passi un po' più forti. Aprì gli occhi quando mi avvicinai ai piedi del divano con un'espressione concentrata in viso.

«Vivienne...» disse con cautela.

«Ho pensato che ne avessi bisogno quanto me.»

«Forse non tanto,» mormorò grattandosi la testa e scrutando il mio corpo. «Ma apprezzo lo sforzo.»

Il calore mi arrossò le guance quando si alzò dal divano e fece un passo avanti. Anche con gli stessi abiti sgualciti del giorno prima, era di una bellezza devastante. Un dolore mi pervase, un dolore che sembrava crescere a dismisura man mano che si avvicinava. In quel momento capii quanto profondamente mi ero innamorata di lui.

«Se hai un problema con me e i figli, devo saperlo, London.»

Prese la tazza dalla mia mano. Lo sguardo scuro e possessivo non si spostò nemmeno una volta dal mio. «Se avessi avuto un problema, non ti avrei mai portato a vivere con noi.» Mi passò il dorso di un dito arricciato sulla guancia. «Tu ci appartieni. Non dubitare mai di questo.»

Bevve un sorso e la morbidezza della sua bocca mi immobilizzò. Cazzo, non avevo mai desiderato tanto baciare qualcuno come in quel momento. Il mio corpo era sazio, ma non si trattava solo di sesso. Lo volevo. Lo *bramavo*.

Lui percepì subito il bisogno tra noi e abbassò la tazza per avvicinarsi ancora di più.

Dita forti scivolarono tra i miei capelli mentre lui prendeva la mia bocca.

In quel momento dimenticai tutto.

Compreso come respirare.

Il bacio, dapprima lento, si fece più profondo.

La mia mano si abbassò lentamente.

Senza perdere un colpo, mi prese la tazza di mano e mi spinse all'indietro verso il muro, mentre mi baciava abbastanza forte da farmi sentire come se stessi cadendo. E lo stavo facendo. Stavo cadendo, in lui e per lui. Non è forse questo l'amore, in fondo?

Dal corridoio arrivarono passi pesanti, e London si staccò per voltarsi verso la porta. Guild entrò nello studio un secondo prima che l'eco familiare degli stivali di Carven lo seguisse.

«Devi vedere questa cosa.» Guild lanciò un'occhiata da London a me mentre mi porgeva il telefono.

London fece un cenno di disappunto, poi fece un passo indietro per passarmi il caffè mentre Carven entrava nella stanza, tirando giù il suo maglione nero a collo alto. I muscoli del suo stomaco si fletterono prima di scomparire. Il suo sguardo penetrante si spostò immediatamente su di me prima di mormorare, «Che succede?»

«Ne so tanto quanto te,» rispose London prima di bere un sorso di caffè.

Colt entrò un secondo dopo. I suoi folti riccioli erano in disordine mentre sbadigliava e si tirava giù il maglione. Mi guardò e poi guardò London, mentre Guild premeva il tasto play del suo telefono... e il video del telegiornale prese vita sullo schermo.

«Sembra che l'indagine sulla morte del miliardario Killion Dare abbia preso una nuova e raccapricciante piega. Secondo le ultime notizie, è stato scoperto il corpo gravemente mutilato di Macoy Daniels, che, secondo le fonti, era un amico intimo del signor Dare.»

Mi irrigidii a quel nome, poi rivolsi lentamente lo sguardo a Carven.

Non si tirò indietro.

Non distolse lo sguardo.

Ma quella gelida maschera di rabbia tremolava sotto la superficie. Una maschera assolutamente terrificante, mentre il giornalista continuava a parlare:

«Ma non è tutto. La localizzazione del corpo al di fuori della ristretta comunità religiosa dell'Ordine di Hale ha portato una nuova ondata di attenzione da parte delle forze dell'ordine locali nei confronti del fondatore e presidente, Haelstrom Hale. Hale è

ora indagato, dopo aver appreso da informazioni riservate che abbia raggirato la polizia per indirizzare i loro sospetti verso London St. James, che secondo le fonti non era altro che un capro espiatorio. Il signor St. James è stato ora scagionato da tutte le indagini.»

Le labbra di London si contrassero agli angoli.

Quegli occhi scuri e consapevoli scintillarono.

Ma niente di tutto ciò mi fece sentire in qualche modo al sicuro. Al contrario, mi sentivo più esposta che mai. Sapevo meglio di chiunque altro che, quando qualcuno come Hale veniva messo all'angolo, era arrivato il momento di avere paura.

«Adesso scappiamo, London?» Le parole mi sfuggirono dalle labbra prima che potessi frenarle. «Ci nascondiamo, adesso?»

Le sue sopracciglia si corrugarono mentre posava su di me quello sguardo attento. «Scappare, tesoro? No, noi non scappiamo. Non scappiamo mai.»

Le sue stesse parole dalla notte in cui mi avevano salvato mi riecheggiarono nella testa.

Non scappo da nessuno, io. Non da loro, né da nessuno. Se scappi significa che sei morto.

Inspirai profondamente mentre quelle parole mi colpivano nel profondo.

Bip.

Il telefono di London suonò, rompendo immediatamente la tensione. Mi aggirò, lo prese dalla scrivania e digitò il suo codice. Le mie guance bruciavano mentre fissava lo schermo. Gli venne di nuovo quel tic all'angolo della bocca. Era un altro promemoria di quanto fossi fertile in questo momento? Che questo momento era perfetto per mettere un bambino nella mia pancia...?

Sei mia, cazzo, lo capisci? Lo sapranno tutti quando avrò finito... Lo sapranno tutti, cazzo...

Il mio cuore prese a battere più forte mentre rivivevo quel momento.

Era sempre stato questo il suo piano?

Era per questo che mi aveva comprato?

Per avere... i suoi figli?

Il mio battito accelerò. Ma London non sollevò lo sguardo dallo schermo e non guardò verso di me. Invece, sollevò il telefono e rispose alla chiamata. «Parker. Come stai?»

C'era silenzio... almeno da parte sua. Ma potevo sentire le grida dall'altro capo... minacce rimbombanti, stridenti e ululanti.

Ma lui non indietreggiò, semmai divenne più freddo, più duro... Quelle labbra che avevo baciato un secondo prima si contrassero prima che parlasse.

«Mi conosci da più di vent'anni. Vent'anni in cui hai sfruttato le mie conoscenze, il mio nome a tuo vantaggio. Cosa pensavi che sarebbe successo quando mi avresti tagliato fuori? Tu eri lì perché io ti ho permesso di esserci. Eri ricco perché te l'ho permesso io. Quella casa che hai appena comprato al Cove? Ora è mia. La tua nuova Bentley? Anche quella è mia.» Si chinò in avanti e appoggiò le mani sulla scrivania mentre la sua voce diventava più fredda e minacciosa di quanto l'avessi mai sentita prima. «Ora possiedo tutto, cazzo. Quindi ti do tempo fino alla fine della settimana per prendere le tue cose e andartene. Non avrai un'altra possibilità con me. Capisci quello che ti sto dicendo?»

Le sopracciglia di Carven si aggrottarono.

Lo capiva, lui.

Lo capivo anche io...

London stava per scatenare i figli su tutti.

Non avrebbero mai avuto una possibilità, vero?

«Con me, gattina,» mormorò Carven con cautela, senza distogliere lo sguardo da London. «Rimani con me.»

Deglutii a fatica, comprendendo appieno la situazione. Non saremmo scappati... perché per London questa era una guerra.

Abbassò il telefono e passò il dito sull'icona che chiudeva la chiamata. Lo studio si riempì di silenzio. Anche Guild lo guardò con attenzione, e dentro me riaffiorò quel brivido gelido di paura che un tempo avevo provato per lui. Avevo dimenticato chi fosse veramente, qui. Tra le sue braccia, avevo dimenticato quanto potesse essere pericoloso.

Ora ricordavo, con agghiacciante chiarezza.

«Le informazioni del *Vault*,» mormorò, poi guardò Guild. «Le voglio. Perché sto per distruggerli tutti. Al diavolo King.»

Bip.

Si acciglò, abbassò lo sguardo, lesse l'ID del chiamante, poi rispose. «Mickie?»

Mickie? Il nome mi era familiare. Cercai di ricordare dove lo avevo già sentito.

«Come sarebbe a dire che è scomparso?» scattò London. «L'hai lasciato scappare?» Si fermò, poi si irrigidì... e impallidì. «Nessuna porta era aperta. Nessun muro è stato violato. Mi stai dicendo che Jack Castlemaine è semplicemente scomparso? Cristo santo. Voglio che il terreno sia perlustrato. Voglio che sia trovato, cazzo. Mi hai capito? Trovatelo... *Ora.*»

Dopo aver chiuso la telefonata, la rabbia gli infiammò il viso.

Come mai avevo visto.

«Volevi sapere se scappiamo, bimba?» Rabbrividii per il freddo nel suo tono. Alzò lo sguardo verso il mio. «Nemmeno quando siamo con le spalle al muro. Noi cacciamo. Controlliamo. Incutiamo paura a chiunque pensi anche solo di fare una mossa contro di noi, e lo facciamo senza battere ciglio. Non scapperemo, Vivienne. Voglio che tu faccia la doccia... Voglio che tu sia la donna che io so che sei... e che ti metta il vestito che ti ho comprato, perché ti porto fuori.»

Capitolo Trentadue

VIVIENNE

«Non puoi dire sul serio?» mormorò Guild scuotendo la testa e facendo un passo avanti. «Vuoi uscire in questo momento?»

London tirò fuori la sedia da sotto la scrivania e si sedette. «È esattamente quello che voglio.» Inserì il codice di accesso sul Mac e cliccò sullo schermo.

«Pensaci un attimo.» Guild si avvicinò. «Prima Killion, ora Daniels. Ti terranno d'occhio, London. Tutta la fottuta città ha gli occhi puntati su di te.»

Ma era quello che voleva, no?

Quando avrò finito lo sapranno tutti, cazzo.

Quelle erano state le sue esatte parole.

Lo sapranno perché ha intenzione di sbatterglielo in faccia.

Mosse velocemente le dita sulla tastiera prima di fissare la sua attenzione sullo schermo. «Carven,» chiamò il figlio.

Ma il pericoloso cacciatore non si mosse, non subito, almeno. Il silenzio crebbe mentre Guild guardava London. Sia Carven che Colt rimasero immobili, finché non cambiarono posizione all'unisono e si avvicinarono un po' di più a me.

Braccia calde sfiorarono le mie, i loro corpi si strinsero contro di me proprio come avevano fatto ieri sera... e tutti in quello studio se ne accorsero. Mi si rizzarono i peli sulla nuca quando London guardò verso di noi e si fissò sui due figli accanto a me. Aspettavo la rabbia, un ultimatum che non c'era mai stato prima.

Perché avevano sempre fatto quello che voleva lui, senza fare domande.

Ora non stavano solo chiedendo...

Parlavano forte e chiaro.

London guardò da Carven a Colt, poi a me. Il mio respiro si fece affannoso mentre gli angoli delle sue labbra si contraevano e poi si arricciavano. Fece un lento cenno con la testa prima che l'espressione dura si ammorbidisse.

Bene. Era questo che stava dicendo il suo sguardo.

Perché era questo che aveva voluto. La loro lealtà non era più solo verso l'uomo che li aveva salvati dall'Ordine. Era anche verso di me, verso la donna che aveva comprato per sempre, la donna che aveva portato a casa per loro.

Tu ci appartieni. Non dubitare mai di questo.

Io appartenevo a loro.

E anche loro appartenevano a me.

«Voglio che abbiano paura,» disse London. «Voglio che siano così fottutamente spaventati da muoversi come topi in una nave che affonda. Correranno qua e là spaventati, e commetteranno errori. Voglio che mi vedano. Voglio che *ci* vedano. Allora sapranno,» mormorò, e tornò a guardare lo schermo. «Sapranno che non dovranno guardarci mai più.»

Aveva parlato al plurale...

Ma in realtà si riferiva a me.

Non *mi* avrebbero guardato mai più.

Non si trattava solo di una punizione. Si trattava di forza. Di potere. Di colpirli quando stavano già cadendo, per assicurarsi che non si rialzassero mai più.

«Tutto quello che vuoi, London,» mi sentii dire. «Lo farò.»

Incontrò il mio sguardo. Passione, amore e disperazione bruciarono tra noi.

Il calore mi attraversò. *Sì, daddy,* sussurrai nella mia mente mentre la tensione sessuale tra noi cresceva.

Finché Guild non si spostò, a disagio, e si schiarì la gola. «Cosa vuoi che facciamo esattamente, London?»

Fece un respiro profondo, poi guardò Guild. Il legame che c'era stato si stava spegnendo nella stanza. «Quello che mi serve è scoprire dove cazzo è Jack Castlemaine.»

La sua attenzione si spostò di nuovo sullo schermo. La sentimmo tutti, quell'inquietante sensazione che qualcosa non andava, una sensazione che ci spinse ad avvicinarci. Carven si mosse per primo e si diresse verso la scrivania, mentre Guild lo seguiva, poi Colt si mise dietro di me. Il video della riempiva lo schermo. Era l'interno del capannone dove London aveva tenuto Daniels... e Jack.

Il mio respiro si fermò mentre mi concentravo sulle immagini sullo schermo e guardavo London riavvolgere il filmato. La luce veniva sostituita dall'oscurità, poi di nuovo luce. La sua fronte si irrigidì mentre premeva play. Sullo schermo vidi Jack attraversare lentamente la stanza, per poi fermarsi al centro.

Fissò qualcosa di sfuggente, poi sollevò lentamente lo sguardo. La pelle d'oca mi salì lungo le braccia, facendomi rabbrividire, mentre le luci sfarfallavano all'interno della stanza prima che piombasse nell'oscurità.

London si avvicinò e le sue labbra si arricciarono in un ghigno. Il buio sembrò riempire lo schermo per un'eternità... ma passarono in realtà solo pochi secondi prima che le luci si riaccendessero su una stanza ora vuota.

«Ma che cazzo?» mormorò Guild.

London non disse nulla mentre afferrava il mouse e riavvolgeva il filmato ancora una volta.

Ancora una volta, guardammo Jack che camminava nella cella e lanciava occhiate a qualcosa o a qualcuno che non si vedeva. «Sta aspettando qualcuno,» mormorò Carven. «Cammina e si guarda in giro.»

Le luci tremolarono, poi si spensero. Il buio, ecco cosa stavamo guardando, nient'altro che ombre mutevoli. London si avvicinò ancora di più allo schermo, il suo sguardo si fissò nel punto in cui le luci si riaccesero. Ma non c'era nulla, nessuna porta aperta, nessun muro esploso. Soprattutto, non c'era più Jack.

London cambiò telecamera e riavvolse il filmato, e a quel punto sullo schermo apparve la scritta NO SIGNAL.

Nessun segnale, cosa significa?

«Figlio di puttana...» ringhiò London. «È King. Deve essere lui. Quel bastardo. Ha aspettato fino ad ora? Con tutte le cazzo di occasioni per far uscire Jack, ha aspettato fino ad ora?» Si irrigidì. «La stazione di polizia. La maledetta stazione di polizia. L'ho vista... L'ho vista—»

«Chi?» sussurrai.

London girò lentamente la testa e quegli occhi si fecero più scuri e pericolosi mentre si posavano su di me. «La sua figlia maggiore.»

La... figlia maggiore?

Ci volle un secondo prima che la notizia mi colpisse. Scossi la testa.

«No. Hai detto—»

«Non lo sapevo!» m'interruppe alzandosi dalla sedia. «Non c'erano informazioni nei documenti che avevo visto, non c'era modo che qualcun altro oltre a King potesse saperlo. Ma nel momento in cui l'ho vista, ho capito...»

«Come?»

Mi fissò con quel suo sguardo. «Perché riconoscerei quegli occhi ovunque.» Mi sfiorò la tempia con il dorso di un dito arricciato. «Sono esattamente come i tuoi.»

Scossi la testa. Ma dentro di me ero sconvolta.

Sorella?

Avevo un'altra sorella?

Quante erano, esattamente?

«Se c'è un'altra figlia—» iniziò Guild, ma London scosse la testa.

«Non è una figlia. È quello che ha detto Jack.»

Guild strinse lo sguardo. «E tu gli credi?»

«Perché dovrebbe mentire?» chiese London, poi tornò a guardare lo schermo vuoto. «Già... Perché dovrebbe mentire?»

Mi allontanai, mi serviva un po' di spazio per pensare. Colt e Carven mi guardarono mentre uscivo dallo studio. Li lasciai alla misteriosa scomparsa di Jack. Non potevo aiutarli, anche se avrei voluto.

Un'altra sorella?

Una che London aveva visto... abbastanza da vicino da poterla guardare negli occhi. Una vampata di gelosia mi attraversò. Aveva guardato nei suoi occhi come guardava nei miei?

Non lo farebbe.

London St. James era molte cose. Pericoloso, affamato, e l'uomo più esasperatamente erotico che avessi mai incontrato in tutta la mia vita. Mi toglieva il fiato. Mi scombussolava la mente. Mi faceva provare cose pericolose... Eppure... non riuscivo a farne a meno.

Tutto, pur di avere un assaggio di lui.

Di quel potere...

Di quel bisogno...

Anche solo un assaggio di quelle labbra.

E la sensazione delle sue mani sul mio corpo... Non potevo farne a meno. I miei bisogni. I miei desideri. Tutto ruotava tutti intorno a lui... e ora anche ai figli.

London era tante cose, ma non era un bugiardo, e ora sapevo che non era un traditore.

Mi sarei sempre fidata di lui.

Finché non avrebbe infranto quella fiducia.

Cosa sarebbe successo dopo? Un brivido mi attraversò mentre entravo nella mia camera da letto. Non lo sapevo, e di sicuro non volevo scoprirlo. Il familiare tonfo lento e costante di passi risuonò lungo il corridoio. Sapevo che mi avrebbe seguito. Perché ormai li conoscevo fin troppo bene, no? Meglio di quanto conoscessi questa versione disperata e consumata di me stessa.

«Va tutto bene,» mormorai, sentendo la sua energia dietro di me quando mi fermai ai piedi del letto sfatto. «Avevo solo bisogno di un secondo, tutto qui.»

Non mi toccò, almeno non con le mani. Il suo respiro caldo mi soffiò contro la nuca, mentre un sussurro gelido e malvagio mi riempiva le orecchie. «Adesso hai paura di me?»

Mi irrigidii e chiusi gli occhi.

La mia mente evocò le immagini di ciò che era rimasto di Macoy Daniels prima di allontanarle rapidamente. *No. Non è possibile... Non se ne parla... Non lo farò. Non lo farò...* Un fremito si alzò e con esso mi resi conto del mio battito accelerato.

«Sì,» sussurrai. «Sì, ho paura di te.»

«Faccio del male alle persone. È l'unica cosa che so fare.» Il lieve sfiorare di un dito sul mio collo mi fece venire i brividi. Inclinai la testa di lato, sapendo adesso che questo era ciò che si provava a essere sottomessi da un predatore. La tua vita nelle loro mani. Un morso. Una pugnalata. Una parola... ed eri finita.

La sua mano si chiuse intorno al mio collo e le sue forti dita lo strinsero con forza. «Sappi questo, gattina. Non ti farò mai del male. Preferirei che tu scappassi piuttosto che vedere di nuovo quello sguardo terrorizzato sul tuo volto, soprattutto quando è rivolto a me. Quindi, ti prometto con tutto me stesso che non ti metterò mai le mani addosso. Che ti proteggerò con questa patetica imitazione di vita che dovrebbe essere la mia... finché non vorrai o non avrai più bisogno di me.»

Non volerlo più?

Mi voltai e affrontai quello sguardo agghiacciante. Solo che ora non era più così agghiacciante, vero? Era più scuro, più profondo, mi stava risucchiando.

«Allora sembra che dovrai sopportarmi per sempre, a meno che non ti crei qualche problema.»

Gli angoli della bocca di Carven si arricciarono. «Troverò il modo di sopportare la cosa.»

Feci un cenno di disapprovazione quando allungò la mano verso la parte bassa della schiena, ma quando aprì la mano persi il respiro, poi scossi freneticamente la testa mentre fissavo il localizzatore. «No... Non è possibile, cazzo.»

«Devi farlo.»

Spostai il mio sguardo sul suo. «Ho detto di no.»

«Devi.» Ma il suo ringhio non era crudele, era disperato. Cercò nei miei occhi. «Devo essere in grado di trovarti. Devo sapere chi devo uccidere per arrivare a te.»

La mia voce era così piccola quando uscì dalle mie labbra. «Non mi ha aiutato la prima volta, o sbaglio?»

Lui trasalì. «Sei qui, o sbaglio? Tu sei qui e Daniels no. Come ha detto London, non ti guarderanno mai più.»

Abbassai lo sguardo. «Allora non ne avrò bisogno, no?» Incontrai il suo sguardo. «Non ne avrò bisogno, perché avrò te. Non permetterai che mi prendano. Non mi faranno del male. Impedirai che accada, li ucciderai tutti.» Mi avvicinai e premetti il mio corpo contro il suo finché non alzai lo sguardo su di lui. «Non è vero?»

Abbassò la testa fino a quando quelle labbra dure sfiorarono le mie. «Fino al mio ultimo respiro.»

Poi mi baciò.

La sua mano mi afferrò la nuca e mi tenne ferma.

Forse non aveva pronunciato quelle esatte parole... ma Carven mi aveva appena detto che mi amava.

Quando interruppe il bacio, lo sapeva anche lui. Mantenne il mio sguardo finché, con un ringhio, afferrò il telefono e abbassò lo sguardo. «Devo andare. Hai il mio numero, gattina. Voglio che mi mandi un messaggio o mi chiami, qualsiasi cosa ti serva, se hai bisogno. Capito?»

Annuii incontrando il suo sguardo.

Fece un passo indietro. «Tornerò il prima possibile.»

Poi se ne andò, uscendo dalla stanza. Sapevo che il luogo in cui London lo stava mandando era importante. Ma questo non mi fece sentire meglio mentre lo guardavo andare via. Mi tolsi la tuta e mi sfilai i calzini prima di entrare in bagno e iniziare a farmi la doccia.

London voleva uscire.

Sarebbe stata la prima vera uscita dopo il centro commerciale, e sapevo come era andata a finire quella prima. Mi sistemai sotto il getto dell'acqua e feci del mio meglio per allontanare tutti i pensieri negativi. Forse London aveva ragione? Forse questa era la fine di tutto. Con l'arresto di Hale, la polizia avrebbe iniziato a indagare sull'Ordine e non si sarebbe più fermata.

Se ne sarebbe andato per sempre...

E quell'intero pozzo incancrenito si sarebbe sgretolato.

Mi lavai, lasciando che questo pensiero mi attraversasse.

E la speranza mi riscaldò il cuore.

Capitolo Trentatré

CARVEN

TROVALO.

Trovalo e torna da lei.

Il bisogno mi faceva sentire pericoloso mentre salivo sull'Explorer e avviavo il motore. Le guardie mi fissarono mentre premevo l'acceleratore e la macchina tornava in vita, le ruote stridettero sul cemento mentre sfrecciavo lungo il vialetto e mi immettevo sulla strada con decisione.

Digrignai i denti.

Ma non mi importava. Ora la mia caccia aveva uno scopo... e quello scopo era lei. Volai lungo le strade, poi mi diressi verso il capannone, facendo attenzione a fare il giro lungo e a controllare sempre lo specchietto retrovisore. Mi chinai in avanti per guardare il cielo grigio e sbiadito, poi rilassai i muscoli e mi sistemai sul sedile.

Almeno questa volta avevo preso una giacca, perché sapevo con certezza che sarei rimasto fuori al freddo a lungo, a meno che non avessi risolto la questione in fretta. Doveva essere una guardia. Non c'era altra spiegazione. L'avevo capito fin dalla prima volta che avevo guardato il filmato, e ora ne ero ancora più sicuro.

Uno di loro ci aveva tradito, aveva spento le luci e aperto la porta. Non c'era altra spiegazione. London poteva essere incazzato quanto voleva, ma la verità era proprio lì, spaventosamente chiara... come l'immagine della maledetta cella vuota dove, fino a pochi istanti prima, era stato Jack Castlemaine.

Spinsi più forte la macchina. Prima sarei arrivato lì, a pestare a sangue la guardia che ci aveva pugnalato alle spalle, e prima sarei tornato da London e la gattina, magari in tempo per quando sarebbero usciti.

Un'idea dannatamente stupida.

Ma la decisione non spettava a me.

London sapeva cosa era meglio, per tutti noi.

Le gomme scivolarono sulla strada ghiacciata. Allentai il piede sull'acceleratore e mi lasciai trasportare dallo slancio finché non alzai lo sguardo verso il capannone. Ma invece di entrare, accostai e rimasi ad osservare.

Le auto delle guardie erano parcheggiate in fondo al lotto. Scorsi una Chevrolet scura e un'elegante decappottabile rossa e trasalii. Bel modo di non dare nell'occhio... Ma non c'era altro. Lo spazio vuoto intorno a me non mi dava risposte.

Sistema la situazione.

Quelle parole mi diedero la forza che mi serviva. Misi in moto la macchina e accostai al vialetto. Mi fermai a malapena il tempo necessario per digitare il codice e attraversare il cancello. Prima di rendermene conto, avevo parcheggiato e stavo scendendo dalla macchina, il disperato bisogno di tornare da lei a ululармi nelle vene.

Non avevo mai provato questo dolore prima d'ora.

Non mi ero mai sentito così in tensione.

Era pericoloso.

Io ero pericoloso.

Che Dio abbia pietà di coloro che proveranno ad ostacolarmi, pensai.

Mi spinsi attraverso le porte. Le guardie erano già lì quando entrai, e mi fissarono con il volto pallido e gli occhi spalancati e terrorizzati. Sapevano perché ero qui.

«Voglio vedere tutti quelli che erano di turno oggi, e voglio vederli subito.»

Mickie annuì e sollevò il telefono. «Ci sto già lavorando.»

«Bene.» Scrutai l'atrio della piccola gabbia per topi di London. «Sarò nella sua stanza.»

Mi diressi lungo i corridoi verso i magazzini che ospitavano le celle. Ma non andai direttamente a quella dove era stato Jack Castlemaine. No, mi fermai in quella dove l'aria era ancora impregnata dell'odore del sangue e del sibilo disperato di un uomo morente.

Mi fermai nel corridoio e spalancai la porta. La stanza era vuota ed era stata ripulita. Ma potevo ancora sentirlo, quel nulla che mi aveva consumato, quella rabbia agghiacciante... Vedevo solo lei. I suoi lividi. La sua paura. Il mostro che viveva dentro di lei aveva preso il controllo e non si era fermato.

Anche adesso, chiudendo gli occhi, avrei voluto uccidere di nuovo.

Avrei trovato nuovi modi per farlo pisciare sotto dalla paura.

Nuovi modi di consegnarlo a Hale che avrebbero nauseato e terrorizzato chiunque altro.

Chiusi la porta con uno strattone e mi allontanai.

Trovalo... trovalo e torna da lei.

Mi diressi verso la stanza dove era stato Jack, digitai il codice e aprii la porta. Non c'erano segni sulla serratura, né segni di effrazione da nessuna parte.

Bip.

Mi accigliai, afferrai il telefono e guardai in basso.

Gattina: *Dimmi che è una buona idea.*

Strinsi la mascella. Diavolo no, non era per niente una buona idea. Ma London era uno squalo in queste cazzo di acque, e in quel momento l'unico odore che sentiva era quello del sangue. Ma non potevo dirglielo, vero? Non potevo dirglielo perché l'avrei solo spaventata di più, e lei era già abbastanza terrorizzata. Digitai velocemente una risposta:

Tornerò prima che tu te ne accorga. Sarò proprio lì con te. Quindi l'unica cosa di cui devi preoccuparti, gattina, è di assicurarti di essere pronta per quando tornerai a casa... perché ho intenzione di scoparti per bene stasera.

Il mio battito accelerò immediatamente mentre inviavo il messaggio, e non aveva nulla a che fare con la promessa di distruggere quel dolce culo che si ritrovava. Aveva *tutto* a che fare, invece, con il bisogno di tornare da lei. Scrutai la stanza ed entrai.

Non c'era niente.

In realtà, c'era meno di niente.

Niente urla.

Nessun odore di sangue.

E niente Jack Castlemaine.

Il tonfo pesante degli stivali arrivò alle mie orecchie da dietro. Seguii il movimento mentre Mickie si fermava sulla porta dietro di me.

«Sebastian non risponde. Continuerò a provare.»

«Sebastian non risponde...» ripetei, poi mi voltai lentamente verso di lui. «Perché, secondo te, non risponde?»

Il suo sguardo si accese di preoccupazione, poi scosse la testa. «No, non è quel tipo di persona. L'ho controllato io personalmente.»

«Quindi ammetti di aver fatto una cazzata?»

Il suo cipiglio si inasprì. «Non ho fatto alcuna cazzata. Non vi tradirebbe mai, non tradirebbe London.»

Lo aggirai e mi diressi verso il corridoio. «Lo vedremo, no? Se gli fai sapere che sto arrivando, mi incazzo sul serio.»

L'ex *Navy SEAL* non disse nulla mentre uscivo. Quando uscii dal parcheggio, trovai l'indirizzo di Sebastian e mi diressi verso le case a schiera ai margini della città. Una sensazione di pesantezza mi riempì lo stomaco mentre rallentavo e scrutavo i cortili disseminati di biciclette di bambini e di bidoni della spazzatura traboccanti.

Il più delle volte non mi importava di essere il fottuto cane che London liberava contro i pezzi di merda. Facevo quello che dovevo... quello per cui ero stato addestrato. Ma c'erano delle volte in cui non avrei voluto portarmi addosso la croce del sangue di un'altra persona — accostai il fuoristrada sul ciglio della strada e spensi il motore mentre fissavo l'angusta casa a due piani — e questa era una di quelle volte.

Impugnai il coltello a serramanico, scesi e colsi un movimento oltre una finestra sopra la mia testa mentre chiudevo l'auto. Sentii la rabbia montarmi dentro. Se quello stronzo avesse risposto al suo cazzo di telefono, non sarei stato qui fuori. Non avrei camminato lungo il suo vialetto e non avrei notato il gesso con cui suo figlio aveva chiaramente pasticciato sul muro.

Non avrei dovuto salire le scale e forzare l'ingresso.

Non avrei dovuto lasciare l'uomo sanguinante... o peggio, morto.

Non avrei dovuto essere l'assassino che dovevo essere.

Mi fermai davanti alla porta d'ingresso e aspettai senza bussare.

Qualsiasi cosa sarebbe successa all'interno sarebbe stata colpa sua, cazzo.

La serratura scattò e la porta si aprì. L'uomo che fissai era malato. Pallido e tremante, con gli occhi spiritati.

«Mi fai entrare?»

Ci fu un attimo di esitazione. Senza dubbio lo stronzo aveva una pistola in mano. Gli avrei spezzato le costole prima che il suo dito potesse toccare il grilletto... e l'avrei lasciato a morire dissanguato.

Lo sapeva, glielo leggevo negli occhi; vidi il modo in cui mi guardava prima che facesse un passo indietro infilandosi la mano dietro la gamba. «Non ho risposto alle chiamate di Mickie perché sono malato.»

Entrai e mi guardai intorno. Il posto puzzava di sudore e di paura. Conoscevo bene quell'odore. I miei sensi non captarono alcun movimento dalla camera da letto. Il bambino non era qui... bene.

Mi girai e lo affrontai. «Vuoi dirmi cosa è successo?»

«Non lo so, amico. Credo di aver preso una specie di influenza...» Si grattò la nuca, facendo attenzione a non incrociare il mio sguardo.

Sapeva che non era quello che intendevo. L'imbarazzo crebbe. Lo osservai mentre si guardava intorno, da tutte le parti tranne che verso di me.

«Hai una bella famiglia,» mormorai guardando una foto di lui, una bella rossa e una figlia che doveva avere circa dieci anni.

«Non farlo,» protestò lui, con voce più profonda. «Non guardarli.»

«Allora dimmi cosa è successo e assicurati che sia la verità. Lo saprò, se stai mentendo.»

Lui trasalì e i suoi occhi si spostarono nella stanza prima di rimanere immobili. La battaglia e l'unico vantaggio che avevo. La mia reputazione a volte mi precedeva... ed era l'unica cosa che teneva in vita idioti come questo tizio.

«Non è stata colpa mia.»

Aspettò che dicessi qualcosa, che lo tranquillizzassi, in qualche modo. Non successe.

«È la verità. Ho preso una specie di influenza del cazzo e stamattina mi sentivo uno schifo.» Si alzò, grattandosi di nuovo la nuca, e il gesto attirò la mia attenzione.

Poi lo vidi.

Il nodulo rosso in rilievo sul lato del collo.

«Ho spento l'allarme e ho aperto la porta antincendio, solo per un secondo. Non sapevo se avrei vomitato o se mi sarei cagato addosso o entrambe le cose. Poi ho capito.»

«Cosa ti ha colpito?»

«La fottuta puttana.»

Aggrottai la fronte. «Quale puttana?»

«La puttana che stava aspettando, cazzo. Era lì, amico. Sono uscito, inciampavo, stavo per vomitare le budella... poi sono stato colto alla sprovvista. Sono caduto a terra e subito dopo ho sentito solo dei passi. Deve aver preso il mio scanner, perché era sparita quando mi sono alzato in piedi.»

Mi avvicinai di un passo. «E non hai detto nulla al riguardo?»

Lui sussultò in risposta e fece un passo indietro, poi incontrò il mio sguardo. «Ho fatto una cazzata. So di aver fatto una cazzata. Mi sono solo... fatto prendere dal panico.»

«Tu... sei andato nel panico.»

L'agonia gli attraversò il volto. «Non voglio morire... e non voglio che la mia famiglia venga ferita.»

Attraversai la stanza in un attimo, afferrai lo stronzo incompetente per la gola e lo feci indietreggiare. «Allora avresti dovuto aprire quella cazzo di bocca e far scattare quel cazzo di allarme da subito. Sai quanti danni hai causato? Solo perché non hai avuto le palle di parlare.»

«Deve essere stato il caffè... C'era una nuova ragazza e... non so, deve aver sbagliato la mia ordinazione. Gli altri sanno che sono intollerante al lattosio.»

Mi irrigidii. «Mi stai dicendo che ti sei fermato in un fottuto bar, hai sputato il rospo e poi hai bevuto un caffè con cui molto probabilmente ti hanno drogato?»

«No, non ho detto niente. A nessuno.» I suoi occhi si allargarono e scosse la testa.

«Sapevano il tuo nome, vero?»

Annuì lentamente.

Un nervo prese a pulsare all'angolo del mio occhio. «E immagino che tu abbia infranto quella cazzo di regola che dice di non indossare l'uniforme in pubblico?»

Era quasi grigio.

«Quindi, lei ti ha teso una trappola e tu ci sei cascato con tutte le scarpe. Che razza di stronzo incompetente sei?»

«Non sapevo...»

Lanciai un ringhio, poi lo spinsi via.

«Come potevo saperlo? Ha preso il mio tesserino ed è entrata. Se ne sono andati prima che me ne accorgessi.»

«Dov'è il tesserino, adesso?» ringhiai mentre mi voltavo. Avrei potuto chiedere a Harper di prendere un'impronta.

«Non lo so. Deve averlo ancora lei. Non l'ho mai riavuto indietro.»

Mi voltai a guardarlo. «Ce l'ha ancora lei?»

Il mio cuore si strinse. Il suono del mio battito erratico mi rimbombò nelle orecchie mentre annuiva. Afferrai il telefono e mi allontanai dalla vista di quel fottuto idiota, prima di dargli un pugno in quella maledetta gola.

«Carven?» Harper rispose al secondo squillo. «A cosa devo—»

«Ho bisogno che rintracci un chip che si trova all'interno di una delle carte d'accesso. Il nome è Sebastian Poole. Ho bisogno di sapere dove si trova, e devo saperlo subito.»

«Okay. Vuoi dirmi cosa sta succedendo?»

«Se ho ragione, allora l'altra figlia di King ha appena fatto evadere Jack Castlemaine e, se sta scappando, potrebbe avere ancora con sé il tesserino che ha usato per farlo.»

«Gesù...»

«Sì.»

«Dammi un secondo,» mormorò Harper mentre scendevo le scale e calpestavo di nuovo quella cazzo di sagoma di gesso, diretto di nuovo alla macchina.

Quando salii, lui era già tornato. «Ce l'ho,» annunciò. «Ti sto inviando la posizione.»

«Grazie,» risposi mentre avviavo il motore.

Bip.

Sollevai il telefono mentre allacciavo la cintura di sicurezza, sicuro che fosse Harper... Ma non era così.

Gattina: *Ci vediamo al ristorante?*

La mia dannata mano prese a tremare mentre fissavo il testo. *Non dovrei essere qui. Dovrei essere con lei.* Avrei dovuto chiamare i rinforzi per farla finita e andarmene da qui. Ma l'unico rinforzo che avessi mai avuto era mio fratello... e dal modo in cui mi aveva guardato stasera, poteva anche non esserlo più.

Mi aveva guardato come se fossi un maledetto sconosciuto. E nemmeno uno che gli piacesse particolarmente. Chiusi gli occhi per un attimo, mentre il telefono vibrava di nuovo nella mia mano.

Aprii gli occhi e abbassai lo sguardo per trovare il messaggio di Harper. Scrutai il marcatore GPS sull'app di localizzazione sicura prima di fermarmi. «Ma che cazzo?»

Il tesserino non era nel capannone, questo era certo. Era da qualche parte vicino al maledetto porto. Avevano buttato via la carta d'accesso, pensai, o qualche idiota l'aveva rubata. Era l'unica spiegazione possibile, non aveva altro motivo di essere lì.

Era una totale perdita di tempo.

Avevo bisogno di tornare a casa.

Di tornare... da Vivienne.

Lasciai il suo messaggio senza risposta, volendo disperatamente dirle di sì. Non si sarebbe nemmeno accorta che me ne ero andato. Più fissavo quel maledetto puntino, più mi incazzavo. Accostai, mi diressi verso la città e seguii il localizzatore finché non accostai davanti al porto. Il tesserino era stato gettato in acqua. Era l'unica spiegazione possibile...

Finché il maledetto indicatore non si mosse.

Proprio davanti a me.

Fissai lo schermo, poi sollevai lo sguardo verso i pesanti cancelli d'acciaio che sbarravano l'ingresso agli incrociatori oceanici multimilionari che vi erano attraccati. Ma non era quella la direzione che mi indicava il localizzatore. Tirai la maniglia, uscii e seguii la luce lampeggiante fino a un enorme capannone nel mezzo di un complesso adiacente.

Mi aggiustai il giubbotto, controllai la pistola e chiusi il fuoristrada dietro di me. Non sapevo cosa fosse... forse una specie di cantiere navale. Mi diressi verso il cancello, afferrai le sbarre e mi lanciai nella caccia.

Prima confermavo che questa pista era solo un vicolo cieco, prima potevo andarmene da qui. Allungai il passo mentre mi dirigevo sul lungomare, poi svoltai. Il porto era pieno di barche, lussuose imbarcazioni da crociera che scintillavano e brillavano anche nella patetica luce grigia e sbiadita del sole.

Spostai l'attenzione per dare un'occhiata al telefono prima di alzare lo sguardo verso l'imponente capannone dietro un cancello chiuso a chiave in lontananza. Mi avvicinai, afferrai l'attrezzo multifunzione che avevo infilato nella tasca posteriore e trovai le cesoie.

Il posto non sembrava provvisto di allarme. Una rapida occhiata al terreno e capii che non c'erano cani da guardia. Mi guardai alle spalle e scrutai quelli che ridevano e facevano festa sulle barche dietro di me, prima di aggirare il lato del complesso, poi mi lasciai cadere a terra.

Secondi.

Mi bastarono questi per tagliare il filo e attraversare la recinzione. Le estremità metalliche frastagliate si impigliarono nella mia dannata giacca e forarono il tessuto mentre mi rimettevo in piedi. *Cazzo*. Ignorai il buco e rivolsi la mia attenzione all'incombente capannone di fronte a me.

L'enorme saracinesca era aperta, e così fui libero di fissare la costosissima barca sistemata all'interno. Più mi avvicinavo, più vedevo. Nello spazio erano parcheggiate due auto, una Bugatti nera e una RAM *Midnight Edition*. I veicoli erano fottutamente impressionanti. Ma non ero qui per un cazzo di tour del posto. Ero qui per Jack Castlemaine.

Scrutai l'enorme capannone mentre entravo, e rimasi nell'ombra. Quel posto non era un semplice nascondiglio, questo era certo. Girai intorno alla fiancata del mastodontico posto e trovai una parete piena di pistole e armi e un banco pieno di attrezzi elettrici.

Mi fermai di colpo.

Lo stesso schermo che avevamo trovato in quell'appartamento abbandonato era lì, quello che avevo fissato mentre la mia cazzo di donna veniva presa.

Thud.

Girai lo sguardo verso la barca. I miei sensi si acuirono e si concentrarono lì. C'era qualcuno lì dentro. Mi avvicinai, presi la pistola e scrutai la macchina a cui era ormeggiata la barca, poi mi diressi verso la scaletta e mi arrampicai.

Ero troppo rumoroso, per quanto mi sforzassi. Così mi spostai più velocemente e scavalcai il parapetto per atterrare sulla barca con un colpo secco.

«Cazzo...» mormorai sottovoce, e mi diressi verso la cabina.

I cardini furono silenziosi quando aprii la porta ed entrai. Sul pavimento c'erano abiti da uomo... abiti che riconobbi subito essere di Jack. Accanto a loro giaceva il tesserino che avevo fatto rintracciare. Non lo toccai, mi concentrai sulla porta che conduceva al vano abitativo e sollevai la pistola.

Questo figlio di puttana poteva considerarsi fortunato se ne fosse uscito vivo. Sorella o no, ne avevo abbastanza di giocare al gatto col topo. Ne avevo abbastanza di stare lontano da Vivienne.

Scesi e vidi i pantaloni di Jack sul pavimento dello spazio abitativo, poi sollevai lo sguardo verso i compartimenti letto sul retro e continuai a muovermi. L'aria si spostava nella barca, e io ne ero consapevole. La pelle d'oca mi corse lungo le braccia. Per un secondo, un guizzo di preoccupazione si levò prima che sollevassi la pistola e allungassi la mano per afferrare la maniglia della porta.

Con un movimento silenzioso, spinsi la porta verso l'interno e fissai la luce torbida. I miei occhi si adattarono in tempo per cogliere un accenno di movimento. La luce proveniente da dietro di me si riversò nella stanza per mostrare gli occhi argentati scintillanti del più grande gatto nero che avessi mai visto. La bestia inarcò la schiena e sibilò come un fottuto serpente, mentre la paura si faceva strada nel mio petto.

C'era qualcosa che non andava.

Qualcosa era—

Mi girai in tempo per cogliere un movimento indistinto.

Crack! Il colpo brutale si schiantò contro la mia testa.

Le scintille esplosero immediatamente dietro le mie palpebre.

Nella sfocatura, la vidi... I suoi grandi occhi marroni e quelle labbra fottutamente perfette.

«Gattina?» sussurrai prima che le mie ginocchia cedessero e mi accasciassi a terra.

Si avvicinò e si mise sopra di me. «Non credo proprio, stronzo,» mormorò sollevando un fucile il cui calcio già oscillava verso la mia testa. «Buonanotte.»

Cercai di sollevare il braccio, di muovermi, ma l'estremità dell'arma si abbatté su di me, colpendomi ancora una volta alla testa.

Arrivò l'oscurità.

Una così nera da inghiottire tutto.

Compreso l'unico volto di cui avevo bisogno...

Poi il nulla.

Capitolo Trentaquattro

VIVIENNE

Mi allacciai il reggiseno, poi mi aggiustai le mutandine nere velate che London aveva comprato per me. Il vestito era già pronto sul letto. Diedi un'ultima occhiata ai riccioli indomabili dei miei capelli, poi al contorno afoso dei miei occhi.

Avevo un bell'aspetto... davvero bello.

Peccato che all'interno fossi un fottuto disastro.

Il mio battito era irregolare e fuori controllo mentre mi avvicinavo al letto, davo un'occhiata alle Louis Vuitton che aspettavano sul pavimento, poi afferravo il vestito e lo indossavo. Il tonfo pesante dei passi si avvicinò. Mi tenni forte mentre London entrava nella mia stanza e si avvicinava.

Sapevo che era lui senza voltarmi... E, Dio, il mio cuore non era pronto.

Ma non importava. Un solo sguardo al suo abito nero e rimasi senza parole. Anche lui sapeva di avere un bell'aspetto. Quegli occhi scuri brillavano ancora di più. Carven aveva detto che era come uno squalo a caccia... ed era esattamente questo che sembrava mentre posava una scatolina lunga e dall'aspetto elegante ai piedi del mio letto.

«Bimba,» disse con cautela mentre mi girava intorno.

Rabbrividii quando le sue dita sfiorarono la mia spina dorsale. Mi mancò il respiro quando si chinò e mi baciò la spalla.

«Sei incantevole.»

«Anche tu non sei male,» mormorai chiudendo gli occhi.

La sua risata profonda mi fece stringere il cuore. Cristo, riusciva a farmi sentire così anche solo ridendo. Tornò il sorriso che mi aveva fatto giorni prima, quello di quando ero legata a quella panca, con la sua macchina che spingeva dentro di me.

Vivevo per il suo sorriso.

Per la sua risata...

Per il suo tutto.

Tirò delicatamente su la cerniera del vestito ed io aprii gli occhi mentre lui mi girava intorno. Poi quell'uomo formidabile e pericoloso si inginocchiò lentamente.

Le mie pulsazioni scattarono alle stelle.

«Usa le mie spalle, Vivienne.» Fece scivolare la mano lungo il dorso della mia gamba.

Lo feci, afferrai i muscoli forti delle sue spalle e sollevai il piede, poi aspettai che facesse scivolare le scarpe al loro posto, una dopo l'altra. Si alzò con calma, poi passò quelle grandi mani sul mio corpo fino a incontrare il mio sguardo. «Sei pronta per stasera?»

Deglutii. «No.»

Il suo sorriso si allargò, ma cercò i miei occhi mentre mi scostava una ciocca di capelli dal viso. «Ti fidi di me?»

Quella domanda mi fece stringere lo stomaco. Fidarsi di quest'uomo era una cosa molto pericolosa... ma d'altra parte, anche amarlo lo era.

«Sì,» risposi.

Questo lo rese felice. Si allontanò e si chinò per prendere la scatola che aveva appoggiato sul letto.

«Un'altra cavigliera?»

L'eccitazione bruciò palese nel suo sguardo. «Non esattamente.»

Abbassai lo sguardo mentre apriva lentamente. Pensavo che ci fossero diamanti, o oro. Ma non mi aspettavo il cuoio.

Estrasse un elegante girocollo di cuoio, nero come la notte, e quando inclinò la mano la luce catturò le parole che vi aveva fatto incidere sopra.

Proprietà di London St. James.

Mi voltai, poi alzai gli occhi al cielo. Non diceva sul serio... vero?

Oh... ma lui era tremendamente serio, invece. Guardai ancora una volta il mio regalo nella sua mano. *Lo sapranno.* Quelle parole mi risuonarono nella mente. *Quando avrò finito con te, lo sapranno tutti.*

Il calore mi attraversò il viso. Sentivo la sua concentrazione, la sua... eccitazione. Voleva questo. Voleva me, e voleva che il mondo sapesse a chi appartenevo.

La mia figa cominciò a pulsare, mandando un'ondata di desiderio attraverso il mio corpo. Non riuscivo a fermare questo malessere dentro di me. Non riuscivo a smettere di desiderare di essere desiderata da quest'uomo. Un lento cenno del capo e i suoi occhi si allargarono. Sapeva cosa era per me...

Sapeva cosa provavo.

Ti fidi di me?

Fissai il suo sguardo di assoluto piacere mentre si avvicinava. L'odore seducente della sua colonia mi inondò mentre mi sistemava il girocollo. Mi fidavo di lui, così tanto da averne paura.

«Ecco.» Si tirò indietro, incontrò il mio sguardo e poi abbassò gli occhi. Il suo petto si fermò alla vista del cuoio intorno al mio collo. «È perfetto,» mormorò. C'era un'espressione di orgoglio sul suo volto prima che sollevasse la mano. «Sei pronta?»

«Per quanto potrò mai esserlo.»

London scoppiò a ridere mentre mi prendeva per mano e mi conduceva fuori dalla casa. Le guardie sciamarono intorno a noi mentre ci dirigevamo verso l'auto che già ci aspettava. L'autista aprì la portiera posteriore e io salii. I fari rimbalzarono su una nebbia soffice che ci avvolgeva, facendomi rabbrividire per il freddo.

Scrutai gli altri, alla ricerca di Colt, ma non lo vidi da nessuna parte. Non era venuto a trovarmi dopo Carven, e non se n'era andato, lo sapevo. Mi accasciai, afferrai il telefono che London mi aveva comprato e aprii i messaggi.

Fissai uno dopo l'altro i messaggi che avevo inviato a Carven...

Quelli a cui non aveva risposto.

Un movimento dalla casa catturò la mia attenzione mentre Colt usciva. Non guardò verso di me, né verso London. Invece, salì da solo sul sedile di guida dell'Explorer.

Digitai un messaggio:

Ho bisogno di te.

Attesi una risposta mentre London dava indicazioni al nostro autista e poi saliva dentro. Mi guardò un attimo, poi guardò il telefono che avevo in mano. «Tutto bene?»

«Non risponde ai messaggi.»

«Carven?»

Annuii.

«Non preoccuparti. Può essere che sia... occupato.»

A quella parola trasalii. La mia mente evocò ogni sorta di immagine terrificante. Non avrebbe ucciso Jack. Sapeva quanto fosse importante per Ryth e per London. Mi voltai verso di lui mentre ci allontanavamo dalla casa. Jack era importante, ma questo significava poco quando si aveva a che fare con uomini come lui.

Erano violenti e imprevedibili.

Thud.

L'auto sobbalzò quando entrammo in strada e accelerammo. London indietreggiò, diventando sempre più freddo e distante mentre andavamo avanti. Diedi un'altra occhiata al telefono, poi spostai lo sguardo sull'oscurità fuori dal finestrino. Ci addentrammo nella città, verso i locali e i bar affollati, e continuammo ad andare avanti.

Lo stupore aumentò quando lanciai un'occhiata a London. «Credevo che andassimo in qualche locale?»

«Sì,» rispose lui. «Un club molto speciale.»

Mi voltai verso il panorama esterno mentre ci allontanavamo dalle strade trafficate, poi svoltammo in un vialetto discreto dietro un imponente edificio scuro. Se non fosse stato per le altre cinque auto allineate all'ingresso poco illuminato, avrei pensato che fossimo nel posto sbagliato.

Ma bastò un'occhiata agli smoking immacolati e agli abiti firmati lunghi fino al pavimento di coloro che stavano attraversando le enormi porte nere illuminate da luci bianche per capire che non lo eravamo.

Qualcosa mi sfiorò la mano. Mi voltai quando London intrecciò le sue dita con le mie. Capii che per lui era importante. Forse stasera più che mai. Incontrai il suo sguardo e afferrai la sua mano mentre avanzavamo. Prima che me ne rendessi conto, l'auto si era fermata e il nostro autista era sceso, aprendoci la portiera.

Scivolai sul sedile e seguii London all'uscita. Lui aspettò, stringendo la mia mano, concentrandosi solo su di me. Rabbrividii sia per l'attenzione che per l'aria notturna che pulsava debolmente con un pesante ritmo di musica. Poi ci dirigemmo all'interno.

La porta nera ci condusse in un corridoio dove luci bianche sul pavimento illuminavano il percorso fino a una serie di scale. Le persone intorno a noi salivano con disinvoltura, chiacchierando e sorridendo. Guardai London e lo seguii. La sua mano si posò sulla mia schiena, mentre il suo passo si adeguava al mio.

I camerieri ci accolsero con flûte di champagne. London ne prese uno, poi me lo porse mentre indicava il bancone di vetro immacolato che sembrava estendersi per tutta la lunghezza della sala.

Lo seguii al bar e aspettai che ordinasse. Non ci furono scambi di denaro, né carte di credito. Che razza di festa era questa? Nel momento in cui mi voltai e lo seguii verso il luogo in cui si mescolavano gli altri ospiti, capii esattamente perché eravamo lì. Ognuno di loro si fermò, si girò e ci fissò quando ci avvicinammo.

Eravamo qui per essere ammirati e temuti... Per essere visti, più di ogni altra cosa.

Perché London St. James non aveva intenzione di scappare. Non si sarebbe sottratto a nessuno.

«London,» chiamò uno degli uomini, poi spostò lo sguardo su di me. «Sono contento che tu sia riuscito a venire.»

«Non me lo sarei perso per nulla al mondo,» rispose lui, e la sua presa sulla mia schiena si fece più decisa.

Teste si voltarono, osservando un altro gruppo che scendeva dalle scale.

«Dante,» mormorò l'uomo che ci aveva accolto.

Seguii la loro attenzione verso il boss mafioso e la sua splendida moglie. Nel momento in cui la vidi, qualcosa si strinse dentro di me e un sentimento di panico si accumulò come una tempesta. Dante fece esattamente ciò che aveva fatto London, prendendo un bicchiere di champagne per la moglie prima di dirigersi al bar. Ma a differenza di me, Meredith Ares non era troppo timida per scrutare la sala.

Nel momento in cui i nostri sguardi si incrociarono, il panico si strinse dentro di me, facendomi battere il cuore con forza. Lei mantenne il mio sguardo, anche quando il marito la raggiunse. Uno sguardo nella nostra direzione e Dante guidò la moglie verso di noi.

«Dante...» mormorò London.

«St. James,» rispose, lanciandomi un'occhiata e facendomi un cenno attento. «Vivienne.»

Non mi spogliò con gli occhi, a differenza degli altri uomini che mi guardavano. Invece, Dante rivolse la sua attenzione alla moglie, che mi stava ancora fissando.

«Meredith.» London le lanciò un'occhiata. «Sei bellissima, come sempre.»

Sorrise, ma il sorriso non raggiunse gli occhi.

«Dante. London.» L'uomo che presumevo fosse il nostro ospite richiamò la loro attenzione. «Permettetemi di presentarvi Kennedy Romanoff.»

«Stai bene?» chiese London, sporgendosi un po' per incontrare il mio sguardo.

«Certo, va' pure.»

Si avvicinò e il suo braccio scivolò intorno alla mia vita mentre mi mormorava all'orecchio, «Torno subito. Ho qualcosa da mostrarti.»

Lo guardai andar via, e così tutte le altre donne intorno a me. I mariti se ne andarono, ma tutti impallidivano al confronto. Ma London non si allontanò molto, giusto il necessario per non farsi sentire.

«Bel girocollo,» commentò Meredith, attirando la mia attenzione. Fissò il cuoio intorno alla mia gola, senza dubbio leggendo l'iscrizione. «Sei una donna molto fortunata.»

Un sentimento che bruciava in ogni sguardo geloso che mi veniva rivolto. Tutte lo volevano. Me ne accorsi. Persino Meredith guardò due volte prima di riportare lo sguardo su suo marito. Mi concentrai a buttare giù il mio drink prima che il cameriere ne portasse altri.

Il calore mi avvolse. Guardai London, che, nonostante fosse circondato da uomini potenti, continuava a fissarmi.

L'intensità del suo sguardo mi lasciò senza fiato. Ogni pensiero oscuro e depravato che evocava era rivolto a me. Quella fame mi travolse fino a quando non fummo più in quel posto, non più ad una festa, non più in mezzo a decine di eleganti invitati.

C'eravamo solo io e lui.

«Gesù, è perfetto,» mormorò una delle donne, riportandomi alla realtà.

Mi voltai verso di lei mentre il calore mi saliva sulle guance. London si girò di nuovo verso il gruppo di uomini, borbottò qualcosa e poi si diresse verso di me.

«Pronta?» Mi tese la mano. Non riuscii a prenderla abbastanza velocemente. «Signore,» salutò, lanciando uno sguardo verso di loro prima di voltarsi verso di me.

«London,» disse una che ansimava come una cagna in calore.

Ma noi stavamo già uscendo, diretti verso il retro della stanza. Guardai alle mie spalle verso le scale. «Non dovevamo andarcene?»

«Non ancora. C'è un'altra festa che ho pensato potesse piacerti.»

Mi prese la mano e mi condusse verso un'altra serie di scale che questa volta ci portarono giù. La sua mano sulla mia schiena, il suo corpo così vicino al mio, non facevano che aumentare la beatitudine che stavo provando.

«Da questa parte.» Mi fece un cenno, guidandomi lungo un corridoio vuoto e poco illuminato.

Un brivido mi corse lungo la spina dorsale. Ma London era nel suo elemento. Era lui che aveva il controllo. Aprì una porta in fondo al corridoio e mi fece cenno di entrare in una stanza più piccola.

Cercai negli angoli bui e ci trovai soli. «London, cos'è questo?»

Si chinò, prese un altro bicchiere di champagne per me e lo alzò. «Ti fidi di me, vero?»

Presi il bicchiere, senza riuscire a vedere la verità nei suoi occhi mentre stappava una bottiglia di scotch ancora sigillata e la versava in un tumbler.

«Fiducia e apprensione sono due cose diverse.»

Si spostò dietro di me, fece scivolare la sua mano intorno alla mia vita per farla risalire e mi prese il seno. «Allora, come posso alleviare la situazione, piccola?»

Attraverso la penombra di fronte a me, il muro prese a luccicare. Le sue dita forti mi sfiorarono il capezzolo, facendo scorrere il desiderio nelle mie vene. Mi morsi il labbro e soffocai un gemito, lo sguardo fisso sul movimento di fronte a me mentre quelle che sembravano tende nere si scostavano lentamente.

Le luci erano accese in una stanza oltre la nostra e mostravano uomini e donne che facevano sesso. La parete di vetro tra noi era l'unica barriera. Mi irrigidii a quella vista, guardando i corpi intrecciati e i cazzi che si infilavano in profondità.

«London...»

«Va tutto bene,» mormorò lui contro il mio orecchio. «È un vetro unidirezionale, non possono vederci.»

Il suo fiato mi arrivò sul collo, la sua attenzione non era rivolta all'orgia di fronte a noi... ma a me. La gelosia divampò. «Vieni qui spesso?»

«Spesso? No.»

Mi voltai per affrontarlo. «Ma sei già stato qui, vero?»

Mi si strinse lo stomaco.

L'eccitazione nei suoi occhi sembrò spegnersi. «Sì.»

Il mio battito accelerò, fantasticando su tutti i tipi di donne che avrebbe potuto portare qui.

«Una volta,» continuò freddamente. «E non ho mai più voluto venire qui... fino a te.»

Una fitta mi lacerò il petto per il dolore nel suo tono. Qualunque cosa fosse successa, evidentemente non era stata un'esperienza piacevole. «Perché mi hai portato qui?»

Una scintilla di lussuria brillò nel suo sguardo, mentre si avvicinava e faceva scivolare l'altra mano intorno alla mia vita. «Pensavo fosse ovvio.» Sollevò lo sguardo sulla scena di fronte a noi. «Voglio che sperimenti tutto ciò che riguarda il desiderio e la lussuria.»

«Basta che rimanga tra noi e i figli. Io non condivido, London.»

Il suo sorriso fu immediato mentre mi scostava i capelli dalle spalle. «Non devi mai preoccuparti di questo, tesoro. Nessun'altra donna può reggere il confronto.»

Annuii lentamente, trovando conforto nella sua attenzione. «Hai pensato che mi potesse piacere... guardare gli altri?»

Fece un'alzata di spalle, tirandomi contro di lui. «Penso che sia bene scoprire cosa ti eccita e cosa no.»

Spostai lo sguardo sulla stanza accanto a noi e osservai un uomo che si abbassava e si sistemava tra le cosce di una splendida rossa. Un'ondata di eccitazione salì alla vista delle gambe di lei spalancate e della bocca di lui sulla sua figa.

Rimasi affascinata da quella vista, sorseggiando lentamente lo champagne mentre London si muoveva dietro di me. Ma non erano gli altri ad attirare la mia attenzione. Ero consapevole della sua mano sul mio fianco e del calore di quel petto forte contro la mia schiena.

Quelle dita si abbassarono fino a tracciare il mio addome. Sapevo cosa stava pensando.

«So che hai visto l'applicazione,» sussurrò contro il mio orecchio, la sua mano si alzò per sfiorare il girocollo di cuoio intorno alla mia gola. «So anche che hai capito a cosa servono le vitamine. Ho intenzione di portarti a casa stasera e di mettere un bambino nella tua pancia, Vivienne. Ho intenzione di farti mia in tutti i modi possibili.»

Mi voltai, con il fiato sospeso.

«Che ne pensi?» Si chinò, posò il bicchiere e aspettò, scrutando i miei occhi.

Dal momento in cui avevo conosciuto London St. James, era stato esigente e possessivo, mai una volta aveva chiesto "cosa ne pensi?".

E ora... vedevo la speranza nei suoi occhi.

Le sue sopracciglia si strinsero mentre cercava di leggermi dentro.

Non mi ero permessa di pensarci, di sognarlo. Ma l'idea di portare in grembo il figlio di quest'uomo mi faceva sentire... inebriata, e non aveva nulla a che fare con lo champagne. «Sì,» sussurrai. «Quello che penso è... Sì.»

Il suo petto si alzò e si abbassò con un enorme respiro. Seguì la sorpresa, poi un ampio sorriso. «Sì?»

Scoppiai a ridere. «Sì.»

Il sorriso lasciò il posto a quella fame carnale quando mi prese il viso con entrambe le mani, fissandomi profondamente negli occhi. «Un bambino,» ripeté. «Il nostro bambino.»

Il nostro bambino...

E la nostra famiglia.

Lui, io e i figli.

Si allontanò, interrompendo il contatto. «Non sei davvero interessata a quello che c'è di fronte a noi, vero?»

«No,» sussurrai. «Come potrei esserlo, quando ho te?»

Sorrise, poi prese il mio bicchiere. «Vuoi andartene da qui?»

Tirai un sospiro di sollievo. «Pensavo che non me l'avresti mai chiesto.»

Capitolo Trentacinque

VIVIENNE

Non mi avrebbe lasciato andare, vero? La sua mano si strinse di più mentre l'auto accostava al marciapiede. Fissai le luci del costoso ristorante. «Pensavo che stessimo andando a casa.»

«Dovrò assicurarmi che tu sia ben nutrita, bimba.» Il suo tono era pericolosamente erotico. «E ho intenzione di renderti bella e rotonda. Questo posto ha il salmone più delizioso che mangerai in tutta la tua vita.»

Il mio battito accelerò. Speravo di tornare a casa e preparare la cena per tutti e quattro, ma prima che potessi dire qualcosa, lui spalancò la portiera e mi trascinò con sé. Lo seguii, sorridendo al nostro autista prima di salire i tre gradini mentre London apriva la porta e mi accompagnava all'interno.

Gli odori mi colpirono all'istante. Il mio ventre ringhiava in attesa mentre London si dirigeva verso il direttore di sala.

«London St. James,» annunciò a bassa voce lanciando un'occhiata al ristorante. «Vorrei un tavolo in fondo.»

Ma il direttore di sala non si mosse. Al contrario, i suoi occhi si allargarono e si rivolse a un tizio importante in smoking bianco e nero, che si precipitò verso di lui.

«Signor St. James,» mormorò con cautela, lanciando anche lui un'occhiata al ristorante affollato. «Temo che abbiamo dato via il suo tavolo, signore.»

«Hai dato via il mio tavolo,» ripeté London, restringendo lo sguardo su di lui. «Dimmi, Jackson, perché mai?»

Il ragazzo era più che agitato ora, stava entrando in pieno panico. Mi avvicinai al braccio di London. «Va tutto bene.»

«No, non va tutto bene.»

Quello sguardo mortale sembrò diventare più freddo quando London si avvicinò. «Vengo qui da molto tempo, Jackson. Ho aiutato personalmente te e Xavier. Credo di meritare una spiegazione.»

L'uomo era bianco come un dannato lenzuolo. «Il signor Hale —» iniziò prima di fermarsi con un sussulto.

London si irrigidì mentre prendeva fiato. «Non mi volete come nemico,» disse con cautela. «Specialmente stasera.»

Non sapevo se il movimento del direttore di sala fosse un cenno o se stesse semplicemente tremando. «Il tavolo deluxe sul retro,» ordinò al cameriere. «Assicurati che il signor St. James abbia tutto ciò di cui ha bisogno. Naturalmente con gli omaggi della casa.»

London indietreggiò, tirando la giacca. Non era finita qui, neanche lontanamente. London stava raccogliendo cadaveri, stasera e non gli importava di chi fossero. Fece scivolare la mano sulla mia schiena e mi condusse via, mentre seguivamo il povero e scosso cameriere che ci conduceva verso il retro del ristorante.

Le teste si voltarono verso di noi al nostro passaggio.

Gli sguardi critici mi fecero avvampare.

Testa alta, Vivienne...

Le parole di London riecheggiarono nella mia mente.

Camminerai sempre a testa alta. Guarderai sempre ogni singola persona che incontrerai. Non scapperai dai loro sguardi. Non ti farai vedere come una vittima

Sollevai il mento, ignorai gli sguardi e continuai a camminare. London non era stato solo prepotente, mi aveva protetto da momenti come questo. L'orgoglio si gonfiò dentro di me mentre camminavo al fianco dell'uomo che gli altri uomini invidiavano e le donne bramavano.

Non era affatto come lo immaginavano... era molto di più.

Il direttore si fermò a un tavolo per quattro discretamente appoggiato alla parete e tirò fuori con cura una sedia per London. Ma non si sedette, non finché non lo feci io. La mia vescica ebbe una fitta, perché quei pochi bicchieri di champagne erano diventati improvvisamente una pessima decisione. Mi guardai intorno e individuai una porta discreta con un'insegna illuminata. «Torno subito.»

London fece un cipiglio, diede un'occhiata alla toilette, poi annuì. «Naturalmente.»

Lo lasciai, combattendo l'impulso di accelerare i miei passi mentre mi affrettavo verso il bagno. Entrai, corsi verso il box e armeggiai con la maledetta serratura prima di sfilare le mie mutandine francesi dannatamente sexy e sedermi.

«Gesù,» sussurrai mentre il sollievo mi colpiva. «Come diavolo faccio ad avere un bambino se ho la vescica più piccola del mondo?»

Chiusi gli occhi mentre aspettavo, presi della carta per pulirmi, poi mi alzai lentamente e arrossii. Occhi scuri e sensuali incontrarono i miei nello specchio mentre mi lavavo le mani. «Solo una cena e sei a casa,» sussurrai mentre ascoltavo il brusio sommesso dei commensali nel ristorante.

Feci un sospiro e mi avviai verso l'uscita. I miei pensieri erano distanti, cercando di bloccare tutto ciò che mi circondava mentre tornavo al nostro tavolo... finché un movimento non attirò il mio sguardo. Alzai la testa... e scoprii che il mio posto era stato occupato.

Ophelia era seduta di fronte a London.

A quella vista mi paralizzai all'istante.

Rimasi in piedi in mezzo al corridoio e la guardai sporgersi dal tavolo per toccargli la mano. Lui trasalì quando quegli occhi scuri si posarono sui miei. La rabbia mi attraversò, più profonda di qualsiasi altra cosa avessi mai provato prima.

Avevo freddo... Sentivo freddo fino al midollo mentre mi costringevo a muovermi. Non alzò la testa, non guardò verso di me. *Sei al mio posto*, avrei voluto urlare, ma dubitavo che quella brutta troia del cazzo avrebbe risposto.

Il mio sguardo andò al bordo frastagliato del coltello davanti a lei. Non avrei voluto fare altro che conficcarlo nel suo maledetto petto, ma non avrei trovato un cuore. Era più che l'ex amante di London... era la tormentatrice dei figli, il mostro determinato a farli crollare.

Lo sguardo tormentato di Colt mi tornò in mente mentre la superavo, poi mi voltai, scivolando sul ginocchio di London.

«Ophelia,» dissi con tono gelido, fissando la puttana. «Pensavo che fossi scappata insieme al resto dei topi... Sai, per fuggire dalla nave che affonda.»

La rabbia stava prendendo il controllo, e mi sentivo pericolosa.

Non era da London che doveva guardarsi le spalle... ma da me.

Solo allora sollevò quello sguardo freddo, e subito lo fissò sul cuoio che mi avvolgeva il collo. L'avevo dimenticato, ma ora finalmente capivo la sua importanza.

«È bello vedere che l'hai messa al guinzaglio, London.»

Fanculo.

Non riuscii a trattenermi, mi aggrappai al bordo del tavolo e mi avvicinai così tanto che lei non ebbe altra scelta che guardarmi negli occhi mentre mormoravo, «Questo al collo e un bambino nella mia pancia, brutta puttana». Le feci un ghigno. «Che è una cosa che *tu* non avrai mai.»

La rabbia salì in superficie dentro quello sguardo crudele. Arricciò le labbra lentamente prima di rivolgere lo sguardo a London, ma non osai toglierle gli occhi di dosso. Invece, la fissai, osservando come cercava disperatamente l'attenzione del mio amante.

Ma lui non gliene diede. Invece, fece scorrere la sua mano lungo il mio braccio e si chinò in avanti. «Ophelia, è stato un piacere, come sempre,» disse, liquidandola come il nulla che era.

Aspettò un secondo mentre il dolore le lacerava il viso, poi si spinse verso l'alto.

«Ciao ciao,» ringhiai mentre la guardavo voltarsi e allontanarsi.

Il cuore mi batteva all'impazzata, facendomi venire le vertigini. Afferrai con forza il bordo del tavolo, non avrei mai permesso a quella stronza malata di avere la meglio su di me. Ero ben oltre l'essere un oggetto in mostra, cazzo. «Voglio andare a casa, London. Adesso.»

Il suo pollice sfiorò la mia mano. «Tutto quello che vuoi, tesoro.»

Annuii e mi alzai lentamente.

Le luci e i rumori del ristorante erano troppo forti. Mi allontanai e allungai la mano. London fu subito lì, facendo scorrere le sue dita tra le mie. «Calma, gattina. Ti porto a casa.»

Non poteva farlo abbastanza velocemente.

Nel momento in cui facemmo un passo, un uomo seduto a un tavolo vicino al nostro richiamò la sua attenzione. «London.» Posò il tovagliolo e allungò la mano, sorridendo. «Ero sicuro che fossi tu...»

Solo che il suo sguardo era su di me, e si prendeva il suo tempo per osservare il mio corpo.

Improvvisamente, l'abito nero lungo fino al pavimento non era una protezione sufficiente, non da queste persone... o da questo mondo. Resistetti a un brivido e guardai verso l'ingresso, mentre Ophelia varcava la porta e scompariva.

«Angus.» London gli strinse la mano e mi lanciò un'occhiata. «È un piacere vederti.»

«Speravo di incontrarti. Mi chiedevo se potessi avere la tua opinione—»

La conversazione finì nel momento in cui London alzò la mano. «Dovrai scusarmi. Sembra che questa serata ci sia sfuggita di mano. Magari un'altra volta.»

Angus trasalì. Sembrava che non fosse abituato ad essere tagliato fuori, ma per fortuna a London non importava.

«Vivienne.» Fece un cenno. «Alla prossima, Angus.»

«Certo,» mormorò l'uomo, fissandoci mentre ci allontanavamo.

«Maledizione,» mormorò London sottovoce.

Superammo altri tre tavoli prima che accadesse di nuovo. Sembrava che in questa fottuta città si dovesse avere molta fortuna per poter uscire da un ristorante senza essere interrotti.

London emise un ringhio basso prima di stringere la mano del tizio, che questa volta si alzò e fece un passo verso di noi. Un'occhiata di panico verso di me e London boccheggiò, «Mi dispiace.» Guardai verso la porta e scrutai la facciata del ristorante mentre London faceva del suo meglio per allontanarsi.

Quando mi afferrò la mano, diretti finalmente fuori, erano passati ormai dieci o quindici minuti, e non vedevo l'ora di uscire da lì. «Cammina e non fermarti,» mormorò.

Scesi le scale di corsa, senza preoccuparmi di aspettare che London aprisse la porta. Mi tremavano le mani mentre spingevo la maniglia e inciampavo fuori. L'aria fredda mi colpì con forza mentre prendevo un respiro profondo e individuavo la familiare Explorer scura. La portiera del conducente si aprì e per un attimo pensai di vedere Carven.

Colt si diresse verso di me con due dei nostri uomini alle spalle.

Un brivido gelido mi attraversò mentre un sussurro mi esortava a girare la testa.

In lontananza, Ophelia ci stava osservando. Ci guardò per qualche istante prima di voltarsi e allontanarsi lentamente.

Il suono stridente di pneumatici squarciò la notte.

London spostò lo sguardo verso il suono, mentre quello che sembrava un furgone blu scassato si dirigeva verso di noi e la porta laterale veniva spalancata. Apparirono due uomini, nient'altro che due ombre scure... almeno finché non colsi il bagliore di qualcosa di metallico.

«Giù!» ruggì London.

Qualcosa mi colpì, spingendomi verso il marciapiede.

Crack

Crack.

CRACK!

CRACK CRACK CRACK CRACK...

Seguirono spari... Spari che sembrarono non fermarsi mai.

Non osai alzare la testa, troppo terrorizzata di trovare la morte guardarci negli occhi.

Non potei far altro che portarmi le mani alle orecchie... e urlare.

Capitolo Trentasei

CARVEN

IL DOLORE MI PRENDEVA TUTTA LA TESTA. SBATTEI LE palpebre, emisi un basso gemito e cercai di aprire gli occhi. Immediatamente sentii un martello pneumatico squarciarmi il cranio. Il combattente che era in me mi costrinse a spingere il corpo contro il pavimento e ad alzarmi lentamente.

«Cazzo,» sussurrai mentre mi toccavo la nuca e le mie dita si bagnavano di sangue.

Le luci stavano brillando. All'inizio pensai che fosse dietro i miei occhi, finché non arrivò di nuovo.

Il mio telefono giaceva a faccia in giù, con la luce dello schermo sfocata. Digrignai i denti e mi chinai per afferrare il dannato oggetto.

Gattina: *Ho bisogno di te.*

La paura mi colpì con forza, allontanando il dolore. Mi guardai intorno, cercando di ricordare dove diavolo fossi e fissai il piccolo interno di... una barca?

In un secondo mi tornò in mente tutto. La guardia. Il tesserino... L'immagine dei vestiti di Jack Castlemaine gettati via.

Buonanotte.

Quel basso tono femminile tornò a farsi sentire. Il mio fottuto cuore ebbe un sussulto quando mi ricordai di lei. *Vivienne...*

No.

Non Vivienne.

Ma qualcuno che le assomigliava moltissimo. Allontanai la mano e inciampai in avanti, dirigendomi verso quella che speravo fosse la parte anteriore della barca. Volevo uscire da questa cazzo di cosa... e tornare da lei.

Mentre salivo, nella mia testa stavano esplodendo scintille luminose. Strinsi la mascella e continuai ad andare avanti, superando i vestiti da uomo buttati per terra e uscendo dalla porta aperta della cabina.

Dovevo restare, dovevo raccogliere ogni briciola di informazione possibile su quella puttana, sapendo benissimo che era la strada che ci avrebbe portato a King. Ma ora non mi importava. Afferrai la ringhiera e mi sollevai verso la macchina a cui la lussuosa barca era attaccata, e mi arrampicai lentamente.

I miei stivali scivolarono. Caddi e sbattei la guancia contro la ringhiera d'acciaio. Il dolore fu accecante. Tuttavia, mi lasciai cadere... qualsiasi cosa pur di arrivare a terra il più velocemente possibile.

L'impatto con il terreno fu brutale. Il fiato mi venne strappato dal petto e mi lasciò sbigottito. Ma non era nulla in confronto a quell'urlo disperato dentro di me.

Raggiungila.

Spinsi gli stivali contro il pavimento di cemento e inciampai nel cortile. L'oscurità impregnava il porto, lasciando che le luci delle imbarcazioni scintillassero e brillassero, ma questo non faceva che aumentare la mia disperazione. Cercai la recinzione, poi inciampai in avanti, tirai i fili tagliati e mi spinsi oltre.

Mi tremavano le dita mentre premevo i numeri sul telefono e inciampavo lungo il molo fino al cancello. Ma non chiamai Vivienne, bensì mio fratello. «Rispondi a questo cazzo di telefono,» ringhiai.

«Cosa?» rispose.

Il sollievo mi investì. «Grazie al Cielo. Dove diavolo sei?»

«Al ristorante.»

Espirai con forza, rallentando sui miei passi. «Okay. Okay...» Respirai. «Pensavo ci fosse un problema.»

«Nessun problema.»

Ma il modo in cui lo disse fece sì che la paura dentro di me si agitasse. «Aspetta un attimo...» mormorai, poi infilai il telefono in tasca.

La mia dannata testa batteva troppo forte mentre afferravo il cancello e mi sollevavo verso l'alto. Il debole crepitio di quelli che sembravano spari mi fece voltare e guardare intorno. Ma non c'era nessuno, solo gli yacht che galleggiavano nell'acqua e gli schiaffi morbidi delle onde contro gli scafi, così tornai indietro.

Fu dannatamente difficile dondolarsi oltre la recinzione prima di toccare il marciapiede dall'altra parte. Afferrai il telefono e lo sollevai. «Eccomi.»

Ma Colt non c'era più. Guardai lo schermo spento, vuoto. «Stronzo.» Poi corsi verso l'Explorer.

Quella sensazione fastidiosa stava crescendo dentro di me mentre aprivo la macchina e saltavo dentro. Avviai il motore, accesi il riscaldamento al massimo e partii, accelerando con decisione. Il GPS mi dava a circa venti minuti dal ristorante.

Guardai il mio telefono, poi premetti il pulsante e ascoltai che squillava... e squillava... e squillava.

Questa volta mio fratello non rispose.

Guardai il GPS e poi il telefono, premendo sul contatto della guardia di turno e ascoltai lo stesso fastidioso rumore del cazzo. Squillò... e squillò... e squillò. «Dai, Clarence. Rispondi a quel maledetto telefono.»

Ma non lo fece...

Feci il numero di London, spingendo l'acceleratore fino in fondo mentre quella fastidiosa sensazione che qualcosa non andasse bene iniziava a gridare...

No...

Erano urla...

Le sue urla.

«Carven!» ruggì London mentre il boato degli spari mi riempiva le orecchie. «VIENI SUBITO QUI!»

Quel suono stridente inghiottì tutto il resto.

Il suono della donna che amavo... in pericolo.

Feci cadere il telefono, che colpì la mia coscia e rimbalzò. Ma non mi importava, non più. Afferrai il volante e strattonai, affrontando la curva su due ruote. Vedevo solo la strada davanti a me e il bagliore accecante dei fari.

Sentivo solo il suo terrore.

«VIVIENNE!»

Il ruggito venne strappato via dalle mie labbra, bestiale e sanguinoso.

Chiunque fossero... *erano morti, cazzo.*

Capitolo Trentasette

VIVIENNE

La vetrata del ristorante si infranse con un sonoro BOOM!

Qualcosa di pesante mi colpì alle spalle e mi fece cadere a terra, accanto alla nostra auto. Non potevo muovermi, potevo solo girare la testa, e trovarmi di fronte il corpo di un uomo morto accasciato sul marciapiede. No, non *un uomo* morto... uno dei nostri. Il cuore sembrò esplodermi nel petto mentre lo osservavo. Il sangue gli copriva il petto e il viso, la sua bocca era aperta, i suoi occhi... Trasalii, e mi voltai dall'altra parte.

Le urla si levarono dall'interno del ristorante, ma non osai guardare. Non potevo preoccuparmi di loro ora.

«Colt!» ruggì London, la pistola che gli scalciava in mano mentre sparava... *Crack... crack... crack!* «A terra, subito!»

La pesantezza mi abbandonò quando London balzò in piedi. Alzai la testa per vederlo affacciarsi verso un uomo armato che inciampava sul marciapiede e sollevava la pistola, mirando a Colt.

London spostò la pistola.

BANG!

BANG!

Sobbalzai e gridai, incapace di distogliere lo sguardo dall'uomo armato mentre gli spari risuonavano nell'aria.

Erano troppi, ora, due furgoni pieni di uomini che si precipitavano in strada. Girai la testa e trovai gli occhi spalancati della nostra guardia prima di guardare la pistola che aveva in mano. Con un forte spintone, mi buttai in avanti, afferrai l'arma e mi voltai.

Per poco non inciampai in un cadavere.

Non era lo stesso di prima, questo era davanti alle scale del ristorante.

London vacillò e il suo volto era innaturalmente pallido mentre incontrava il mio sguardo.

«London?» sussurrai, cercando i suoi occhi.

«Dietro di me, bimba.» La sua voce era strana, tremolante.

C'era un buco nella sua giacca. Un buco che luccicava... di sangue. Mi spinsi in avanti e lo afferrai mentre le sue ginocchia cedevano.

«London!» urlai, aggrappandomi a lui.

Crack!

Il suono fragoroso degli spari mi fece trasalire. Scattai con la testa verso l'alto mentre arrivavano altri uomini, che si aggiravano tra le auto parcheggiate come topi. Solo che questi topi erano venuti per uccidere. I riflessi presero il sopravvento e mi spinsero a sollevare la pistola e prendere la mira.

Crack!

La pistola vibrò tra le mie mani e il proiettile mandò in frantumi il finestrino della Mercedes di fronte a noi.

«No...» ringhiò London sollevando il braccio.

Crack.

Sparò un colpo mentre mi spingeva dietro di lui.

Crack!

Uomini caddero a terra, colpendo duramente il suolo. Ma ne stavano arrivando altri. Colt scatenò un ruggito. Il suono nauseante dei pugni sulla carne riempì l'aria.

«Dobbiamo andarcene da qui.» London spostò lo sguardo su di me, poi lanciò un'occhiata ai suoi uomini.

Guardò dietro di noi e vide altre due delle nostre guardie del corpo morte sul marciapiede. La disperazione riempì la sua voce. «Riesci a scappare?»

La paura mi attanagliò.

«Vivienne... Riesci a correre?»

Annuii. «Sì. Sì, riesco a correre.»

Si girò, sollevò la pistola mentre il crepitio degli spari si abbatteva sull'altro lato dell'auto. Seguì il sibilo delle gomme, lasciandoci a piedi mentre arrivavano altri tre uomini armati.

Saremmo morti qui.

Saremmo...

Il rombo di un motore si fece più forte. Distolsi lo sguardo quando un Explorer nero salì sul marciapiede e attraversò l'incrocio. Le gomme stridettero mentre la macchina sbandava di lato e si fermava in mezzo alla strada.

Crack!

London prese la mira. «Carven!» ruggì. «Tuo fratello, ORA!»

Ma il figlio mortale era già uscito dall'auto e correva verso di noi.

Non avevo mai visto nulla di così terrificante. Carven sbatté contro l'aggressore di Colt, la sua mano ad abbattersi più e più volte su di lui... pugnalando ancora e ancora.

Il sangue schizzò in alto mentre l'assalitore si accasciava a terra, e Carven sollevò l'altra mano e si allontanò da Colt, lanciandomi uno sguardo mortale prima di spostare gli occhi alle mie spalle. «Gattina... A terra.»

Il suo comando fu così calmo... Così... *agghiacciante.*

Si fiondò in avanti, prese la mira e sparò un colpo dopo l'altro.

Boom!

Boom!

BOOM!

Il finestrino di fronte a me andò in frantumi. London mi afferrò il braccio, facendomi da scudo con il suo corpo mentre mi trascinava dall'Audi distrutta verso il vicolo buio accanto al ristorante.

Crack!

Colt caricò in avanti mentre un altro nemico arrivava dall'altro lato del furgone. Ovunque guardassi c'erano caos e sangue. Era troppo. Troppo sangue... Troppi cadaveri. Scossi la testa e inciampai all'indietro, sbattendo contro un muro.

London si slanciò in avanti, sollevando la pistola e inciampando nell'Audi in rovina, mentre Carven caricava dall'altro lato del furgone.

Boom!

BOOM!

Sobbalzai e mi spostai all'indietro, cercando disperatamente di allontanarmi, e colpii qualcosa di duro... e caldo.

Qualcosa che si avvicinò e mi bloccò la bocca con la mano.

«Shhh...» Un ringhio profondo risuonò contro il mio orecchio. «Ti ho preso, figlia.»

Capitolo Trentotto

CARVEN

I FARI BRILLARONO, ACCECANDOMI PER UN ISTANTE, mentre due fuoristrada si fermavano stridendo dietro i furgoni rubati. Alzai la pistola e mi fiondai sul primo, piombando sui tre figli di puttana che si nascondevano dietro il pezzo di merda.

«Te la prendi con LA MIA FAMIGLIA!» Conficcai l'elsa nella faccia del bastardo più vicino.

La sua testa scattò all'indietro e sbatté con un colpo secco contro la portiera ammaccata del conducente.

Barcollò prima che lo afferrassi per la camicia. «No, cazzo.» Lo strattonai vicino a me per ringhiare, «Non muori finché non lo dico io.»

Crack...

Crack.

CRACK!

London si scatenò, caricando in avanti finché non lo persi di vista attraverso i finestrini del furgone. Riportai indietro lo sguardo e puntai la canna della pistola sul volto di quel bastardo. Il mirino si conficcò nella carne, squarciandogli la guancia. Lo colpii di nuovo... e ancora... e ancora, finché le ossa non si frantumarono.

«Fottuto pezzo di merda!» ringhiai.

La sua testa rotolò all'indietro e vidi il bianco dei suoi occhi mentre il suo amico sollevava la pistola, prendendo la mira.

Ma non mi importava...

Ormai l'avevo superato.

Mi buttai a capofitto in quella parte di me a cui piaceva la violenza mentre mi voltavo per cercare lo stronzo con la pistola. Le urla di Vivienne risuonavano nella mia testa, proprio come quelle che avevano riecheggiato nel mio telefono pochi istanti prima. Il bisogno di proteggerla era più elementare di qualsiasi altra cosa avessi mai provato prima. *Che Dio abbia pietà di coloro che proveranno ad ostacolarmi.*

Lo stronzo emise un urlo e si spinse all'indietro mentre io caricavo. Ma era troppo lento. Troppo lento, cazzo. Gli afferrai la mano, spingendo la pistola verso l'alto.

«Avresti dovuto premere il grilletto, figlio di puttana.» Gli premetti la canna sul petto e strinsi.

BANG!

L'impatto lo fece sobbalzare e scivolò lungo la fiancata ammaccata del furgone, lasciandosi dietro una macchia di sangue.

Altri due si precipitarono verso di me.

Presi la mira.

Crack!

CRACK!

Si accasciarono a terra in un istante. Continuai a muovermi e aggirai il retro del furgone mentre London spingeva uno degli aggressori sul marciapiede e conficcava la canna della pistola nell'occhio del bastardo prima che premesse il grilletto. *BANG!* Il cervello del bastardo schizzò sul marciapiede.

Sollevai il mio sguardo verso il suo.

I suoi occhi scuri scintillavano di rabbia.

«Colt,» grugnii. «C'è qualcosa che non va.»

Sollevai la pistola e sparai un colpo a un'altra ombra furtiva, poi mi avvicinai a mio fratello dietro di me. Colt colpì con un pugno la faccia di un bastardo a terra di fronte a lui, poi si raddrizzò. Le sue mani erano insanguinate e i suoi occhi erano selvaggi, ma non si voltò per affrontare i due stronzi che stavano venendo verso di lui dall'altra parte della strada. Stava fissando l'oscurità, osservando il marciapiede dal ristorante.

«Ma che cazzo?» ruggii mentre sparavo a raffica verso quei maledetti teppisti.

Crack! Sparai un colpo e ne colpii uno prima di gettarmi all'attacco e lanciarmi contro il secondo.

«Colt!» urlai mentre lui se ne stava lì, fermo. «COLT!»

Lui trasalì, ma continuò a fissare il nulla.

Il che mi fece solo arrabbiare ancora di più.

Mi voltai di nuovo verso lo stronzo stordito che avevo buttato a terra e gli puntai la pistola contro il lato della testa. «Chi ti ha mandato?»

I suoi occhi erano spalancati e le labbra spaccate dal sangue mentre balbettava, «Non lo so.»

«Non lo sai,» ripetei.

L'adrenalina mi scorreva nelle vene, facendomi venire voglia di spaccare tutto il cazzo di mondo. Ma sotto quella scarica c'era qualcos'altro. Quella pesantezza dietro al collo. Una sensazione che conoscevo fin troppo bene. Scrutai le auto, alla ricerca di qualcuno o qualcosa...

«Chi?» ringhiai di nuovo sollevando la pistola.

Scrutai le auto dall'altra parte della strada e anche il vicolo. Ma non riuscivo a trovare lo stronzo che sapevo ci stesse guardando.

Non riuscivo a trovare il figlio.

Mi voltai di nuovo verso l'uomo morto che avevo sotto di me. «Ultima possibilità. Chi. Ti. Ha. Mandato.»

«Io non—»

Bang.

La sua testa cadde all'indietro e rimbalzò. Mi alzai in piedi. Gli schizzi di sangue si raffreddarono sulla mia guancia. Ogni respiro che aspiravo conteneva il fetore del sangue. Ma misi tutto da parte e mi voltai, scrutando i volti. Era qui da qualche parte... *Era...*

Il vicolo accanto al ristorante era vuoto.

Vivienne...

Quella sensazione di vuoto mi inghiottì completamente. «No,» gemetti. «*No!*»

Feci un passo, poi un altro.

«Carven!» abbaiò London, mentre io mi lanciavo all'attacco, sprofondando di nuovo in quella fredda oscurità.

I miei stivali rimbombarono mentre mi lasciavo tutto e tutti alle spalle. Mi importava solo di lei.

Ombre, freddo... e lui. Qui non c'era altro. Questo era ciò a cui davo la caccia.

Corsi lungo il vicolo fino all'edificio in fondo. Nero su nero era tutto ciò che mi aspettava. Sbattendo le palpebre mentre i miei occhi si adattavano all'oscurità più profonda, trovai una porta sulla destra appena aperta. I cardini stridettero mentre la spingevo e la attraversavo di corsa. Non mi fermai, continuai a correre, il mio istinto a guidarmi.

Un grido si levò in lontananza, debole, soffocato... femminile.

Strinsi la mascella e continuai a spingere, mentre mi concentravo sui suoni appena fuori dalla vista.

«Toglimi le mani di dosso!» urlò, poi un pesante grugnito maschile pieno di dolore.

Sorrisi. *Così si fa, gattina, prendi a calci nelle palle quel bastardo.*

«Vaffanculo!» gridò ancora...

Finché il suo grido di battaglia non fu seguito da un gemito di dolore.

La cosa mi tolse il sorriso dal viso.

Abbassai il mento e andai avanti, scrutando quello che sembrava un corridoio. Mi concentrai sul momento in cui li avrei incontrati.

«Pensi di essere un grande uomo, eh?»

La sua rabbia si affievolì. Scrutai le porte chiuse e vidi una luce alla fine del corridoio. Il posto era una specie di magazzino. Alcune pareti erano vecchie e rotte. Rallentai, girai la maniglia e attraversai la porta in fondo, in mezzo ad altre rovine.

Il tanfo di cartone bagnato e marcescente era fottutamente sgradevole. Sentivo un conato di vomito spingere in fondo alla gola e cercavo di respirare superficialmente mentre caricavo in avanti. Da un buco nel muro in rovina, più avanti, si intravedeva un movimento.

Il grugnito del bastardo era udibile, così come le urla di lei, soffocate.

Le aveva messo una mano sulla bocca, questo era ovvio.

L'aveva toccata...

Lui... l'aveva... toccata...

Colpii con la spalla, schiantandomi attraverso il buco nel muro con un *boom!*

Il figlio spostò lo sguardo verso di me mentre Vivienne si agitava tra le sue braccia. Gli occhi di Vivienne erano pieni di terrore, mentre il vestito nero le si arricciava intorno alle gambe. Solo allora vidi la pistola.

L'acciaio scintillava nella sua mano grazie alla luce della luna che entrava dai buchi nel tetto.

Presi un respiro profondo mentre alzavo la pistola e prendevo la mira. «Lasciala andare.»

«Vuoi sparare al buio in questo modo?» La spinse davanti a sé.

La paura mi attraversò. Aveva ragione, non riuscivo a vedere abbastanza bene da essere sicuro di non colpirla.

Bang!

Mi voltai, cadendo in avanti quando il dolore mi attraversò il lato della testa e sbattei sul pavimento sudicio. Con un colpo di mano trovai lo squarcio poco profondo.

«Figlio di puttana.» Alzai lo sguardo su di lui mentre faceva un passo indietro, usandola come un maledetto scudo.

Mi spinsi in piedi. «Ultima possibilità. *Lasciala andare.*»

«Te l'ho già detto... a te e tuo fratello. La figlia viene con me.»

Non feci rumore, mi lanciai sul bastardo, scagliai il mio corpo in aria e li colpii entrambi. L'aria le fu strappata dai polmoni con un grugnito un secondo prima che andassimo tutti a terra.

Stoffa.

Pugni.

Qualcuno mi diede una ginocchiata nelle palle...

Emisi un ringhio e mi spinsi in avanti mentre lui rotolava via, trascinando Vivienne per i maledetti capelli. «Alzati, figlia.»

Lei urlò, allungando la mano sopra la testa per afferrare quella di lui.

Quell'immagine mi diede tutta la forza che mi serviva.

Alzai la pistola, presi la mira e sparai.

BANG!

Ma il bastardo doveva aver schivato al momento giusto, perché non sembrò essersi fatto male. Mi slanciai e la afferrai come meglio potevo, ma il bastardo le teneva i capelli tra le dita e lei mi sfuggì dalla presa. Lei urlò di nuovo, quel suono stridulo fu un fottuto coltello nel mio petto.

«Mh» mi schernì lui, strattonandola all'indietro mentre io prendevo di nuovo la mira.

«Figlio di puttana senza palle!» ruggii.

Si guardò intorno, scrutando le ombre, e capii subito perché...

Stava cercando gli altri.

Una volta arrivati qui anche loro, sarebbe tutto finito.

Lei se ne sarebbe andata in un attimo... ed io non avrei potuto fare nulla per fermarli.

La fece ruotare mentre mi precipitavo su di lui. Inciampai, ma la afferrai di nuovo mentre lui scrutava l'oscurità. I denti bianchi brillavano al buio mentre la raggiungeva. Un secondo dopo colsi il luccichio dell'acciaio di una lama.

«No!» Senza pensarci, mi slanciai di lato, l'afferrai per il vestito e la scaraventai dietro di me.

Il taglio fu fottutamente brutale quando mi squarciò la spalla. Gridai per un istante, finché non inghiottii il suono.

«Carven!» urlò Vivienne mentre mi cingeva le braccia.

La tirai contro di me, assicurandomi che fosse al sicuro, senza mai distogliere lo sguardo dal figlio. «Resta dietro di me, gattina.»

Vivienne si spostò con me, scansando una lastra d'acciaio tagliente come un rasoio. Mi tastai la spalla, confortato dall'estenuante agonia che seguì.

«Sei veloce, te lo concedo,» mormorò il figlio. «Sei sicuro di non volerti unire a noi?»

La tenni per le braccia, ma continuai a muovermi, facendolo indietreggiare, per mettere quanta più distanza possibile tra lui e lei, e sollevai lentamente la pistola con una mano, osservando mentre lui faceva lo stesso, usando entrambe le mani.

Le mie dita afferrarono l'acciaio e premettero il bottone della sua stessa lama prima che, con un solo colpo di polso, questa sfrecciasse nell'aria, capovolgendosi.

«Credo che lo chiamino—» sobbalzò mentre la lama si conficcava nel suo stomaco.

Ci fu un attimo di confusione. Le sue sopracciglia si inarcarono prima di abbassare lo sguardo.

BANG!

Sobbalzò quando il proiettile trovò il suo bersaglio. Ma io mi stavo già muovendo: avanzai, la mano avvolta intorno all'elsa del coltello, e lo liberai.

Emise un grido quando l'acciaio si staccò e alzò la testa.

«Ho cercato di avvertirti, ma non mi hai ascoltato...» Infilai il coltello ancora una volta. Una... due... tre volte, poi scattai verso l'alto fissando gli occhi del figlio. «Se la tocchi, muori.»

Ci fu uno scintillio nei suoi occhi scuri.

Proprio prima che le sue ginocchia cedessero e si accasciasse a terra.

Mi misi sopra di lui, inspirando profondamente.

Non persi un altro secondo con lui, mi voltai e la trovai che mi fissava nell'oscurità.

Cercai l'orrore e il disgusto... Cercai la paura.

Ma non c'erano.

Invece, si lanciò verso di me. Allontanai il coltello all'ultimo secondo, prima che mi sbattesse contro.

Le sue braccia mi circondarono in un istante, il suo viso sepolto contro il mio collo.

Le avvolsi un braccio intorno. L'altro tremava in modo incontrollato. «Stai bene,» mormorai. «Ora stai bene.»

Ma Vivienne non pianse, non urlò, cercava di essere forte.

«Vivienne!» ruggì London, la sua voce vicina.

Si allontanò, e per un attimo avrei dato qualsiasi cosa per sentire il suo calore contro di me e il suo respiro sulla mia pelle. Ma il rumore di stivali pesanti si avvicinò.

«Siamo qui!» gracchiai.

Il muro si schiantò a terra quando London si fece strada verso di noi. I suoi occhi trovarono prima lei, poi spostò lo sguardo su di me.

E questo disse più di mille parole.

Nel suo sguardo lessi ciò che provavo anche io.

Guardai verso di lei. Lei era la priorità. Sempre e per sempre.

«Usciamo di qui.» Mi abbassai e le afferrai la mano con quella buona.

Il movimento attirò lo sguardo di London. Si soffermò sul tremolio dell'altra mano, poi incontrò il mio sguardo.

Gli bastò un cenno. Fece un passo avanti e la raggiunse. «Bimba.»

Si mosse verso di lui, ma all'ultimo momento volse lo sguardo verso il mio.

«Sono proprio dietro di te,» dissi, e la spinsi in avanti.

Mentre si muovevano, guardai dietro di me il figlio morto e sanguinante sul pavimento sudicio del magazzino.

Avrei potuto essere io...

Il pensiero mi colpì con forza. Sentii la gola stringersi quando mi voltai verso il pesante tonfo dei passi mentre London conduceva Vivienne all'uscita. Non mi ero mai permesso di pensare a tutte le cose che quell'uomo aveva fatto per due ragazzini che nemmeno conosceva.

Ora mi ritrovai a farlo...

E la realizzazione mi colpì con forza.

Cercai di fare un passo, ma le ginocchia non mi ressero e caddi.

Vivienne si fermò all'istante, come se, in qualche modo, lo sapesse. Si girò e mi vide mentre cadevo a terra.

«Carven!» gridò.

Le lacrime mi salirono agli occhi al suono dei suoi passi affrettati.

Ma non era il dolore alla spalla a stringermi nel suo pugno... era l'amore.

Il tipo di amore che un figlio non dovrebbe mai ricevere.

Eppure, era qui, che mi avvolgeva con le sue braccia e mi aiutava a stare in piedi.

«Ti ho preso,» sussurrò, stringendomi al suo fianco.

Riuscii a camminare, appoggiandomi a lei mentre uscivamo da quell'edificio abbandonato e tornavamo nel vicolo.

Il suono delle sirene era stridente nell'aria.

«Da questa parte,» disse London, mentre una porta si apriva sull'edificio dall'altra parte del vicolo.

Uno dei nostri uomini uscì a fatica, facendo luce con il suo telefono. Lo seguimmo e ci dirigemmo verso il retro dell'edificio, in un parcheggio. L'Explorer era lì, con il motore acceso e i fari che illuminavano il buio.

«Colt?» gracchiai.

«Già in macchina,» disse la guardia.

Ora lo riconoscevo. La guardia di turno. Mi fissò mentre apriva la porta. Il sangue gli usciva dalla guancia. Aveva il nostro stesso sguardo sconvolto, lo stesso riflesso tormentato che sarebbe rimasto con lui.

Fece un lento cenno di saluto mentre io seguivo gli altri verso la macchina. Non feci nemmeno una piega quando ci aprì la portiera. Trovai solo mio fratello seduto sul sedile posteriore, con lo sguardo rivolto al nulla.

«Colt.» Vivienne salì e scivolò su di lui per avvolgerlo con le braccia.

Alla sua voce si voltò, lasciandomi salire accanto a lei e chiudere la porta. Ma c'era qualcosa che non andava in mio fratello, qualcosa che faceva scintillare nei suoi occhi blu il riflesso di quel ragazzino distrutto.

Lei si accoccolò contro di lui mentre London saliva sul lato passeggero e la guardia scivolava al volante. Ce ne andammo in un attimo, guardando le luci rosse e blu che riempivano la notte mentre ci sfrecciavano accanto.

Sarebbero venuti a prenderci.

Forse non stasera.

Ma presto...

Capitolo Trentanove

VIVIENNE

I FARI RIMBALZARONO CONTRO LE FINESTRE ORNATE DELLA nostra casa quando entrammo nel vialetto e ci fermammo davanti al garage. Non riuscivo a muovermi. Un braccio era avvolto intorno a quello di Colt e l'altra mano era stretta in quella di Carven. Ero immobilizzata tra di loro mentre London apriva la portiera del passeggero e scendeva.

Sbatté lo sportello dietro di sé con un colpo secco che mi fece sobbalzare. Poi Carven aprì la sua portiera e mi trattenne mentre uscivo, anche se era lui quello ferito. Quei brillanti occhi blu erano più scuri di quanto li avessi mai visti prima, mentre li portava da me al suo gemello.

«Colt,» chiamò.

Mi guardai alle spalle e trovai il mio silenzioso protettore che fissava il nulla, proprio come aveva fatto per tutto il viaggio. Il dolore mi lacerò il petto a quella vista. Ero così stanca, così... vuota.

Ma Colt aveva bisogno di me.

Allontanai tutto e sollevai la mano. «Piccolo...» sussurrai, osservando con attenzione mentre rivolgeva il suo sguardo verso di me. «Lascia che ti porti dentro.»

Guardò oltre me, verso il fratello e poi verso la casa, come se si fosse appena accorto che eravamo qui. Lentamente, si spostò sul sedile e scese, lasciandomi prendergli la mano per guidarlo.

Appena entrati, London spalancò la porta dello studio e accese la luce. «Chi cazzo erano?» ruggì.

Gli stivali tuonarono mentre Guild si precipitava dietro l'angolo e inciampava nella stanza. «Cristo santo!» Ci scrutò tutti e quattro con uno sguardo pieno di panico.

«Chi cazzo è stato?» ruggì London, trascinando le dita tra i capelli. «Voglio trovarli. Li voglio... *morti!*»

Le scintille esplosero nei suoi occhi mentre si girava, afferrava il pesante fermacarte di vetro sulla scrivania e lo scagliava attraverso la stanza. Si schiantò contro il muro con un tonfo, e si frantumò sul pavimento. Lì restò mentre tutti noi lo guardavamo, insensibili e vuoti.

«Voglio che siano trovati.» Si girò lentamente, trovando Colt, poi Carven. «Mi avete sentito? Li voglio morti. Nessuno tocca la mia famiglia... Nessuno tocca—» La sua voce si bloccò mentre il suo sguardo si posava su di me. «Nessuno tocca coloro che amo.»

Tutti tremavano in presenza di quell'uomo.

Della sua rabbia.

Delle sue promesse.

Del suo bisogno.

La sua mano andò di nuovo ai capelli, ma questa volta vidi il tremore, finché, con un ringhio gutturale, attraversò lo studio e mi sollevò dal pavimento.

«Ho pensato che fossi morta.» Mi tirò vicino e seppellì il viso contro il mio collo. «Pensavo che foste tutti morti, cazzo.»

Le mie mani andarono alle sue braccia forti e scivolarono sulle sue spalle, mentre giravo la testa fino a quando le mie labbra incontrarono le sue per sussurrare, «Non finché ho te.»

Un mugolio ferito scivolò dalle sue labbra mentre mi baciava. Avvolsi le gambe intorno alla sua vita mentre lui si girava e mi portava fuori dallo studio, ponendo fine al bacio. «Colt... Carven,» chiamò.

I passi risuonarono dietro di noi mentre insieme ci lasciavamo alle spalle Guild e lo studio e andavamo nella camera da letto di London. Nero, argento... rosso. I colori si fusero tutti insieme mentre lui si dirigeva verso l'enorme letto matrimoniale al centro della stanza.

Mi baciò mentre mi abbassava sul letto, afferrò la spallina del mio vestito e la scostò per baciarmi la parte superiore del seno.

«Strappalo,» esortai.

«Cosa?» domandò incontrando il mio sguardo.

«Ho detto, *strappalo*.»

Un respiro profondo e tirò, facendomi sobbalzare quando il costoso tessuto si strappò. Il suono ruppe qualcosa dentro di me. La barriera che mi aveva tenuto congelata si era ora spezzata, permettendomi di alzarmi a sedere, afferrare il colletto aperto della sua camicia e strattonare.

Vidi solo sangue...

Sangue che si era infiltrato nella camicia sotto la giacca. Fissai il disordine, poi sollevai lo sguardo verso di lui. «London, hai bisogno di un medico.»

Si scrollò la giacca e abbassò lo sguardo. Mi spinsi contro il letto, alzandomi...

«No, non è vero.»

Mi fermò all'istante, alzò quello sguardo esigente, poi si tirò la camicia sulla testa. I bottoni saltarono e volarono per la stanza prima che le sue dita veloci passassero alla cintura. «Tu non vai da nessuna parte.»

In quel momento era quasi impazzito dalla rabbia.

Ma sotto a quella rabbia c'era...

Disperazione.

Fu questo a immobilizzarmi, questo a tenermi incollata al letto mentre lui si abbassava i pantaloni e mi afferrava per la vita. «Carven,» mormorò senza distogliere lo sguardo da me. «Prendile la mano.»

Il figlio si spostò, girò intorno al letto e si arrampicò accanto alla mia spalla.

«Ti metterò un bambino in pancia, tesoro.» La voce di London era agghiacciante. «In un modo o nell'altro.»

La mano di Carven strinse la mia mentre London si abbassava, facendo scivolare un braccio sotto il mio ginocchio e tirando verso l'alto. Il mio corpo sussultò mentre i miei fianchi si inclinavano di lato. Fece scivolare la mano lungo la mia coscia, spingendo il mio vestito verso l'alto fino a esporre le mutandine nere che tanto amava.

«La mia famiglia,» sussurrò mentre si allungava sotto di me per tirarle giù. «Il mio cazzo di cuore.»

Il mio, di cuore, balzò in gola e saltò mentre lui mi tirava giù le mutandine e le gettava via. Le sue mani, così calde, così familiari, scivolarono sulla mia pelle. Chiusi gli occhi al contatto.

«Fallo.»

La stanza sembrò immobilizzarsi.

Il respiro caldo si affrettò a seguire la scia delle sue dita mentre London mi apriva le cosce. Stasera eravamo quasi stati uccisi... Quale modo migliore per festeggiare l'essere sopravvissuti?

«Scopami, London.» Aprii gli occhi mentre lui mi baciava l'interno delle cosce. «Scopami, voglio portare dentro il tuo bambino.»

London prese un respiro tremolante.

La fame nel suo sguardo era salita in superficie.

Ma fu così gentile nel baciarmi, muovendosi lungo l'interno della mia coscia fino a chiudere la bocca sul mio sesso. Gemetti a quel contatto e inarcai la schiena. La mia mano si strinse intorno a quella di Carven.

London si fermò, poi girò la testa. «Colt... Figlio?»

Ma il mio protettore non si mosse. Si limitò a fissarmi...

No.

Sembrava attraversarmi con lo sguardo.

Tenni gli occhi puntati su di lui mentre London si voltava e mi allargava con le dita.

Voleva che partecipassero a tutto questo, in qualsiasi modo. Le sue dita scivolarono dentro di me e la sua lingua le seguì. Afferrai la mano di Carven e gli affidai il mio corpo. Il calore mi attraversò, facendomi allargare le gambe e guardare in basso mentre London si alzava. Non gli importava della pallottola nella spalla, né del dolore.

Invece, la sua attenzione era rivolta a una cosa sola...

Me.

Scivolò dentro di me con una spinta sicura che mi tolse il fiato, mentre abbassava la testa e liberava un gemito. «Cazzo, sei il paradiso.»

Si spinse contro di me, sollevando la mia gamba più in alto mentre si spingeva fino in fondo.

«Oh!» Le mie grida riempirono la stanza mentre il desiderio ruggiva in superficie.

Non avrei dovuto venire...

Non così velocemente.

Ma l'adrenalina mi attraversava, spinta dalla punta del suo cazzo che mi entrava dentro.

«Più forte!» Inarcai la schiena, allargando le gambe il più possibile. «Più forte, London!»

London emise un ruggito, schiacciandomi contro il letto mentre pompava con i fianchi.

Mi persi nell'impatto. Vuota e piena al tempo stesso. Un contenitore per lui... per tutti loro.

Un lampo mi attraversò il corpo mentre si allungava e mi scopava come un uomo posseduto. Mi arresi e lasciai che l'impeto mi travolgesse. Il mio corpo si strinse e pulsò mentre emettevo un gemito di desiderio.

«Tu sei mia, cazzo,» grugnì, rivolgendo a me quello sguardo pericoloso. «Lo capisci?»

Mi spinsi verso l'alto, gli afferrai la nuca e lo tirai giù abbastanza da fissarlo negli occhi. «E *tu* sei *mio*. A te è chiaro?»

Con un basso gemito, si fermò, ancora dentro di me. La mia gamba fu spinta più in alto mentre il calore si riversava in me, e io rilasciai la sua testa e caddi all'indietro.

Mio...

Mio...

Mio...

La parola risuonò nella mia mente. London rimase lì a respirare profondamente e a sostenere il mio sguardo.

Pensai che avesse finito, ma non si tirò fuori. Anzi, riprese a spingere. Qualcosa di animalesco scintillò nei suoi occhi mentre spingeva dentro il suo cazzo che si stava ammorbidendo, poi finalmente si ritirò. Il suo sguardo si abbassò e trovò ciò che aveva combinato.

«Prenderai tutto di me,» grugnì mentre faceva scorrere le dita nella chiazza sul letto per spingere tutto dentro di me. «Fino... all'ultima... goccia.»

Un dolore mi attraversò il petto.

Voleva che fossi incinta.

Ma mi voleva davvero?

«Allora sposami.»

Si irrigidì, poi spostò lo sguardo sul mio. «Che cosa hai detto?»

Lasciai la mano di Carven e mi sollevai sui gomiti. «Se mi vuoi così tanto, allora sposami.»

Scosse la testa mentre un'espressione di orrore gli attraversava il volto.

Cercai di nascondere il dolore, ma era troppo forte.

Era tutto troppo forte.

L'agonia ruggì quando inciampò all'indietro, e con essa la rabbia. Mi spinsi verso l'alto, senza curarmi del calore che mi scivolava tra le cosce. «Vuoi scoparmi. Vuoi mettere tuo figlio nella mia pancia, ma io non sono abbastanza per portare il tuo anello al dito. È così, London?»

«No,» gemette.

Le sue ginocchia traballano mentre diventa pallido.

«Col cazzo, London!» abbaiai, saltando giù dal letto quando si voltò ed entrò in bagno. «Non puoi prenderti gioco di me, London. Non puoi farlo.»

Smise di camminare e si girò di scatto. «CHE CAZZO VUOI DA ME?» ringhiò.

Mi bloccai e trasalii come se mi avessero dato uno schiaffo. La camera da letto svanì. In quel momento c'eravamo solo noi due...

«Cosa voglio?» sussurrai, costringendomi ad andare avanti. «Che cazzo voglio da te?» Mi slanciai, conficcando il pugno nella sua spalla buona mentre le lacrime mi riempivano gli occhi. «Voglio *te,* stupido stronzo!» Mi avvicinai di più. «Io voglio te. Non lo capisci? Voglio... te.»

Indietreggiò nel bagno buio fino a toccare il lavabo.

Non c'era più nessun posto in cui scappare.

Nessuno da combattere.

Solo io.

Mi avvicinai, odiando la disperazione che mi faceva sentire, e gli feci scivolare le braccia intorno. «Voglio solo te, voi.» Premetti la testa contro il suo petto forte mentre le parole si liberavano. «Mi hai costretto a entrare nella tua vita, nella tua casa. Mi hai costretto ad amarti e ora che ti amo, non puoi escludermi.»

«Io non...»

Sollevai la testa mentre il calore mi scivolava sulle guance.

Si sentì nauseato da quella vista, e scosse la testa.

«No, Vivienne.»

«Sposami.» La mia voce era roca. «Amami come io amo te.»

La sua fronte si aggrottò e quello sguardo vuoto fu un coltello nel mio petto.

Allora capii...

Capii che non c'era modo di cambiarlo.

Le mie braccia scivolarono lentamente via da lui. «Ora ho capito,» sussurrai. «Sei davvero un bastardo dal cuore di ghiaccio.»

A quelle parole sussultò e i suoi occhi si allargarono. «Io...»

Non aspettai che dicesse un'altra parola, feci solo un passo indietro fino a girarmi. La stanza ondeggiò quando sbattei contro Carven, che era rimasto lì a guardare tutto.

«Gattina...» disse, raggiungendomi.

Scossi la testa, strappai il braccio dalla sua presa e inciampai. «No... No.»

Li lasciai lì, camminando il più velocemente possibile verso la mia stanza.

«Colt?» chiamò Carven. «Colt?»

Mi fermai, guardando la porta della sua camera da letto chiusa.

«Era proprio qui,» ringhiò Carven passandomi accanto. «Ci mancava questa stasera, cazzo.»

Rimasi in piedi in mezzo al corridoio e sentii lo sperma di London scivolare via dal mio corpo mentre ascoltavo il pesante tonfo degli stivali di Carven che diventava sempre più frenetico. Li seguii mentre correva dalla cucina al retro della casa e viceversa.

London mi passò accanto con delicatezza, senza degnarmi di uno sguardo mentre Carven tornava indietro.

«Se n'è andato.» Scosse la testa e il panico gli ruggì nello sguardo. «Quel pezzo di merda se n'è andato!»

London prese il telefono e digitò sullo schermo. Ma il telefono squillò solo due volte, poi partì la segreteria telefonica. «Maledizione!» London premette il tasto di fine chiamata, poi riprovò.

Solo che questa volta non suonò nemmeno.

Neanche una volta.

Come se Colt avesse spento il telefono...

Come se fosse scomparso.

Il corridoio si confuse. Inciampai di lato e sbattei contro il muro.

«No...» gemetti, ricordando lo sguardo vacuo di Colt mentre lo conducevo dentro.

Le mie ginocchia cedettero e mi accasciai sul pavimento.

Mi abbracciai le ginocchia al petto, appoggiandomi al muro.

Sconfitta.

«No,» mugolai. «*No...*»

Capitolo Quaranta

COLT

OPHELIA LA SEGUIRÀ.

Aspetta e vedrai...

Ed era successo... non è vero? Avevamo aspettato, e avevamo visto. E ora ne stavamo affrontando le conseguenze.

I colpi di pistola mi rimbombavano nella testa, seguiti dal suono tormentoso delle urla di Vivienne.

Ti proteggerò.

Ti proteggerò...

«Va tutto bene,» le avevo sussurrato, e l'avevo fissata negli occhi mentre London si spingeva in profondità dentro di lei. «Ti proteggerò.»

Aveva sobbalzato per l'impatto e poi l'avevo sentita gemere di piacere, ma lei non era riuscita a sentire una sola parola di quello che avevo detto io.

Ma lo avrei fatto...

E questo era tutto ciò che contava.

«Allora sposami,» aveva detto lei.

«Che cosa hai detto?» aveva chiesto London.

Ma io stavo già scivolando via, incapace di riportarmi indietro, anche quando il dolore del cuore sbocciava nella stanza.

Avevo notato del movimento, ma era tutto così sfocato.

Io ero ancora perso tra i tuoni degli spari e le urla.

Nella mia testa, vedevo quella macchia scura mentre sgattaiolava sul marciapiede fuori dal ristorante.

Il freddo mi si conficcò nel petto al ricordo, il ghiaccio mi strinse fino a consumarmi. *Ophelia la seguirà, aspetta e vedrai.*

Mi voltai, incapace di rimanere in quella stanza un secondo di più. Me ne ero già andato da qui, ripiombando in quell'oscurità. I suoni provenivano dal fondo della casa.

Seguii il movimento e percepii Guild allontanarsi quando mi fermai nello studio di London. Le chiavi dell'Explorer brillavano in un angolo della scrivania. Le afferrai e tornai fuori. Nessuno mi vide salire in auto e avviare il motore. Nessuno mi vide uscire silenziosamente dal viale.

Ti proteggerò.

Ti proteggerò...

Respiravo a fatica mentre mi perdevo di nuovo. Le strade si confondevano e i fari sfavillavano. Ma continuai ad andare avanti e mi feci strada attraverso le rotonde e la città fino a quando le luci brillanti dei pub si confusero nello specchietto retrovisore. Girai allora, scivolai in una strada familiare e scrutai il marciapiede.

Non c'era nessun autista ad aspettarla fuori, né una festa a cui andare. Sembrava che stasera Ophelia fosse eccitata. Mi accorsi di un movimento proveniente da dietro le tende. Spensi il motore, aprii la portiera e scesi.

Il mio corpo era esausto, la mia mente intorpidita mentre attraversavo lentamente la strada fino al lato della sua casa. Conoscevo la pianta della casa, conoscevo la combinazione delle serrature. Sapevo tutto. Tranne quello che c'era su quel chip.

Ma questo non aveva importanza, ora.

Non quando mi fermai davanti all'alto muro di mattoni, afferrai la cima e mi spinsi oltre.

«Ho bisogno di te!» Il suo urlo stridulo era fin troppo chiaro e proveniva da una porta spalancata sopra di me, al secondo piano. «Verrà a cercarmi, non lo capisci? Lo scoprirà. Lo scoprirà...»

La sua voce si acquietò quando giunsi in fondo alle scale e cominciai a salire.

«Okay, hai ragione. Sono tutti morti. Nessuno può risalire a me. È stata solo una coincidenza che io fossi lì. Va bene. Va bene, sì. Vieni a prendermi, supereremo la notte. E, Haelstrom... grazie.»

Le mie viscere si strinsero a quelle parole.

Grazie?

GRAZIE?

Mi aggrappai alla ringhiera d'acciaio mentre oscillavo.

Lo stava ringraziando per averla protetta.

Tutte vipere.

Tutti serpenti.

Aprii gli occhi e continuai a salire, cogliendo la luce che filtrava dalla porta spalancata. Non si era resa conto di averla lasciata socchiusa mentre si muoveva velocemente, nel tentativo di salvarsi — colsi il movimento mentre camminava, con il telefono ancora stretto in mano — ma presto l'avrebbe fatto.

I cardini della porta non emisero neanche un fruscio mentre spingevo ed entravo.

Ophelia mi dava le spalle, lo sguardo fisso sulla finestra. Fece un passo, scostando le tende per fissare la notte. Aveva visto la mia auto parcheggiata nel vicolo buio? Sentiva il mio respiro sul collo?

Feci un altro passo all'interno e scrutai il bancone, trovando coperture di stoffa bianca parzialmente piegate e una cassetta degli attrezzi aperta. Opere d'arte appese di recente decoravano le pareti di cemento grigio. Il carboncino e il blu mi sembravano ai margini della visione, proprio come quelli che avevamo bruciato.

Non guardai... Non osai.

Non ero qui per loro...

Ero qui per *lei*.

L'acciaio si trascinò lungo il bancone mentre afferravo il martello e lo tiravo fuori. A quel punto si girò. I suoi occhi si allargarono e si fissarono sui miei. Quella fottuta bocca crudele si serrò.

«Tu,» disse, poi fece una smorfia guardando il martello che avevo in mano. «Che diavolo ci fai tu qui?»

«Non avresti dovuto toccarla.» Mi avvicinai di più. «Avresti dovuto starle lontana.»

Non ero io... non ero qui.

Ero un'altra persona, una persona vuota.

«Tu... avresti dovuto... prendere *me*, invece!»

Sobbalzò al mio ruggito. Ma poi quella bocca si arricciò.

«Pensi di potermi sfuggire?» Fece un passo avanti, ignorando completamente l'arma che avevo in mano. «Tu pensi di poter sfuggire *a me?*»

Mi mancò l'aria mentre lei si avvicinava.

«Non puoi, non lo capisci? Non più di quanto io possa sfuggire a te. Non ti ha mai detto la verità, vero? Ti ha dato solo bugie e silenzio. Tu hai ingoiato tutto, ogni singola goccia.»

«Chiudi quella cazzo di bocca.»

«Bugie, bugie, bugie.»

«Ho detto di chiudere quella cazzo di bocca!»

Si avvicinò ancora. «London, la sua figlia puttana e i suoi figli bastardi.»

Strinsi il pugno. «HO DETTO, *STA' ZITTA!*»

Il martello le colpì la guancia con un tonfo. Sobbalzò di lato, poi inciampò fino a sbattere contro il muro. Si portò la mano alla guancia, poi si guardò le dita. Il suo petto si alzava e si abbassava con i suoi respiri ansimanti. «Tu... Bastardo—» Alzò lo sguardo e vidi il sangue che le colava sul viso. «Fottuto bastardo.»

Si spinse contro il muro, ma inciampò prima di raddrizzarsi. Lo vidi allora, vidi quel serpente dietro i suoi occhi. Sbatté le palpebre e si fissò su di me.

«La rovinerò, cazzo,» sputò il serpente. «Trascinerò quella troia nel club e starò a guardare ogni uomo prendersi tutto ciò che vuole da lei. E poi la butterò in mezzo alla strada. Le riempirò le vene di tanta eroina da farle dimenticare il suo cazzo di nome. Si vestirà di rosso finché non conoscerà altro. Tutto ciò che ricorderà saranno un paio di occhi blu. Gli occhi blu che ha quasi avuto, una volta.»

Mi feci avanti, la afferrai per la gola e la spinsi all'indietro. «Ti odio, cazzo!»

La sua testa colpì il muro con uno scricchiolio. Il bianco dei suoi occhi brillò per un istante mentre rotolavano all'indietro e poi si chiudevano. Le mie viscere si strinsero quando una risatina nauseante uscì dalle sue labbra.

«Non capisci...» Aprì gli occhi. «Tu eri mio prima di essere di chiunque altro. Mio da avere, mio da tormentare, mio da distruggere, se volevo. Eri mio quando sei stato concepito ed eri mio quando ti ho dato alla luce.»

Mi irrigidii.

Il suo sguardo bruciò nel mio. «La mia carne. Il mio sangue.»

«No.» Scossi la testa, e la mano mi cadde sul fianco mentre mi allontanavo. «No.»

«Non te l'ha mai detto perché ti voleva per sé. È sempre così fottutamente debole e patetico quando si tratta di voi due.»

«Sei una bugiarda. È questo che fai sempre... Sai solo *mentire*.»

Si tirò su la camicetta, scoprendo l'addome, e si abbassò i pantaloni. Vidi solo la cicatrice bianca che le attraversava il ventre. «Sei venuto da me, impiantato da uno dei fondatori dell'Ordine. Lui ha rinunciato ai suoi diritti su di te, ma io non l'ho mai fatto. Non l'ho mai fatto!»

«Ci hai picchiato,» gracchiai mentre il dolore mi squarciava con la sua lama frastagliata. «Ci hai picchiato a sangue e ci hai tormentato!»

Mi concentrai su di lei. Ora tutto tornava a galla. Ogni calcio sulla schiena, ogni pugno in faccia. «Ci hai picchiato, affamato e distrutto.»

Ophelia alzò la testa. «Ti ho reso l'uomo che sei oggi.»

«MI HAI ROTTO!» ruggii. «MI HAI SPEZZATO! MI HAI TRASFORMATO IN NIENTE... TU... TU—»

Prima di rendermene conto, le avevo messo una mano intorno alla gola. I muscoli si strinsero lungo il mio braccio. «Ma non ti permetterò di rovinare anche lei. Non ti permetterò di distruggerla. Sarà felice. Sposerà London, e sarà felice.»

Lo stesso gorgoglio malato vibrò contro la mia presa.

Non si oppose, rimase lì con quegli occhi consapevoli che mi fissavano. Con l'altra mano afferrai il martello. L'attrezzo sembrava pesante nella mia presa.

«Non può sposarla.» Le parole furono solo sibili d'aria. «Perché... è sposato con *me*.»

Quelle parole furono un calcio nello stomaco. La spinsi via, finché non scivolò lungo il muro.

«No...» La stanza si confuse mentre scuotevo la testa.

Ophelia inciampò e cadde. Il suo sguardo si spostò verso la finestra e il buio fuori.

Non riuscivo a pensare. Non potevo... Strinsi il pugno e poi lo portai alla testa, dove il dolore pulsava in profondità.

«Questa era la condizione, quando vi ha preso. Mi ha sposato. Mi ha obbedito. Ma per tutto questo tempo ha cercato una via d'uscita. Pensava di averla trovata in lei... ma si sbagliava.»

«No.» Chiusi gli occhi. «No...»

Percepii dei movimenti, ma non riuscii reagire. Non riuscii fare un bel niente mentre quel torpore strisciava lungo la mia spina dorsale.

«Sei sempre stato patetico, Colt.»

«Sta' zitta.»

«Patetico e smidollato. Pensi che paparino—»

Aprii gli occhi di scatto. Ophelia era riuscita ad alzarsi ed era vicina... *troppo vicina*, lo sguardo fisso sulla porta aperta. C'era un solo modo per uscirne, ora. Un solo modo per mettere al sicuro coloro che amavo. Strinsi la presa e mi lanciai.

Alzò le mani per proteggersi il viso. Ma non importava. L'acciaio la colpì sul palmo della mano e poi contro il naso. L'osso scricchiolò. Seguirono le sue urla, urla stridenti, mentre io tiravo il braccio all'indietro e la colpivo ancora una volta.

Ora sentivo solo quel torpore.

Swing.

Swing.

Swing.

Sbattei le palpebre e la trovai riversa sul pavimento di fronte a me.

Il suo volto era insanguinato, i suoi capelli un pasticcio ricoperto di sangue.

«Ti proteggerò.» Il suo sangue sulle mie mani rendeva la mia presa scivolosa, così dovetti stringere più forte mentre sollevavo il martello sopra la testa. «Vi proteggerò tutti.»

E poi affondai, spingendo l'acciaio più forte che potevo.

Crunch.

Incastrai il metallo in profondità, nelle ossa. Ora c'era solo il sibilo dell'aria.

Solo il bianco dei suoi occhi e l'interno del cranio.

Respirai profondamente mentre mi alzavo lentamente. Il calore si raffreddò contro la mia pelle, mentre le luci brillanti si accendevano lungo la strada. Il rumore di un'auto si fece più forte finché, attraverso la fessura della tenda, la vidi svoltare nel viale.

Vieni a prendermi...

Le sue parole riemersero mentre la realtà mi sbatteva addosso. Abbassai lo sguardo sulle mie mani sporche di sangue... Poi guardai il disastro davanti a me.

L'avevo fatto...

Io... l'avevo fatto.

L'avevo fatto.

L'avevo fatto...

La mia mano tremò mentre prendevo il telefono. Un miscuglio di sangue e materia cerebrale si spalmarono sullo schermo mentre il motore fuori si spegneva. Digitai i numeri, pregando...

«Colt,» rispose immediatamente London.

Il tonfo delle portiere di un'auto risuonò fuori. «Io ho...» sussurrai, fissando la rovina davanti a me. «London... Io... l'ho uccisa.»

«L'hai uccisa?»

«La fottuta puttana che ha cercato di ucciderti. Ho ucciso... Ophelia.»

Silenzio. Poi un respiro affannoso.

«Hale è qui. Si è appena fermato nel vialetto.»

Sentii qualcosa tuonare. Pensai fosse il mio cuore.

Ma non lo era. Era London... che correva.

«Resta lì!» ruggì. «Mi hai sentito, Colt? RESTA LÌ. STO ARRIVANDO.»

Al rumore del tamburellare dei suoi stivali, alzai la testa.

Il mio stomaco affondò.

«Dille... Dille che io—»

Sono venuti...

Hanno preso tutto...

E ora è arrivato il momento di distruggerli dall'interno.

Ma prima di ogni cosa, devo riprendere lui... mio figlio... Colt.

Per farlo, sarò costretto a rimandare dentro l'Ordine due delle persone più importanti della mia vita.

Il gemello di Colt, Carven, pieno di sete di vendetta.

E la donna di cui mi sono innamorato... Vivienne.

Mentre li guardo sparire oltre le porte dell'Inferno, dentro di me caccio un urlo di guerra, richiamando a me ogni singola persona potente in questa città perché scelga da che parte stare.

Dalla mia...

O da quella di Haelstrom Hale.

Ma quando chi amo torna indietro da quel posto, lo fa con un certo vuoto negli occhi.

Quello che Carven mi racconta mi fa perdere la testa.

Con le spalle ora al muro, ci ritroviamo avvicinati da un alleato inaspettato.

La sorella più grande di Vivienne, Helene.

Forse, potrebbe essere più di un modo per me arrivare a King.

Forse potrebbe persino aiutarmi a riprendermi la mia famiglia.

Insieme, distruggiamo quanto possiamo.

Siamo assetati di vendetta... e non ci fermeremo.

Non fino a quando non saremo nuovamente insieme.

Perché se c'è qualcosa per cui vale la pena lottare...

è l'amore.